Diogenes Taschenbuch 23258

de
te
be

Liaty Pisani

Der Spion und der Bankier

Roman

Aus dem Italienischen
von Ulrich Hartmann

Diogenes

Titel der 1999 bei Sperling & Kupfer,
Mailand, erschienenen
Originalausgabe:
›Agguato a Montsegur‹
Die deutsche Erstausgabe
erschien 1999 im Diogenes Verlag
Umschlagfoto:

Für Christiano, Benedicta, Roberto

Veröffentlicht als Diogenes Taschenbuch, 2001

www.diogenes.ch
40/01/52/2
ISBN 3 257 23258 6

1

Ogden fragte sich, warum er Montreux ausgesucht hatte, um sich zu verstecken. Alles hatte in der Schweiz begonnen, und nun saß er wieder hier. Er schaute auf den See und überlegte, ob Casparius es wohl aufgegeben hatte, ihn zu suchen, oder ob er noch immer seine ehemaligen Kollegen mit dem Befehl, ihn zu töten, durch die Welt hetzte. Diese Möglichkeit ließ ihn gleichgültig, auch wenn er sich bewußt war, daß der Chef des Dienstes diesmal gute Chancen hatte, sich von ihm zu befreien.

Er sah die Kellnerin an, die sich mit einer Tasse heißer Schokolade auf ihrem Tablett seinem Tisch näherte, eine hübsche junge Frau in der Dienstkleidung des Lokals.

»Ich möchte gleich zahlen«, sagte er mit einem Lächeln.

Die Kellnerin reichte ihm den Kassenbon und wartete. Eine sanfte Brise löste ein paar blonde Haare aus ihrem strengen Knoten im Nacken. Es war ein Abend im Spätfrühling mit angenehm lauer Luft. Ogden zählte das Geld ab und gab es der Bedienung, doch sein Lächeln erstarb, als er hinter ihr einen Mann sah, der ihm wohlbekannt war.

»Danke«, sagte die Kellnerin, nahm das Geld, drehte sich um und wäre fast mit dem Mann zusammengestoßen, der nun unmittelbar vor ihr stand. Sie entschuldigte sich, wich ihm mit einer geschickten Bewegung aus und ging zwischen den Tischen hindurch davon.

Die beiden Männer fixierten sich einen Augenblick lang. Dann nahm Stuart einen Korbsessel und rückte ihn vom Tisch ab.

»Ich darf mich doch setzen, oder?«

Ogden nickte, ohne die Augen vom Gesicht des anderen zu wenden. Seine Miene verriet keine Besorgnis, nur Neugier.

»Ja, sicher. Möchtest du etwas trinken?«

»Gerne.« Stuart wandte sich um und betrachtete die helle Fassade des Hotels, die Schieferdächer vor dem blauen Himmel und die Schweizer Fahne, die an einer hohen Stange flatterte.

»Du hast dir eines meiner Lieblingshotels ausgesucht«, sagte er, als er sich setzte.

Ogden lachte leise. »Das ist unsere ›Wahlverwandtschaft‹... Was willst du hier? Ist Casparius verrückt geworden, oder hat er beschlossen, mir noch einmal zu vergeben?«

»Casparius ist tot«, sagte Stuart und zündete sich eine Zigarette an.

Ogden wunderte sich, daß er keinerlei Erleichterung empfand. »Und was ist sein letzter Wille?«

Stuart sah ihn an und zuckte gleichgültig mit den Schultern. »Der Alte ist nicht mit dem Schlamassel fertig geworden, den du in London angerichtet hast. Du hattest ja selbst vorausgesehen, daß du die Glaubwürdigkeit des Dienstes in Gefahr bringen würdest. Gott sei Dank haben wir gegenüber den Engländern das Gesicht gewahrt, aber ein harter Schlag war es trotzdem. Casparius ist in seinem Büro in

Berlin an einem Infarkt gestorben. Es ging sehr schnell: Als der Krankenwagen kam, konnte der Arzt nur noch den Tod feststellen. Es ist schon seltsam: Nicht einmal zum Sterben hat er sein Büro verlassen…«

»Ein gnädiger Tod. Und wer soll sein Nachfolger sein?« fragte Ogden, der die Antwort schon kannte.

Stuart rief die Kellnerin und bestellte sich ein Bier. »Ich habe den Posten von Casparius übernommen. Wenn du in der Familie geblieben wärst, dann wärst du natürlich an der Reihe gewesen, doch da die Dinge nun einmal so sind, wie sie sind…«

»Du bist der Beste«, sagte Ogden.

Stuart schüttelte den Kopf und lächelte. »Du *warst* der Beste, das weißt du sehr gut. Aber dann bist du ja auf so sonderbare neue Ideen gekommen und hast uns verraten. Doch es ist sinnlos, darüber zu jammern.«

»Kannst du mir erklären, warum du mich selbst töten willst, statt daß du einen von deinen Männern schickst, der das erledigt?« fragte Ogden verwundert.

Stuart, der den Blick über die Landschaft hatte schweifen lassen, wandte sich ihm erneut zu und sah ihn erstaunt an.

»Ich habe weder die Absicht, dich zu töten, noch dich töten zu lassen.«

»Mach nicht den gleichen Fehler wie Casparius«, warnte Ogden ihn barsch. »Ich arbeite nicht mehr für den Dienst, mit der Londoner Aktion bin ich ausgestiegen, ich dachte, das hättest du verstanden.«

»Ja, natürlich.« Stuart nickte und betrachtete zerstreut seine Hände. »Aber ich glaube nicht, daß du dich auch aus dem Leben verabschieden willst. Oder doch?«

Amüsiert verzog Ogden das Gesicht. »Ich habe kein besonderes Interesse am Leben. Für das Jenseits allerdings auch nicht. Außerdem halte ich Selbstmord für eine nicht sehr elegante Form des Abschieds, auch wenn ich zugeben muß, daß ich euch in letzter Zeit ziemlich unmißverständlich nahegelegt habe, mich zu beseitigen. Aber ich würde nicht zögern, dich zu töten, um meine Haut zu retten, das kannst du mir glauben.«

»Laß mich dir einen Vorschlag machen«, sagte Stuart, »ich kann aus den Archiven des Dienstes alle Dossiers verschwinden lassen, die dich betreffen, und zwar für immer. Den Spion Ogden gibt es dann nicht mehr, und es ist, als hätte es ihn nie gegeben. Ich werde es so einrichten, daß die Welt dich für tot hält, und dir eine neue Identität besorgen: Du steigst definitiv aus. Findest du das nicht verlockend?«

Ogden gab mit einer Geste zu verstehen, daß die Kellnerin sich dem Tisch näherte, um das Bier zu bringen. Als sie sich wieder entfernte, nickte er.

»Ich bin von dem Vorschlag begeistert. Und jetzt verrat mir, wo der Haken ist.«

Stuart antwortete nicht gleich, er schien verlegen. Er trank einen Schluck Bier, ließ den Blick über die Terrasse schweifen und betrachtete die Gäste an den Nachbartischen. Dann sah er erneut seinen Kollegen an, mit einem Ausdruck, der Ogden an den jungen Mann erinnerte, der mit ihm gemeinsam vor mehr als zwanzig Jahren begonnen hatte, für Casparius zu arbeiten, für den Dienst, eine unabhängige und unparteiische Organisation, die ohne ideologische Beschränkungen einmal für die eine und einmal für die andere Macht arbeitete, je nachdem, wer am besten bezahlte.

Auch Ogden lächelte ein wenig befangen.

»Wenn du also nicht gekommen bist, um mich zu töten, was führt dich dann nach Montreux?«

»Ich brauche deine Hilfe.«

»Wie bereits gesagt: Ich arbeite nicht mehr für den Dienst, ich bin ausgestiegen.«

»Ich habe nicht gesagt, daß der Dienst dich braucht...« Stuart wirkte müde, als koste es ihn Mühe zu reden. Nach einem Augenblick des Zögerns fuhr er resigniert fort: »Ich bin es, der dich braucht...«

Ogden sah ihn ungläubig an. »Ist das dein Ernst oder wieder einer von Casparius' Tricks?«

Stuart zündete sich eine Zigarette an. »Ich habe dir schon gesagt, daß ich keinerlei Absicht habe, dich zu eliminieren. Ich habe nichts gegen dich. Es war Casparius, der dich gehaßt hat. Persönlich finde ich deinen Eingriff bei der Aktion in London absolut genial, auch wenn ich dadurch ein paar Probleme bekommen habe. Und das sage ich nicht, um dir zu schmeicheln. Du kennst mich gut genug, um zu wissen, daß das nicht mein Stil ist. Außerdem fand ich, Casparius' Heuchelei bei dieser Affäre ging zu weit, selbst für den Standard des Dienstes. Nein, ich brauche dich lebendig, und ich habe vor, deine Arbeit zu bezahlen, nicht nur mit Geld, sondern indem ich dir ein neues Leben anbiete. Deine Dossiers werden verschwinden, und mit ihnen Ogden. Du mußt dir nur einen neuen Namen aussuchen, das ist alles. Deine einzige Alternative ist, weiter kreuz und quer durch die Welt zu fliehen, doch die Ereignisse von Wien und London lassen mich vermuten, daß du keine Lust mehr dazu hast.«

»Mit wenigen Worten«, sagte Ogden, »wenn ich beschließe, dir zu helfen, kann ich in Ruhe weiterleben, mit einer neuen Identität und der Gewißheit, daß keiner mehr Jagd auf mich macht; andernfalls sorgst du dafür, daß ich aus dem Verkehr gezogen werde. Sehe ich das richtig?«

»Absolut. Natürlich werde nicht ich selbst dich eliminieren, wenn du meinen Vorschlag ablehnst. Ich habe in den letzten Monaten hervorragende Leute rekrutiert, die dich nie kennengelernt haben und dich ohne Bedauern ausschalten würden...«

»In Ordnung, sag mir, um was es geht, dann entscheide ich mich.«

Stuart warf ihm einen kalten Blick zu. »Willst du damit sagen, du nimmst das Angebot nur an, wenn die Arbeit nach deinem Geschmack ist? Ich fürchte, du hast nicht verstanden.«

Ogden lächelte. »Ich habe sehr wohl verstanden. Du bist es, der nicht versteht, daß meine ›sonderbaren neuen Ideen‹ es mir erlauben, mich zu entscheiden, ob ich etwas tun will oder nicht, selbst wenn es mich das Leben kosten sollte.« Ogden schüttelte den Kopf. »Was ist los mit dir, Stuart? Hat der Tod des Alten dich weich gemacht?«

Ungeduldig breitete Stuart die Arme aus. »Rede keinen Unsinn. Daß dieser Kronos tot ist, tut mir kein bißchen leid. Aber wir wollen bei der Sache bleiben... Ich brauche dich, damit du eine Person wiederfindest, einen neunzehnjährigen Jungen. Er ist vor einer Woche von zu Hause verschwunden, nachdem sein Vater, ein Bankier, sich umgebracht hat. Ein Selbstmord, der auch ein Mord sein könnte, ich werde dir später die Dossiers aller in den Fall verwikkelten Personen geben. Der Junge hat die Leiche seines Vaters gefunden. Der Tod wurde durch einen Schuß ins Herz aus nächster Nähe verursacht. Neben der Leiche lag eine Pistole, von daher der Verdacht auf Selbstmord, den auch die Zeitungen und die öffentliche Meinung teilen. Der Junge hat am nächsten Tag das Haus verlassen.«

Stuart verstummte und steckte sich noch eine Zigarette an. Ogden beobachtete ihn aufmerksam.

»Kann es sein, daß ich darüber etwas in den Zeitungen gelesen habe?«

Stuart nickte. »Ja, es hat in allen Zeitungen gestanden. Der Tote war ein großes Tier, du findest alles in den Akten…«

»Aber dich interessiert nicht, wer den Vater getötet hat, und auch nicht, warum. Du willst nur den Jungen wiederfinden. Habe ich das richtig verstanden?«

Stuart nickte und sah mit einem abwesenden Blick über Ogden hinweg.

»Hat der Dienst in der Angelegenheit einen Auftrag bekommen?«

»Nein, bisher hat uns noch niemand angefordert. Persönlich ist es mir absolut egal, warum der arme Kerl diese Welt verlassen hat.«

Ogden wunderte sich immer mehr. »Und wieso interessierst du dich dann für diesen Jungen?«

»Weil seine Mutter mich gebeten hat, ihn zu finden.«

»Die Mutter hat dich gebeten, ihren Sohn wiederzufinden?« fragte Ogden skeptisch nach. »Wieso das denn?«

Stuart holte tief Luft. »Weil ich sein Vater bin.«

Ogden verschlug es die Sprache, und er sah Stuart so bestürzt an, daß dieser lächelte.

»Darauf warst du nicht gefaßt, oder?«

»Nein, das muß ich zugeben...«

»Bevor du auf abwegige Gedanken kommst«, fuhr Stuart fort: »Ich bin nur der biologische Vater, das ist alles. Ich habe den Jungen nie gesehen und möchte das auch in Zukunft nicht.«

»Warum?«

»Ich bin absolut nicht neugierig auf ihn. Ich hatte vor Jahren eine kurze Beziehung mit seiner Mutter, als sie schon mit dem Mann verheiratet war, der jetzt gestorben ist. Durch ein banales Versehen, wir hatten nämlich nicht verhütet, ist sie schwanger geworden. Weil sie nicht abtreiben wollte – frag mich nicht, warum, ich habe es nie verstanden –, hat sie ihrem Mann weisgemacht, daß das Kind von ihm sei. Das ist alles. Die Sache betraf mich nicht, es war ein Unfall. Ich habe nie Kinder gewollt, und bestimmt nicht von einer Frau, die mit einem anderen verheiratet ist. Als ich sie gefragt habe, warum sie nicht zusieht, daß sie ein Kind von ihrem Mann bekommt, wenn es wirklich wichtig für sie ist, hat sie mir geantwortet, von meinem Erbgut erwarte sie sich mehr. Ich habe keine Ahnung, wie sie sich dessen so sicher sein konnte. Aber was soll's...«

»Und das Kind könnte nicht doch von ihrem Mann sein?«

Stuart schüttelte den Kopf. »Bedauerlicherweise hielt er sich zur fraglichen Zeit für einen Monat in den Vereinigten Staaten auf, und deshalb wußte Alice mit Sicherheit, wer der Vater ist. Danach gelang es ihr allerdings, ihn mit irgendwelchen Geschichten von hormonellen Unregelmäßigkeiten davon zu überzeugen, daß das Kind von ihm sei, auch weil er keinen Grund zu der Vermutung hatte, daß sie ihn betrog.«

»Habt ihr euch danach wiedergesehen?«

»Einmal im Sommer begegnete ich ihr durch Zufall in einem Restaurant auf Lesbos; wir grüßten uns aus der Ferne, das war vor fünfzehn Jahren. Dann habe ich sie letzte Woche gesehen, als sie Kontakt mit mir aufgenommen hat, um mich um Hilfe zu bitten ... Sie ist noch immer sehr schön. Natürlich hatte ich die Nachricht vom Tod Jacob Webers in der Zeitung gelesen, aber ich wußte nicht, daß der Junge von zu Hause weggelaufen ist.«

»Ohne noch einmal etwas von sich hören zu lassen?«

Stuart nickte. »Wie ich dir schon gesagt habe, ist er vor einer Woche, am Tag nach dem Auffinden der Leiche, verschwunden. Seitdem gibt es keine Nachricht von ihm. Natürlich ist Alice vollkommen durcheinander, schließlich ist er ihr einziger Sohn. Und weil sie nicht viel Vertrauen zur Polizei hat, hat sie sich an mich gewandt, in der Hoffnung, ich könnte ihr helfen.«

»Und wieso fühlst du dich heute verpflichtet, dich um den Jungen zu kümmern?«

»Auch wenn ich Willy nicht als meinen Sohn betrachte, glaube ich doch, es tun zu müssen; nicht für ihn, sondern für seine Mutter. Ich bin immer der Meinung gewesen, daß Kinder nicht unbedingt den leiblichen Eltern gehören, sondern denen, die sie wollen und sie erziehen, und ich habe nie welche gewollt. Ich glaube nicht an die Bande des Blutes, genausowenig wie ich glaube, daß ein Mann wie ich, der sich nie Kinder gewünscht hat, gezwungen werden sollte, Vater zu werden, nur weil sich eine Frau hat schwängern lassen. Und doch geschieht es ja täglich, daß Männer auf diese meines Erachtens schmutzigste Art erpreßt werden. Wer in solche Geschichten gerät, wird in den meisten Fällen das Opfer banaler Gefühlsduselei, die alle Mittel einsetzt, von kleinkarierter Moral über sentimentale Bettelei bis hin zu religiösen Zwängen. Da ich Gott sei Dank immun gegen das alles bin, habe ich nur deshalb beschlossen, Alice zu helfen, weil ich es für ungehörig halten würde, eine Frau, mit der man ins Bett gegangen ist, nicht zu unterstützen. Sagen wir, all dies beschränkt sich auf eine formale Verpflichtung, die ich, vielleicht, weil ich so erzogen bin, für unumgänglich halte. Verstehst du, was ich meine?«

Ogden hatte Stuart mit sonderbar gemischten Gefühlen zugehört; quasi als hätte er seine eigenen Worte vernommen. Er verstand und akzeptierte Stuarts Überzeugungen, denn sie waren einmal seine eigenen gewesen. Doch obwohl nichts anderes an ihre Stelle getreten war, fand er sie jetzt absurd.

»Ich verstehe sehr gut, was du meinst. Du fühlst dich verpflichtet, Alice zu helfen, wie du dich verpflichtet fühlen würdest, ihr die Autotür zu öffnen.«

Stuarts Augen leuchteten auf. »Genau. Ich sehe, du hast verstanden, warum ich das tue. Natürlich verlangt das einige Anstrengungen mehr, als eine Autotür zu öffnen, doch *il faut le faire*«, schloß er und breitete die Arme aus.

»Jetzt, wo sie Witwe ist, könntest du sie heiraten, damit die Familie wieder vollständig ist«, meinte Ogden ironisch.

Stuart sah ihn mit gespielter Mißbilligung an. »Deine Witze wirst du wohl nie bleibenlassen. Ich habe Alice nie geliebt, ebensowenig wie sie mich. Auch wenn ich offen gesagt nicht behaupten kann, daß ich genau wüßte, was das Wort Liebe bedeutet. Doch wenigstens habe ich den Mut, das zuzugeben, im Unterschied zu all den Eseln, die es ständig im Mund führen. Sagen wir einmal, ich betrachte dieses Gefühl als einen vorübergehenden Anfall von Geistesgestörtheit und deshalb als gefährlich, besonders für Leute wie uns. Davon hast du dich ja in Wien überzeugen können. Mir ist diese Erfahrung zum Glück erspart geblieben, die in deinen Augen vermutlich zu so etwas wie einer ›emotionalen Reife‹ führt«, sagte Stuart. »Zu einer Reife, durch die du vor einiger Zeit fast vom Baum des Lebens gefallen wärst. Aber lassen wir das. Also: Willst du mir helfen? Ich bezahle dich natürlich gut, du bekommst ein Spitzenhonorar, neben der Vereinbarung, die ich dir angeboten habe.«

Ogden lachte. »Ich bin so reich, daß es schon abstoßend ist, Stuart, genauso wie du. Geld brauche ich ganz bestimmt keins. Wenn ich beschließe zuzusagen, dann, damit du jede Spur von mir aus dem Berliner Archiv tilgst, und vielleicht auch wegen des Jungen. Ich identifiziere mich leicht mit Jungen, die einen zweifelhaften Vater haben …«

»Welchen Vater meinst du damit?« fragte Stuart.

»Den einzigen, den ich kenne, natürlich«, antwortete Ogden mit einem seelenruhigen Lächeln.

Stuart lachte herzlich und stand auf. »Du bist doch immer noch der gleiche«, sagte er und schüttelte den Kopf. »Ich lasse dich jetzt allein. Wir sehen uns heute abend im Hotelrestaurant. Ich habe mir ein Zimmer hier im Montreux Palace genommen. Wir können zusammen essen, und ich bringe dir die Dossiers mit.«

»Ich habe den Auftrag noch nicht angenommen...«, wandte Ogden ein.

»Ich weiß, aber heute abend beim Essen wirst du mir eine Antwort geben. Bis später.«

Ogden beobachtete, wie Stuart über die Terrasse ging und hinter dem riesigen Oleander verschwand. Die Sonne war hinter den Bergen untergegangen, und es war kühler geworden. Er sah auf die Uhr: Es war kurz nach halb acht. Als er sich gerade fragte, wie er die Zeit bis zum Abendessen ausfüllen sollte, fiel ihm ein, daß er mit Monsieur Vavin, dem Inhaber eines Antiquariats, zum Aperitif verabredet war. Er ließ ein paar Franken auf dem Tisch liegen, stand auf und machte sich eilig auf den Weg.

2

Ogden traf den Buchhändler in der Hotelbar. Der Mann saß an einem der Tische und wartete auf ihn. Als er ihn kommen sah, stand er auf und reichte ihm die Hand. Er war klein, hatte weißes Haar und einen ebensolchen Spitzbart in seinem runzligen Gesicht. Er mußte über siebzig sein, doch seine Augen waren lebhaft und leuchteten in einem eigenartig intensiven Blau.

»Guten Abend, Ogden, war das nicht ein wunderbarer Tag heute? Wenn ich jünger wäre, hätte ich ihn draußen auf dem See im Segelboot verbracht.«

Ogden erwiderte den Händedruck und setzte sich. »Wirklich schön, aber kühl, dafür, daß eigentlich fast schon Sommer ist...«

Nach der unliebsamen Überraschung, die Stuart ihm bereitet hatte, war die Begegnung mit diesem sympathischen alten Mann für Ogden so etwas wie eine Erholung.

»Was möchten Sie trinken, Herr Vavin?«

»Einen Portwein bitte. Es stimmt, die Luft hat sich stark abgekühlt, doch bald ist der Sommer da, und dann kommt der Winter, und ich werde noch ein Jahr älter, denn ich bin im Dezember geboren, müssen Sie wissen. Weil ich aber gelernt habe, daß man in meinem Alter jede neue Jahreszeit mit Freude begrüßen soll, werde ich diesen Sommer als Beweis nehmen, daß ich noch am Leben bin. Doch wir wollen nicht weiter vom Wetter reden. Ich habe Ihnen ein Buch mitgebracht, das Sie vielleicht interessiert, es ist einer der beiden Bände des Werks von Boethius, und zwar der zweite Teil, in einer Edition von 1891: *Patrologiae latinae tomus LXIV*«, fuhr er mit einer gewissen Befriedigung fort, während er das Buch aus einer Tüte zog und es Ogden reichte, »herausgegeben von Jean Paul Migne und bei Destenay in Paris gedruckt. Kein absolut rares Sammlerstück, aber doch eine seltene Ausgabe. Ich weiß, daß Sie alte Bücher lieben…«

Ogden, der eine solche Geste nicht erwartet hatte, machte ein verlegenes Gesicht.

»Ich danke Ihnen, Sie sind wirklich zu freundlich. Es tut mir leid, daß ich Ihnen meine Leidenschaft gestanden habe. Andernfalls hätten Sie sich nicht von diesem Buch getrennt«, sagte er und nahm den Band, den der andere ihm reichte.

»Das ist doch Unsinn, junger Mann!« protestierte Vavin. »Ich habe mit Ihnen einige sehr schöne Stunden verbracht, und in meinem Alter kommt es immer seltener vor, daß man einem so viel jüngeren Menschen begegnet, mit dem man sich versteht – und der vor allem auch dazu bereit ist, sich mit einem zu unterhalten. Also bitte ich Sie, dieses kleine Geschenk anzunehmen.«

Ogden nickte und murmelte: »Ich habe mich in Ihrer Gesellschaft ebenfalls sehr wohl gefühlt, und das ist mir seit langer Zeit nicht mehr passiert. Wie Sie sehen, ist die Dankbarkeit gegenseitig...«

Vavin musterte ihn mit halb geschlossenen Augen, als sehe er sich ein Gemälde an, dann lächelte er. »Sie haben einen guten Teil Ihres Lebens allein verbracht, nicht wahr?« fragte er, machte aber gleich eine Geste, als wolle er ein Insekt verjagen. »Entschuldigen Sie bitte, ich bemerke gerade, wie unverschämt die Frage ist. Doch Sie sind ein netter junger Mann, und deshalb möchte ich Sie bitten, mir meine Einmischung zu verzeihen und mir zu erlauben, Ihnen einen Rat zu geben.«

Der Alte wirkte verlegen, doch entschlossen, das Gespräch auf dieser persönlichen Ebene weiterzuführen.

»Ich bitte Sie darum. Ich werde ihn bestimmt beherzigen.«

»Das Allerschwierigste im Leben ist nach meiner Erfahrung, jemanden zu lieben. Liebe zu geben und anzunehmen erfordert eine Reife, die nur wenige haben, und das Wichtigste dabei ist die Fähigkeit, einem anderen Menschen sein Vertrauen zu schenken. Denn es ist alles andere als einfach, besonders heutzutage, jemandem zu vertrauen, und ohne Vertrauen kann man nicht wirklich lieben; dann spielt man die Liebe nur vor. Doch jetzt sind wir bei Dr. Freud angelangt, und das wollte ich eigentlich nicht...« Er machte eine kurze Pause, bevor er fortfuhr. »Mir ist es nur ein einziges Mal gelungen, einem Menschen zu vertrauen, und da habe ich verstanden, daß es ohne Vertrauen keine Liebe gibt. Das mag Ihnen wie ein Satz aus einer Seifenoper vorkommen, und vielleicht ist es auch einer, doch ich empfinde es als tiefe Wahrheit. Warum ich Ihnen das aber überhaupt erzähle, ist allerdings auch mir selbst nicht klar. Sagen wir einfach, ich bin einer Eingebung gefolgt. Vielleicht ist dies die Aufgabe der Alten, den Jungen Botschaften zu übermitteln – und seien sie auch geheimnisvoller Art. Aber wer weiß, vielleicht kennen Sie sich ja bestens mit Vertrauen aus und wissen, was für wundervolle Dinge es bewirken kann. In diesem Fall wäre mein ganzes Gerede überflüssig gewesen...«, schloß er in einem fast entschuldigenden Ton.

Ogden sah den alten Buchhändler eine Weile an. Er fühlte sich sehr wohl in seiner Gesellschaft, obwohl der andere einen so persönlichen Ton angeschlagen hatte. Als er Vavin, der ihn erwartungsvoll musterte, antwortete, lag in seinem Lächeln Sympathie, doch keine Freude.

»Ich weiß nicht einmal, was Vertrauen ist, Monsieur Vavin«, sagte er ruhig. »Doch ich glaube verstanden zu haben, was Sie mir sagen wollten, und denke, daß Sie recht haben. Ich werde versuchen, Ihrem Rat zu folgen, falls das Schicksal mir die Möglichkeit dazu bietet.«

»Sie wollen abreisen, nicht wahr?« fragte Vavin.

»Ja, wahrscheinlich bald. Woran haben Sie das erkannt?«

»Alt zu werden, ohne einen sechsten Sinn zu entwikkeln, wäre unverzeihlich. Jeder Abschied ist spürbar wie ein Duft, der in der Luft liegt. Sie werden mir fehlen. Doch bevor Sie abreisen, suchen Sie mich doch bitte noch einmal auf.«

Ogden versprach es ihm, bestellte dann die Aperitifs, und sie unterhielten sich bis zur Essenszeit noch über dies und jenes. Als Vavin sich gerade verabschieden wollte, entdeckte Ogden in einem der zahllosen Spiegel, die die Wände schmückten, Stuart, der aus dem Salon auf sie zukam.

»Auch ich muß Sie jetzt verlassen, Monsieur Vavin«, sagte er und ergriff seine Hand. »Da kommt der Mann, mit dem ich zum Essen verabredet bin.«

Vavin folgte Ogdens Blick und beobachtete, wie Stuart durch den riesigen Salon des Montreux Palace ging. Seine Augen wurden zu Schlitzen, als bemühe er sich, die Figur scharfzustellen.

»Diese Art Mensch würde ich überall erkennen«, murmelte er wie zu sich selbst und streckte den schmächtigen Körper, als müßte er sich einer Gefahr stellen. »Wenn das Ihr Gast ist, glaube ich nicht, daß Sie einen angenehmen Abend haben. Ich hoffe, er ist wenigstens ungefährlich...«

»Das wird er nicht sein«, sagte Ogden leise. Doch Vavin hatte ihn gehört und legte ihm eine Hand auf die Schulter.

»Ich gehe jetzt, weil ich nicht möchte, daß Sie mich vorstellen müssen. Aber vergessen Sie bitte nicht, noch einmal bei mir vorbeizukommen, bevor Sie abreisen.«

Als der neue Chef des Dienstes den Tisch erreichte, hatte Vavin bereits die Drehtür des Hotels hinter sich gelassen. Stuart setzte sich in den Sessel, den der alte Mann geräumt hatte, und wies mit dem Kopf auf den Ausgang.

»Seit wann bist du so gesellig?«

»Schon immer, hast du das nie gemerkt?«

»Wer war der Typ?«

»Ein netter alter Mann. Wir haben zusammen einen Aperitif getrunken.«

»Du weißt sehr gut, daß es kein Problem für mich ist, alles über ihn herauszubekommen. Bis zur dritten Generation. Sag mir also lieber gleich alles.«

»Er ist Inhaber eines Antiquariats hier in Montreux und hat mir ein Buch gebracht, das ich vor ein paar Tagen gekauft habe«, antwortete Ogden und zeigte auf den Band.

Stuart nahm ihn und schlug ihn auf. »Wertvolle Ausgabe«, meinte er und legte ihn zurück auf den Tisch, »ich wußte nicht, daß du ein Sammler bist.«

»Das bin ich auch nicht. Doch vor Jahren habe ich den ersten Band geschenkt bekommen, und als ich neulich in diesem Antiquariat den zweiten gesehen habe, mochte ich ihn mir nicht entgehen lassen.«

»Gut. Dann wollen wir die seltenen Bücher lassen und an unsere Dossiers denken.« Stuart reichte Ogden drei Mappen. »Das hier ist alles, was du über Jacob, Alice und ihren Sohn Willy wissen mußt. Alice wohnt in Zürich, wenn du dich also entscheidest, dich um die Angelegenheit zu kümmern, solltest du so bald wie möglich abreisen.« Er winkte dem Kellner und bestellte einen Manhattan.

»Nun, hast du dich entschieden?« fragte er mit einer gewissen Unruhe, als der Kellner sich wieder entfernt hatte.

»Laß mich wenigstens die Dossiers lesen…«, protestierte Ogden und machte ein Gesicht, als sei er im Zweifel.

»Sie haben doch sicher gar keinen Einfluß auf deine Entscheidung. Die hast du schon längst getroffen, oder?« wendete Stuart ungeduldig ein.

»Es ist wirklich schlimm, mit jemandem zusammenzuarbeiten, der einen schon lange kennt«, resignierte Ogden. »Du hast recht. Ich glaube, es ist leichter, den Jungen zu finden, als deinen Killern zu entkommen. Also abgemacht, Stuart.«

»Sehr gut. Wenn ich zurück in Berlin bin, werde ich alles so regeln, daß du dein Leben genießen kannst wie nie zuvor. Falls du dazu in der Lage bist. Ich wüßte gar nicht, wie man das anfängt. Und jetzt gehen wir essen, ich habe Hunger, das muß an der Luft in diesem ungemein langweiligen Ort liegen. Noch eine letzte Sache«, fügte er hinzu und zog eine Kassette aus seiner Jackentasche, »hier auf dem Band ist der einzige Telefonanruf, mit dem sich der Junge am Tag nach seiner Flucht bei seiner Mutter gemeldet hat…«

»Du hast mir doch gesagt, daß es keinerlei Nachricht von ihm gibt…«, warf Ogden überrascht ein.

»Auf diesem Band ist auch keine Nachricht. Der Junge sagt seiner Mutter nur, daß er weggehen will und daß sie nichts unternehmen soll, um ihn zu finden.«

»Was soll dann die ganze Aufregung? Er ist volljährig und kann schließlich machen, was er will.«

»Natürlich, aber Alice ist davon überzeugt, daß er in Gefahr schwebt…«

»Und warum?«

»Sie glaubt, daß ihr Mann ermordet worden ist und daß der Junge etwas weiß, was für ihn sehr gefährlich werden kann.«

»Ich sehe, die Sache wird immer komplizierter. Bist du sicher, daß du mir alles gesagt hast? Ich möchte nicht wieder in eine Falle tappen, wie in London. Sonst könnte ich zum Schluß etwas tun, was gar nicht nett ist, genauso wie damals.«

»Der Dienst hat nichts mit der Sache zu tun, wenigstens bisher nicht. Niemand hat uns beauftragt, das habe ich dir schon gesagt, und falls sich das ändern sollte, würdest du sofort informiert, darauf gebe ich dir mein Wort. Bisher geht alles nur von Alice aus, und es kann sein, daß sie irgend etwas weiß, aber sie hat sich gehütet, es mir zu sagen. Sie hat nur ihre Befürchtungen ausgedrückt. Schließlich war ihr Mann Bankier, und Bankiers haben viele Feinde. Kann man ihr da widersprechen?«

»Wenn sie recht hat, dann geht es um mehr als die Flucht eines Jungen, der unter Schock steht...«

»Stimmt, aber vielleicht übertreibt Alice auch, das ist ja so die Art der Frauen.«

»Mag sein, aber wenn sie recht hat und irgend jemand in diese Geschichte verwickelt sein sollte, der fähig ist, einen wichtigen Bankier wie diesen Weber zu ermorden, dann brauche ich die Unterstützung des Dienstes. Du mußt mir jemanden zur Seite stellen.«

»Daran habe ich schon gedacht. Franz arbeitet mit dir zusammen, wenn es dir recht ist.«

»Franz ist mir sehr recht. Aber ich meine eigentlich auch, daß der Dienst verfügbar sein müßte, wenn Not am Mann ist. Schließlich geht es um deinen Sohn...«

»Ich hoffe, wir müssen nicht auf den Dienst zurückgreifen und ihr beide, du und Franz, schafft es ohne weitere Unterstützung...«

»Hoffen wir's«, lenkte Ogden ein. »Was für einen Eindruck hat denn das Band auf dich gemacht?«

»Ich habe es nicht angehört.«

»Was?« rief Ogden ungläubig aus.

Stuart machte eine ungeduldige Geste. »Ich habe die Abschrift des Telefonats gelesen, aber keine Lust gehabt, es mir anzuhören. Mir war nicht danach, mir die Stimme dieses Jungen und sein spätpubertäres Gestammel anzutun«, schloß er gereizt.

»Das darf doch nicht wahr sein!« bemerkte Ogden spöttisch. »Du hast Angst vor seiner Stimme...«

»Was meinst du damit?«

»Das weißt du sehr gut. Du bist dir deiner Gleichgültigkeit so unsicher, daß du dich sogar davor fürchtest, die Stimme deines leiblichen Sohns zu hören. Das ist die Wahrheit, Stuart, sei mir nicht böse.«

Stuart antwortete nicht gleich. Er zündete sich eine Zigarette an und sah über Ogdens Schulter hinweg. »Na gut«, gab er schließlich zu, »natürlich hast du recht. Aber es ist doch auch klar, daß ich ein paar Vorsichtsmaßnahmen treffe. Ich will keine Probleme mit dem Jungen, und noch weniger mit seiner Mutter.«

»In Ordnung, lassen wir das, im Grunde sind das deine Angelegenheiten. Wenigstens solange diese Geschichte sich nicht als verwickelter herausstellt, als du mich glauben machen willst. Hoffen wir, es geht nur um einen deprimierten Jungen, der von zu Hause weggelaufen ist, weil sein Vater sich umgebracht hat. Du weißt, was geschehen würde, wenn du dich wie Casparius verhalten solltest?«

»Du würdest mich töten. Falls dir das gelingen würde.«

»Es würde mir gelingen, Stuart, und wenn es das Letzte wäre, was ich auf dieser Erde zustande bringe.«

»Ich habe dir alles gesagt, was ich weiß«, versicherte Stuart mit Nachdruck. »Ich bin persönlich in diese Sache verwickelt. Alice hat nie gewußt, was ich beruflich mache, sie glaubt, ich sei Anwalt – daß ich nicht lache! Sie wußte weder ein noch aus, und da hat sie mich um Hilfe gebeten, das ist alles...«

»Nun ja, besser konnte sie es nicht treffen. Wenn der Junge nur weggelaufen ist, bringen wir ihn nach Hause zurück. Jetzt gib mir die Kassette, und dann gehen wir essen. Ich fahre morgen nach Zürich, und vorher möchte ich noch einige Dinge mit dir klären.«

3

Wilhelm Weber, den alle als Willy kannten, ging durch die Räume des Museums Rietberg in Zürich und betrachtete die zarten, wundervollen Bilder aus dem chinesischen Kaiserreich. In Wirklichkeit sah er nichts von den vollkommenen Kalligraphien, die die Wände schmückten, und den Gemälden, die Herrscher aus fernen Zeiten in ihren prächtigen Gewändern zeigten. Sein Gesicht verriet keine Angst, was auf seinen Charakter und seine Erziehung rückschließen ließ. Doch da die wenigen Besucher seinen wirklichen Gemütszustand nicht kannten, konnten sie die Selbstkontrolle, die er bewies, nicht würdigen.

Erst vor wenigen Tagen war sein Vater gestorben, und seitdem war Willy von zu Hause weg und versteckte sich in einer kleinen Pension am Stadtrand. Nur einmal hatte er seine Mutter angerufen, um sie zu beruhigen. Danach hatte er nichts mehr von sich hören lassen und auch nicht die Absicht, sich noch einmal zu melden, obwohl sich, je länger er fort war, seine Zweifel mehrten, ob er nicht einen Fehler begangen hatte. Doch vielleicht, dachte er und blieb vor dem Ganzporträt eines Kriegers mit eigentümlich sanfter Miene stehen, kamen diese Zweifel nur daher, daß er sich zutiefst wünschte, der Wirklichkeit ausweichen und dem Alptraum entkommen zu können, in dessen Fängen er sich nun schon seit Tagen befand. Der Tod seines Vaters hatte einen furchtbaren Schmerz und eine nicht minder große Wut bei ihm ausgelöst. Denn obwohl es sich nach Ansicht der Polizei um Selbstmord handelte, wußte Willy, daß er ermordet worden war.

Die Erinnerung an den Anblick des Toten ließ ihm keine Ruhe: der Körper, der auf dem Schreibtisch lag, das geronnene Blut auf dem Glas, das Gesicht halb verborgen und die rechte Hand ausgestreckt, wie um nach etwas zu greifen. Willy war zu ihm gelaufen, hatte seinen Kopf hochgehoben, als könnte diese Geste ihm helfen, wieder zu atmen, und hatte seine aufgerissenen Augen gesehen, die auf die Tür des Arbeitszimmers gerichtet schienen. Als ihm klar wurde, daß nichts mehr zu machen war, hatte er den Kopf seines Vaters sanft auf die Glasplatte gelegt und sich dem Telefon in der anderen Ecke des Schreibtischs zugewandt. Dabei war er heftig gegen eine halboffene Schublade gestoßen und hatte sich weh getan. Als er versuchte, sie mit einem Stoß wieder zu schließen, tat er es so ungeschickt, daß sie statt dessen herunterfiel und ihr Inhalt sich auf dem Boden verteilte. Er bückte sich, um das Briefpapier und die Umschläge aufzusammeln, und entdeckte zwischen den Blättern eine Kassette, auf der mit schwarzem Filzstift »Für Willy« stand. Er nahm sie und betrachtete sie verwundert. Schließlich erinnerte er sich: Tage zuvor, bei einer der seltenen Unterhaltungen mit seinem Vater, hatte Willy mit ihm über *Mellow Yellow* gesprochen, ein Lied aus den sechziger Jahren, das er im Radio gehört hatte und das ihm außerordentlich gefiel. Sein Vater hatte mit zufriedener Miene gesagt, daß er es vielleicht bei seinen alten Platten habe und ihm aufnehmen werde, sobald er Zeit dazu finde. Offensichtlich hatte er die Platte gefunden, und der Gedanke, daß der Bankier, wie Willy ihn nannte, es geschafft hatte, ein paar Minuten seiner kostbaren Zeit zu erübrigen, um für seinen Sohn einen alten Song aufzunehmen, rührte Willy zutiefst. Er war eine Weile regungslos stehengeblieben und hatte versucht, kräftig durchzuatmen, um die Erschütterung und den Schmerz einzudämmen. Nachdem er sich schließlich beruhigt hatte, steckte er die Kassette in die Tasche, kehrte in die Gegenwart und ihre furchtbare Wirklichkeit zurück und nahm seine ganze Kraft zusammen, um die Polizei zu rufen und vor allem seine Mutter zu benachrichtigen.

Am Tag danach, als er die Kassette in den Recorder schob, vernahm er nach den ersten Takten von *Mellow Yellow* die Stimme seines Vaters, eine Stimme, die Willy nicht so niedergeschlagen und resigniert in Erinnerung hatte. Fassungslos hatte er die grauenvolle Geschichte angehört, die sein Vater erzählte und sich dabei ausdrücklich an ihn, seinen Sohn, wandte. Nachher, in dem Chaos der davon ausgelösten wirren Gedanken, war er zu der Meinung gelangt, daß sein Vater es vorgezogen hatte, ihm die Wahrheit auf diese Weise zu sagen, um ihm bei diesen für seine Familie schrecklichen Enthüllungen nicht persönlich gegenüberstehen zu müssen. Er hatte sich einem Tonband anvertraut, wie man sich früher Briefen anvertraute.

Willy riß sich endlich vom Porträt des Kriegers los, ging durch einen anderen Saal und verließ dann das Museum, um durch den Park zu spazieren. Auch Wagner war durch diesen Park gegangen, denn das Museum war sein Haus gewesen. Willy mochte Wagner nicht, doch der Park war schön, und im Sonnenuntergang waren die Pflanzen an diesem Tag, an dem es auch ein heftiges Gewitter gegeben hatte, von einem besonders klaren und leuchtenden Grün. Auf der Wiese rechts der Allee führte eine Gruppe von Leuten einige harmonische Tai-chi-Figuren aus, und Willy fragte sich, was Wagner wohl gesagt hätte, wenn er sie, aus der Vergangenheit katapultiert, gesehen hätte, wie sie sich auf diese für ihn vollkommen verrückte Art bewegten. Er stellte sich eine Unterhaltung mit dem großen Komponisten vor, den er vielleicht um Hilfe hätte bitten können (ein Genie ist und bleibt doch schließlich ein Genie); vielleicht hätte er es geschafft, ihn aus all den Schwierigkeiten herauszuholen, und wäre dann zu den Klängen des Walkürenritts in seine Zeit zurückgekehrt. Willy gelang ein Lächeln, und er sagte sich, daß dies der Plot einer Science-fiction-Geschichte sein könnte. Doch Wagner würde sich für ihn nicht bemühen, und was er erlebte, war kein Fantasyroman. Jacob Weber war tot, und er würde das gleiche Schicksal wie sein Vater erleiden, wenn dessen Mörder auf den Verdacht kamen, daß er nicht nur weggelaufen war, weil ihn der »Selbstmord« so erschüttert hatte, sondern weil er zuviel wußte und um sein Leben fürchtete. Willy fragte sich erneut, ob seine Entscheidung nicht falsch gewesen sei. Vielleicht hätte er keinerlei Verdacht erregt, wenn er geblieben wäre, und außerdem hatten die Mörder die Kassette nicht mitgenommen, was bedeutete, daß sie ihren Inhalt nicht kannten. Doch zu Hause zu bleiben war zu risikoreich gewesen, er wußte, daß er das Spiel nicht durchgehalten hätte, vor allem, weil er versuchen wollte, die Sache, für die sein Vater getötet worden war, weiterzuverfolgen. Und dafür mußte er sich in Sicherheit bringen. Er war der einzige, der wußte, wie sich das Ganze abgespielt hatte und welche entsetzlichen Dinge sich hinter diesem Tod verbargen.

Es war spät, bald würden das Museum und auch der Park geschlossen. Er eilte zum Ausgang, wobei er wieder das Gefühl hatte, verfolgt zu werden; doch als er sich umdrehte, war hinter ihm niemand zu sehen. Der Kies auf der Allee knirschte unter seinen schnellen Schritten, und der Abend malte neue Schatten zwischen die Bäume. Er beschleunigte seinen Schritt und erreichte den Ausgang. Er mußte den Bus nehmen, um in seine Pension zurückzukehren. Ein Taxi konnte er sich nicht leisten, weil sein Geld langsam zu Ende ging, und natürlich durfte er seine Kreditkarte nicht benutzen, weil sie sonst wahrscheinlich, wie er aus Filmen wußte, in Kürze auf seiner Spur gewesen wären. Als er aus dem Park trat, sah er den Bus an der Haltestelle, rannte los und schaffte es gerade noch aufzuspringen, als sich dic Türen schon schlossen.

4

Ogden war kurz nach Mitternacht auf dem Zürcher Flughafen gelandet und hatte sich zum Hotel Storchen bringen lassen. Er kannte die Stadt gut, weil er vor Jahren für eine Weile in einem Apartment an der Limmat gewohnt hatte, das ihm vom Dienst besorgt worden war; auch damals war ein Bankier in die Sache verwickelt gewesen. Die Angelegenheit hatte Zeit und Besonnenheit erfordert, und deshalb war er für ein paar Monate hier seßhaft geworden. Seither stieg er, wenn er nach Zürich zurückkam, in diesem Hotel am Fluß ab, weil es ihm gefiel, aus dem Zimmerfenster auf die Schwäne und Enten sehen zu können, die auf dem Wasser schaukelten, und gleichzeitig im Herzen der Stadt zu sein. Diesmal jedoch handelte es sich nicht um eine Mission im eigentlichen Sinne. Er tat nur Stuart einen Gefallen. Doch der Auftrag würde wohl nicht so einfach sein. Er vermutete, daß Jacob Weber aus einem schwerwiegenden und sehr präzisen Grund ins Jenseits geschickt worden war, den vielleicht auch dessen Sohn, besser gesagt: Stuarts Sohn kannte.

Als er in seinem Zimmer war, rief er zuallererst bei Alice Weber an. Ein Hausangestellter gab ihm die Auskunft, daß Frau Weber nicht zu Hause sei, doch zum Abendessen zurückkommen werde. Ogden hinterließ seinen Namen und bat darum, möglichst bald zurückgerufen zu werden. Er erwähnte Stuart nicht und hoffte, daß Alice Weber sich trotzdem melden würde; sonst mußte er es später noch einmal versuchen. Es war halb sieben, und Ogden ließ sich vom Zimmerservice einen Manhattan bringen, bevor er seinen Koffer auspackte. Alice Weber rief um Punkt sieben Uhr an.

»Hier ist Alice Weber. Spreche ich mit Herrn Ogden?«

»Am Apparat. Ich danke Ihnen, daß Sie mich gleich zurückgerufen haben. Ein gemeinsamer Freund hat mir Ihre Nummer gegeben und mich gebeten, mich mit Ihnen in Verbindung zu setzen. Wir sollten uns so bald wie möglich sehen...«

»Gewiß, wäre es Ihnen heute nach dem Abendessen recht?« fragte Alice Weber nach einem Moment des Zögerns.

»Heute abend paßt mir ausgezeichnet. Um wieviel Uhr?«

»Um neun, ich wohne in...«

Er unterbrach sie: »Ich kenne Ihre Adresse und werde um Punkt neun bei Ihnen sein. Bis später.« Ogden beendete das Gespräch auf möglichst freundliche Art. Wenn es sich vermeiden ließ, sollten am Telefon keine Namen von Personen und Orten genannt werden.

Nachdem er mit Alice Weber gesprochen hatte, rief er mit dem abhörsicheren Handy Stuart an. Es läutete nur kurz, bis der Chef des Dienstes sich meldete.

»Ogden hier. Ich habe mit ihr gesprochen und sehe sie heute abend in ihrem Haus.«

»Sehr gut. Ich bin zurück in Berlin, wenn du irgend etwas brauchst, ruf ausschließlich diese Nummer an, das ist mein persönliches Telefon, und ich lasse es immer eingeschaltet. Franz kommt morgen vormittag gegen elf zu dir ins Hotel.«

»Gut, wenn das Gespräch heute abend interessant ist, melde ich mich später noch einmal. Ansonsten würde ich sagen, daß wir uns von Zeit zu Zeit miteinander in Verbindung setzen, je nachdem, wie sich die Sache entwickelt. Was für ein *safe house* habt ihr in Zürich?«

»Franz wird dich über die Einrichtungen des Dienstes in der Stadt auf den letzten Stand bringen. Ich hoffe, daß ihr sie nicht braucht...«

»Das wünsche ich mir auch, aber ich weiß lieber, auf wen und was ich zählen kann. Jetzt muß ich los, gute Nacht, Stuart, wir hören voneinander.«

»Ogden...« Stuarts Stimme klang unsicher.

»Ja?«

»Ich wollte dir danken, ich hätte nicht gewußt, wem sonst ich diese Sache hätte anvertrauen können...«

»Für den Dank ist es noch zu früh, schließlich haben wir deinen Sohn noch nicht gefunden.«

»Mir wäre es lieber, du würdest ihn nicht als meinen Sohn bezeichnen. Laß ihn uns Willy nennen.«

»Einverstanden.«

»Eine letzte Sache...«

»Ich höre.«

»Alice weiß, daß ich dir anvertraut habe, daß ich Willys leiblicher Vater bin. Ich habe dir ja schon in Montreux gesagt, daß sie denkt, du seist ein von mir engagierter Detektiv. Aber um mein Vertrauen in dich zu rechtfertigen, habe ich ihr auch gesagt, daß wir schon ein Leben lang gute Freunde sind, fast wie Brüder...« Stuart unterbrach sich und räusperte sich verlegen. »Ich konnte nicht anders, das verstehst du doch, oder?«

Ogden lachte über die Geschichte und über Stuarts Verlegenheit. »Sicher, das ist schon richtig so. Alice muß absolutes Vertrauen zu mir haben. Und außerdem stimmt es ja, daß wir uns schon ein Leben lang kennen und jahrelang die Dioskuren von Casparius, unserem geliebten Vater Zeus, gewesen sind«, schloß er amüsiert.

»Gut«, Stuart schien erleichtert, »es freut mich, daß du keine Einwände hast. Du hast recht, wir kennen uns besser als manche Brüder und schätzen die Arbeit des anderen; und das ist ja schon mehr als bei den meisten Blutsverwandten. Also gute Nacht, Ogden. Wenn es Neuigkeiten gibt, kannst du mich jederzeit anrufen.«

Ogden legte auf, nahm eine Dusche, zog sich um und ging hinunter ins Hotelrestaurant. Die Rotisserie mit ihrer Terrasse am Fluß hatte ihm schon immer gefallen. Er entschied sich für einen Tisch im Freien und bestellte in aller Ruhe, denn er hatte Zeit. Das Wetter war angenehm, und dank der Sommerzeit war es auch noch hell. Dennoch hatte man schon die kleinen Tischlampen eingeschaltet. Er aß Bœuf à la Bourguignonne und ging für den Kaffee dann doch nach drinnen, weil es kühl und windig geworden war. Um Viertel vor neun ließ er sich ein Taxi rufen und fuhr zu seiner Verabredung.

Alice Weber lebte in einem eleganten Wohnviertel. Das Dossier, das Stuart ihm in Montreux gegeben hatte, enthielt ein Foto des Hauses, einer imposanten, von einem großen Park umgebenen Villa. Jacob Weber war ein angesehener Bürger gewesen, seine Bank war eine der bekanntesten der Stadt und sein Haus so würdevoll und tadellos wie seine Stellung in der Gesellschaft. Nur sein Tod war nicht so tadellos gewesen, ging Ogden durch den Kopf, als er das Gitter aufschob, das sich mit einem Klacken geöffnet hatte.

Er ging ein Stück auf der Allee, die nach links weiter in den Park hineinführte, dann hinter einer Gabelung geradeaus, bis er zum Haus gelangte. An der Tür empfing ihn ein Bediensteter, der ihn durch eine große Marmorvorhalle zu einer Tür geleitete, die er mit einer Verbeugung öffnete, bevor er zur Seite trat. »Die gnädige Frau erwartet Sie.«

Ogden ging hinein, und die Tür schloß sich hinter ihm. Das Zimmer war elegant und geräumig und strahlte gleichzeitig Behaglichkeit aus, was durch die hell getäfelten Wände und die darin eingepaßten Bücherregale verstärkt zum Ausdruck kam. Vor dem Kamin aus weißem Marmor standen eine Couch und drei Sessel und bildeten eine gemütliche Ecke. Zwei Frauen saßen in den Sesseln, die eine brünett, die andere blond. Letztere erhob sich und ging Ogden entgegen. Sie war groß, schlank und sehr elegant. Sie hatte wohl seit kurzem die Vierzig überschritten und war eine ausgesprochen schöne Frau.

Alice Weber lächelte, als sie Ogden die Hand reichte. »Es freut mich, Sie kennenzulernen. Setzen Sie sich doch bitte. Darf ich Ihnen meine Cousine Verena Mathis vorstellen. Verena, das ist Herr Ogden, der Detektiv, von dem ich dir erzählt habe.«

Ogden gab den beiden Frauen die Hand und nahm im Sessel Platz. Verena Mathis war ganz anders als ihre Cousine, doch nicht minder reizvoll. Nicht wie die Bankiersfrau blond und leicht gebräunt, sondern dunkelhaarig, mit sehr heller Haut und kastanienbraunen Augen. Die beiden Frauen waren wohl ungefähr im gleichen Alter, doch Verena war auf sportlichere Art elegant und erinnerte Ogden an Audrey Hepburn.

»Kann ich Ihnen etwas zu trinken anbieten?«

»Ja, danke, einen Gin Tonic.«

Alice nahm den Hörer des Haustelefons ab, bestellte den Drink, zündete sich eine Zigarette an und wandte sich dann wieder Ogden zu.

»Stuart hat Ihnen sicher beschrieben, in welcher Lage ich mich befinde...«

»Gewiß, Ihr Sohn hat das Haus nach dem Tode seines Vaters verlassen...«

»Er hat sich vielleicht umgebracht, vielleicht wurde er auch getötet...«, murmelte Alice und sah Ogden in die Augen. Aus ihrem Blick sprach Entsetzen: Das Blau ihrer Augen verdüsterte sich. »Willy ist weggelaufen«, fuhr sie fort, »und ich weiß, warum. Weil er Angst hatte. Sonst wäre er niemals so fortgegangen...«

Ogden fragte sich, ob die Cousine über Willys Vater Bescheid wußte.

»Verena weiß, daß Stuart Willys Vater ist«, sagte Alice, als hätte sie seine Gedanken erraten. »Jetzt sind wir vier, die es wissen. Und auch wenn Jacob tot ist, möchte ich nicht, daß es sonst noch jemand erfährt, vor allem mein Sohn nicht. Ich bin mir sicher, daß Sie dieses Geheimnis wahren werden.«

»Es gehört zu meinem Beruf, Geheimnisse zu wahren«, antwortete Ogden freundlich.

»Gewiß, entschuldigen Sie, aber ich bin ganz durcheinander...«

»Erzählen Sie mir, was geschehen ist«, forderte Ogden sie mit beruhigender Stimme auf.

Alice Weber stieß einen tiefen Seufzer aus. »An dem Tag,

als mein Mann gestorben ist, oder besser gesagt: an dem Abend, denn ich glaube, es geschah gegen sechs Uhr, war Jacob allein zu Hause. Willy und ich waren nicht da, und das Personal hatte Ausgang. Als Willy gegen sieben nach Hause kam, fand er seinen Vater im Arbeitszimmer, tot. Er hat zuerst die Polizei benachrichtigt, dann mich übers Handy angerufen und mir gesagt, Jacob gehe es schlecht. Als ich in größter Eile zurückkam, war der Krankenwagen schon da...« Alice unterbrach sich und hielt sich die Hand vor die Augen. Ogden wartete und dachte darüber nach, was er gehört hatte. Willy hatte zuerst die Polizei gerufen und dann mit seiner Mutter telefoniert: ein vernünftiges Verhalten, wie es unter so dramatischen Umständen ungewöhnlich war.

»Mein Sohn ist am nächsten Tag weggegangen, ohne mir eine Nachricht zu hinterlassen, nichts, was seine Entscheidung erklären würde«, fuhr Alice fort. »Er hat mich nur angerufen, um mir zu versichern, daß es ihm gutgeht.«

»Alice«, unterbrach Verena sie freundlich und leise, als fürchte sie, ein lauterer Ton könnte ihre Cousine körperlich verletzen. »Erzähl Herrn Ogden doch, was Willy gesagt hat, bevor er gegangen ist.«

Alice warf ihr einen Blick zu, runzelte die Stirn und schien dann zu verstehen. »Ja, sicher. Willy hat darauf bestanden, daß ich den amtlichen Stellen, den Freunden, eigentlich allen sagen solle, er sei durch den Tod seines Vaters vollkommen aufgewühlt und nahe an einem Nervenzusammenbruch. Aber das stimmt nicht. Natürlich war Willy durch den Tod seines Vaters erschüttert, doch er hat sich sehr gefaßt verhalten, hat mir die ganze Zeit beigestanden, bis er am nächsten Tag fortgegangen ist. Auch wenn er sehr niedergeschlagen war, hat er sich doch gut unter Kontrolle gehabt. Willy ist stark und ausgeglichen, Herr Ogden, und das hat er auch bei dieser furchtbaren Prüfung bewiesen.«

Ogden glaubte es und begann sich eine Vorstellung vom Charakter des Jungen zu machen.

»Warum hat Ihr Sohn Sie dann Ihrer Meinung nach gebeten zu erzählen, er wäre so aufgewühlt, daß er von zu Hause weggelaufen sei?«

Alice sah ihn verwundert an. »Aber das ist doch klar! Willy fürchtet um sein Leben, und deshalb ist er geflohen. Er glaubt, daß Jacob umgebracht worden ist, und will, daß die Mörder denken, er sei auf und davon, weil ihn der Tod seines Vaters so durcheinandergebracht habe, und nicht, weil er irgend etwas weiß, was ihn in Gefahr bringen kann.«

»Und wer könnte Ihren Mann getötet haben?« hakte Ogden nach. »Hatte er Feinde?«

Alice schüttelte den Kopf, antwortete nicht gleich, stand aus dem Sessel auf und begann nervös auf und ab zu gehen.

»Das weiß ich nicht!« rief sie beinahe verärgert aus, doch ihre Stimme war unsicher geworden, und Ogden war sich sicher, daß sie log. »Bankiers haben oft Feinde. Vielleicht hat einer, der sich irgendwie ungerecht behandelt fühlte, eine Dummheit begangen. Viele Leute drehen heutzutage durch...«

»Könnte nicht auch Ihr Mann durchgedreht und sich umgebracht haben?« fragte Ogden, weil er eine ehrlichere Antwort provozieren wollte.

»Nein!« brach es in einem Ton, der keinen Widerspruch duldete, aus der Witwe heraus. »Mein Mann hätte sich niemals das Leben genommen. Er hatte keinen Grund dazu, und außerdem kann ich Ihnen versichern, daß er unter keinerlei nervösen Störungen litt. Nein, irgend jemand hat auf Jacob geschossen und einen Selbstmord vorgetäuscht.«

»In Ordnung«, sagte Ogden versöhnlich. »Wenn ich also richtig verstanden habe, ist Willy Ihrer Meinung nach von zu Hause fortgegangen, weil er den Grund kennt, weswegen sein Vater ermordet worden ist, und fürchtet, die Mörder hätten es auch auf sein Leben abgesehen. Ist es so?«

Alice nickte nervös.

»Und Sie haben nicht die geringste Ahnung, was Willy wissen könnte?«

»Nein, glauben Sie mir, ich weiß es nicht. Wenn ich es wüßte, hätte ich es Ihnen schon gesagt. Aber jetzt geht es darum, Willy wiederzufinden und ihn in Sicherheit zu bringen.«

»Natürlich. Es geht darum, Willy wiederzufinden«, stimmte Ogden ihr zu. »Auch wenn er uns, haben wir ihn erst einmal gefunden, wohl erklären muß, vor wem er wegläuft. Nur dann können wir Polizeischutz beantragen, denn die Polizei neigt ja bisher, soviel ich weiß, zu der Ansicht, daß Ihr Mann sich das Leben genommen hat, und ist davon überzeugt, auch weil Sie selbst es angegeben haben, daß Ihr Sohn unter dem Eindruck des Schocks fortgelaufen ist, und nicht, um den Mördern zu entkommen. Sie haben die Polizei über Ihren Verdacht im dunklen gelassen...«

»Natürlich, das war die einzige Möglichkeit, Willy zu schützen: auch die Polizei, aber vor allem die Presse glauben zu machen, daß er aus Verzweiflung weggelaufen ist, und nicht, weil er irgend etwas weiß.«

»Ja, das habe ich verstanden, Frau Weber«, sagte Ogden geduldig. »Ich möchte nur darauf hinweisen, daß wir damit auch auf die Hilfe der Polizei verzichten müssen.«

»Ich weiß, aber es geht nicht anders. Und deshalb hat Stuart Sie hinzugezogen.«

»Gewiß. Doch ich möchte Ihre Aufmerksamkeit auf einen anderen, sehr wichtigen Aspekt lenken: Wenn Sie nichts darüber wissen, wer Ihren Mann ermordet hat, immer angenommen, daß er wirklich ermordet worden ist und Ihre Interpretation von Willys Flucht zutrifft, dann besteht für Sie selbst keinerlei Gefahr. Wenn Sie hingegen Kenntnis von irgend etwas haben, schweben Sie genauso in Gefahr wie Ihr Sohn. Sogar noch mehr, denn Ihr Sohn hält sich irgendwo versteckt, während Sie hier in Ihrem Haus leicht zu finden sind.«

Die letzten Worte fielen in eine vollkommene Stille. Ogden beobachtete Alice Weber und Verena Mathis. Die beiden Frauen wechselten einen schnellen Blick, um dann sofort wieder wegzusehen und sich weiter in Schweigen zu hüllen. Ogden hatte den Eindruck, daß die Bankiersfrau sich gerade bewußt machte, vielleicht zum ersten Mal, daß sie selbst in Lebensgefahr schwebte.

»Ich glaube, daß Sie etwas wissen«, provozierte Ogden sie, versuchte aber, einen höflichen Ton beizubehalten. »Doch ich glaube auch, daß Willy die Sache, um die es geht, selbständig herausgefunden hat und nicht den geringsten Verdacht hegt, daß auch seine Mutter im Bilde ist, sonst wäre er nicht weggegangen, sondern hätte mit Ihnen darüber geredet. Es ist geradezu aberwitzig, daß Willy meint, Sie durch seine Flucht zu schützen, und daß Sie meinen, ihn mit der Geschichte von seinem psychischen Zusammenbruch zu schützen, während die Mörder Ihres Mannes, wenn es sie denn gibt, keinen Augenblick an diese Geschichten glauben.«

Verena stand auf, ging zum Fenster und schaute hinaus. Alice blieb sitzen und starrte auf das blaue Muster des riesigen chinesischen Teppichs. Eine Weile herrschte ein bedrückendes Schweigen, Ogden ließ den Blick von einer zur anderen wandern und wartete. Verena hatte sich wieder hingesetzt und legte Alice, als sie schließlich hochsah, eine Hand auf die Schulter. Einen Augenblick schien es so, als wollte sie reden, dann überlegte sie es sich anders und zündete sich nur eine Zigarette an. Ogden bemerkte, daß ihre Hände zitterten.

»Meinen Sie nicht, daß ich recht habe, Frau Weber?« fragte Ogden.

Alice Weber schaute ihm gerade in die Augen. In ihrem Blick lag ebensoviel Verzweiflung wie Entschlossenheit, und gleichzeitig erkannte man deutlich, daß sie Angst hatte, auch wenn sie es mit allen Mitteln zu verbergen suchte. Sie würde nichts sagen. Ogden kannte solche Menschen. Sie waren weder besonders intelligent noch besonders mutig, beschlossen dann aber plötzlich an einem entscheidenden Punkt ihres Lebens, sowohl das eine wie das andere zu beweisen. Und das Ergebnis war unausweichlich eine Katastrophe.

»Sie hätten recht, Herr Ogden, wenn das wahr wäre, was Sie von mir annehmen. Doch ich weiß nichts. Meine Überzeugung, daß mein Mann ermordet worden ist, beruht allein auf der genauen Kenntnis seiner geistigen Verfassung: Ich bin mir sicher, daß er so etwas nie und nimmer getan hätte;

nur daraus habe ich meine Schlüsse gezogen. Willy dagegen weiß etwas, und damit setzt er sein Leben aufs Spiel. Warum hätte er mich sonst gebeten zu sagen, daß er ganz außer sich sei, wenn nicht, um die Mörder seines Vaters in die Irre zu führen? Und warum wäre er sonst geflohen?«

»Nun gut«, sagte Ogden müde. »Dann möchte ich Sie bitten, mir ein wenig über Ihren Sohn zu erzählen. Welche Vorlieben er hat, mit wem er verkehrt, ob er eine Freundin hat, welche Orte er gerne aufsucht und welche nicht. Wenn wir Willy finden wollen, muß ich alles wissen, was Sie mir über ihn sagen können.«

Alice Weber seufzte und begann zu erzählen.

Ungefähr um Mitternacht kehrte Ogden ins Hotel zurück. Er war überzeugt davon, daß Alice Weber ihm nicht die Wahrheit gesagt, sondern sich darauf beschränkt hatte, ihm eine fast schon pedantische Beschreibung ihres Sohnes zu geben. Doch schon bevor seine Mutter es bis zum Überdruß wiederholte, wußte Ogden bereits, daß Willy Weber ein intelligenter junger Mann war. Die Dossiers, die Stuart ihm in Montreux gegeben hatte, hatten ihn ziemlich erschöpfend über die drei Mitglieder der Familie Weber informiert. Wenn der Dienst beschloß, Nachforschungen über jemanden anzustellen, ließ sich kaum etwas verbergen. Willy wurde in dem Dossier als brillanter, wenn auch sprunghafter Student beschrieben, hoch begabt und an humanistischen Fächern interessiert. Er hatte das Gymnasium mit einem gewissen Vorsprung vor seinen Altersgenossen abgeschlossen, sich danach in Medizin eingeschrieben. Schon seit seiner Kindheit übte er sich in der alten japanischen Selbstverteidigungskunst Aikido, und er hatte eine Leidenschaft für die Philosophie des Ostens und holistische Medizin, was ihm an der Universität schon einige Schwierigkeiten eingebracht hatte. Sein Interesse für New Age legte den Gedanken nahe, daß er dreißig Jahre früher sicherlich mit den Hippies sympathisiert hätte. Insgesamt entstand das Bild eines idealistischen, ein wenig verträumten jungen Mannes mit einer gewissen Tendenz zur Innerlichkeit. Nach dem Gespräch mit Alice Weber konnte man weitere Betrachtungen anschließen: Willy konnte auch geistesgegenwärtig sein. Das hatte er bewiesen, als er nach der Entdeckung der Leiche seines Vaters zuerst bei der Polizei und dann bei seiner Mutter angerufen hatte. Dies zeigte, daß er sich auch in dramatischen Situationen vernünftig verhalten konnte; eine seltene Eigenschaft, besonders bei einem so jungen Menschen. Außerdem verstand er es, sich zu verstecken. Der Apfel fällt nicht weit vom Stamm – daran schien doch etwas zu sein.

Ogden goß sich einen Whisky ein, nahm Willys Dossier zur Hand, zog sein Foto heraus und betrachtete es. Willy war ein gutaussehender junger Mann mit einem interessanten Gesicht und einem eindringlichen Blick; das blonde Haar fiel ihm halb in die hohe Stirn, die wohlgeformte Nase und den vollen Mund hatte er von seiner Mutter, während das willensstarke Kinn an Stuart erinnerte. Das Foto war ein Schnappschuß aus einem Lokal, Willy saß an einem Tisch, vor sich ein Glas Bier, sprach mit irgend jemandem und gestikulierte. Er hatte einen ernsten Ausdruck in den Augen, als wolle er etwas erklären, was ihm besonders am Herzen lag. Ogden sah sich das Foto eine ganze Weile an, bevor er es zurück ins Dossier legte. Dann ging er zum Telefon und wählte Stuarts Nummer.

»Hier ist Ogden. Ich glaube, Alice weiß etwas, was sie mir nicht sagen wollte.« Er gab einen kurzen Bericht über den Verlauf des Abends.

Stuart antwortete nicht gleich. Ogden hörte, wie er sich am anderen Ende räusperte.

»Wenn Jacob Weber wirklich ermordet worden ist und der Junge etwas weiß, ist die Sache ernster, als wir dachten«, sagte er mißgelaunt. »Und du hast vollkommen recht: Wenn auch Alice etwas weiß, ist sie genauso in Gefahr wie ihr Sohn. Ein schöner Schlamassel. Glaubst du, du schaffst es, den Jungen bald zu finden?«

»Schwer zu sagen. Willy ist nicht auf den Kopf gefallen, und es sieht so aus, als würde er sich ziemlich geschickt verstecken. Im Augenblick mache ich mir mehr Sorgen um seine Mutter. Ich habe sie gewarnt, aber ohne Erfolg. Am besten, du schickst jemanden, um das Haus zu überwachen und Alice zu schützen.«

»Ich halte es nicht für richtig, den Dienst für eine Privatangelegenheit einzusetzen...«

»Rede doch keinen Unsinn, Stuart«, unterbrach ihn Ogden. »Du bist jetzt der Chef, und du kannst tun, was du willst; auch wenn ich verstehe, was du meinst. Aber ich habe das Gefühl, daß wir dabei sind, an etwas zu rühren, was sehr viel heikler ist, als wir dachten. Doch es ist noch zu früh, sich damit zu beschäftigen, und wir müssen auf jeden Fall Willy aus der Klemme helfen. Wenn du Skrupel hast, könntest du selbst Kunde des Dienstes werden, genauso wie die Länder, die uns in all den Jahren beauftragt haben. Das wird zwar ein bißchen teuer für dich, aber du bist ja reich, und die Sache sollte schnell erledigt sein, hoffe ich jedenfalls.«

»Ausgezeichnete Analyse«, meinte Stuart müde. »Wenn es stimmt, was du vermutest, hat dieser Idiot in ein Wespennest gestochen und zieht jetzt auch uns mit hinein. Gib mir eine Nacht Zeit zum Überlegen. Morgen lasse ich dich über Franz wissen, zu welchem Schluß ich gekommen bin. Hast du irgendeine Idee, wo du mit der Suche nach Willy anfangen willst?«

»Mehr oder weniger, aber nicht genau. Es ist wirklich so, als würde man eine Nadel im Heuhaufen suchen. Willy ist ein Einzelgänger, und seine Beziehungen zu Freunden sind eher unbeständig. Er hatte eine Freundin, aber die beiden haben sich vor ein paar Monaten getrennt, und es scheint keine neue an ihre Stelle getreten zu sein. Morgen gehe ich zusammen mit Franz an die Orte, an denen er sich früher häufiger aufgehalten hat, und versuche, mit ein paar von seinen Freunden zu reden. Es wird nicht leicht sein, wenn uns nicht das Schicksal zu Hilfe kommt…«

»Aber das hat es doch noch immer getan, nicht wahr?« sagte Stuart.

»Ja, sonst wären wir nicht hier. Wir hören morgen voneinander, gute Nacht.«

5

Franz machte ein gereiztes Gesicht, als er das Hotel Storchen betrat. Der Flug von Berlin nach Zürich hatte eine Stunde Verspätung gehabt, das Wetter war miserabel gewesen, und das Flugzeug hatte die ganze Zeit über nur geschaukelt. Er gab dem Hoteldiener ein Zeichen und ging zur Rezeption, um seinen Paß abzugeben. Als er den Schlüssel an sich nahm, fühlte er eine Hand auf seiner Schulter. Er drehte sich um und sah Ogden, der ihn anlächelte.

»Herzlich willkommen. Gab es Probleme mit dem Flug?«

»Ogden! Schön, dich zu sehen. Dieser verdammte Flug ...« Franz ergriff mit großer Herzlichkeit Ogdens Hand und hätte ihn wohl umarmt, wenn er zu einem solchen Freudenausbruch fähig gewesen wäre: Er war wirklich froh, den Mann wiederzusehen, mit dem er so viele gemeinsame Missionen durchgestanden hatte und der für ihn der ›Beste‹ war.

»Komm, wir trinken etwas, zur Feier des Tages ...« Ogden wandte sich dem Aufzug zu, denn die Hotelbar befand sich im ersten Stock. Als sie dort Platz genommen hatten, bestellte er Champagner.

»Du hast gedacht, wir sehen uns nicht wieder, stimmt's?« fragte Ogden.

»Ich war mir sicher, daß sie dich liquidiert hätten. Doch bei der Nachricht von Casparius' Tod habe ich aufgeatmet, weil ich wußte, daß, wenn du noch am Leben warst, deine Chancen gut standen. Und wirklich ...«

»Weißt du, warum wir in Zürich sind?«

Franz nickte. »Stuart hat gesagt, wir sollen einen Jungen finden. Der Dienst ist von einem Privatmann beauftragt worden. Der Vater des Jungen, ein wichtiger Bankier, hat sich das Leben genommen, oder aber: er ist umgebracht worden – die Behörden jedenfalls glauben an Selbstmord. Das ist alles, was ich weiß; und dafür, daß ich nur ein kleiner Agent bin, ist das ja schon fast zuviel. Ich nehme an, den Rest weißt du«, schloß er, ohne eine Antwort zu erwarten.

Ogden war zufrieden. Stuart hatte also doch beschlossen, den Dienst mit der Operation zu beauftragen. Das gab ihnen mehr Mittel und Möglichkeiten in die Hand.

»Das ist mehr oder weniger das, was wir im Augenblick alle wissen: Ein Privatmann hat den Dienst engagiert, um den Jungen zu finden. Das ist tatsächlich ein ziemlich ungewöhnlicher Vorgang. Normalerweise sind unsere Auftraggeber ja Regierungen. Doch darum müssen wir uns nicht kümmern, jedenfalls im Moment nicht«, sagte er und trank sein Glas aus. »Es ist Essenszeit. Wir können eine Kleinigkeit im Hotel zu uns nehmen, danach beginnen wir mit der Suche nach Willy. Hat Stuart für die Überwachung der Villa Weber gesorgt?«

»Ja, am Nachmittag kommt eine Mannschaft nach Zürich. Wir haben hier ein *safe house,* doch bis auf weiteres bleiben wir beide im Hotel. Stuart ist es lieber, daß die Gruppe und wir, wenigstens logistisch, getrennt arbeiten. Wir offen, und sie verdeckt. Ich habe das Gefühl, er betrachtet uns als sein persönliches Team im Zentrum der Operation...«

»Genau so ist es«, sagte Ogden und stand auf. »Komm, wir gehen ins Restaurant, es ist schon spät.«

Sie waren beim Dessert, als der Kellner an ihren Tisch kam, Ogden ein schnurloses Telefon reichte und ihm sagte, daß ihn jemand sprechen wolle.

»Ogden, hier ist Verena Mathis. Ich bin im Haus meiner Cousine, doch Alice ist nicht da. Das Personal hat mir gesagt, sie sei heute früh weggegangen, ohne irgend etwas zu hinterlassen. Wir waren hier im Haus zum Mittagessen verabredet, doch jetzt ist es schon zwei, und sie ist noch immer nicht zurückgekommen. Das ist nicht ihre Art. Vielleicht übertreibe ich ja, aber ich bin sehr in Unruhe. Da habe ich gedacht, es ist besser, Sie zu benachrichtigen...«

»Das war sehr gut so. Ich komme sofort zu Ihnen.«

Ogden legte das Telefon auf den Tisch und setzte Franz kurz ins Bild.

»Und los geht's...«, sagte Franz, ließ seine Serviette sinken und stand auf.

»Sieht ganz so aus«, stimmte Ogden zu und erhob sich ebenfalls. »Gehen wir!«

Franz bat den Portier, den Wagen, den er bei Hertz am Flughafen gemietet hatte, aus der Garage holen zu lassen. Kurz darauf hielt der BMW vor dem Eingang des Hotels. Der Hoteldiener überreichte Franz den Schlüssel.

»Ich bin kaum richtig angekommen, und schon geht der Ärger los«, lamentierte Franz und schüttelte den Kopf.

»Warten wir mal ab, ob das wirklich so ist oder ob die gnädige Frau nur beim Friseur aufgehalten wurde«, sagte Ogden.

»Am besten gehen wir mal vom Schlechtesten aus«, meinte Franz.

»Dann müßten wir nicht nur den Sohn, sondern auch die Mutter suchen. Was den Jungen angeht, haben wir gute Chancen, ihn lebend zu finden; für die Mutter möchte ich das nicht behaupten.«

»Meinst du, man hat sie genauso eliminiert wie ihren Mann?«

»Wenn Jacob Weber umgebracht worden ist, dann ist es

wahrscheinlich, daß man auch seine Frau ausschalten will. Alice Weber weiß etwas, und ich habe versucht, ihr begreiflich zu machen, daß sie sich in große Gefahr begibt, wenn sie schweigt. Doch sie hat es vorgezogen, nichts zu sagen.«

Als sie die Villa Weber erreichten, sahen sie ein Polizeiauto vor dem Tor stehen.

»Die Sache ist gelaufen«, sagte Franz und öffnete die Wagentür.

»Warte«, hielt Ogden ihn zurück, »steig noch mal ins Auto und fahr einmal um das Haus herum.«

Franz tat, wie ihm geheißen wurde, und als sie um die Ecke bogen, tippte Ogden eine Nummer in sein Handy. Verena Mathis meldete sich.

»Ogden hier, sagen Sie jetzt nichts und hören Sie mir aufmerksam zu. In wenigen Minuten bin ich mit meinem Kollegen Franz bei Ihnen. Wenn ich gleich auflege, erzählen Sie der Polizei, ich sei ein guter Freund von Ihnen, der Sie nach dem Essen bei Ihrer Cousine abholen wollte, und daß Sie mich gebeten hätten, doch ins Haus zu kommen, weil etwas geschehen sei. Wiederholen Sie jetzt einfach: Ogden, bitte komm gleich...«

Verena Mathis folgte mit unsicherer Stimme seinen Anweisungen.

»Wir sind in wenigen Augenblicken bei Ihnen, versuchen Sie, ruhig zu bleiben.«

Ogden beendete die Verbindung. »Fahr wieder vors Haus. Jetzt haben wir bei unserem Auftritt wenigstens ein Minimum an Tarnung.«

»Was ist denn los?« fragte Franz und fuhr extra langsam.

»Alice Weber muß etwas Schlimmes zugestoßen sein. In

solchen Fällen kommt die Polizei nach Hause, um die Nachricht zu überbringen. Wir können gegenüber den Beamten nicht unsere wahre Identität preisgeben: Ich bin ein Freund Verenas, wie üblich der Verleger aus Bern, und du bist einer meiner Mitarbeiter. Wir sind geschäftlich in Zürich und kommen gerade zur rechten Zeit, um unserer Freundin beizustehen. Hast du die Papiere bei dir?«

Franz nickte und parkte vor dem Haus. Wenige Minuten später wurden sie von einem Bediensteten in den Salon geführt. Verena Mathis sprach gerade mit einem korpulenten Mann mit graumeliertem Haar. Ihre Augen waren gerötet, und in ihrer Hand zerknüllte sie ein Taschentuch. Ein wenig abseits saß ein junger Polizist, der einen eifrigen Eindruck machte und ein Notizbuch auf seinen Knien hielt. Als Verena Ogden und seinen Begleiter eintreten sah, stand sie auf und ging ihnen entgegen.

»Ogden, wie gut, daß du da bist...«, sagte sie und umarmte ihn. »Es ist etwas Furchtbares geschehen ...« Ihre Stimme brach, doch es gelang ihr, die Tränen zurückzuhalten. »Man hat Alice gefunden. Sie ist in der Limmat ertrunken.«

»Mein Gott, wie ist das passiert?«

Der ältere Polizist trat näher: »Ich bin Inspektor Berger.«

Ogden löste sich behutsam aus Verenas Umarmung und gab ihm die Hand. »Mein Name ist Ogden. Ich bin ein Freund von Frau Mathis, und das ist Franz Schiller.«

»Leider«, sagte der Inspektor, »mußten wir Frau Mathis eine schreckliche Nachricht überbringen. Ihre Cousine ist vor einer Stunde tot aus dem Fluß geborgen worden. Der Gerichtsarzt schätzt, daß sie ungefähr drei Stunden im Wasser gewesen sein muß, also nehmen wir an, daß der Tod heute morgen eingetreten ist. Natürlich wird die Autopsie größere Klarheit bringen. Es tut mir leid, daß ich Frau Mathis bitten muß, die Leiche zu identifizieren. Da wir nicht wissen, wo sich Frau Webers Sohn augenblicklich aufhält, ist sie die einzige erreichbare Verwandte...«

»Ja aber, wie ist es denn passiert?« fragte Ogden noch einmal und sah zuerst Verena und dann Berger an.

Der Inspektor zuckte mit den Schultern und machte ein verlegenes Gesicht. »Wir nehmen an, daß es sich um Selbstmord handelt. Frau Weber war durch den Tod ihres Mannes sehr verstört. Nicht zu vergessen, daß ihr Sohn in einem Zustand geistiger Verwirrung fluchtartig das Haus verlassen hat...«

Verena hob ruckartig den Kopf, als wollte sie etwas sagen, hielt sich dann aber zurück. Sie holte tief Luft und sah Ogden an: »Ich möchte, daß du mich zum Leichenschauhaus begleitest. Ich habe Angst, da allein hinzugehen.«

Ogden trat zu ihr und legte ihr einen Arm um die Schulter. »Natürlich, wir gehen zusammen hin.«

»Dann können wir uns sofort auf den Weg machen, wenn Frau Mathis sich dazu in der Lage fühlt...«, sagte Berger und warf Verena einen fragenden Blick zu. Sie antwortete mit einem Nicken.

Der Inspektor und sein Kollege wandten sich zur Tür.

»Sie sind mit dem Auto hier, wenn ich das richtig verstanden habe«, sagte der Inspektor zu Ogden. »Wenn Sie uns mit Ihrem Wagen folgen, kann Frau Mathis mit Ihnen fahren.«

Sie verließen das Zimmer. Der Bedienstete brachte die

Mäntel, und während Berger sich seinen anzog, trat Verena zu ihm.

»Wenn es Ihnen nichts ausmacht, möchte ich gerne einen Augenblick mit den Angestellten sprechen, um ihnen mitzuteilen, was geschehen ist.«

»Ja, natürlich«, antwortete der Inspektor. »Kommen Sie danach bitte ins Gerichtsmedizinische Institut, wir erwarten Sie dort. Bis später.«

Als die beiden Polizisten gegangen waren, sah Verena Ogden an.

»Ich weiß nicht, was ich denken soll, ich bin entsetzt. Und dieser Dummkopf glaubt, daß mein Neffe in einem verwirrten Zustand ist. Mein Gott, morgen erfährt Willy aus den Zeitungen, daß auch seine Mutter tot ist...«

»Versuchen Sie jetzt Ruhe zu bewahren, ich bitte Sie«, antwortete Ogden mit einem freundlichen Blick. »Haben Sie dem Inspektor etwas von uns erzählt, bevor ich Sie angerufen habe?«

»Nein, absolut nichts. Es ging alles sehr schnell; kurz nachdem ich bei Ihnen im Hotel angerufen hatte, ist die Polizei gekommen. Sie haben mir gesagt, sie hätten die Leiche einer ertrunkenen Frau geborgen, die ihren Papieren zufolge meine Cousine sei. Sie haben mich gefragt, wann ich sie zum letzten Mal gesehen hätte, und ich habe die Wahrheit gesagt, also gestern abend. Dann haben sie mit den Hausangestellten gesprochen, die ausgesagt haben, daß Alice heute morgen gegen halb neun das Haus verlassen und vorher nur einen Kaffee getrunken habe.« Verena holte tief Luft. »Und jetzt erklären Sie mir bitte, was diese Inszenierung sollte, als Sie mich vom Auto aus angerufen haben.«

»Das ist sehr einfach: Ich will als Detektiv nichts mit der Zürcher Polizei zu tun haben. Stuart würde eine solche Publizität nicht gefallen, und Stuart ist nicht nur Willys Vater und mein Freund, sondern auch mein Auftraggeber, also ist sein Wunsch nach Diskretion auch der meine.«

»Doch früher oder später wird die Polizei erfahren, daß jemand nach Willy sucht...«

»Nicht unbedingt. Ihre Cousine ist tot, und es gibt niemanden außer Ihnen, der verraten könnte, daß der leibliche Vater Willys jemanden beauftragt hat, seinen Sohn zu suchen. Außerdem betrachtet die Polizei Willys Flucht als eine Kurzschlußhandlung. Sie rechnet eher damit, daß auch er Selbstmord begeht, wenn er vom Tod seiner Mutter erfährt. So etwas wie eine Familienkrankheit...«

»Aber wir wissen genau, daß es nicht so ist!« sagte Verena mit Nachdruck. »Willy läuft Gefahr, so zu enden wie sein Vater und seine Mutter, wenn wir ihn nicht finden, nicht wahr?«

Ihre Stimme klang verzweifelt, auch wenn der Ton leise blieb.

»Ja«, gab Ogden zu, »er läuft Gefahr, ermordet zu werden, wie sein Vater und seine Mutter. Und Sie sind die einzige Person, die uns helfen kann, ihn zu finden. Doch nun lassen Sie uns gehen, sonst fängt Berger noch an, sich Gedanken zu machen.«

6

Alice Weber war auf der Höhe der Rudolph-Brun-Brücke tot in der Limmat gefunden worden. Nachdem Verena sie identifiziert hatte, war Ogden mit ihr zurück nach Hause gefahren und hatte Franz bei ihr gelassen, weil er sich jetzt sicher war, daß auch sie in Gefahr schwebte. Danach hatte er sich auf den Weg zum *safe house* gemacht, um Kontakt mit den Männern aufzunehmen, die an dieser Mission beteiligt waren, und um mit Stuart zu telefonieren.

Das *safe house* des Dienstes lag nicht weit von der Villa Weber entfernt, im gleichen Teil vom Seefeld. Es handelte sich ebenfalls um eine alte Villa, weniger prächtig als die des Bankiers, aber doch elegant. Der sorgfältig gepflegte Garten erweckte den Eindruck, das Haus sei bewohnt.

Als Ogden am Tor klingelte, konnte ihn der Wachhabende im Haus über die Kameras der Videosprechanlage sehen. Ogden ging durch den Garten; an der Haustür wurde er von einem Mann Mitte Dreißig erwartet, der seine athletische Figur unter einem weiten Pullover versteckte.

»Ich bin Parker«, stellte sich der Agent vor und reichte Ogden die Hand. »Wir erwarten Sie schon. Der Chef hat sich bereits zweimal gemeldet und bittet Sie, ihn in Berlin zurückzurufen.«

Ogden drückte ihm die Hand. »Ich hätte gerne zwei Magnetkarten, eine für mich und eine für Franz, damit wir hier ins Haus können, ohne läuten zu müssen. Von jetzt an darf niemand ohne Paß das Haus betreten, ist das klar?«

Der Mann nickte und trat zur Seite. Ogden stand in einer runden Vorhalle mit Marmorboden, von der aus drei Türen abgingen und eine ziemlich imposante Treppe in den ersten Stock führte.

»Wo steht das Telefon?« fragte er Parker.

»Hier drüben«, antwortete dieser und öffnete eine Tür zu seiner Rechten. Sie betraten einen großen Raum, der zweigeteilt war, eine Art Arbeits- und Wohnzimmer in einem. Ein großer Nußbaumschreibtisch stand an den Fenstern zum Garten.

»Wie viele seid ihr?« fragte er Parker.

»Wir sind zu sechst, mich mitgezählt. Drei behalten die Villa Weber im Auge, die anderen sind hier oben im Haus. Sie studieren gerade die Dossiers und halten Kontakt mit den anderen Jungs.«

»Sehr gut, Parker. Zieh zwei Männer von der Villa Weber ab; sie wird nur noch vom Personal bewohnt. Die beiden sollen die Wohnung von Verena Mathis überwachen. Der Mann, der bei der Villa Weber bleibt, soll uns aber auf jeden Fall alle verdächtigen Bewegungen innerhalb oder außerhalb des Hauses melden, auch, was das Personal tut. Ich möchte detaillierte Informationen über die Hausangestellten, und zwar bis morgen. Jetzt laß mich allein. Später kannst du mir das Haus zeigen.«

Als Parker gegangen war, rief Ogden in Berlin an. Stuart meldete sich nach dem ersten Läuten.

»Ich bin's. Ich habe schlechte Nachrichten. Alice Weber ist tot.« Ogden setzte Stuart über die letzten Ereignisse ins Bild. Stuart hörte zu, ohne zu unterbrechen. »Es tut mir leid«, sagte Ogden, als er seinen Bericht beendet hatte.

»Sie hat sich dumm verhalten. Offensichtlich wußte sie etwas. Sie hätte es dir erzählen sollen...«

»Sie glaubte, ihren Sohn und sich selbst zu schützen. Vielleicht hätte sie ein bißchen mehr über dich und damit auch über mich wissen müssen...«, meinte Ogden.

»Was hätte ich deiner Ansicht nach tun sollen? Ihr erzählen, daß ich der Chef eines privaten Geheimdienstes bin und du ein Agent? Sei nicht albern! Es ist jetzt so gelaufen, nicht mehr zu ändern. Aber diese Leute haben ganz offensichtlich Angst. Ich frage mich, wo Weber da hineingegriffen hat... Aber auch wenn Alice tot ist, fühle ich mich doch verpflichtet, mein Versprechen zu halten: Wir müssen den Jungen finden und diese Geschichte so schnell wie möglich beenden.«

»Ich glaube nicht, daß das so leicht geht.«

»Der Dienst hat einzig und allein den Auftrag, Willy Weber zu finden. Alles andere interessiert uns nicht.«

»Richtig. Ich habe nämlich keine Lust, auch in der Limmat zu enden...«, sagte Ogden sarkastisch.

»Das amüsiert dich wohl?«

»Überhaupt nicht, aber daß du die Sache so wenig durchschaust, kommt mir schon beinahe rührend vor. Wer die Webers getötet hat, sucht jetzt Willy, genau wie wir, und wenn wir nicht schneller sind, bemerken sie uns, und dann haben wir sie am Hals«, brachte Ogden es auf den Punkt. »Wie unangenehm dir die Sache als Chef des Dienstes auch sein mag: Wir müssen so schnell wie möglich deinen Jungen finden. Wenn der Dienst in die Sache verwickelt wird, haben wir eben Pech gehabt.«

Ein paar Augenblicke war es still. Ogden meinte Stuart vor sich zu sehen, wie er am alten Schreibtisch von Casparius saß und angestrengt nachdachte.

»Es tut mir leid, vor allem für den Jungen«, sagte Stuart schließlich, fand aber gleich wieder zu seinem distanzierten Ton. »Ich war nicht auf solche Scherereien gefaßt, das könnte ein echtes Problem für den Dienst werden, und nach den Ereignissen von London und Casparius' Tod können wir uns keine Fehler leisten. Außerdem wäre es für mich unerträglich, sie selbst verursacht zu haben, wenn auch indirekt.«

»Wie dem auch sei, das sind nun mal die Tatsachen«, sagte Ogden. »Alice ist ertrunken, und wenn die Typen es professionell gemacht haben, wird bei der Autopsie herauskommen, daß es Selbstmord war. Sie hat heute morgen früh das Haus verlassen, um irgendwohin zu gehen, und ist entführt worden. Leider waren unsere Leute zu der Zeit noch nicht in Zürich, und deshalb hat niemand das Haus überwacht. Es war Schicksal, Stuart, niemand konnte vorhersehen, daß sich die Ereignisse derart überstürzen würden. Aber jetzt wissen wir jedenfalls mit Sicherheit, daß Weber ermordet worden ist.«

»Gewiß«, stimmte Stuart bedächtig zu, »wie Alice…«

»In gewisser Weise ist es auch für uns besser, daß die Polizei Alices Tod für einen Selbstmord hält. Dann kommen sie uns nicht in die Quere.«

»Ja, das stimmt. Und der Junge? Er wird es aus den Zeitungen erfahren…«

»Vielleicht kommt er dann aus seinem Versteck, und wir können ihn leichter finden – die anderen allerdings auch.«

»Hast du irgendeine Idee?« fragte Stuart.

»Ich muß mit Verena Mathis sprechen. Mir scheint, sie und der Junge sind sich sehr nah. Wenn es eine Möglichkeit gibt, ihn zu finden, kann nur sie uns darauf bringen. Ich gehe später zu ihr und versuche, etwas herauszubekommen.«

»In Ordnung, halt mich auf dem laufenden.«

»Stuart…? Kommst du nach Zürich, wenn wir den Jungen gefunden haben?«

Stuart räusperte sich und nahm sich Zeit für die Antwort. »Nein«, erwiderte er schließlich. »Ich sehe keinen Grund dafür.«

»Der Junge hat innerhalb weniger Tage seine Familie verloren…«

»Das stimmt«, gab Stuart zu, »doch ich habe nie zu seiner Familie gehört, und ich beabsichtige nicht, jetzt damit anzufangen. Ich habe eine Verpflichtung gegenüber Alice, und die will ich einhalten, aber das ist dann auch alles.«

»In Ordnung. Ich gehe jetzt. Wenn es etwas Neues gibt, melde ich mich bei dir.«

Ogden steckte das Handy in die Tasche, nahm den Telefonhörer ab und rief Parker im oberen Stockwerk an.

7

»Puisque nous ne sommes pas du monde et que le monde n'est pas de nous, donne nous à connaître ce que tu connais et aimer ce que tu aimes.«

Willy faltete den Zettel zusammen, auf den er sich eine Woche zuvor dieses katharische Gebet geschrieben hatte. Bei seinen Nachforschungen über die Häretiker war er in der Bibliothek darauf gestoßen.

Wie die Katharer hatte auch er sich nie so recht von dieser Welt gefühlt. Schon immer empfand er eine Art Fremdheit für das, was ihn umgab, so, als wäre seine Existenz etwas Zufälliges. Natürlich hatte ihm das einiges Unbehagen bereitet, auch wenn er sich in dieses Gefühl ergeben hatte, weil er zu der Überzeugung gelangt war, daß er, da er nun einmal auf dieser Welt war, genausogut versuchen könnte, so gut wie möglich zu leben. Leicht war es natürlich nicht. Sein Interesse für die Katharer war ein Jahr zuvor geweckt worden, als ein Kommilitone ihm von diesen südfranzösischen Häretikern aus dem dreizehnten Jahrhundert erzählte. Willy fühlte sich gleich von ihrer Gemeinschaft, die in den Albigenserkriegen ausgerottet worden war, angezogen. Ihre Geschichte bewegte ihn tief, wie ihn Ungerechtigkeiten der Menschheit gegenüber jenen Minderheiten, die ihren besten Teil darstellen, immer betroffen machten. Fasziniert von dieser außergewöhnlichen politischen und religiösen Kultur, begann er, sich zu informieren, und je intensiver er nachforschte, desto näher fühlte er sich ihrer Weltanschauung und ihrer Spiritualität. Die dualistische Auffassung, daß Gut und Böse in einen immerwährenden heftigen Kampf verstrickt seien, erschien ihm als ein Schlüssel zu Vergangenheit und Gegenwart. In kurzer Zeit war er zu einer Art Experte für katharische Theologie geworden. Und dann hatte er dieses eigenartige Erlebnis gehabt.

Eine seiner Freundinnen hatte ihm begeistert von spiritistisch begabten Menschen erzählt, die in Trance ihre Stimme Geistführern leihen. Zuerst hatte sich Willy über Helen lustig gemacht und ihr gesagt, daß diese Art menschliches Radio alles mögliche erfinden könne, da es nie zu widerlegen sei. Daraufhin hatte das Mädchen ihm die Aufnahme ihrer Sitzung vorgespielt, und er war ganz erschüttert gewesen. Das Medium hatte länger als eine Stunde ohne Unterbrechung gesprochen und Helen, die ihm nie zuvor begegnet war, sehr detailliert von ihrer Kindheit erzählt, ihr Ratschläge für ihr jetziges Leben gegeben und sich dabei auf präzise Daten und Orte bezogen. Willy hatte daraufhin beschlossen, das Medium aufzusuchen. Es war ein sympathischer Mann mittleren Alters, der während der Sitzung regungslos in Trance verharrte, mit einer Art Buddhalächeln auf den Lippen. Willys Geistführer bediente sich seiner Stimme und ließ ihn seine Kindheit wiedererleben, wobei er genaue Hinweise auf wichtige Ereignisse gab, die nur Willy kennen konnte. Dann, zum Schluß, eröffnete er ihm überraschend, daß er in einem früheren Leben ein Katharer gewesen sei. Diese Nachricht, ob sie nun stimmte oder nicht, hatte Willys Interesse für jene Gemeinschaft weiter verstärkt und ihn veranlaßt, seine Studien zu intensivieren. So hatte er Gefallen an dem radikalen Dualismus gefunden, der ihm interessanter schien als die gemäßigte katharische Strömung, die er für ein bißchen wirr und wenig glaubwürdig hielt.

Willy steckte den Zettel mit dem katharischen Gebet in ein kleines Notizbuch, während ihm der Gedanke durch den Kopf ging, daß er sich zum erstenmal in seinem Leben wirklich mit dem Bösen auseinandersetzen mußte. Bis vor wenigen Tagen war das Böse für ihn eine angsteinflößende, aber doch abstrakte Größe gewesen, mit der er niemals wirklich in Berührung gekommen war. Jetzt jedoch hatte das Böse ihm nicht nur den Vater genommen, sondern sich ihm gegenüber so deutlich und furchtbar gezeigt, daß ihm alles dem Wesen nach teuflisch vorkam. Was sein Vater ihm enthüllt hatte, gab den Katharern recht: Die Welt schien eher Satans als Gottes Werk.

Er sah sich um. Bald, wenn das bißchen Geld, das ihm noch blieb, aufgebraucht wäre, würde er das Pensionszimmer aufgeben müssen, wo er in den letzten achtundvierzig Stunden Zuflucht gefunden hatte. Er überlegte, daß er seine Tante anrufen und sie um Hilfe bitten müßte, zog sich die Jacke über und verließ das Zimmer. Im Erdgeschoß gab es ein Münztelefon. Von dort aus könnte er sie anrufen.

Als er die Halle betrat, sah er, daß sie leer war. Nur der Portier saß am Empfang, hörte gerade die Nachrichten und schien dadurch abgelenkt. Willy schlüpfte in die Kabine, schloß sorgfältig die Tür hinter sich und wählte Verenas Nummer. Nach wenigen Klingelzeichen nahm seine Tante ab.

»Willy! Lieber Himmel, wo bist du?«

»Das kann ich dir nicht sagen. Doch ich brauche deine Hilfe, und zwar gleich.«

»Willy...« Verena hatte sich wieder einigermaßen gefangen, auch dank Franz, der ihr mit Zeichen zu verstehen gegeben hatte, sie solle versuchen, weniger erregt zu sprechen. Franz war gerade damit fertig, den Apparat zu installieren, der es dem Dienst ermöglichen würde, alle ein- und ausgehenden Telefonate aufzunehmen.

›Versuchen Sie ihn zu überzeugen, gleich zu Ihnen zu kommen, aber sagen Sie ihm nichts von seiner Mutter‹, kritzelte Franz auf einen Zettel, den er Verena hinhielt. Sie las ihn, sah Franz mit einem verlorenen Blick an und nickte schließlich.

»Willy«, wiederholte sie, »was ist passiert, wo bist du in den letzten Tagen gewesen?«

»Unterwegs, es ging nicht anders. Verena, ich brauche Geld. Könntest du bei Jürg im Restaurant einen Umschlag für mich hinterlegen? Für den Augenblick genügen 5000 Franken. Kannst du das tun?«

Verena suchte wieder Blickkontakt mit Franz, der an einem Nebenanschluß mithörte. Er nickte.

»Natürlich. Aber willst du nicht zu mir kommen und mir erzählen, was geschehen ist?«

»Ich kann nicht, glaub mir, ich würde dich in Gefahr bringen. Mach, was ich dir gesagt habe, ich bitte dich, es ist ungeheuer wichtig. Laß den Umschlag bei Jürg, und dann geh gleich wieder. Bitte ihn, mit dir in sein Büro zu gehen, und gib ihm das Geld erst, wenn ihr allein seid. Sag ihm, daß er mit niemandem darüber sprechen soll. Hast du verstanden?«

»Ja, ja sicher...«

»Wie geht es Mama?«

Bei diesen Worten warf Verena Franz einen angsterfüllten Blick zu. Mit lautlosen Lippenbewegungen formte er ein paarmal das Wort »gut«.

»Gut geht es ihr, Willy. Gut«, stammelte Verena.

»Bestell ihr einen Gruß und beruhige sie. Ich will nicht zu Hause anrufen, weil ich glaube, daß das Telefon dort nicht sicher ist. Jetzt muß ich Schluß machen, ich lasse bald wieder von mir hören. Auf bald, Verena, tschüs.«

Verena legte auf. Ihre Hände zitterten. »Mein Gott!« stieß sie verzweifelt hervor. »Was können wir tun? Morgen früh wird er erfahren, daß seine Mutter gestorben ist und daß ich ihn angelogen habe. Das wird er mir nie verzeihen...«, schloß sie und weinte.

»Beruhigen Sie sich, Sie haben das einzig Mögliche getan, um ihn zu schützen. Zum Glück ist dieses Telefon schon abgeschirmt, und niemand kann das Gespräch abgehört haben. Wenn wir nicht so schnell gewesen wären, würde Ihr Neffe jetzt in höchster Lebensgefahr schweben. Nun beruhigen Sie sich doch bitte: Ich rufe Ogden an, und bald werden Sie den Jungen wiederhaben.«

Franz verließ den Salon, ging ins Schlafzimmer und schloß die Tür hinter sich, um zu telefonieren.

»Franz hier. Wir haben soeben einen Anruf des Jungen bekommen. Wo bist du?«

»Im Haus. Ich höre mir den Mitschnitt an und rufe dich zurück.«

Ogden rief Parker über das Haustelefon zu sich. Wenige Augenblicke später stand er in der Tür zum Arbeitszimmer.

»Habt ihr den Anruf aus der Wohnung von Verena Mathis mitbekommen?« fragte Ogden.

»Ja, wir haben ihn auf Band. Sie können ihn sich unten im Technikraum anhören.«

Ogden und Parker gingen hinunter ins Kellergeschoß, wo sich die technischen Anlagen der Basis befanden. An einem Schaltpult saß dort ein weiterer Agent.

»Das ist Adorf«, stellte Parker ihn Ogden vor.

Adorf drehte sich auf seinem Stuhl um. »Ich habe ein Telefonat aus der Wohnung im Seefeld für Sie.«

Ogden nickte und hörte sich den Mitschnitt zweimal an.

»Habt ihr den Anruf zurückverfolgen können?«

»Leider nein. Er war zu kurz«, antwortete Adorf bedauernd.

Ogden lächelte. Der Junge verhielt sich geschickt, alles in allem. Er ging zurück in den ersten Stock und rief Franz an.

»Ich habe das Band abgehört. Ich werde zwei Männer vor dem Lokal von diesem Jürg postieren, und die bewegen sich nicht weg, bis wir den Jungen haben. Sag der Mathis, daß ich unterwegs bin und das Geld mitbringe. Wir beide liefern es zusammen ab.«

»In Ordnung, Chef, ich warte auf dich.«

Ogden legte auf und rief Stuart an.

»Der Junge hat sich telefonisch bei seiner Tante gemeldet und um Geld gebeten. Wir sollen es ihm in das Lokal eines gewissen Jürg bringen, wo er es dann abholt. Wann, das hat er nicht gesagt.«

»Dann haben wir es ja geschafft«, sagte Stuart zufrieden. »Jetzt muß man nur achtgeben, daß er nicht entwischt, aber das dürfte nicht schwierig sein. Laß das Lokal überwachen. Natürlich wäre es besser, wenn du ihn in Empfang nimmst...«

»Ich werde mein Bestes tun. Franz und ich bleiben da, bis er auftaucht. Der Junge braucht das Geld dringend, er wird nicht lange auf sich warten lassen.«

»Wenn ich es richtig verstehe, habt ihr den Anruf nicht zurückverfolgen können...«

»Nein, er war zu kurz.«

»Da sieh mal einer an...«, murmelte Stuart beinahe zufrieden. »Haben sie die Nachricht von Alices Tod schon im Radio gebracht?«

»Leider ja. Wir können nur hoffen, daß Willy sie nicht gleich hört.«

»Allerdings. Wenn er die Nachricht mitkriegen sollte, bevor er zu dem Lokal kommt...«

»Das wäre schlimm«, unterbrach Ogden ihn, »aber wir müssen das Kind nicht aus dem Brunnen holen, bevor es hineingefallen ist. Ich mache mich jetzt auf den Weg und rufe dich an, sobald die Geschichte erledigt ist.«

»Ogden...«

»Ja?«

»Viel Glück.«

»Wünsch das nicht mir, Stuart, sondern Willy.«

8

Nachdem sie zwei Männer am Haus von Verena Mathis zurückgelassen hatten, erreichten Ogden und Franz Jürgs Lokal, ein typisches Zürcher Zunfthaus am Neumarkt. Es war gedrängt voll, doch der Tisch gleich am Eingang wurde eben in dem Moment frei, als sie kamen, und Ogden und Franz setzten sich.

»Beste Sicht, wir sitzen in der ersten Reihe«, sagte Franz zufrieden.

»Stimmt, hoffen wir, daß sonst niemand in der ersten Reihe sitzt...«, meinte Ogden und sah sich um.

Ein Kellner trat an den Tisch, um die Bestellungen aufzunehmen. Es war kurz nach sieben.

Willy hatte einen Bus ins Zentrum genommen. Nachdem er den Fahrschein bezahlt hatte, bemerkte er, daß ihm nur noch ein bißchen Kleingeld blieb, gerade einmal genug, um bei Jürg ein Bier zu trinken, ohne den Umschlag zu öffnen, den seine Tante für ihn hinterlegen sollte. Er überlegte, daß Verena vielleicht in dem Lokal bleiben würde, um auf ihn zu warten. Das durfte nicht geschehen, denn die Mörder seines Vaters wußten sicherlich, wie die anderen Familienmitglieder aussahen. Er machte sich Vorwürfe, ihr nicht mit Nachdruck gesagt zu haben, daß sie nach Ablieferung des Umschlags sofort wieder gehen mußte. Doch dafür war es jetzt zu spät. Man konnte nur hoffen, daß Verena es auf die Art erledigte, wie er es von ihr gewollt hatte.

Er stieg aus dem Bus und ging mit schnellen Schritten Richtung Neumarkt. Ab und zu wandte er sich um, obwohl er wußte, daß es für ihn schwer zu erkennen wäre, wenn ihm jemand folgte. Trotzdem machte er einige Umwege, bevor er Jürgs Restaurant erreichte. Als er eintrat, hatten die beiden Agenten ihre Mahlzeit schon beendet. Ogden, der sich gerade eine Zigarette anzündete, sah ihn hereinkommen.

»Da ist er«, sagte er leise und steckte das Feuerzeug wieder in die Tasche.

»Ich habe ihn gesehen.« Franz straffte sich auf seinem Stuhl.

Willy war zur Theke gegangen und sprach mit einer der Kellnerinnen. Sie lächelte ihn freundlich an, offensichtlich kannten sich die beiden. Willy ließ sich auf einem der hohen Hocker nieder, und der Barkeeper servierte ihm ein Bier.

»Irgend etwas muß schiefgelaufen sein«, sagte Franz.

»Ja, der Wirt ist nicht da.«

»Woher weißt du das?«

»Ich habe dafür gesorgt, daß er nach Horgen fährt: Seine Mutter ist ins Krankenhaus eingeliefert worden.«

Franz sah ihn erstaunt an: »Aber das stimmt nicht...«

»Natürlich nicht. Ich wollte nur nicht, daß er mir in die Quere kommt. Jetzt gehe ich zu dem Jungen. Und du behältst alles im Auge...«

Ogden stand auf, trat an die Theke, bestellte einen Whisky und setzte sich auf den Hocker neben Willy Weber.

»Guten Abend, Willy.«

Willy wandte sich ruckartig um. »Kenne ich Sie?« fragte er ruhig, doch in seinen Augen flackerte Angst auf.

»Nein, Sie kennen mich nicht, ich bin ein Freund Ihrer Tante Verena. Ich habe bei mir, um was Sie sie heute gebeten haben«, sagte er und hielt ihm den Umschlag hin.

Ogden beobachtete, wie die blauen Augen von Stuarts Sohn vor Anstrengung dunkler wurden, wie er versuchte zu verstehen, ob er die Wahrheit sagte. Ein paar Augenblicke vergingen. Willy musterte den Mann neben sich. Er war gutaussehend, elegant und lächelte. Doch dieses Lächeln war zu kühl und aufmerksam, um glaubwürdig zu sein. Willy nahm den Umschlag, warf einen diskreten Blick hinein und steckte ihn dann in die Tasche.

»Ich glaube, wir sollten keine Zeit verlieren«, fuhr Ogden fort, und seine Miene blieb weiter entspannt und freundlich. »Sie sind in Gefahr, in Lebensgefahr, und ich bin nicht nur hier, um Ihnen das Geld Ihrer Tante zu bringen, sondern auch um Ihnen zu helfen.«

»Was zum Teufel sagen Sie da?«

»Ich glaube, daß Ihr Vater ermordet worden ist; egal, was die Polizei denkt. Ich möchte verhindern, daß Sie das gleiche Ende nehmen.«

Willy sank fast unmerklich ein klein wenig in sich zusammen und starrte ein paar Sekunden auf den Fußboden. Dann straffte er sich und sah Ogden erneut an.

»Wer sind Sie?«

»Ich bin Detektiv. Ihre Tante hat mich beauftragt, Sie zu beschützen und in Sicherheit zu bringen.«

Willy griff sich mit der Hand an die Stirn und holte tief Luft.

»Wieso glauben Sie, daß mein Vater ermordet worden ist?« fragte er dann, ohne hochzusehen.

»Im allgemeinen schießt man sich eine Kugel in den Kopf, und nicht in die Brust, wenn man sich umbringen will. Außerdem bin ich davon überzeugt, daß Sie aus einem bestimmten Grund geflohen sind.«

Willy antwortete nicht gleich. Er zündete sich eine Zigarette an und atmete den Rauch tief ein, bevor er sich Ogden wieder zuwandte.

»Sie könnten einer von denen sein, die mich umbringen wollen...«, sagte er.

Ogden bewunderte die Geschicklichkeit, mit der Willy ausgewichen und selbst in die Offensive gegangen war, statt Ogdens Andeutung aufzunehmen. Er zog das Handy aus der Tasche und wählte die Nummer von Verena Mathis. Sie meldete sich nach dem ersten Klingelzeichen.

»Ich bin hier mit Ihrem Neffen. Sie sollten ihn beruhigen, was meine Absichten angeht, doch ohne allzuweit auszuholen. Sie werden ihn bald sehen.« Ogden reichte Willy das Telefon.

»Verena?« Willys Stimme hatte zum ersten Mal einen Tonfall, der seinem Alter entsprach. Verena Mathis war überzeugend, denn Ogden sah, wie sich Willys Miene leicht entspannte.

»Gut, Verena, bis gleich.«

Ogden machte Willy ein Zeichen, ihm das Handy zu geben.

»Wann kommt ihr?« fragte Verena ängstlich, sobald Ogden wieder am Apparat war.

»Sie können Ihren Neffen bald sehen, doch nicht bei sich zu Hause. Warten Sie auf unseren Anruf. Und bewahren Sie die Ruhe, es wird alles gut.«

»Aber wie geht es Willy denn?«

»Nicht schlecht, unter den gegebenen Umständen. Bis später.«

Ogden steckte das Handy in die Tasche zurück, und Willy beobachtete ihn.

»Vielleicht hat meine Tante so gesprochen, weil sie bedroht wird«, sagte er und sah Ogden gerade in die Augen. »Aber auch wenn es so wäre, müßte ich mitkommen, nicht wahr?«

»Stimmt«, gab Ogden zu und erwiderte den direkten Blick. Ihm fiel auf, daß Willy Stuarts Augen hatte: die gleiche Kühle und Skepsis. Der Junge machte sich keine Illusionen. Ogden fand, daß Stuart stolz auf seinen Sohn sein könnte.

»Wohin bringen Sie mich?« fragte Willy.

»An einen sicheren Ort, wo die Mörder Ihres Vaters Sie nicht finden.«

»Früher oder später werden sie mich sowieso finden... Aber ich habe keine Wahl, oder?«

»Nein, das haben Sie nicht...«, bestätigte Ogden und stieg von seinem Barhocker. »Doch etwas mehr Optimismus würde nicht schaden. Jetzt folgen Sie mir bitte.«

Willy tat, was er sagte, und sie gingen zu dem Tisch, wo Franz schon aufgestanden war und auf sie wartete.

»Das ist Franz«, sagte Ogden, »mein Kompagnon. Sie können ihm vertrauen. Jetzt verlassen wir zusammen das Lokal.«

Als sie auf der Straße waren, gingen sie auf ein in der Nähe geparktes Auto zu. Ogden und Franz nahmen den Jungen in die Mitte. Es waren nur wenige Leute unterwegs. Ogden sah das Auto, das er unter Bewachung hatte stellen lassen, bevor er ins Restaurant gegangen war; die beiden Agenten des Dienstes saßen darin. Er schaute sich um: Alles schien ruhig, die wenigen Passanten hatten keine Eile. Inzwischen war es Abend geworden, und die Lichter aus den Lokalen erleuchteten die Straßen. Ogden wußte, daß zuviel Ruhe nie ein gutes Zeichen ist.

»Halt die Augen offen«, sagte er zu Franz, der ihm einen besorgten Blick zuwarf. Mehr als einmal hatte Ogden ihm mit seinem sechsten Sinn das Leben gerettet. Instinktiv packte er den Arm des Jungen und berührte mit der anderen Hand die Pistole in seinem Trenchcoat.

In diesem Moment sah Ogden die beiden Männer auf sie zukommen. Sie unterhielten sich lebhaft, einer von ihnen lachte laut und schlug dem anderen auf die Schulter, mit einer übertrieben freundschaftlichen Geste. Ogden drehte sich zu Franz um.

»Schaff den Jungen weg, schnell!« befahl er. Dann zog er seine Pistole und ging mit gezückter Waffe weiter. Die beiden bemerkten sein Manöver und starrten ihn verblüfft an. Ogden ging weiter auf sie zu, behielt sie im Visier. Als er bis auf wenige Schritte herangekommen war, zog einer der beiden ebenfalls eine Pistole, während der andere versuchte, ihn von hinten zu fassen. Ogden wich aus, zielte und schoß auf den Mann vor sich. Da er aus dem Gleichgewicht geraten war, traf er ihn nur ins Bein. Der Mann brach mit einem Schmerzensschrei zusammen. Der zweite sprang Ogden in den Rücken und preßte ihm den Lauf seiner Pistole in die Seite. Sein Griff wurde jedoch gleich wieder schwächer, und er fiel ohne einen Laut zu Boden. Ogden sah sich um und entdeckte Parker, der ihm mit dem Kopf ein Zeichen gab, die Pistole mit dem Schalldämpfer noch in der Hand.

»Schnell, kommen Sie!« sagte er.

»Wo sind Franz und der Junge?«

»Weiß ich nicht. Ich habe sie in dem Durcheinander aus den Augen verloren. Nichts wie weg hier, die Polizei wird jeden Moment dasein.«

Sie sprangen in den Mercedes, der Fahrer hatte den Motor schon angelassen und gab nun Vollgas. Ogden drehte sich um und sah durch die Heckscheibe, wie sich eine Menschentraube um die beiden auf dem Boden liegenden Männer bildete. Ogden richtete sich an den Fahrer.

»Wissen Sie, wo Franz und der Junge abgeblieben sind?«

»Sie sind den Neumarkt wieder hoch Richtung Rindermarkt. Ich wäre ihnen hinterher, aber Willy ist bei Franz sicher, während Sie so schnell wie möglich verschwinden mußten. Außerdem ist da die Durchfahrt verboten«, schloß er ein wenig verlegen.

»Das hast du richtig gemacht«, beruhigte Ogden ihn. »Und jetzt laß mich aussteigen, damit ich ihnen folgen kann. Ihr stellt den Mercedes an einem ruhigen Ort ab, ruft im Seefeld an und laßt euch ein anderes Auto bringen. Ich melde mich wieder bei euch.«

Als er von Ogden fortgeschickt worden war, hatte Franz zu rennen begonnen und Willy mitgezogen. Sie waren in die Froschaugasse abgebogen, immer weiter im Laufschritt, bis sie die Niederdorfstraße in Höhe der Brunngasse erreichten. Erst dort waren sie langsamer gegangen und schließlich stehengeblieben. Willy hatte Franz erschrocken angesehen.

»Ich habe Schüsse gehört...«

»Ja«, unterbrach ihn Franz, der sich Sorgen um Ogden machte. »Der Chef hat auf diesen Mistkerl geschossen...«

Er hatte den Schauplatz zu überstürzt verlassen, um zu wissen, ob Ogden heil aus der Sache herausgekommen war. Auch wenn er eher optimistisch sein konnte, weil zwei ihrer Leute vor dem Lokal postiert waren, würde er doch erst Gewißheit haben, wenn er mit Ogden sprach. Er zog das Handy aus der Tasche und wählte seine Nummer. Als Ogden sich meldete, stieß er einen Seufzer der Erleichterung aus.

»Alles in Ordnung?« fragte er.

»Ja, alles in Ordnung. Wo genau seid ihr?«

»In der Niederdorfstraße, Ecke Brunngasse...«

Als Franz sich umschaute, um genauere Angaben zu machen, bemerkte er, daß Willy sich von ihm entfernt hatte. Er wollte ihn gerade rufen, da spürte er, daß jemand hinter ihm war. Er schaffte es nicht einmal mehr, sich umzudrehen und seinen Angreifer zu sehen: ein Schlag in den Nacken, und er verlor das Bewußtsein. Der Mann hinter ihm fing ihn auf und lehnte ihn dann wie einen in sich zusammengesunkenen Betrunkenen, dem er geholfen hatte, an die Wand. Danach sah er in Willys Richtung.

Willy war nicht weit weg und hatte sich gerade früh genug umgedreht, um zu sehen, wie der Mann Franz hielt. Er überlegte nicht lange und begann wieder zu laufen. Er hatte einen gewissen Vorsprung vor diesem Typen, sagte er sich, falls nicht noch andere da waren.

Als die Verbindung mit Franz abbrach, setzte Ogden sich seinerseits im Laufschritt Richtung Niederdorfstraße in Bewegung und legte den gleichen Weg zurück, den kurz zuvor Franz und Willy hinter sich gebracht hatten. Am Ende der Brunngasse angekommen, bemerkte er eine Traube Menschen vor einem Hauseingang. Mit den schlimmsten Befürchtungen ging er näher und stieß einen Seufzer der Erleichterung aus, als er sah, daß Franz sich den Kopf massierte, während zwei Männer, die sich um ihn gekümmert hatten, bei ihm standen.

»Es geht mir gut, danke, es geht mir gut«, sagte er immer wieder zu den beiden, die unbedingt einen Krankenwagen rufen wollten.

Ogden trat näher: »Franz, was ist passiert?«

Die Männer wandten sich ihm zu: »Sind Sie ein Freund von ihm?« fragte einer der beiden.

»Ja doch. Aber kann man vielleicht erfahren, was passiert ist?«

»Ich bin von einem Kerl überfallen worden, der es auf meine Brieftasche abgesehen hatte, das ist passiert!« antwortete Franz mit gespielter Empörung. »Auch in der Schweiz kann man nicht mehr auf die Straße gehen, ohne ausgeraubt zu werden. Und als ich gemerkt habe, daß seine Hand in meiner Tasche steckte, hat der Kerl mir noch einen Schlag auf den Kopf verpaßt. Unglaublich!«

Ein Polizist, der in diesem Moment dazukam, fragte ihn, ob er Anzeige erstatten wolle. Franz schüttelte den Kopf und sagte, er habe den Überfall ja abgewehrt und seine Brieftasche verteidigt. Nach zehn Minuten war die Sache erledigt, der Polizist verschwand, und auch die Leute gingen wieder ihrer Wege.

»Wo ist der Junge?« fragte Ogden.

»Ich weiß es nicht. Als ich mit dir telefoniert habe, ist er ein paar Schritte weggegangen. Ich wollte ihn gerade zurückrufen, als mir einer einen Schlag verpaßt hat...« Er unterbrach sich wütend.

»Also wissen wir nicht, ob die anderen ihn haben oder ob es ihm gelungen ist wegzulaufen. Es kommt mir wenig wahrscheinlich vor, daß er es geschafft hat«, meinte Ogden. »Aber jetzt laß uns von hier verschwinden, diese Hurensöhne scheinen überall in der Stadt zu sein, und wir bieten offensichtlich ein leichtes Ziel. Komm, wir gehen in das Café dort drüben, da sind wir nicht so ungeschützt. Von da aus rufen wir unsere Jungs an, daß sie uns abholen sollen.«

Willy, immer noch im Laufschritt, hatte sich umgedreht, um zu sehen, wie nahe sein Verfolger hinter ihm war. Der Mann hatte aufgeholt und würde ihn bald erreichen. Doch Willy hatte Glück: Gerade in diesem Moment kam eine Frau mit einem Kinderwagen aus einem Geschäft. Der Zusammenstoß mit seinem Verfolger war unvermeidlich; er versuchte zwar auszuweichen, doch vergeblich: Er fiel über sie, der Kinderwagen stürzte um, und die Mutter begann zu schreien. Man half dem Mann, der unglücklich gefallen war, wieder auf die Beine, während andere Passanten den Kinderwagen mit dem weinenden Baby aufstellten und sich um die Mutter kümmerten, die völlig hysterisch war.

Willy erkannte, daß dies seine letzte Chance war. Er sah sich um: Nicht weit von ihm stieg gerade ein Pärchen aus einem Taxi. Er lief hin und sprang sofort in den Wagen.

»Zum Bahnhof, schnell«, rief er. Der Fahrer musterte ihn verwundert, fuhr aber los. Willy drehte sich um und sah, daß sein Verfolger, ungeachtet des Chaos um sich herum, auf das Taxi starrte. Willy duckte sich schnell und hoffte, daß er ihn nicht hatte einsteigen sehen.

9

Als sie wieder im *safe house* im Seefeld waren, zogen Ogden und Franz sich in das Arbeitszimmer im Erdgeschoß zurück. Ogden hatte, in der vagen Hoffnung, daß es Willy gelungen war, dem Mann, der Franz niedergeschlagen hatte, zu entkommen, alle verfügbaren Leute außer Parker losgeschickt, um die Stadt zu durchkämmen.

Ogden setzte sich an den Schreibtisch und starrte auf das Telefon.

»Ich muß Stuart anrufen«, sagte er.

»Laß uns noch ein bißchen warten, vielleicht finden sie ihn ja …«, meinte Franz, doch es klang nicht sehr überzeugt.

»Es ist nicht deine Schuld, Franz: Das hätte jedem passieren können«, beruhigte Ogden ihn. »Wir sind da in eine richtig große Sache hineingeraten. Weber ist mit Sicherheit nicht von irgend jemandem in einem Anfall von Wahnsinn umgebracht worden, wie seine Frau uns das nahelegen wollte. Und Willy kennt sehr wahrscheinlich das Motiv für den Mord an seinem Vater.«

»Meinst du, der Junge hat es geschafft?«

»Schwer zu sagen. Er weiß sich zu helfen, aber es waren eine Menge Leute hinter uns her. Wir können nur hoffen, daß euer Verfolger allein war. Vermutlich sind sie zu dritt gewesen, als sie sich mit uns angelegt haben, zwei haben sich mit mir beschäftigt, und ein Dritter ist euch gefolgt und hat einen günstigen Moment abgewartet, dich auszuschalten und sich Willy zu schnappen. Wenn es so gelaufen ist, besteht die Chance, daß Willy die Flucht gelungen ist.«

»Zum Glück hast du früh genug gemerkt, daß irgend etwas nicht stimmte. Wie du ihnen die Pistole vorgehalten und sie gezwungen hast, mit ihrem Theater aufzuhören – das war gekonnt, wie immer…«, meinte Franz bewundernd.

»Es hat nicht viel genutzt…«

»Wenn du nicht so reagiert hättest, wären wir jetzt nicht hier, um darüber zu reden«, gab Franz zu bedenken. »Wir hätten unsere Karriere in Zürich beendet, und auch der

Junge wäre tot. Es scheint so, als wollten sie die ganze Familie ausrotten.«

»Das könnte man meinen...«, stimmte Ogden zu.

In diesem Moment läutete das Handy. Es war Stuart.

»Wie sieht es aus?« fragte der Chef des Dienstes.

»Schlecht...« Ogden erklärte ihm kurz, was geschehen war.

»Was meinst du, was dem Jungen passiert ist?« fragte Stuart.

»Er ist auf Draht, vielleicht ist ihm die Flucht gelungen. Aber wir haben es mit Profis zu tun, und sie sind viele und gut organisiert. Man kann nur hoffen, daß er Glück gehabt hat. Unsere Leute durchkämmen Zürich, doch du weißt ja so gut wie ich, wie schlecht die Aussichten sind, bei einer solchen Aktion Erfolg zu haben. Falls Willy entkommen konnte, wird er sich verstecken. Falls nicht... nun... darüber müssen wir nicht reden.«

»Brauchst du noch mehr Männer?«

»So, wie die Lage ist, wäre es besser. Schick mir vier Leute, das dürfte genügen. Außerdem möchte ich mehr über Weber und seine Bank erfahren. Über die Ursprünge, den Gründer, alles, was man wissen muß.«

»Der alte Weber, Jacob Webers Vater, einer der mächtigsten Zürcher Bankiers, ist vor wenigen Wochen gestorben«, sagte Stuart.

»Und der Sohn ist ihm rasch gefolgt. Es wäre interessant, zu erfahren, wieso der Vater im Vergleich zum Sohn ein so hohes Alter erreicht hat. Und da die Söhne die Schuld der Väter tragen müssen, finden wir die Antwort auf unsere Fragen wahrscheinlich im Leben des Alten.«

»Du bist ein bißchen arg biblisch; ist das auf mich gemünzt?« fragte Stuart leicht gereizt.

»Du mußt kein schlechtes Gewissen haben!« meinte Ogden mit einem Anflug von Spott. »Du hast mir immer gesagt, daß du dich nicht als Vater des Jungen betrachtest, also mußt du dich auch nicht schuldig fühlen. Der arme Willy hat nur die Last der Familie Weber zu tragen. Das hoffe ich wenigstens, denn das Erbe eines Bankiers und das eines Spions zu schultern, das wäre tatsächlich für jeden zuviel, egal, in welchem Alter.«

»Ich habe keinerlei Schuldgefühl«, sagte Stuart gleichgültig. »Wie dem auch sei: In Kürze kann ich dir alles über die Webers und ihre Bank sagen.«

»Stuart…«, unterbrach ihn Ogden.

»Ja, was ist?«

»Wir sind da offensichtlich in eine ziemlich große Sache hineingeraten. Ich möchte dich an dein Versprechen erinnern: Wenn der Dienst – mal abgesehen von meiner Truppe – auf irgendeine Weise involviert wird, will ich das sofort erfahren. Nicht wie in London. Habe ich mich klar ausgedrückt?«

»Du hast dich sehr klar ausgedrückt. Ich merke auch, daß da etwas stinkt, und ich habe keine Lust, mir das Leben dadurch zu komplizieren, daß ich ein doppeltes oder dreifaches Spiel spiele. Ich bin nicht Casparius, dem ja wohl keiner nachtrauert. Die einzige Sache, die etwas mit der Geschichte in Zürich zu tun haben könnte, ist ein Privatauftrag, den der Dienst vor kurzem angenommen hat. Auftraggeber ist ein reicher alter Jude, der wissen will, was vor fünfzig Jahren mit dem Vermögen seines Vaters geschehen ist.«

»Hat das mit den amerikanischen Untersuchungen zu tun?«

»Genau. Inzwischen sind fünfzig Jahre vergangen, und auch die Amerikaner haben nicht mehr so viel Angst davor, die Schubladen ihrer Geheimdienste zu öffnen. Heute sprechen sie von Dulles, als wäre es Elvis Presley, und spielen die Unschuldslämmer, als hätten sie, die Engländer und die Franzosen 1946 mit der Unterschrift unter das Washingtoner Abkommen nicht eine beachtliche Menge Gold unter sich aufgeteilt. Jedenfalls hat der alte Mann begriffen, daß es jetzt eine Chance gibt zu erfahren, was geschehen ist; vorher war das überhaupt nicht denkbar.«

»Harte Zeiten für die Schweiz…«, meinte Ogden.

»Allerdings. Dieser Mann ist bereit, falls nötig, alles, was er hat, einzusetzen, um die Wahrheit zu erfahren. Er vermutet, daß sein Vater gezwungen worden ist, jemandem aus der SS eine Vollmacht für sein Vermögen zu erteilen, im Tausch für eine Freiheit, die man ihm dann vorenthielt. Unseren Auftraggeber interessiert nicht das Geld, das seinem Vater und damit ihm gestohlen wurde. Er ist sehr reich und hat keine Erben. Er will nur wissen, was damals wirklich geschehen ist. Schon beinahe besessen. Was soll man machen, heutzutage muß man auch kleinere Aufträge wie diesen annehmen.«

»Stuart, ich möchte, daß du mich auch über diese Angelegenheit auf dem laufenden hältst.«

»Ist dein sechster Sinn schon alarmiert? Du kannst ganz beruhigt sein, ich informiere dich darüber. Wie willst du vorgehen, um den Jungen wiederzufinden, immer angenommen, er ist noch am Leben?«

»Ich versuche herauszufinden, wo er sich versteckt halten könnte. Seine Tante kann uns dabei nützlich sein.«

In diesem Augenblick läutete Ogdens Handy.

»Bleib dran, Stuart«, sagte Ogden und meldete sich am Handy.

»Hier ist Verena Mathis. Mein Neffe hat mich gerade angerufen und mir gesagt, daß er geflohen ist und es ihm gutgeht…«, sagte die Frau unter Tränen. »Was ist denn bloß geschehen? Wo ist Willy? War er nicht bei Ihnen, haben Sie ihn nicht in Sicherheit gebracht?«

»Beruhigen Sie sich, Verena, ich komme sofort und werde Ihnen alles erklären. Warten Sie auf mich und unternehmen Sie nichts, bis ich bei Ihnen bin. Was genau hat Willy gesagt?«

Verena antwortete nicht gleich, Ogden konnte ihren keuchenden Atem hören.

»Er hat sonst nichts gesagt!« schrie sie fast. »Nur daß es ihm gelungen ist zu fliehen und daß es ihm gutgeht. Sie haben gesagt, ich soll mir keine Sorgen machen. Keine Sorgen machen! Wie stellen Sie sich das vor?«

»Wir müssen Gott danken, daß Willy es geschafft hat. Wir sind angegriffen worden, und um ein Haar hätte es uns alle das Leben gekostet. Nun versuchen Sie sich zu beruhigen, ich komme sofort zu Ihnen.«

Ogden schaltete das Handy aus und ging zurück zum Telefon. »Der Junge hat es geschafft. Frag mich nicht, wie – denn ich weiß es nicht. Er hat eben bei seiner Tante angerufen und ihr mitgeteilt, daß ihm die Flucht gelungen ist und es ihm gutgeht. Weiter hat er nichts gesagt, erst recht nicht, wo er sich aufhält.«

»Er ist wirklich auf Draht«, bemerkte Stuart erleichtert. »Was hast du jetzt vor?«

»Ich gehe zu der Mathis, um mit ihrer Hilfe herauszufinden, wo Willy sich verstecken könnte. Sie kennt Willy gut und weiß, wer seine Freunde sind. Ich halte dich auf dem laufenden.«

»Ogden...«, sagte Stuart zögernd.

»Was gibt's?«

»Ich will nicht, daß du dich davon beeinflussen läßt, daß der Junge... Also, geh genauso vor wie bei jeder anderen Mission, ohne deine Methode zu ändern.«

Ogden lachte. »Du schaffst es immer wieder, mich in gute Laune zu versetzen. Keine Sorge, Stuart, du kennst mich ja.«

»Du hast recht, wir wollen nicht mehr darüber reden. Die vier Männer sind schon unterwegs, sie müßten heute nacht in Zürich ankommen. Viel Glück!«

10

Charles Sinauer verließ sein Haus in der Via Manzoni in Mailand. Es war ein lauer Frühlingsabend, und er beschloß, zu Fuß zur Galleria zu gehen und dort in seinem Stammcafé einen Aperitif zu trinken. Er war müde, doch guter Dinge; seit er vor einigen Tagen aus Berlin zurückgekehrt war, hatte sich seine Stimmung insgesamt gebessert. Er hätte niemals gedacht, daß sich ihm in dieser deutschen Stadt, in die er bewußt nie einen Fuß gesetzt hatte, am Ende seines Lebens diese außergewöhnliche Chance bieten würde.

Alles hatte kurz zuvor begonnen, als in den Zeitungen von siebenundzwanzig Ländern eine einzigartige Anzeige der Schweizerischen Bankiervereinigung erschienen war. Darin wurde die Eröffnung eines weltweiten Meldeverfahrens mitgeteilt, um die Inhaber nachrichtenloser Konten aus der Zeit des Zweiten Weltkriegs zu ermitteln. Die Annonce nahm vier Seiten im *Corriere della Sera* ein, unzählige Namen von Menschen, die getötet worden waren, ohne den Erben hinterlassen zu können, was ihnen von Rechts wegen zustand. Auch der Name seines Vaters hätte sich in diesen Spalten finden können, doch er war nicht dabei. Charles Sinauer hatte sich darüber nicht gewundert, denn er hatte schon immer vermutet, daß sein Vater überredet worden war, sein Vermögen im Tausch gegen ein falsches Versprechen abzutreten, möglicherweise indem er ein Dokument unterzeichnete, das diese Aneignung legal machte.

Die Geschichte von Charles Sinauer und seiner Familie glich der vieler anderer jüdischer Familien, die von den Nazis ausgeraubt und niedergemetzelt worden waren. Sein Vater Alphonse war ein vermögender Uhrenhändler in Brüssel gewesen, der 1942 eine Aufforderung von der SS bekommen hatte, sich für eine Umsiedlung in den Osten bereitzuhalten. Schon vorher hatte er versucht, mit seiner Familie in die Schweiz zu fliehen, doch der Plan war fehlgeschlagen. In der Zwischenzeit hatte er eine riesige Summe in Schweizer Franken bei einer großen Bank in der Schweiz deponiert. Dann war es Alphonse Sinauer gelungen, einen Franzosen zu finden, der ihm bei der Flucht helfen wollte. Charles erinnerte sich noch an die Aufregung der Tage vor der Reise und an die genaue Summe, die sein Vater dafür bezahlt hatte: 125 000 Schweizer Franken, nach heutigem Wert mehr als 500 000 Pfund Sterling. Zu diesem Preis war die Familie mit falschen französischen Pässen über die Berge in die Schweiz geschleust worden. Die Flucht gelang, und die Familie erreichte Biel, ein wichtiges Zentrum der Schweizer Uhrenindustrie. Sie hofften, in Sicherheit zu sein, doch ihre Ruhe dauerte weniger als achtundvierzig Stunden; dann erschien in dem Haus, wo sie Zuflucht gefunden hatten, die Polizei und nahm sie fest. Nach ein paar Tagen wurden sie über die Grenze ins besetzte Frankreich abgeschoben, obwohl sein Vater die Beamten anflehte, sie ins Vichy-Frankreich zu bringen. Doch die Schweizer Polizisten hatten den Befehl, sie den Deutschen zu übergeben, und als sie erst in den Händen der Nazis waren, wurden sie in Belfort ins Gefängnis geworfen. Charles erinnerte sich an die kolossale Statue des Löwen von Belfort, die man zur Erinnerung an den Widerstand gegen die Deutschen im Jahre 1870 in den blutroten Fels der Vogesen gehauen hatte. In Belfort war sein Vater lange verhört worden. Als er in die Zelle zurückgekommen war, hatte er nur ihm allein anvertraut, daß sie von nun an arm sein würden, weil er ihr Vermögen dafür eingesetzt habe, ihnen die Freiheit zu erkaufen. Doch am Tag danach hatte man sie zusammen mit anderen in einen Zug nach Auschwitz gepfercht. Die Wut und Verzweiflung, die Charles damals auf dem Gesicht seines Vaters gesehen hatte, blieb ihm als unauslöschliches Bild im Gedächtnis. Alphonse Sinauer hatte nie gesagt, was bei dem Verhör geschehen war, und Charles seinerseits hatte nicht den Mut gehabt zu fragen. Sein Vater, seine Mutter und sein Bruder Maurice hatten das erste Jahr in Auschwitz nicht durchgestanden, während er es geschafft hatte, bis zur Ankunft der Alliierten zu überleben.

Charles Sinauer setzte sich an den kleinen Tisch des Cafés, und gleich erschien der junge Kellner, der ihn meistens bediente.

»Guten Tag, Herr Sinauer. Sie sehen ein wenig blaß aus. Geht es Ihnen nicht gut?«

Tatsächlich fühlte Sinauer sich müde. »Nein, es ist nichts, Mario. Bring mir bitte einen Campari. Der wird mir guttun, ich bin einer der wenigen Alten, die einen niedrigen Blutdruck haben...«

Als der Kellner gegangen war, holte Sinauer tief Luft. Er versuchte, die Erinnerungen zu ertragen, die nicht mehr in jenes Dunkel zurückweichen wollten, in das er sie jahrzehntelang verbannt hatte. Sein ganzes Leben lang hatte Sinauer sich bemüht zu vergessen, weil er wußte, daß es ihm nicht mehr möglich wäre, unter den Menschen zu leben, wenn ihm dies nicht gelänge. Doch nun, durch den Schweizer Bankenskandal und die Schritte, die die amerikanische Regierung unternommen hatte, kehrte die Erinnerung zurück, und mit ihr der quälende Wunsch zu erfahren, was sein Vater hatte tun müssen, weil er sich und seine Familie retten wollte. In den Jahren nach dem Krieg hatte Charles Sinauer seine ganze Energie darauf verwandt, sich ein neues Leben aufzubauen, und sich gezwungen, nicht mehr an die Tragödie zu denken, deren Opfer er geworden war. Er war tüchtig und erfolgreich gewesen – und reich geworden, sehr viel reicher, als sein Vater je gewesen war. Selten nur hatte er an jenes Geld gedacht, das von Rechts wegen ihm gehörte und das wohl in irgendeinem Schweizer Tresor lag; er hatte schon gar keine Anstrengungen unternommen, wieder in seinen Besitz zu gelangen, denn er wußte nur zu gut, wie die Antwort an die Juden ausgefallen war, die es versucht hatten. Jetzt jedoch hatten die Amerikaner eine unnachgiebige Position eingenommen, und die Schweizer konnten es sich nicht erlauben, sie zu ignorieren. Vielleicht, hatte er sich gesagt, würde er nach so vielen Jahren erfahren, was genau sich damals abgespielt hatte. Charles Sinauer hatte sich entschlossen, diesen Dienst in Berlin zu engagieren, um den Versuch zu unternehmen, den Verantwortlichen für diesen abscheulichen Raub zu ermitteln; nein, nicht wegen des Geldes – das brauchte er nicht, und er hatte keine Erben, denen er es hinterlassen könnte. Was er wollte, war die Wahrheit.

Charles Sinauer hatte mehrere Jahre in einem Konzentrationslager zugebracht, und vielleicht hatte Geld für ihn deshalb nie die Bedeutung erlangt, die es für fast alle Menschen hatte. Als er ein Kind war, hatten sich nur die Erwachsenen um Geld gekümmert; und in der Jugend war sein einziges Problem das Überleben gewesen.

In Wirklichkeit verachtete Charles Sinauer Geld. Es hatte den Tod seiner Familie entweiht. Sterben, weil die Leute im Krieg nicht bei Sinnen sind, war grauenvoll, doch sterben, damit der Henker sich bereichern kann, war absolut unerträglich. Nun allerdings schien ihm, daß die Welt zum erstenmal das Tausenden von Menschen geschehene Unrecht zur Kenntnis nahm und ebenso entsetzt war wie er selbst. Charles Sinauer würde sein ganzes Vermögen opfern, um endlich mehr zu erfahren. Und der Mann in Berlin würde ihm helfen.

11

Willy fühlte sich einigermaßen in Sicherheit. Als er ins Taxi gestiegen war, hatte er den Chauffeur zunächst gebeten, Richtung Bahnhof zu fahren, nur um sich schnell vom Ort des Überfalls zu entfernen, und ihn dann vor einer Bar halten und warten lassen. Vom Lokal aus hatte er seine Tante angerufen, um sie mit einer kurzen Nachricht zu beruhigen. Es war ihm nicht leichtgefallen, das Telefonat abzubrechen; es kam ihm schäbig vor, sie so, in Tränen aufgelöst, zurückzulassen. Danach war er wieder ins Taxi gestiegen und hatte sich zum Zürichberg fahren lassen, wo Silvia wohnte. Es war inzwischen mindestens zwei Monate her, daß er sie zum letzten Mal gesehen hatte, doch sie telefonierten manchmal miteinander. Er hatte immer noch ihren Wohnungsschlüssel, weil sie ihn nie gebeten hatte, ihn ihr zurückzugeben. Willy wußte, daß Silvia am Samstag nie in Zürich war. Sie fuhr freitags zu ihren Eltern nach Luzern und kam erst am Sonntag abends zurück. Als das Taxi vor dem Mietshaus hielt, warf Willy einen Blick zurück, um zu sehen, ob er nicht verfolgt worden war, doch die von Bäumen gesäumte Straße lag verlassen da. Er zahlte und stieg aus, eilte auf den Eingang zu und schloß mit den Schlüsseln auf, die er schon in der Hand bereithielt. Die Eingangshalle war hell erleuchtet, mit Spiegeln an den Wänden und einem Marmorfußboden, der derart glänzte, daß das Licht reflektiert wurde und man sich wie auf einem Filmset vorkam. Willy durchquerte die Halle im Laufschritt und flüchtete sich in den Aufzug, um sich diesem hellen Licht zu entziehen, das ihm das Gefühl gab, von ganz Zürich gesehen zu werden. Im dritten Stock angekommen, betrat er Silvias Apartment.

Das geräumige Wohnzimmer war elegant und gemütlich. Erschöpft streckte Willy sich auf der großen, mit gelbem Samt bezogenen Couch aus, wo Silvia und er Monate zuvor ihren kurzen Flirt begonnen hatten. Erleichtert sah er sich um: In gewisser Weise fühlte er sich hier zu Hause.

Was geschehen war, rechtfertigte den Detektiv, den seine Tante engagiert hatte. Wenigstens sie war nun in guten Händen. Jetzt mußte er versuchen, sich auszuruhen; danach würde er sich überlegen, wie er Zürich verlassen und wohin er gehen könnte.

Er leerte seine Taschen und sah sich die wenigen Sachen auf dem Glastisch an. Er reiste mit leichtem Gepäck: Brieftasche, Notizbuch, die Kassette und die drei Schlüssel, die er gefunden hatte, als er den Anweisungen seines Vaters gefolgt war. Er beschloß, eine Kopie der Kassette zu machen, stand auf, ging zur Stereoanlage und schob die Kassette zusammen mit einer Leerkassette aus Silvias Vorrat in den Recorder. Während das Band sich drehte, goß er sich einen Tee auf. Die Kopie der Kassette würde er an eine Postlageradresse in Zürich schicken. Das war als Garantie nicht viel, aber besser als nichts.

Er dachte an Silvia. Sie war die einzige Tochter eines bejahrten reichen Geschäftsmanns, der sie wahnsinnig verwöhnte, was sie ihm damit vergalt, daß sie ihn wie eine Achtundsechzigerin bekämpfte. Diese Wohnung war ein Geschenk des Vaters, der sich von der spätrevolutionären Aggressivität seiner Tochter nicht beirren ließ, sondern sie eher amüsant fand. Wenn sie mit einem ihrer ideologischen

Sermone anfing, lachte er zufrieden und antwortete ihr mit dem x-ten wertvollen Geschenk. Und sie hütete sich, es zurückzuweisen. Silvia war eine echte Salonrevolutionärin, und das war ihrer Beziehung nicht bekommen. Doch wenn Willy ihr diese Widersprüche vorhielt, brachte sie ihn zum Schweigen, indem sie ihn daran erinnerte, daß auch er nicht in einer trostlosen Mansarde wohne, sondern in der eleganten Villa im Seefeld. Und da hatte sie natürlich recht.

Willy lächelte bei der Erinnerung an ihre Wortwechsel. Diese Diskussionen schienen einer längst vergangenen Zeit anzugehören, es fiel ihm jetzt fast schwer, sich in dem Jungen wiederzuerkennen, der den Morgen mit Gesprächen über Philosophie und Politik verbrachte. Erinnerungen verblaßten rasch, wie Bilder irgendeines Films. Was hatte er eigentlich getan, fragte er sich, außer mit einem gewissen Erfolg zu studieren und der Sohn eines Schweizer Bankiers zu sein? Nicht viel. Und wie würde seine Zukunft aussehen? Würde er für den Rest seiner Tage auf der Flucht sein und versuchen, den Plan zu verwirklichen, für den sein Vater gestorben war? Denn diese furchtbare Wahrheit, die mit Macht aus der Vergangenheit hereingebrochen war, als hätten die Toten beschlossen, sich zu rächen, war jetzt ihm anvertraut. Und sein Vater, der versucht hatte, das Instrument dieser Rache zu sein, war nicht mehr da und hatte ihm ein Erbe hinterlassen, das auf ihm lastete wie ein Erbfehler.

»Die Wahrheit«, sagte er mit leiser Stimme zu sich selbst. Ein seltsames, mehrdeutiges Wort. Alle hatten ihre Wahrheit zu verteidigen, zu behaupten, zu verändern, zu verdrehen. Aber tatsächlich schien eine »Wahrheit« die Oberhand zu gewinnen. Sie begann durchzusickern, und plötzlich war die Welt offenbar gierig danach. Seit ungefähr einem Jahr bedrängten die Amerikaner die Schweizer Banken, und diese versuchten, möglichst geschickt aus dieser Sackgasse herauszukommen. Es war ein verzweifeltes Unternehmen. Die Schweizer Bankiers waren aufgefordert, sich gegen den Vorwurf zu verteidigen, das Vertrauen ihrer Kunden mißbraucht zu haben – eine beschämende Anklage für jeden Bankier. Willy erinnerte sich an die Worte des Freiburger Professors Jean Halperin: Das ursprünglich zum Schutz der Kunden geschaffene Bankgeheimnis diene heute den Bankiers dazu, sich selbst zu schützen, während die Banken gleichzeitig nicht den kleinsten moralischen Skrupel und nicht einmal den elementarsten Anstand gegenüber ihren Kunden zeigten. Die Forderung nach Todesurkunden von Kontoinhabern, die in den Verbrennungsöfen der Vernichtungslager umgekommen waren, entspringe einer vollkommen perversen Denkweise.

Diese Sätze hatten Willy tief bewegt. Doch er hätte Professor Halperin gerne gesagt, daß es einen Schweizer Bankier gegeben hatte, der wegen seiner moralischen Skrupel und seines Anstands wie ein Hund getötet worden war. Und dieser Bankier hieß Jacob Weber und war sein Vater.

Willy stand auf und schaltete den Fernseher ein. Es liefen gerade die Spätnachrichten, die üblichen Katastrophenmeldungen aus aller Welt. Er zündete sich eine Zigarette an und nippte weiter an seinem Whisky. Während er sich durch den Kopf gehen ließ, daß er Silvias Wohnung am nächsten Tag verlassen müßte, und dann so schnell wie möglich auch das Land, sah er auf dem Bildschirm das Gesicht seiner Mutter. Das Herz blieb ihm stehen. Er sprang auf und drehte den

Ton lauter. Die Nachricht war dürftig. Seine Mutter war am Morgen in der Limmat ertrunken. Während Bilder vom Fluß und der Rudolph-Brun-Brücke über den Schirm flimmerten, sprach die Stimme aus dem Off von der Familie Weber und dem Selbstmord seines Vaters. Alice Weber, sagte der Journalist, habe vielleicht aus Verzweiflung über den Selbstmord ihres Mannes ebenfalls beschlossen, sich das Leben zu nehmen. Der Bericht wurde rasch durch andere Bilder abgelöst. Willy war so erschüttert, daß er weiter auf den Fernseher starrte, bis der lärmige Vorspann eines Musikprogramms ihn aufrüttelte. Wie ein Roboter stand er auf und machte den Fernseher aus. Er spürte in sich eine eiskalte Verzweiflung, die seinen Schmerz lähmte. Er dachte an seine Mutter, an die Frau, die sie gewesen war, und wie sehr er sie doch geliebt hatte. Er sah sie vor sich, wie er sie das letzte Mal gesehen hatte: auf dem kleinen Stuhl an dem von Parfüms und Cremes überquellenden Toilettentisch in ihrem Schlafzimmer; und er hinter ihr, wie er sie im Spiegel anschaute. Da war sein Vater erst seit wenigen Stunden tot, und Willy, schon entschlossen unterzutauchen, hatte seine Mutter ein letztes Mal sehen wollen. Er hatte das Gefühl gehabt, daß sie seine Absicht ahnte, auch wenn dieser abendliche Besuch vielen anderen ähnlich war. Sie hatten über praktische Dinge gesprochen, die für die Beerdigung geregelt werden mußten, dann hatten sie sich gegenseitig getröstet, waren sehr ruhig gewesen, hatten über Belangloses geredet. An jenem Abend hatte Willy bemerkt, vielleicht zum ersten Mal, daß die Augenfarbe seiner Mutter mit der Farbe der Tapeten und der Einrichtung ihres Zimmers übereinstimmte. Er hatte über diese Koketterie gelächelt. Alles im Zimmer war blau, blau wie Alices Augen. Sie hatten sich gute Nacht gesagt, als es schon fast Morgen war, und sie hatte ihn umarmt, ihn fest an sich gedrückt, wie sie es nie zuvor getan hatte. Willy wurde erst in diesem Augenblick bewußt, daß seine Mutter ihm mit dieser Umarmung mitteilen wollte, daß sie verstanden hatte, was er tun würde, und vielleicht auch, warum. Dieser Gedanke quälte ihn: Wenn sie irgend etwas gewußt hatte, dann hatte er sie ihren Mördern ausgeliefert. Und endlich konnte Willy weinen.

12

Ogden und Franz standen nach kurzer Zeit vor der Wohnung von Verena Mathis, doch als sie läuteten, mußten sie warten. Ogden sah Franz besorgt an.

»Wieso braucht sie so lange?«

»Beruhige dich. Du hast doch unsere Leute vor der Tür gesehen. Hier kann sich niemand eingeschlichen haben.«

In diesem Moment erschien Verena auf der Türschwelle, ihre Augen vom Weinen geschwollen, ihr Haar zerzaust. Ogden betrachtete sie und wunderte sich, daß ihr Gesicht zwar müde und besorgt, aber jünger wirkte. Er lächelte sie an, und sie versuchte, sein Lächeln zu erwidern, was ihr jedoch nicht gelingen wollte.

»Kommen Sie bitte herein«, sagte sie und ging zur Seite.

Ogden und Franz betraten ein großzügiges Wohnzimmer mit Grünpflanzen und vielen Büchern an den Wänden.

Verena schlang nervös ihre Finger ineinander, blickte dann zu Ogden hoch.

»Sagen Sie mir, was geschehen ist!« bat sie.

»Wir sind von drei Männern angegriffen worden, aber Ihrem Neffen ist die Flucht gelungen.« Ogden erzählte Verena, was geschehen war.

»Ist Stuart darüber informiert worden?« fragte sie, als Ogden seinen Bericht beendet hatte.

»Ja.«

»Und was hat er gesagt?«

»Er schickt noch einige Leute, um Franz und mich zu unterstützen«, antwortete Ogden ruhig.

»Das ist alles?« hakte Verena nach.

»Was genau wollen Sie wissen?« fragte Ogden freundlich.

Verena machte eine ungeduldige Geste. »Schließlich ist es ja sein Sohn!« platzte sie heraus. »Er schwebt in Lebensgefahr; vielleicht ist er sogar schon tot. Alice ist tot, Jacob ist tot...« Verena Mathis setzte sich in den Sessel und sah Ogden an. »Was ist das bloß für ein Mensch?« fragte sie verzweifelt.

Ogden war verlegen und suchte nach den richtigen Worten.

»Haben Sie Stuart kennengelernt?« fragte er schließlich.

»Nein, ich lebte damals in Frankreich. Aber Alice hat mir alles erzählt.«

»Dann wissen Sie ja, daß die Sache zwischen Stuart und Alice nicht unbedingt eine Liebesgeschichte war...«

Verena sah ihn mit einem Blick an, der ironisch und ärgerlich zugleich war. »Ich weiß, was Sie sagen wollen. Möglich, daß es keine Liebe war, na und? Mein Neffe ist aber trotzdem auf die Welt gekommen, und er ist sein Vater...«

»Mir scheint, Sie vergessen, daß Jacob Weber neunzehn Jahre lang Willys Vater gewesen ist. Vielleicht ist es besser, wir alle betrachten ihn weiter als einzigen Vater, meinen Sie nicht? Weber hat den Jungen schließlich großgezogen, ist es nicht so?«

Verena nickte. »Ja, und ich glaube, er hat sein Möglichstes getan, um ein guter Vater zu sein.«

»Eben«, sagte Ogden. »Also warum ihm eine Vaterschaft absprechen, die er bis zu seinem Tod gewollt hat? Um sie einem Mann zuzuschieben, der Willy noch nie auch nur ins Gesicht geschaut hat? Lassen Sie uns doch einfach dankbar für die Hilfe sein, die wir im Moment von Stuart bekommen, und das andere vergessen, das im Grunde nur ihn und Alice etwas angeht.«

Verena betrachtete ihn mit einem gewissen Interesse, während sie ihre Tränen trocknete. Sie schien kurz zu überlegen, dann nickte sie.

»Es stimmt, Jacob ist ein guter Vater gewesen. Er verdient es nicht, daß man ihm den Sohn wegnimmt. Auch wenn er es jetzt, da er tot ist, nie erfahren würde.«

»Um so mehr, eben weil er tot ist«, sagte Ogden, als spräche er zu sich selbst. »Aber lassen wir das, dieses Reden hilft Willy nicht. Jetzt geht es darum, daß Sie mir alles sagen, was uns helfen kann, ihn wiederzufinden. Was meinen Sie, wohin er sich heute nacht geflüchtet haben könnte? Hat er Freunde, denen er vertraut? Ich weiß, daß er eine Freundin hatte, eine gewisse Silvia Braun, daß sie aber nicht mehr zusammen sind. Könnte er sie um Hilfe gebeten haben?«

»Ich weiß es nicht. Willy hatte einen kurzen Flirt mit ihr,

nichts Ernsthaftes. Sie sind ein paar Monate zusammengewesen und befreundet geblieben, als es zu Ende war.«

»Haben Sie ihre Adresse?«

»Nein, aber die wird nicht schwer zu finden sein. Ich weiß, daß sie am Zürichberg wohnt. Wir können einfach im Telefonbuch nachschlagen.«

»Dann tun wir das. Franz, sieh doch bitte einmal nach.«

Verena stand auf, holte das Telefonbuch und gab es ihm.

»Zu wem könnte Willy sonst noch Kontakt aufgenommen haben?«

»Ich mache Ihnen eine Liste seiner Freunde, die ich kenne«, sagte Verena und setzte sich an einen kleinen Biedermeiersekretär vor dem Fenster des Wohnzimmers. Ogden schaute sich um: Im Zimmer gab es nur wenige Möbelstücke, doch viele Bücher und Pflanzen, von denen einige fast bis zur Decke reichten. Ihm fielen ein Ficus beniaminus mit glänzenden Blättern und ein riesiger Glücksbaum mit dickem, knotigem Stamm auf. Überall an den Wänden standen Regale mit Büchern; er schätzte, daß es wenigstens dreitausend Bände waren. Eine Wendeltreppe führte ins obere Stockwerk. Ogden trat näher und warf einen Blick hinauf: der Teil des Zimmers, den er sah, erinnerte ihn an seine Wohnung in Bern, denn das Stück Wand, das man von unten erkennen konnte, war in dem gleichen pompejanischen Rot gestrichen wie die Wände seines Arbeitszimmers.

»Hier bitte.« Verena reichte ihm einen Zettel, auf den sie die Namen von zwei Freunden und zwei Freundinnen Willys geschrieben hatte.

»Das sind alle?« fragte Ogden.

»Mein Neffe hat nicht viele Freunde; jedenfalls sind dies

die einzigen, die er vielleicht um Hilfe bitten würde: Kommilitonen, während er Silvia und Erich schon seit der Grundschule kennt.«

»Und warum sollte Willy sich nicht an sie gewandt haben?«

Verena sah ihm in die Augen. »Es ist klar, daß er in Gefahr schwebt, das gleiche Schicksal zu erleiden wie sein Vater und seine Mutter. Vielleicht hat die Bank etwas damit zu tun, ich weiß es nicht. Jedenfalls würde mein Neffe niemals seine Freunde mit hineinziehen und sie in Gefahr bringen. In letzter Zeit war er jedenfalls meistens mit Helen zusammen. Sie hatten gemeinsame Interessen, in Richtung New Age...«

»Nämlich?« fragte Ogden.

»Helen interessiert sich für Esoterik, und Willy seit kurzer Zeit auch. Und außerdem hat sie ihn mit dieser Begeisterung für die Katharer angesteckt. Sie wissen schon, diese Sekte französischer Häretiker aus dem dreizehnten Jahrhundert.«

»Das war keine Sekte«, verbesserte Ogden sie, »sondern ein Großteil der Bevölkerung der Languedoc. Sie sind praktisch alle auf den Scheiterhaufen der Inquisition verbrannt worden.«

Verena sah ihn verwundert an: »Wie kommt es, daß Sie darüber so gut informiert sind?«

»Ketzer sind mir sympathisch«, antwortete Ogden kurz angebunden.

»Wie dem auch sei, es geht jedenfalls um die Katharer. Willy hat in den letzten Monaten mit Helens Hilfe eifrig über sie geforscht. Für das nächste Jahr plante er eine Reise nach Frankreich, wahrscheinlich in die Languedoc; das ist doch fast an der Grenze zu Spanien, nicht wahr?«

Ogden nickte. »Ja, am Fuß der Pyrenäen. Es ist seltsam...«, murmelte er.

»Was?«

Ogden schüttelte den Kopf. »Stuarts Mutter stammte aus Toulouse...«

»Oh«, rief Verena verwundert aus.

»Sie können mir später von der Leidenschaft Ihres Neffen für das Mittelalter erzählen. Das interessiert mich sehr, doch jetzt müssen wir uns beeilen. Sie meinen also, es hat keinen Sinn, Willy bei seinen Freunden zu suchen?«

»Ich weiß nicht, ich habe nur meine persönliche Meinung gesagt. Ich kann mich auch irren.«

»Das glaube ich nicht. Aber wie dem auch sei, irgendwo müssen wir anfangen, also fangen wir bei Silvia Braun an.«

»Wenn ich mich recht erinnere, ist Silvia samstags nie in Zürich. Sie besucht dann ihre Eltern, die in einer anderen Stadt wohnen, ich weiß nicht mehr, in welcher.«

»Könnte Willy trotzdem in ihre Wohnung gegangen sein?« fragte Ogden.

»Das kann ich nicht sagen.«

»Franz, hast du die Adresse von Silvia Braun gefunden?«

»Ja, die habe ich; am Zürichberg gibt es nur eine Silvia Braun, das wird sie sein. Hier...« Franz hielt Ogden das Telefonbuch hin. Der ging zum Telefon und wählte die Nummer, wartete dann lange ab, doch es läutete vergebens.

»Sie ist nicht zu Hause, und wenn Willy dort ist, wird er sich hüten, sich zu melden. Komm, Franz, gehen wir.«

»Ich komme mit«, sagte Verena.

»Nein, Sie bleiben hier, unter dem Schutz von unseren Leuten.«

»Meinen Sie, die wollen auch von mir etwas?« fragte sie erstaunt.

»Die Familie Weber kennt ein Geheimnis, und deshalb will jemand sie ausrotten. Die einzigen Familienmitglieder, die noch am Leben sind, sind Sie und Ihr Neffe, jedenfalls, soviel ich weiß. Oder gibt es noch jemanden?« Verena schüttelte den Kopf. »Vielleicht denken die, daß auch Sie etwas wissen, deshalb werden Sie sich nicht von hier wegbewegen und auf unsere Nachricht warten. Ich verspreche Ihnen, daß ich bald anrufe.«

Als sie vor der Tür waren, legte Verena eine Hand auf Ogdens Arm. »Inzwischen könnte Willy vom Tod seiner Mutter erfahren haben...«

»Das ist wahrscheinlich. Auch deshalb müssen wir ihn so schnell wie möglich finden. Ein neuer Schock könnte ihn unvorsichtig machen.«

Verena nickte. »Ich bitte Sie«, sagte sie, »rufen Sie mich an, sobald Sie ihn gefunden haben, damit ich zu Ihnen kommen kann. Ich muß bei ihm sein. Ich bin die einzige Verwandte, die ihm geblieben ist.«

»Ich weiß«, antwortete Ogden. »Wenn wir ihn gefunden haben, lasse ich Sie von einem unserer Leute zu ihm bringen, das verspreche ich Ihnen. Jetzt gehen wir.«

Ogden und Franz stiegen ins Auto, nachdem sie einen ihrer Männer angewiesen hatten, sich bereitzuhalten, um Verena Mathis falls nötig begleiten zu können.

Während sie mit dem Wagen in fast korrektem Tempo zur Wohnung von Silvia Braun fuhren, rief Ogden Stuart an.

»Der Zürcher Flugplatz muß überwacht werden. Ich glaube, daß der Junge weg will.«

»Meinst du, er will die Schweiz verlassen?«

»Ich würde es jedenfalls tun. Inzwischen hat er sicher vom Tod seiner Mutter erfahren. Das ist ein erneuter Schock für ihn. Ich hoffe, ihn zu finden, bevor er irgendeine Dummheit macht...«, fügte Ogden hinzu.

»Glaubst du, er könnte...«

»Aber nein, nicht in diesem Sinn«, beeilte sich Ogden zu erklären. »Ich fürchte, er könnte zu sehr auffallen. Er ist ja doch nur ein Junge, und wir können nicht erwarten, daß er sich wie ein Profi verhält...«

»Wie wir, meinst du?«

Ogden seufzte. »Um Himmels willen, Stuart, was ist los mit dir?«

»Gar nichts. Wir überwachen den Flughafen. Der Junge muß ja notgedrungen seine Papiere benutzen. Sobald er in Kloten ankommt, erfahren wir es.«

»In Ordnung. Laß außerdem bitte die Fotos überprüfen, die ich dir heute geschickt habe. Sie sind außerhalb der Villa Weber aufgenommen. Vielleicht ist bei den Gesichtern, die im Seefeld aufgetaucht sind, jemand, den wir kennen.«

»Ich habe das Material schon bekommen, wir kümmern uns darum.«

»Gut. Aber vergiß den Flughafen nicht. Der Junge könnte schon dort sein.«

»In Ordnung. Bis später, und viel Erfolg.« Stuart beendete das Gespräch.

»Mein Vater mag nichts Besonderes gewesen sein, doch

seit diese Geschichte angefangen hat, beginne ich ihn in einem anderen Licht zu sehen«, murmelte Franz, der am Steuer saß.

»Stuart ist nicht der Vater dieses Jungen. Er hat nur seinen Beitrag geleistet. Und jetzt versuch zu vergessen, was du in der Wohnung von Verena Mathis gehört hast«, beendete Ogden das Thema.

13

Als die beiden Männer gegangen waren, wählte Verena die Nummer von Silvia Braun. Sie ließ es lange läuten, doch niemand nahm ab, und so legte sie wieder auf.

Sie war erschöpft und angespannt. Deshalb ging sie in die Küche und setzte Wasser auf, um sich einen Kamillentee zu machen. Das Leben schien ein Alptraum geworden zu sein: Alice und Jacob waren tot, und Willy versteckte sich irgendwo, gesucht von den Mördern seiner Eltern. Es war alles so tragisch, daß es irreal schien, doch so ist jede Tragödie. Welches Geheimnis mochte Jacob Weber gehütet haben? Verena dachte an die letzten Tage mit Alice zurück. Ihre Cousine hatte ihr nichts gesagt, doch sicherlich wußte sie irgend etwas, sonst wäre sie nicht ermordet worden. Oder hatte man sie vielleicht nur vorsichtshalber umgebracht? Diese Vorstellung machte ihren Tod noch ungeheuerlicher. Warum war Alice so früh an jenem Morgen aus dem Haus gegangen? Wo wollte sie hin? Wen wollte sie treffen? Nicht ihren Sohn, das hätte Willy ihr erzählt. Oder nicht? Am Telefon hatte er versucht, sie zu beruhigen, aber er hatte auch darauf beharrt, daß er ihr nichts sagen dürfe. Also wußte Willy, weshalb sein Vater gestorben war, und wollte sie nicht mit hineinziehen. Die Bank, die gottverfluchte Bank stand mit Sicherheit am Anfang dieser Tragödie. Verena dachte wieder an ihre Cousine, an die Zeit ihrer Kindheit. Als Töchter zweier Schwestern waren auch sie wie Schwestern aufgewachsen, hatten dieselben Schulen und Internate besucht, gemeinsam die Ferien verbracht und auch bisweilen im selben Haus gewohnt.

Verena spürte, wie es in ihren Schläfen pochte und sie quälende Kopfschmerzen bekam. Sie ging ins Bad und holte eine Tablette aus dem Arzneischränkchen, die letzte aus einer Packung, die sie in den vergangenen Tagen aufgebraucht hatte.

Verena war in gewisser Hinsicht eine starke Frau, und dies hatte sie im Laufe ihres nicht eben glücklichen Lebens bewiesen. Sie hatte jung geheiratet, doch ihr Mann war kurz darauf gestorben. Sie hatte ihn geliebt, wie man mit achtzehn Jahren liebt, auf eine absolute, aber vage Art, und ihn geheiratet, weil er es wollte. Die Ehe war für sie damals nur ein Stück Papier, das eine Beziehung offiziell machte und manch einen beruhigte. Aber es hatte ihr auch gefallen, die junge Dame zu spielen, die Ehefrau eines Mannes zu sein, der wichtiger war als sie. Das hatte nicht lange gedauert: Mit zwanzig war sie schon Witwe gewesen, zum Glück ohne Kinder. Seitdem hatte es einige Liebeleien gegeben; nur ein paar davon waren es wert, nicht vergessen zu werden; zweimal hatte sie mit einem Mann zusammengelebt, doch daran gab es wenige angenehme Erinnerungen; es war bloß ein unauslöschliches Gefühl des Scheiterns geblieben.

Alice war ihr immer nahe gewesen, auch wenn sie einen anderen Weg gewählt hatte. Die Ehe mit Jacob Weber hatte ihrem Leben eine feste Orientierung gegeben, jedenfalls schien es so.

Verena konnte sich noch genau daran erinnern, wie Alice bemerkt hatte, daß sie schwanger war. Sie freute sich darüber, und Verena verstand nicht, wieso. Ihr schien es reiner Wahnsinn, ein Kind zu bekommen, das nicht von ihrem Mann war, sondern von irgendeinem anderen, den sie nicht liebte und der sie auch nicht liebte. Verena hatte Alice gefragt, warum sie kein Kind von Jacob wollte, und sie hatte ihr auf diese seltsame, beinahe surreale Art geantwortet, mit der sie die wichtigen Dinge des Lebens anging.

»Ich weiß nicht, warum ich ein Kind von Stuart will. Vielleicht liebe ich ihn nicht und habe ihn nie geliebt. Und mit Sicherheit benimmt er sich nicht so, als liebte er mich. Doch wenn ich an ein Kind denke, stelle ich mir vor, daß es ihm ähnlich ist, und nicht meinem Mann. Stuart ist ein schöner Mann, und manchmal, wenn ich sein Gesicht ansehe, muß ich meine Augen abwenden, als könnte ich den Anblick nicht aushalten. Ich glaube, ich habe eine Sache begriffen, die du nicht wahrhaben willst: Wir beide werden nie jemanden lieben können wie die anderen. Wir tragen eine Krankheit in uns, die man nicht sieht, die aber trotzdem da ist: Das ist das Kainszeichen unserer Familie. Du bist noch davon überzeugt, daß du es schaffen wirst, weil du intelligent bist und dich nicht geschlagen geben willst. Du wirst es wieder und wieder versuchen und darunter leiden. Doch diese tiefe Wunde ist im Herzen, sie hat nichts mit dem Verstand zu tun, deshalb kann deine Intelligenz dir nicht helfen. Ich dagegen erkenne meine Grenzen an, und daher habe ich beschlossen zu verzichten. Ich werde dieses Kind von einem Mann bekommen, der genauso unfähig zur Liebe ist wie ich; denn was ich empfinde, wenn ich ihn ansehe, ist das der Liebe ähnlichste Gefühl, das ich kenne. Doch ich könnte ihn nicht lieben, wie normale Menschen lieben, und er mich auch nicht. Deshalb werde ich meinem Kind einen anderen Vater und eine Familie geben. Die wird normal sein, und so mache ich mein Kind glücklich.«

Das waren die Worte ihrer Cousine, als sie ihr anvertraut hatte, daß sie ein Kind erwarte. Aus der Distanz von zwanzig Jahren dachte Verena, daß Alice mit ihrer wirren Argumentation schließlich recht gehabt hatte: Ihr Leben war genauso verlaufen, wie sie es vorhergesehen hatte. Diese Erkenntnis traf sie wie eine Ohrfeige, und zu der Verzweiflung über Alices Tod gesellte sich ein tiefer Kummer über sich selbst. So weinte Verena lange und schluchzte laut, ohne sich um die Wachen vor ihrer Tür zu kümmern.

14

Der elegant gekleidete alte Mann hatte weißes Haar und eine rosa Gesichtsfarbe, die gute Gesundheit verriet. Von seinem Platz hinter dem Schreibtisch sah er sich in aller Ruhe die drei Männer an, die vor ihm standen. Sie waren alle um die Sechzig, eine Grenze, die er schon vor einer ganzen Weile überschritten hatte. Sie wirkten angespannt, und trotz ihrer Prägung durch irgendwelche Eliteschulen gelang es ihnen nicht, ihre Nervosität zu verbergen.

»Diese Geschichte wird uns in allergrößte Schwierigkeiten bringen...«, sagte einer der drei.

»Setzt euch doch bitte...«, unterbrach ihn der Alte und zeigte auf die Sessel ihm gegenüber. Die drei folgten der Aufforderung, doch derjenige, der gesprochen hatte, richtete seinen Blick erneut auf den Alten.

»Diese Geschichte wird uns in allergrößte Schwierigkeiten bringen...«, sagte er noch einmal.

»Du wiederholst dich«, unterbrach ihn der Mann hinter dem Schreibtisch barsch. »Wir sind schon in allergrößten Schwierigkeiten. Dieser Junge muß schnell und diskret gefunden werden. Beauftragt jemanden, der sein Handwerk versteht, und zwar schnell! Wir müssen handeln, wir können nicht einfach so zusehen.«

»Es gibt da jetzt jemanden, der den Jungen beschützt...«, sagte ein anderer der drei.

»Ich weiß, aber das ist kein Grund, nichts zu tun. Webers Sohn muß unter allen Umständen gefunden werden, und zwar müssen wir es sein, die ihn finden. Also beeilen wir uns, wenn das Ganze keine totale Katastrophe werden soll.«

»Es ist ihm gelungen zu fliehen, das weißt du doch...«, unterbrach ihn einer der drei.

»Es dürfte doch nicht so schwierig sein, solch ein verängstigtes Bürschchen zu schnappen«, fuhr der Mann am Schreibtisch fort. »Meine Herren, die Aufgabe ist unangenehm, aber es ist unsere Pflicht, das Land vor diesem Desaster zu bewahren, und nicht nur das Land. In manchen Fällen ist das Bessere der Feind des Guten, wie die Jesuiten sagen, und dies ist ein solcher Fall. Der arme Jacob Weber hat für die Übeltaten seines Vaters bezahlt; sicher, wenn er zum alten Bruno gehalten hätte, dann wäre Jacob jetzt noch am Leben, und wir würden uns nicht in dieser Situation befinden...«

»Bisher weiß niemand genau, was in diesen Papieren steht...«

»Nun sei nicht naiv. Muß ich dich daran erinnern, was Jacob gesagt hat?«

Der Mann, der gesprochen hatte, schüttelte angewidert den Kopf.

»Bruno Weber«, fuhr der Alte fort, »hat sich während des Kriegs ein teuflisches und hochwirksames System ausgedacht, diesen Ärmsten das Geld abzuknöpfen, und unsere Vorgänger haben von seinem Talent, wenn ich es einmal so nennen darf, profitiert. Jetzt laufen wir Gefahr, daß die Wahrheit über uns hereinbricht; eine Wahrheit, die nicht allgemein bekannt werden darf, das können wir nicht zulassen, darüber sind wir uns doch alle einig. Wir haben eine Schuld geerbt, die nicht die unsere ist. Doch weil wir sind, was wir sind, wird sie heute zu unserer Schuld.«

»Vielleicht wäre es besser gewesen, Jacob Weber machen zu lassen. Im Grunde sind wir nicht dafür verantwortlich, was vor fünfzig Jahren geschehen ist«, warf einer der drei anderen ein.

»Was sagst du denn da?!« Der Mann hinter dem Schreibtisch warf ihm einen Blick aus blitzenden Augen zu. »Du redest, als hätten wir ihn umgebracht. Wir sind keine Mörder, wir sind Bankiers, hast du das vergessen? Aber sein Tod gibt uns eine Atempause, das ist unübersehbar. Der arme Jacob hatte etwas begriffen, was euch nicht in den

Kopf geht«, fuhr er ungeduldig fort. »Indem wir unsere Institute verteidigen – und was könnten wir anderes tun –, erben wir die Schuld Bruno Webers und unserer Vorgänger. Jacob hatte die Beweise für das, was vor vielen Jahren getan worden ist, schwarz auf weiß in der Hand, und er wollte die Schuld seines Vaters nicht erben. Deshalb ist er getötet worden.«

»Aber wir wissen nicht, wer die vierte Panama-Gesellschaft besitzt...«, wagte der, der zuletzt gesprochen hatte, sich noch einmal vor.

Der Alte hinter dem Schreibtisch machte eine unduldsame Geste. »Das geht uns nichts an. Die vierte Panama-Gesellschaft hat ihre Nuß zu knacken, und wir haben unsere.«

15

Ogden und Franz hatten sich mit Leichtigkeit Zutritt zur Wohnung von Silvia Braun verschafft: Die Tür hatte ein einfaches Schloß, und es gab keine Alarmanlage. Sie hatten den Jungen nicht gefunden, doch Willy war bis wenige Minuten zuvor in der Wohnung gewesen, denn der Teekrug, der halbvoll auf dem Tisch stand, war noch warm.

»Wenn er das Haus um diese Zeit verlassen hat, dann wahrscheinlich Richtung Flughafen. Er muß vom Tod seiner Mutter erfahren haben...«, sagte Ogden.

»Was sollen wir tun?« fragte Franz.

»Wir fahren natürlich zum Flughafen.« In diesem Augenblick läutete Ogdens Handy.

»Der Junge ist vor zwei Minuten an Bord des letzten Direktflugs nach Mailand gegangen. Das war um 22 Uhr. Und heute abend gibt es keine weiteren Flüge mehr«, sagte Stuart.

»Verdammt«, fluchte Ogden.

»Ich habe die Überwachung schon vorbereitet, wir haben zwei Männer in Mailand. Sie sind nicht die Besten, doch ich glaube, das schaffen sie.«

»Hoffen wir's. Franz und ich werden mit dem Auto nach Mailand fahren. Aber es ist äußerst wichtig, daß der Flughafen kontrolliert wird. Du mußt sicherstellen, daß er nicht in ein anderes Flugzeug steigt.«

»Ich habe dir ja schon gesagt: Mailand ist nicht gut abgedeckt, aber es wird reichen, den Jungen festzuhalten. Sobald ich etwas weiß, rufe ich dich wieder an. Gute Reise.«

»Zurück ins Hotel«, sagte Ogden zu Franz und wandte sich zur Tür.

Franz fuhr mit hoher Geschwindigkeit ins Stadtzentrum, und sie erreichten nach kurzer Zeit das Hotel Storchen.

»Wirf irgendwas in den Koffer, wir fahren sofort los. Wir treffen uns hier in spätestens fünf Minuten wieder. Und laß den BMW nicht parken«, sagte Ogden, als er ausstieg.

Er ging hinauf in sein Zimmer und packte eilig seinen Koffer. Als er das Zimmer gerade verlassen wollte, läutete das Telefon.

»Parker hier, es gibt Probleme mit Frau Mathis.«

»Was für Probleme?«

»Frau Mathis hat unseren Posten an die Tür geholt und ihm gesagt, daß sie unbedingt mit Ihnen sprechen muß. Foster hat versucht, sie zu überreden, auf Ihren Anruf zu warten, doch sie hat nicht nachgegeben und damit gedroht, die Polizei zu holen. Da unser Mann keinen Befehl hatte, eine Zwangsüberwachung durchzuführen, hat er zu schlichten versucht. Zum Schluß mußte er Frau Mathis zum Storchen begleiten. Vielleicht hätten wir weniger verständnisvoll sein sollen.«

»Nun ja, sie wird hier niemanden antreffen. Franz und ich brechen gerade nach Mailand auf. Sag deinem Mann, er soll sie nach Hause zurückbringen. Ich rufe sie dann später vom Auto aus an.«

Doch Verena Mathis war schon im Storchen angekommen. Als Ogden aus dem Aufzug trat, sah er sie in einem der Sessel der kleinen Halle sitzen. Neben ihr stand ihr Bewacher und tat so, als lese er in einer Zeitschrift. Verena erhob sich und kam auf Ogden zu.

»Es tut mir leid, doch ich mußte mit Ihnen sprechen.«

»Sie haben sich den ungünstigsten Augenblick dafür ausgesucht. Ihr Neffe sitzt im Flugzeug nach Mailand, und wir wollen versuchen, ihn einzuholen. Ich bitte Sie, vernünftig zu sein und nach Hause zurückzukehren, ich werde Sie ständig auf dem laufenden halten.«

»Nein.« Verena Mathis sagte dieses einzige Wort ruhig, aber bestimmt.

»Was heißt das?« fragte Ogden kalt.

»Das heißt, daß ich mitkomme. Mein Neffe wird einen Menschen brauchen, den er liebt und dem er vertraut. Sie sind ein Detektiv, bezahlt von Stuart. Und damit nicht die richtige Gesellschaft, um ihn aufzurichten, wie mir scheint. Würden Sie Ihren Sohn all dies allein durchstehen lassen?« Ohne eine Antwort abzuwarten, schüttelte Verena den

Kopf. »Nein, das würden Sie nicht. Hören Sie mir zu«, bat sie, »Willy ist wie ein Sohn für mich, ich weiß, daß ich ihm helfen kann, und ich werde es niemandem erlauben, mich daran zu hindern.«

»Sind Sie sich darüber im klaren, wie gefährlich das ist?« fragte Ogden sie ruhig.

»Ja, aber wenn ich es nicht tue, werfe ich es mir für den Rest meiner Tage vor.«

»Und wie wollen Sie uns dazu zwingen, Sie mitzunehmen?«

Sie lächelte. »Wenn ich jetzt losschreien und behaupten würde, daß Sie meinen Neffen gekidnappt haben, wäre in sehr kurzer Zeit die Polizei da...«

»Auf diese Weise würden Sie Willy schaden, ist Ihnen das klar?«

»Soweit ich weiß, ist Willy in diesem Moment frei und sitzt in einem Flugzeug nach Mailand...«

»Er wird nicht lange frei sein, wenn wir ihn nicht unter unseren Schutz nehmen.«

»Ich weiß, und genau deshalb will ich mitkommen. So dumm bin ich nun auch wieder nicht, Herr Ogden: Ein gewöhnlicher Detektiv hätte nach dem, was heute geschehen ist, das Feld geräumt«, fuhr Verena fort. »Sie dagegen reisen nach Mailand und sind bereit, meinem Neffen bis ans Ende der Welt zu folgen und dabei Ihr Leben zu riskieren. Stuart hätte Sie anweisen müssen, bei der Polizei anzuzeigen, was vorgefallen ist, und denen die Aufgabe zu überlassen, Willy zu finden. Doch das ist nicht geschehen. Außerdem schienen Sie am Anfang nur zu zweit hier in Zürich zu sein, doch seit heute wird nun plötzlich meine Wohnung von Männern bewacht, ganz offensichtlich Profis, die darauf achten, daß mir nichts geschieht. Einmal ganz davon abgesehen, daß Sie es weiß Gott wie geschafft haben, in kürzester Zeit zu erfahren, daß mein Neffe vor gerade einmal einer halben Stunde das Flugzeug nach Mailand genommen hat! Nein, Sie sind etwas anderes als ein normaler Detektiv, und Sie wollen nicht, daß Ihnen die Polizei in die Quere kommt. Gut, wenn Sie mich nicht mitnehmen, haben Sie innerhalb von fünf Minuten die ganze Polizei Zürichs hier.«

Verena beobachtete ihn und wartete auf eine Antwort. In ihrem Blick lag keine Aggressivität, nur Entschlossenheit.

In diesem Augenblick trat Franz aus dem Aufzug. Als er Ogden mit Verena Mathis sprechen sah, blieb er stehen, unsicher, wie er sich verhalten sollte. Ogden gab ihm ein Zeichen, näher zu kommen.

»Schick unseren Mann zurück und sag ihm, er soll Parker ausrichten, daß Frau Mathis mit uns fährt.«

Franz beschränkte sich auf ein Nicken und ging zu dem Bewacher. Ogden wandte sich erneut Verena zu. »Sie machen einen Fehler. Wenn Ihre Anwesenheit unsere Arbeit behindert, was wahrscheinlich ist, muß Ihr Neffe dafür büßen. Ich hoffe, das ist Ihnen klar.«

»Bis jetzt ist Ihre Arbeit von irgend jemand anderem behindert worden, und mein Neffe ist immer noch auf der Flucht«, erwiderte Verena. »Aber machen Sie sich keine Sorgen, ich übernehme die volle Verantwortung.«

»Einverstanden. Dann müssen Sie mit leichtem Gepäck reisen, wir haben keine Zeit, Sie zum Kofferpacken nach Hause zu bringen.«

»Das ist kein Problem; ich kaufe mir in Mailand, was ich brauche.«

Sie verließen das Hotel und stiegen in den BMW. Franz setzte sich ans Steuer und Ogden auf den Beifahrersitz, während Verena hinten einstieg. Franz fuhr sehr schnell, und gegen elf erreichten sie die Autobahn.

16

Als Willy in Mailand ankam, war der Terminal der internationalen Flüge überfüllt: In der Halle drängte sich eine riesige Menge Mädchen in Erwartung eines Popstars aus England. Jedesmal, wenn sich die Schiebetüren öffneten, um Passagiere durchzulassen, ging ein Wogen durch die Masse der Jugendlichen und drückte sie gegen die Absperrungen.

»Ist das der Flug aus London?« fragte eine Vierzehnjährige Willy und blickte ihn flehend an.

»Nein, tut mir leid«, antwortete er mit einem Lächeln und bahnte sich einen Weg durch die Menge. Noch konnten die Polizisten die Mädchen zurückhalten, doch bei der Ankunft ihres Helden würde das reine Chaos ausbrechen.

Nur mit Mühe erreichte Willy die Bar. Er hatte furchtbaren Durst, bestellte einen Gin Tonic, stürzte ihn hinunter und verlangte gleich noch einen.

Er fragte sich, was er in Mailand sollte, in einer Stadt, wo er niemanden kannte, in einem Land, dessen Sprache er nicht einmal sprach. Es war klar, daß er sich einen anderen Zufluchtsort suchen mußte. Er entfernte sich von der Bar und ging zu der Anzeigetafel mit den Abflügen. Um diese

Zeit gab es nur wenige Flüge, darunter war einer nach Toulouse. Als er noch ein normaler Medizinstudent gewesen war, der eine Zukunft vor sich hatte, hatte er im Sinn gehabt, nach Südfrankreich, in die Languedoc zu gehen, um die Orte jener okzitanischen Kultur aufzusuchen, die er so sehr bewunderte. Er hatte einen Reiseplan gemacht, sich Prospekte ausgeliehen und Bücher gelesen; doch all dies gehörte zu einem Leben, das es jetzt nicht mehr gab.

Er sah immer noch auf die Anzeigetafel, ohne die Augen von dem Namen der Rosa Stadt – wie Toulouse wegen der Farbe seiner Mauern bei Sonnenuntergang genannt wurde – abwenden zu können. Warum nicht Toulouse? fragte er sich. Wenn er sterben mußte, dann würde er lieber in einem Land getötet werden, von dem er fühlte, daß er es liebte. Ja, er würde in die Languedoc gehen.

Willy war ein bißchen beschwipst, denn er war Alkohol nicht gewöhnt. Er fühlte sich leichter, Angst und Schmerz schienen fern; sie waren sicher nicht verschwunden, nur verdrängt.

Er ging zum Schalter der Air France und verlangte ein Ticket nach Toulouse. Die Angestellte fragte ihn, ob er Gepäck habe, und er zeigte ihr seine Reisetasche. Als sie ihm den Flugschein gab, sagte sie, er müsse sich beeilen, das Flugzeug starte in wenigen Minuten. Willy ging auf das Tor zu, und es gelang ihm nur mit Mühe, sich durch die Flut der erwartungsvollen Fans zu kämpfen. Als er gerade in den Gang einbog, der zu seinem Gate führte, explodierte ein kollektiver Schrei: Der Popstar war angekommen, und seine Fans tobten vor Begeisterung. Willy wandte sich um: Die Menge, die ihn gerade noch durchgelassen hatte, war wieder geschlossen und bildete eine wogende und undurchdringliche Mauer. Er hatte Glück gehabt: Nur wenige Sekunden später, und er hätte den Flug verpaßt.

Die Männer des Geheimdienstes verpaßten ihn tatsächlich, denn die Polizei ließ niemanden mehr passieren, bis der Sänger in seiner Limousine in Sicherheit war. Es wurde geschlagen und gestoßen, einigen Fotografen ging die Ausrüstung zu Bruch, und viele der Mädchen wurden ohnmächtig. Schon lange hatte man keine so ausufernde Massenhysterie mehr erlebt. Am nächsten Tag würden die Zeitungen ausgiebig darüber berichten, und Stuart konnte sich davon überzeugen, daß seine Leute ganz besonderes Pech gehabt hatten.

Willy stieg ins Flugzeug und setzte sich neben einen älteren Herrn. Der Mann hob den Blick von der Zeitung, die er gerade las, und lächelte ihn an.

»Guten Abend«, grüßte er freundlich.

»Guten Abend«, antwortete Willy. Sein Nachbar, eher klein von Statur, was auch im Sitzen zu erkennen war, hatte ein glattes, fast faltenloses Gesicht. Dieser Mann war auf gute Art gealtert, sagte sich Willy und spürte gleich einen schmerzlichen Stich bei dem Gedanken, daß sein Vater und seine Mutter nie alt würden. Er schluckte schwer und tat so, als wolle er die Belüftung richtig einstellen.

»Sie funktioniert nur, wenn das Flugzeug fliegt…«, meldete sich der Mann neben ihm auf französisch zu Wort.

»Stimmt, das vergesse ich immer«, murmelte Willy und lehnte sich wieder zurück.

Charles Sinauer sah sich seinen Nachbarn an. Er war um

die Zwanzig, ein gutaussehender junger Mann mit regelmäßigen und doch männlichen Zügen. Er wirkte müde und verwirrt. Sinauer wandte den Blick ab, um nicht aufdringlich zu erscheinen.

Das Flugzeug begann auf der Piste zu rollen, und nach kurzer Zeit hoben sie ab. Als die Leuchtschrift erlaubte, den Sicherheitsgurt zu öffnen, sah Willy durch das kleine Fenster hinaus in das Dunkel der Nacht. Er war auf dem Flug nach Toulouse, sagte er zu sich selbst. Und mit einem Mal kam ihm dieses Ziel absurd vor, und seine Angst gewann erneut die Oberhand. Er war nahe daran, seine Anspannung nicht mehr kontrollieren zu können; er schwitzte, und seine Hände begannen zu zittern. Um es zu verbergen, verschränkte er die Arme. Die Stewardeß kam mit dem Servierwagen vorbei und fragte, was sie zu trinken wünschten. Der alte Mann nahm einen Kaffee, Willy einen Whisky mit Eis.

»Kennen Sie Toulouse schon?« fragte Sinauer, als die Stewardeß sie bedient hatte.

Willy zuckte zusammen. »Bitte?«

»Ich fragte, ob Sie Toulouse kennen. Eine wunderschöne Stadt.«

»Nein, aber ich weiß, daß die Stadt sehr schön ist.«

»Ich besuche dort Verwandte. Meine Frau kam aus Toulouse...«

Willy räusperte sich. »Ich gehe zu Studienzwecken hin, ich interessiere mich für die Häresie der Katharer.«

»Tatsächlich?« fragte Sinauer, der neugierig geworden war. »Dann sind Sie in der Languedoc am richtigen Ort. Wirklich außergewöhnliche Menschen, die Katharer...«

Willy sah ihn interessiert an. »Sie sind einer der wenigen, die wissen, wer die Katharer waren. Beschäftigen Sie sich mit Geschichte?«

Sinauer lachte. »Nein, ich bin nur ein Industrieller im Ruhestand. Aber wie ich Ihnen bereits sagte, stammte meine Frau aus Toulouse. Wir haben unsere Hochzeitsreise an die Stätten gemacht, die auch Sie interessieren. Damals hatte man keine exotischen Ziele, und so kurz nach dem Krieg gab es ja auch nicht viel Geld. Sie werden sehen, es wird eine aufregende Reise. Wie lange wollen Sie bleiben?«

Willy zuckte mit den Schultern. »Ich weiß nicht, ich habe mich erst im letzten Moment zur Abreise entschlossen, eigentlich hätte ich später fahren sollen, in den Sommerferien...«

»Der Spätfrühling ist eine wunderschöne Jahreszeit mit einer außergewöhnlichen Farbenpracht, vor allem auf den Hochebenen des Sault. Ich nehme an, Sie wollen die Burgen besuchen...«

»Ja, sicher«, log Willy.

»Dann denken Sie daran, daß die einzige echte Katharerburg Montségur war. Die anderen gehörten dem okzitanischen Adel, der natürlich mit den Katharern sympathisierte, wenn er nicht selbst katharisch war, doch in Wirklichkeit hat der katharische Klerus – also die *bonshommes*, die *parfaits* – nie Burgen besessen. Sicher, sie waren Gäste bei den verschiedenen Herren, doch das einzige echte Symbol des Widerstands der Katharer ist Montségur, die alte Festung, ein Ort der Begegnung und der Zuflucht für die Gläubigen.«

»Sie wissen viel, es ist eine Freude, Ihnen zuzuhören«,

sagte Willy. »Ich habe nur ein paar wenige Bücher gelesen, doch ich nehme an, daß ich in Frankreich viel Material finde...«

»O gewiß, die Katharer sind jetzt eine Touristenattraktion. Dann sind Sie also Deutscher? Das hätte ich nicht gedacht, Sie sprechen akzentfrei Französisch.«

Willy schüttelte den Kopf. »Nein, ich bin Schweizer, aus Zürich. Aber meine Mutter war aus Genf. Ich bin zweisprachig aufgewachsen.«

Sinauer bemerkte, daß die Stimme des Jungen plötzlich brüchig geworden war und daß seine Augen schimmerten. Willy verbarg sie hinter seiner Hand.

»Was haben Sie? Etwas nicht in Ordnung?« fragte Sinauer ehrlich besorgt.

»Entschuldigen Sie, ich bin nur erschöpft. Meine Mutter ist gestorben«, fügte er beinahe ohne nachzudenken hinzu. »Erst vor kurzem, und es schmerzt mich noch sehr.«

»Der Schmerz geht leider nie vorbei ...«, murmelte Sinauer und legte ihm eine Hand auf den Arm. »Nur Mut, kommen Sie, lassen Sie uns etwas trinken, das wird uns guttun«, fuhr er fort und rief die Stewardeß.

Willy ließ sich noch einen Whisky bringen, und Sinauer leistete ihm Gesellschaft, auch wenn er Hochprozentiges nicht gewohnt war.

»Simone Weil hat geschrieben, daß der Geist der Menschen unserer Zeit nur auf Nahrung in der Vergangenheit hoffen kann. Ich glaube, das stimmt«, sagte Willy nachdenklich. Dann sah er Sinauer an: »Sie lieben ebenfalls die okzitanische Kultur, wenigstens das, was die okzitanische Kultur im dreizehnten Jahrhundert war. Wieso?«

Sinauer lächelte über die Frage und wie sie formuliert war; es war deutlich zu merken, daß der Junge ein wenig angetrunken war, doch wenigstens hatte er für kurze Zeit seinen Schmerz verdrängt.

»Sehen Sie, ich bin Jude, und die Juden haben nie ein leichtes Leben gehabt, weder in Europa noch anderswo. Auch im dreizehnten Jahrhundert wurden sie diskriminiert, wie immer und überall, nur in der Languedoc nicht. Diese wunderbare Kultur machte es möglich, daß Juden Ratgeber und Minister wurden. Etwas ganz und gar Außergewöhnliches. In der Languedoc wurde niemand wegen seiner Ideen und seines Glaubens verfolgt, alle lebten friedlich miteinander, in einem Schmelztiegel der Kulturen aus der ganzen Welt, insbesondere aus dem Osten. Europa hat zu dieser spirituellen Freiheit nicht mehr zurückgefunden, und das ist sehr traurig, glauben Sie nicht?«

Willy nickte. »Dann finden Sie sicher auch die katharische Religion interessant, den Dualismus, die Gegenüberstellung des Prinzips des Guten und des Prinzips des Bösen, den Kampf zwischen einem guten und einem grausamen Gott, dem Schöpfer dieser Welt. Und man kann doch wirklich nicht glauben, daß ein Gott unendlicher Güte diesen Müllhaufen geschaffen haben soll, meinen Sie nicht auch?« schloß Willy mit angewiderter Miene.

In diesem Augenblick erkannte Sinauer, daß dieser Junge vor irgend jemandem oder irgend etwas auf der Flucht war. Er hatte es von Anfang an gewußt, trotz aller Bemühungen, diesen sechsten Sinn zum Schweigen zu bringen, der ihn seit damals bei anderen die Angst ahnen ließ, die einmal die seine gewesen war. Er sah den Jungen an und meinte, sich selbst wiederzusehen, auf der Flucht mit seiner Familie, gehetzt von den Nazis. Er antwortete nicht, beschränkte sich darauf zu nicken, während er rasch überlegte: Sie würden in Kürze landen. Wenn er dem Jungen helfen wollte, mußte er schnell handeln, die Konventionen sprengen, das Risiko auf sich nehmen, sich zu blamieren. Doch das war Sinauer nicht wichtig, er war zu alt, sich darüber Sorgen zu machen.

»Ich bemerke gerade, daß wir uns noch nicht miteinander bekannt gemacht haben. Ich heiße Charles Sinauer, lebe in Mailand und bin Rentner«, sagte er mit einem Lächeln.

Der Junge erwiderte sein Lächeln unsicher.

»Willy. Ich heiße Willy. Sehr erfreut.«

Daß er seinen Nachnamen nicht sagte, bestätigte Sinauer in seinem Verdacht, und nun hielt er sich nicht mehr zurück.

»Entschuldigen Sie, wenn ich aufdringlich bin, doch in manchen Fällen kann Aufdringlichkeit Leben retten. Ich habe das Gefühl, daß Sie in Gefahr sind...«

In Willys Augen lag der Hauch eines Verdachts, als er ihn ansah. Er wollte gerade etwas sagen, als der alte Mann ihn mit einer Geste davon abhielt.

»Nein, ich bitte Sie, lassen Sie mich ausreden. Ich bin ein alter Jude, der Auschwitz überlebt hat, und ich kann einen Menschen erkennen, der verfolgt wird, wie ich damals. Ich gebe Ihnen meine Adresse und meine Telefonnummern, dann kann ich Ihnen raten, wohin Sie sich wenden können, falls Sie sich verstecken wollen. Sie sehen, ich rede nicht um die Sache herum. Mag sein, daß wir am Ende darüber lachen, wie sehr mein Gefühl mich getrogen hat, doch ich habe gelernt, daß man ruhig riskieren soll, sich lächerlich zu machen, wenn man damit jemandem helfen kann.«

Willy sah Sinauer erschrocken an. Wie konnte dieser Mann erkannt haben, was mit ihm los war? War seine Angst so offensichtlich?

»Machen Sie sich keine Sorgen«, sagte Sinauer, als hätte er seine Gedanken erraten, »man merkt es Ihnen nicht an, Sie wirken nur ein bißchen müde. Aber ich rate Ihnen, jetzt keinen Alkohol mehr zu trinken. Meinen Sie, Sie können meine Telefonnummern und meine Ratschläge annehmen?«

Willy fragte sich verwirrt, wer dieser Mann war und warum er sich so sehr für ihn interessierte. War es möglich, daß ihn jemand geschickt hatte? Nein, der alte Mann saß schon im Flugzeug, als er als letzter einstieg. Um ein Haar hätte er den Flug ja verpaßt. Nicht einmal ein Zauberer hätte das so schnell arrangieren können. Schließlich hatte er sich selbst erst wenige Minuten vor Schließung der Tore zum Flug nach Toulouse entschieden. Willy kam zu dem Schluß, daß er Sinauer trauen könne, holte tief Luft und sah ihm in die Augen.

»Ich bin sicher, daß mir Ihre Hinweise sehr nützlich sein werden. Danke, es ist nicht ausgeschlossen, daß ich Hilfe brauchen könnte. In diesem Fall werde ich nicht zögern, Ihre Telefonnummern zu benutzen.«

Sinauer atmete erleichtert auf. Während das Flugzeug in den Landeanflug auf Toulouse ging, notierte er in einem Notizbuch Ortsnamen und Wegbeschreibungen, froh darüber, daß der Junge seine Hilfe angenommen hatte.

17

Der BMW raste mit Franz am Steuer über die Autobahn. Die Gotthardstrecke war schneefrei und für den Transit geöffnet. Verena sah aus dem Fenster, hinauf zum Sternenhimmel und dem riesigen Mond, der die Berge erleuchtete.

Der Mann, der auf dem Beifahrersitz vor ihr saß, war schweigsam. Seit sie Zürich verlassen hatten, hatte der Detektiv nur wenige Worte an sie gerichtet. Offensichtlich ärgerte er sich über ihre Anwesenheit. Verena fühlte sich unwohl, doch ihr Gemütszustand hatte nichts mit der Situation zu tun. Nur selten fühlte sie sich an irgendeinem Ort und mit irgendeinem Menschen wohl; daran war sie gewöhnt. Sie hatte dieses Gefühl der Fremdheit schon lange akzeptiert, wie ein Neurotiker die ständige Angst akzeptiert. Ihre Beziehungen mit den anderen, die sie »die Normalen« nannte, waren von dieser Anstrengung geprägt, vielleicht ähnlich jener, der sich ein Schauspieler auf der Bühne unterwirft, wenn er sich in eine Rolle versenken und sie die ganze Vorstellung lang durchhalten muß. Doch für einen Schauspieler ist diese Anstrengung zeitlich begrenzt, während für Verena die Darstellung ihrer selbst ein dauernder Zwang war, an den sie sich hatte gewöhnen müssen. Eine Quälerei.

Verena war mit den Gedanken bei ihrer Cousine und bei Willy, als Ogdens Handy läutete. Er meldete sich, und was er hörte, schien ihm nicht zu gefallen, denn sie sah, daß seine Kinnbacken sich anspannten und seine Hand eine ärgerliche, jedoch sofort kontrollierte Bewegung machte.

»Dann bleibt uns nichts anderes übrig, als ebenfalls Kurs

auf Toulouse zu nehmen. Aber wer weiß, wo Willy ist, wenn wir dort ankommen...«, sagte Ogden verärgert.

»Ich habe in Paris angerufen, und sie haben sich mit Toulouse in Verbindung gesetzt, um einen Empfang zu organisieren. Doch der Junge landet schon bald, es ist zum Verzweifeln.«

»Stimmt...«, pflichtete Ogden ihm bei. »Ich habe auch keine guten Nachrichten, aber vielleicht weißt du es ja schon. Frau Mathis hat uns mit überzeugenden Argumenten gezwungen, sie mitzunehmen.«

»Hat sie Zweifel an deiner Tarnung?«

»Allerdings.«

»Dann war es richtig, sie mitzunehmen. Die Polizei würde uns bei dieser Geschichte gerade noch fehlen. Wir sitzen ganz schön in der Tinte, alter Freund.«

»Das kann man sagen. Wir fahren jetzt erst einmal weiter nach Mailand, und morgen nehmen wir dann den ersten Flug nach Toulouse. Eine andere Möglichkeit sehe ich nicht.« Es war eine Weile still, dann fuhr Ogden fort: »Wenn ich mich recht erinnere, stammte doch deine Mutter aus Toulouse. Hast du lange dort gelebt?«

»Sie starb, als ich zehn war, und danach habe ich die Stadt verlassen. Wir hatten ein ziemlich großes Haus an einem Platz nahe der Garonne. Ich erinnere mich an Mauern aus roten Backsteinen, die bei Sonnenuntergang aussahen, als glühten sie, wie bei einem Hexensabbat. Ich frage mich, wieso Willy auf einen solchen Ort verfallen ist...«

»Meines Erachtens ist das ein wunderbarer Ort. Wenn wir Mühe haben, ihn zu finden, dann auch die anderen. Nachts gibt es nicht viele Flüge; offensichtlich war der nach

Toulouse einer der wenigen. Aber ich glaube, ich kenne den Grund, warum seine Wahl auf diese Stadt gefallen ist.«

»Und der wäre?« fragte Stuart erstaunt.

»Dein Sohn hat ein leidenschaftliches Interesse für die Katharer, diese Ketzer aus dem dreizehnten Jahrhundert, die in der Languedoc lebten. Toulouse war ihre Hauptstadt.«

»Ich kann es nicht glauben...«, murmelte Stuart.

»Was ist daran so komisch? Willy ist ein gebildeter Junge mit einigen interessanten Vorlieben.«

»Das meine ich nicht...«, sagte Stuart in einem Ton, den Ogden nicht an ihm kannte. »Weißt du«, fuhr er fort, »eine meiner Vorfahrinnen soll dabeigewesen sein, als Frauen aus Toulouse Simon de Monfort den Schädel eingeschlagen haben. Sie haben ihn bei seiner letzten Belagerung vor den Mauern der Stadt gesteinigt. Eine von diesen Frauen gehörte zu meiner Familie.«

»Dann hast du offenbar eine katharische Vorfahrin, oder wenigstens eine, die mit den Katharern sympathisiert hat«, bemerkte Ogden erstaunt. »Es ist wie in London: Wir haben es mit Koinzidenzen zu tun; hoffen wir, daß wenigstens die Esoterik draußen bleibt. Wenn du Neuigkeiten aus Toulouse hast, ruf mich an, ansonsten müssen wir uns auf unseren Instinkt verlassen, und auf das, was Frau Mathis noch einfällt.«

»In Ordnung, gute Reise.«

Ogden drehte sich zum Rücksitz um.

»Ihr Neffe hat Mailand schon wieder verlassen...«

»Er ist nach Toulouse geflogen, ich habe es gehört...«, unterbrach ihn Verena.

»Gut, was können Sie uns zu dieser Entscheidung Willys sagen?«

»Das gleiche, was Sie schon gesagt haben: Seine historischen Interessen und der Zufall haben ihn zu dieser Entscheidung gebracht. Unglücklicherweise kenne ich weder Toulouse noch die Languedoc. Ich hoffe, Sie sind besser vorbereitet als ich.«

»Da gibt es wenig, worauf man vorbereitet sein könnte! Willy ist schon in Toulouse, und wir wissen nicht, wo er sich verstecken wird. Wir müßten schon Hellseher sein, um ihn zu finden«, schloß er entmutigt.

»Was ist in London geschehen?« fragte Verena.

»Ein Klient Stuarts verfolgte seine Frau von einem Ende der Welt zum anderen. Franz und ich haben ihm geholfen, die Angelegenheit zu klären, das ist alles«, log Ogden unbefangen.

»Sie sind wohl daran gewöhnt, Leute zu verfolgen ...«, murmelte Verena, als spräche sie mit sich selbst. Ihr Ton war resigniert, beinahe, als wollte sie ihn verstehen lassen, daß sie kein einziges Wort glaubte. »Dann fliegen wir also morgen nach Toulouse?« fragte sie nach einigen Augenblicken des Schweigens.

»Ja, etwas anderes können wir nicht tun.«

»Ich denke, daß Willy sich an einem Ort versteckt, der mit der Geschichte dieser Häretiker zu tun hat«, sagte Verena.

»Und woher nehmen Sie diese Gewißheit?«

»Es scheint doch so, daß es keinerlei Grund dafür gab, warum er diese Stadt eher als eine andere aussuchen sollte, doch er hat sich für Toulouse entschieden. Daher glaube ich, daß er sich zu den Stätten aus der Katharerzeit begibt, von denen er sicherlich in irgendeinem Buch gelesen hat. Ich würde das jedenfalls tun, und mein Neffe ist mir ähnlich.«

»Diese Vermutung hat einiges für sich«, gab Ogden zu.

»Ich bin mir dessen sogar sicher«, bekräftigte Verena, ermutigt durch Ogdens Reaktion. »Ansonsten wäre er in Mailand geblieben, wenigstens heute nacht.«

»Dann müssen wir uns ein bißchen mit der Geschichte des Mittelalters beschäftigen«, sagte Ogden und tippte Stuarts Nummer in sein Handy. Der Chef des Dienstes meldete sich sofort.

»Ich brauche die Namen der Orte in der Languedoc, die am engsten mit der Geschichte der Katharer verbunden sind.«

»Das scheint mir eine gute Idee. Auch ich vermute, daß der Junge sich an einem dieser Orte verstecken könnte. Ich kümmere mich sofort darum.«

»Sobald wir in Mailand sind, lasse ich dich den Namen unseres Hotels wissen. Bis später«, schloß Ogden und legte das Handy weg. »Und hoffen wir, daß die Katharer uns beistehen«, murmelte er.

18

In Toulouse angekommen, nahmen Sinauer und Willy zusammen ein Taxi. Sinauer hatte dem Jungen vorgeschlagen, die Nacht im Haus seines Verwandten zu verbringen, und Willy, der spürte, daß die Müdigkeit ihn übermannte, hatte akzeptiert.

»Dies war die Hauptstadt der Grafschaft Toulouse«, sagte Sinauer, als das Taxi durch die menschenleeren Straßen fuhr. »Das ist das Capitole«, fügte er hinzu und zeigte mit einem gewissen Stolz auf einen klassizistischen Bau, der eine Seite des Platzes einnahm, den sie überquerten.

Willy nickte, ohne etwas darauf zu antworten. Es pochte in seinen Schläfen, und er fühlte sich schlecht. »Ich glaube, ich bin ein bißchen betrunken...«, murmelte er.

Sinauer sah ihn verständnisvoll an. »Machen Sie sich keine Sorgen, wenn Sie erst richtig ausgeschlafen haben, geht es Ihnen wieder prächtig. Wir fahren zum Haus meines Verwandten, dort werden Sie sich wohl fühlen.«

»Es tut mir leid, Ihnen zur Last zu fallen...«, sagte Willy mit schläfriger Stimme.

»Sie fallen niemandem zur Last. Auch Robert ist allein, wir sind zwei übriggebliebene Alte.«

Die letzten Worte Sinauers hörte Willy nicht mehr richtig, weil er schon fast eingeschlafen war. Als das Taxi anhielt, faßte Sinauer ihn sanft am Arm.

»Aufwachen, Junge, wir sind da.«

Willy schlug die Augen auf und wußte nicht, wo er sich befand. Dann fiel ihm ein, was geschehen war, und er spürte einen Stich im Magen, der ihm den Atem nahm. Er sah den alten Mann an, der auf ihn wartete und die Tür des Taxis aufhielt, und fragte sich, warum er mitgegangen war und warum Sinauer ihm half.

»Kommen Sie«, sagte der nun und reichte ihm den Arm. Willy versuchte, es allein zu schaffen, doch als er aus dem Auto ausgestiegen war, wurde ihm schwindlig, und er mußte sich an Sinauer festhalten.

»Entschuldigen Sie, ich bin wirklich unmöglich...«, murmelte er.

»Aber ich bitte Sie... Nur ein paar Schritte, und wir sind da.«

Sie erreichten mit einigen Schwierigkeiten den Hauseingang. Sinauer drückte auf den Knopf an der Sprechanlage, und kurz darauf war die Stimme eines Mannes zu hören.

»Bist du es, Charles?«

»Ja, mach bitte auf.«

Beim Klacken der Haustür fuhr Willy zusammen, ließ sich dann aber gefügig zum Aufzug führen. Oben angekommen, umarmte Sinauer seinen Verwandten, der ihnen entgegengekommen war.

»Lieber Robert, endlich! Ich habe einen Gast dabei, wir sollten ihn gleich ins Schlafzimmer bringen, er fühlt sich nicht gut.«

Robert Lavoisier sah den jungen Mann an, den Charles stützte. Er schien ziemlich betrunken zu sein.

»Kommt doch bitte herein...«, sagte er mit einem verwunderten Lächeln.

»Guten Abend, entschuldigen Sie bitte die Störung...«, war alles, was Willy herausbrachte.

Robert Lavoisier lächelte wieder und warf Sinauer einen fragenden Blick zu. Der legte ihm eine Hand auf die Schulter. »Ich konnte es kaum abwarten, dich zu sehen, Robert. Doch nun hilf mir, wir müssen diesen jungen Mann zu Bett bringen, er braucht Schlaf. Ich erkläre dir später alles«, sagte er und schob seinen Verwandten über die Schwelle in die Wohnung.

Kurze Zeit später lag Willy in einem frischbezogenen

Bett. Verwirrt betrachtete er, was um ihn herum war: Das Zimmer mußte einer Frau gehören, sagte er sich, denn in einer Ecke stand ein Toilettentisch, ganz ähnlich dem, den seine Mutter hatte. Doch der Schlaf überkam ihn sofort und ersparte ihm den Schmerz der Erinnerung.

Die beiden Männer schlossen sachte die Tür und gingen ins Wohnzimmer. Robert Lavoisier bewohnte ein großes Apartment, das mit kostbaren Fin-de-siècle-Möbeln eingerichtet war. Die Wohnung hatte der Familie von Sinauers Frau und deren Schwester Louise, der Frau Roberts, gehört. Anne hatte hier gewohnt, bis sie Charles heiratete, und auch danach, in der ersten Zeit ihrer Ehe, hatten sie hier fast ein Jahr verbracht, bevor sie nach Italien gezogen waren. Deshalb kehrte Sinauer immer gern in dieses Haus zurück. Doch diesmal war der Anlaß traurig: Roberts Frau Louise war gestorben, und am nächsten Tag würde die Trauerfeier sein.

Charles und Robert setzten sich einander gegenüber.

»Es ist ein großer Trost, dich zu sehen, wirklich ein großer Trost. Der Gottesdienst ist morgen um elf Uhr. Wir gehen von der Klinik aus, es hatte keinen Sinn, sie hierher zu bringen, sie hätte es nicht gewollt, und ich auch nicht. Dieses Haus soll sie lebendig und strahlend in Erinnerung behalten, wie sie war...« Robert hörte auf zu sprechen und hielt sich eine Hand vor die Augen.

»Nur Mut, Robert«, tröstete ihn Sinauer, »ich weiß, daß es schwer ist. Aber denk daran, daß sie nun endlich aufgehört hat zu leiden und jetzt im Himmel ist...«

»Du hast recht, entschuldige bitte.« Robert wischte sich die Augen trocken und lächelte mühsam. »Ich habe begonnen, mich mit ihrem Tod abzufinden, als sie mir sagten, daß sie höchstens noch ein Jahr zu leben habe. Aber in Wahrheit findet man sich nie damit ab, und unser Egoismus läßt uns nicht begreifen, daß wir nicht weinen dürfen, wenn ein geliebter Mensch aufgehört hat zu leiden.«

Die beiden Männer schwiegen eine Weile, dann stand Robert auf und sagte: »Entschuldige, ich habe dir nichts angeboten. Auch wenn es spät ist: Möchtest du etwas trinken?«

»Einen Cointreau würde ich gerne nehmen, der macht so schön schläfrig.«

Robert ging zur Hausbar, holte eine Flasche und zwei Gläser, setzte sich dann wieder in den Sessel und goß den Likör ein.

»Nun«, sagte er, als er Sinauer ein Glas reichte, »dann erzähl mir mal alles, das lenkt mich ab.«

»Da gibt es nicht viel zu erzählen. Ich habe den jungen Mann im Flugzeug getroffen. Er kommt aus Zürich, offensichtlich aus guter Familie, ist wohlerzogen und gebildet. Er ist sicher nicht älter als zwanzig, und er ist zu Tode verängstigt.«

»Und was macht ihm solche Angst?«

»Das weiß ich nicht.«

»Warum hast du ihn mit hierhergebracht?«

»Er hat ein bißchen viel getrunken, wie du ja gesehen hast. Und mir gefiel der Gedanke nicht, daß er allein und verzweifelt nachts in einer fremden Stadt herumirrt.«

»Aber weißt du denn überhaupt nichts über ihn?«

»Doch, daß seine Mutter vor kurzer Zeit, ich vermute, vor sehr kurzer Zeit gestorben ist…«

»Der arme Junge!« rief Robert aus, der sich, selbst erst

seit vierundzwanzig Stunden Witwer, vollkommen mit der Trauer anderer identifizieren konnte. »Das hast du gut gemacht, Charles. Du bist immer so mitfühlend!«

Sinauer verzog das Gesicht, weil ihm Komplimente nicht behagten.

»Du hättest das gleiche getan«, sagte er und stand aus seinem Sessel auf. »Jetzt gehen wir besser schlafen. Du mußtest so lange aufbleiben, weil ich einen so späten Flug genommen habe, aber es gab leider keine anderen...«

Auch Robert erhob sich. »Das macht nichts, ich glaube, ich kann heute nacht sowieso nicht schlafen. Komm, ich bringe dich in dein Zimmer. Es ist immer noch wie früher, weißt du? Louise wollte nicht, daß irgend etwas in dem Zimmer verändert würde, das erst Annes und dann eures war. Und so ist alles geblieben.«

Roberts Stimme wurde wieder brüchig, und Sinauer hakte ihn unter.

»Komm, Robert, mein Alter. Deine Frau und meine Frau leben nicht mehr, doch wir müssen weiterleben. Deine Louise und meine Anne wollen nicht, daß wir verzweifelt sind.«

Robert versuchte zu lächeln. »Das stimmt. Keine Angst, ich schaffe es schon.«

Als Sinauer allein in seinem Zimmer war, sah er sich um. Robert hatte recht: Es hatte sich seit damals nichts verändert. Die Erinnerungen kehrten zurück, und er überließ sich ihnen gerne. Anne war die einzige wirkliche Heilung für seine Verzweiflung gewesen. Sinauer war sich sicher, daß Gott ihm seine Frau gesandt hatte, damit er sich mit den Menschen versöhnte. Gott hatte ihn für seine Leiden mit dem liebsten und liebenswertesten Wesen der Welt entschädigen wollen. Sie hatte ihn gelehrt, wieder zu leben, und ihn von dem Haß und dem Groll befreit, die ihn schließlich noch umgebracht hätten. Liebe weckt Liebe, dachte Sinauer, und Anne hatte ihn mit ihrer Liebe geheilt, bis sein verhärtetes Herz langsam wieder der Ort der Seele und des Geistes geworden war, und nicht nur ein Muskel, der Blut pumpte und ihn so am Leben hielt. Als er unter die Decken schlüpfte, fragte er sich, ob nicht sie es gewesen sei, die ihm die Gefühle für diesen Jungen eingegeben und ihn veranlaßt hatte, ihm zu helfen. Denn jedes positive Gefühl, das Sinauer empfand, schrieb er Annes liebevollem Einfluß zu. Auch jetzt, wo sie tot war, war er sich sicher, daß sie ihm die richtigen Entscheidungen eingab.

»Ich bin wirklich alt«, dachte er, »und ich weiß nicht, warum Gott mich noch leben läßt und die holt, die jünger als ich sind. Vielleicht will er, daß ich die Wahrheit über meinen Vater herausfinde oder daß ich jemandem helfe«, sagte er sich.

Und während er langsam einschlummerte, ging sein letzter Gedanke zu dem Jungen, der im Nebenzimmer schlief, und er war froh darüber, daß er ihn mit hierhergenommen und in Sicherheit gebracht hatte.

19

Franz betrat sein Zimmer und sah sich um: ein großer, fast luxuriös eingerichteter Raum im besten Hotel der Stadt. Der ideale Ort, um sich auszuruhen, bevor die Jagd auf diesen Jungen weiterging, der allen mit erstaunlicher Geschicklichkeit entkommen war. »Er schlägt eben doch nach seinem Vater«, sagte er nachdenklich mit lauter Stimme vor sich hin.

Als er sich gerade ausziehen wollte, klopfte es an der Tür.

»Ausgezeichnetes Hotel«, sagte Ogden und trat ein.

»Wir könnten ein paar Tage hierbleiben...«, meinte Franz ironisch.

»Tut mir leid, morgen früh um neun brechen wir nach Toulouse auf.«

»Na gut. Aber jedenfalls haben wir ein bißchen Zeit, uns auszuruhen. Dieser Junge ist auf der Flucht geschickter als ein erfahrener Agent. Wirklich ganz der Vater...«

»Daran gibt es keinen Zweifel, doch sein Vater war ein Bankier. Sieh zu, daß du das nicht vergißt, vor allem, wenn wir ihn gefunden haben«, ermahnte ihn Ogden.

Franz war verlegen. »Du hast recht. Aber mach dir keine Sorgen, das passiert mir bei dem Jungen nicht.«

»Wäre besser so. Stuart fände es nicht so lustig...«, betonte Ogden noch einmal. »Wie dem auch sei, wir müssen die Augen nicht nur offenhalten, um Willy zu finden...«, fuhr er fort.

»Was gibt es denn noch?« fragte Franz erschrocken.

»Die Mörder seines Vaters sitzen uns auf der Pelle...«

»Meinst du damit, sie kommen hinter uns her, in der Hoffnung, daß wir sie zu dem Jungen führen?« unterbrach ihn Franz.

»In Zürich haben sie uns jedenfalls ausfindig gemacht. Und wenn sie Willy ebenso wie wir verloren haben, folgen sie wahrscheinlich uns. Sie bleiben in Deckung, bis wir ihn gefunden haben, und stürzen sich dann auf uns. Bis dahin haben wir sie immer am Hals.«

»Schöne Aussichten, und außerdem haben wir noch diese Frau dabei. Glaubst du nicht, die werden versuchen, sie auszuschalten?« fragte Franz besorgt.

»Es wäre logischer zu warten, bis auch der Junge da ist, aber es ist nicht auszuschließen, daß sie es versuchen. Jetzt laß uns schlafen gehen. Wir sehen uns morgen früh um neun in der Halle. Gute Nacht.«

Nachdem er Franz verlassen hatte, ging Ogden zu der Suite, die er zusammen mit Verena Mathis bewohnte. Er hatte es so eingerichtet, daß alle auf einer Etage waren, doch Verena wollte er noch näher bei sich wissen, weil er um ihr Leben fürchtete.

Sie saß in einem Hotelbademantel im Wohnzimmer und hatte sich ein Handtuch als Turban um den Kopf geschlungen.

»Ich müßte etwas zum Anziehen kaufen, meine Garderobe ist ziemlich beschränkt«, sagte sie und deutete auf ihre Sachen.

Ogden ging zur Hausbar. »Damit müssen Sie warten, bis wir in Frankreich sind. Wir verlassen das Hotel morgen früh um neun, der Flug nach Toulouse geht um elf. Wollen Sie etwas zu trinken?«

»Einen Cognac bitte.«

Ogden goß ihn ihr ein und reichte ihr das Glas, dann setzte er sich in den Sessel.

»Ich werde Sie noch ein paar Minuten wach halten, wenn es Ihnen nichts ausmacht; ich muß Sie etwas fragen.«

»Wenn es mir etwas ausmachte, würden Sie es trotzdem tun, nicht wahr?«

Ogden verzog die Lippen zu einem manierierten Lächeln. »Ich fürchte, ja. Doch mir wäre es lieber, wenn Sie das etwas anders auffaßten...«

»Und wie sollte ich es Ihrer Meinung nach auffassen?« unterbrach ihn Verena, ohne daß sie aggressiv geworden wäre. »Meine Familie ist ermordet worden, meinem Neffen droht das gleiche Schicksal, und ich bin hier, in diesem Hollywood-Hotel, in einem Land, das ich nicht kenne, ohne Kleider und mit zwei seltsamen Männern, die behaupten, Detektive zu sein. Ich möchte mit Stuart sprechen. Er wäre ja fast einmal mein Verwandter geworden. Vielleicht sagt er mir, was hier gespielt wird.«

Ogden war müde und hatte keine Lust auf ein Wortgefecht mit dieser verzweifelten Frau. Er erhob sich aus dem Sessel.

»In Ihrer brillanten Analyse haben Sie eine Kleinigkeit vergessen...«, sagte er.

»Und die wäre?«

»Sie sind genauso in Gefahr wir Ihr Neffe. Ich rate Ihnen, unsere Gesellschaft ein wenig erträglicher zu finden und Geduld zu zeigen, wenn wir nicht immer alle Informationen herausrücken. Wer weiß, vielleicht tun wir das, um Sie zu schützen. Jacob Weber wußte zuviel und ist gestorben. Je weniger Sie wissen, desto höher ist die Wahrscheinlichkeit, daß Sie überleben. Doch jetzt entschuldigen Sie mich: Auch Detektive müssen ab und zu schlafen. Ich bitte Sie, morgen früh um neun Uhr reisefertig zu sein. Gute Nacht.«

Ogden ging in sein Zimmer und schloß die Tür hinter sich. Verena rührte sich nicht, blieb mit dem Glas in der Hand und einem verwirrten Gesichtsausdruck sitzen. Sie fühlte sich allein gelassen und hätte ihn gerne zurückgerufen, um ihm zu sagen, was er wissen wollte, doch sie tat es nicht. Sie trank ihren Cognac aus und ging in ihr Schlafzimmer, ließ aber die Tür zum Wohnzimmer halb offen.

Sie schlüpfte ins Bett und lag regungslos da, fragte sich, ob sie Angst habe zu sterben. Doch der Gedanke an ihren Tod erschreckte sie nicht. Im Grunde fürchtet man nur zu verlieren, was man liebt, sagte sie sich, und sie hatte das Leben nie wirklich geliebt. Vielleicht sollte sie sich für diese Gleichgültigkeit schämen, jedes menschliche Wesen sollte für das Leben eine gewisse Begeisterung aufbringen. Doch ihr war das nie gelungen, auch nicht, als sie jünger war, und um so weniger jetzt, da sie die Vierzig überschritten hatte.

Sie schlief ein und hatte einen Alptraum: Ihre Cousine rannte einen Damm entlang und fiel in einen Fluß, vielleicht war es auch das Meer. Sie erreichte die Stelle, an der Alice gefallen war, beugte sich vor und sah einen Körper im Wasser treiben. Doch es war nur eine Schneiderpuppe, die das gleiche Kleid trug wie Alice, als sie sich das letzte Mal gesehen hatten. Angst und ein furchtbares Gefühl zu ersticken weckten sie auf. Jemand drückte ihr den Hals zu, sie spürte das Leder der Handschuhe, die der Mann trug, aber sie konnte ihm nicht ins Gesicht sehen, weil sie bei dem schwachen Licht, das durchs Fenster fiel, gerade einmal eine dunkle Gestalt erkannte. Sie fing an, verzweifelt um sich zu schlagen, doch als die Kräfte sie schon verließen, lockerte sich der Griff des Mannes, und er fiel mit seinem ganzen Gewicht auf sie. Sie wollte schreien, aber eine Hand hielt ihr den Mund zu.

»Seien Sie ruhig, ich bin es. Es ist alles vorbei«, sagte Ogden.

Er befreite sie von dem bewußtlosen Mann, legte ihn auf den Boden, das Gesicht nach unten, nahm seine Krawatte ab und fesselte seine Handgelenke, nahm ein Taschentuch aus der Tasche und steckte es ihm in den Mund. Dann schaltete er das Licht ein und sah sie an.

»Wie fühlen Sie sich?«

Verena massierte sich den Hals. Der Schrecken stand ihr noch im Gesicht geschrieben. »Gut, danke, es geht mir gut«, sagte sie und begann zu husten. In Wahrheit brannte ihre Kehle, und ihr Hals schmerzte.

»Ich hole Ihnen etwas zu trinken«, sagte Ogden und ging in Richtung Wohnzimmer. Doch sie hielt ihn fest.

»Ich bitte Sie, lassen Sie mich nicht allein mit ihm!« flehte sie und warf einen entsetzten Blick auf den bewußtlosen Mann am Fuße des Betts.

Ogden nickte, nahm das Telefon vom Nachttisch und rief Franz an, der mit schlaftrunkener Stimme antwortete.

»Komm sofort her und bring den kleinen Chemikerkoffer mit.« Ogden legte auf und sah Verena mit einem beruhigenden Lächeln an.

»Sie sollten häufiger mit den Augen lächeln«, sagte sie.

Er runzelte verwundert die Stirn. »Was meinen Sie?«

»Normalerweise lächeln Sie nur mit dem Mund. Aber jetzt haben Sie auch mit den Augen gelächelt, und das hat mir ein gutes Gefühl gegeben. Danke.«

Der Mann auf dem Boden bewegte sich. Ogden verpaßte ihm einen Tritt, daß er einen jammernden Ton ausstieß.

»Was machen Sie denn da?« rief Verena aus.

»Dieser Kerl wollte Sie gerade umbringen, da ist es, glaube ich, nicht angebracht, ihm auch mit den Augen zuzulächeln. Sobald Franz da ist, trinken wir etwas Starkes, dann fühlen Sie sich besser.«

»Wer ist das?« fragte Verena und zeigte auf den Mann, der auf dem Boden lag.

»Keine Ahnung. Ich nehme an, daß die Mörder von Jacob Weber und Ihrer Cousine ihn geschickt haben.«

»Ich muß Ihnen danken. Wenn Sie nicht gewesen wären...«, sagte sie leise. »Danke«, wiederholte sie noch einmal mechanisch.

Ogden kam sie vor wie eines dieser allzu wohlerzogenen und unglücklichen Mädchen, die dauernd danke sagen.

»Hören Sie auf, mir zu danken«, sagte er freundlich.

Sie reagierte, als habe er ein Geheimnis entdeckt. Sie senkte den Kopf und atmete tief, ohne zu antworten.

In diesem Augenblick kam Franz herein. »Die Tür war offen, was ist passiert?« fragte er. Dann sah er den Mann auf dem Boden und ging näher an ihn heran. »Wer ist das?«

»Kümmere dich um ihn, dann erfahren wir es vielleicht. Ich bringe Frau Mathis hier weg und bin in einer Minute wieder da.«

Ogden hakte Verena unter und führte sie aus dem Zimmer. Dann kontrollierte er, ob die Tür der Suite abgeschlossen war, nahm einen Stuhl und klemmte ihn zur größeren Sicherheit mit der Rückenlehne unter die Klinke. Er machte für Verena etwas zu trinken und brachte sie in sein Zimmer, wo sie sich auf dem Bett niederließ.

»Versuchen Sie sich jetzt zu entspannen. Die Tür der Suite ist sicher, niemand kann in die Schlafzimmer kommen, ohne durch das Wohnzimmer zu müssen; Sie sind also außer Gefahr. Ich gehe dort hinüber, wenn Sie mich brauchen, rufen Sie mich.«

»Sollten wir nicht jemanden vom Hotel benachrichtigen?« fragte Verena ohne Überzeugung.

»Jetzt nicht. Zuerst will ich versuchen herauszubekommen, wer dieser Mann ist und wer ihn geschickt hat.«

»Was werden Sie mit ihm tun?« fragte sie leise.

»Wir werden ihn nicht töten, da können Sie beruhigt sein. Und machen Sie sich keine Sorgen, er ist nur ein Mörder, er ist Ihre Sorgen nicht wert.«

Ogden durchquerte das Wohnzimmer, ging zurück in das andere Schlafzimmer und machte die Tür hinter sich zu. Franz kümmerte sich um ihren Gefangenen.

»Wie weit bist du?« fragte er ihn.

»Der fängt gleich an zu singen, doch ich glaube nicht, daß wir viel von ihm erfahren. Nach dem, was ich bisher herausbekommen habe, ist klar, daß er ein bezahlter Killer ist, mittlere Garnitur und kokainabhängig. Mit Sicherheit ein in aller Eile hier in Mailand angeworbener Mann. Aber ich werde in Kürze Genaueres wissen.«

»Gut, melde dich, sobald du fertig bist. Ich rufe jetzt Stuart an.«

Ogden ging zurück ins Wohnzimmer und warf von der Schwelle aus einen Blick ins Schlafzimmer. Verena lag auf dem Bett und hatte die Augen geschlossen. Er lehnte die Tür an und entfernte sich. Während er die Nummer in sein Handy tippte, sah er aus dem Fenster in den Park, wo die Laternen noch brannten, auch wenn das Morgenlicht schon langsam die Stadt erhellte und die Sterne am Himmel verblaßten. Trotz der Uhrzeit meldete sich Stuart sofort.

»Wie geht es Frau Mathis jetzt?« fragte er, nachdem Ogden ihm berichtet hatte, was geschehen war.

»Gut, sie hat den schlimmen Zwischenfall einigermaßen überstanden, jedenfalls körperlich. Heute abend, bevor sie angegriffen wurde, hat sie sich darüber beklagt, daß sie nicht weiß, was wirklich los ist. Sie glaubt nicht an die Geschichte, daß wir zwei Detektive sind.«

»Und was glaubt sie dann, wer ihr seid?«

»Wer soll das wissen? Sie hat sich darauf beschränkt, ziemlich sarkastisch zu bemerken, daß vielleicht du ihr die Wahrheit sagen würdest...«

»Dann erzähl ihr, was sie wissen will, mit den Einschränkungen, die ich dir nicht erklären muß«, entschied Stuart. »An dem Punkt, wo wir jetzt sind, hat es keinen Sinn, die Komödie fortzusetzen. Das könnte euch nur neue Schwierigkeiten einbringen.«

»Ich glaube auch, daß es das beste ist«, sagte Ogden. »Hast du noch neue Informationen über das Bankhaus Weber bekommen?«

»Ja, aber nichts Wichtiges, dein Dossier ist vollständig. Scheint so, als hätte der alte Weber, Willys Großvater, irgend etwas Unsauberes gemacht, aber er hat es sehr gut verschleiert. Wie dem auch sei, du bekommst alle neuen Informationen zusammen mit dem Material über die Languedoc in einer Stunde gefaxt. Es tut mir leid, daß diese Geschichte sich als etwas anderes entpuppt hat, als ich sie dir angekündigt hatte«, fügte Stuart in einem veränderten Tonfall hinzu. Dann machte er eine kurze Pause, räusperte sich und fuhr ein wenig verlegen fort: »Wenn du willst, kannst du die Sache abgeben. Ich weiß die Hilfe, die du mir bisher geleistet hast, zu schätzen, und du kannst ungehindert aussteigen.«

»Ich bin ganz entzückt von deiner Strategie. Sie ist so anders als die deines Vorgängers«, meinte Ogden amüsiert. »Aber du weißt ja, daß ich nicht auf halbem Weg aufgebe. Und außerdem ist mir dein Sohn sympathisch. Aber danke dafür, daß du das Risiko eingegangen bist. Schick mir lieber Parker und ein paar Männer nach Toulouse. Sieh zu, daß sie sich sofort auf den Weg machen. Bis später, ich rufe dich gleich an, wenn ich etwas über diesen Kerl weiß.«

Ogden war auf dem Weg zurück zu Franz, als Verena ihn rief. Er ging zu ihr.

»Sie haben gerade mit Stuart gesprochen, nicht?«

»Ja.«

»Was hat er gesagt?«

»Daß ich Ihnen die Wahrheit sagen soll, was ich auch tun werde, sobald ich mich um diesen Kerl gekümmert habe.«

»Dann werden Sie mir sagen, wer Sie wirklich sind?«

»Ja, aber glauben Sie bloß nicht, daß Sie weniger Angst haben, wenn Sie es wissen.«

Verenas Blick verhärtete sich. »Ich weiß sehr gut mit meiner Angst umzugehen, da machen Sie sich mal keine Sorgen«, sagte sie gekränkt.

»Um so besser für Sie. Wie sehen uns nachher.« Ogden verließ das Zimmer und ging zu Franz.

20

Am Morgen nach seiner Ankunft in Toulouse erwachte Charles Sinauer früh, wie es seine Gewohnheit war. Robert, der schon auf den Beinen war, brachte ihm Kaffee ins Zimmer.

»Guten Morgen«, sagte er, stellte das Tablett aufs Bett und öffnete das Fenster. »Es ist ein schöner, sonniger Tag. Louise wäre glücklich darüber gewesen…«

»Sie ist glücklich«, verbesserte Sinauer ihn liebevoll. »Sei heiter, Robert, das Mysterium des Todes ist das Mysterium eines Anfangs, nicht eines Endes.«

Robert kam näher und setzte sich auf die Bettkante.

»Du kannst dich glücklich schätzen, du glaubst an ein Leben nach dem Tod, auch wenn du nicht religiös bist. Für mich dagegen ist es immer schwierig gewesen, mir vorzustellen, daß nicht alles zu Ende ist. Weißt du, Charles«, fuhr Robert nach einer Weile fort, »ich habe mich schon manchmal gefragt, wie du an Gott glauben kannst, nach allem, was du durchgemacht hast…«

Sinauer antwortete nicht gleich. Er tat Zucker in seinen Kaffee und rührte sorgfältig um, dann hob er den Blick und lächelte. »Anne ermöglichte mir, wieder an die Menschheit zu glauben. Sie hat mich vom Haß gerettet. Und für mich bedeutet das: Es gibt das Gute, und es gibt einen Gott.«

Robert nickte still und stand dann auf. »Die Beerdigung ist um elf Uhr. Es genügt, wenn wir eine Viertelstunde vorher von hier losgehen, es ist nicht weit bis zur Klinik… Was machen wir denn mit unserem jungen Gast?«

»Ich werde ihn wecken, bevor wir aufbrechen, und ihn,

wenn du einverstanden bist, bitten, hierzubleiben, bis wir vom Friedhof zurück sind.«

»In Ordnung. Ist er irgendwohin unterwegs, oder bleibt er hier in Toulouse?«

»Ich glaube, er reist weiter ins Pays de Sault. Jedenfalls habe ich ihm dazu geraten. Wenn es stimmt, daß er auf der Flucht ist, scheint mir das die beste Gegend, um sich zu verstecken.«

»Verstehe. Gut, ich lasse dich jetzt allein. Im Bad habe ich übrigens einen Whirlpool einbauen lassen. Den kann ich dir nur empfehlen.«

Sinauer beendete sein Frühstück, stand auf und ging ins Bad, um sich fertigzumachen. Als er danach das Wohnzimmer betrat, saß Robert im Sessel und las Zeitung. Er trug einen schwarzen Anzug, ein weißes Hemd und eine schwarze Krawatte. Sinauer fühlte sich unwohl. Er hatte für die Trauerfeier einen dunkelgrauen Zweireiher und eine schlichte Krawatte dabei, die jedoch nicht schwarz war.

»Es tut mir leid, vielleicht hättest du es lieber gesehen, wenn ich auch in Schwarz gekommen wäre…«, sagte er bedauernd.

Robert machte eine unbestimmte Geste, ohne den Blick von seiner Lektüre zu heben. »Mach dir keine Sorgen, du bist vollkommen korrekt gekleidet«, beendete er das Thema und stand nach kurzer Zeit auf, um Sinauer die Zeitung zu bringen. »Lies doch bitte einmal diesen Artikel«, sagte er und zeigte auf die vierte Seite. »Es geht um einen Zürcher Bankier, der sich vor einer Woche das Leben genommen hat, und um seine Frau, die sich gestern im Fluß ertränkt hat…«

Er gab ihm die Zeitung, und Sinauer begann zu lesen. Als er fertig war, sah er Robert an, der auf einen Kommentar von ihm wartete.

»Also, was denkst du?« drängte er.

Sinauer zuckte mit den Achseln. »Ich weiß nicht recht. Glaubst du, daß dieser Willy Weber, geflohen aus Zürich, und der Willy, der nebenan schläft, ein und derselbe sind?«

»Da bin ich mir sicher. Beide sind aus Zürich, und das Alter stimmt auch. Und hast du mir nicht außerdem gesagt, daß den Jungen irgend etwas quält?«

Sinauer nickte und dachte nach: Es paßte wirklich alles zusammen. Mit großer Wahrscheinlichkeit war sein Willy der Bankierssohn aus dem Artikel. Er wunderte sich, daß er an den Jungen als »seinen« Willy dachte. Er schüttelte den Kopf und lächelte.

»Warum lächelst du?« fragte Robert erstaunt. »Dafür gibt es wirklich keinen Grund. Der Arme kann einem leid tun, schließlich hat er innerhalb einer Woche Vater und Mutter verloren!«

»Ich habe den Jungen liebgewonnen«, antwortete Sinauer. »Und gelächelt habe ich, weil es mir gerade in diesem Moment klargeworden ist. Das ist das Schlimme, wenn man keine Kinder hat. Er könnte mein Enkel sein, nicht wahr?«

»Sicher«, gab Robert zu. »Aber er ist es nicht. Die übrige Familie sucht bestimmt nach ihm, vielleicht ist er wirklich nicht ganz bei sich.«

Sinauer sah ihm gerade in die Augen. »Dieser Junge ist vollkommen bei sich. Ich habe zwei Stunden mit ihm verbracht und weiß, was ich sage. Willy hat Angst, das ja, aber er ist vollkommen in Ordnung, und ich will ihm helfen. Doch dafür brauche ich dich...« Er machte eine Pause, warf Robert einen fragenden Blick zu, und dieser antwortete mit einem Nicken. »Meine Überlegung ist folgende: Wenn Willy nicht irgend etwas befürchtete, wäre er in Zürich geblieben. Aber er hat die Stadt gleich nach dem Tod seines Vaters verlassen. Er muß einen schwerwiegenden Grund dafür gehabt haben, alles und alle, einschließlich seiner Mutter, zu verlassen, meinst du nicht auch?«

»Allerdings«, gab Robert nachdenklich zu. »Du bist immer einer gewesen, der die Sachen frontal angeht, Charles. Tu, was du für richtig hältst, und ich werde dich unterstützen. Aber jetzt geh zu unserem Flüchtling und sag ihm, daß wir das Haus verlassen. Es ist spät geworden.«

Sinauer umarmte ihn. »Ich wußte, daß ich auf dich zählen kann!«

»Hast du daran gezweifelt?« wehrte Robert ab. »Schließlich könnte der Junge ja auch mein Enkel sein, oder?«

Willy hörte, wie sich die Wohnungstür schloß. Sinauer hatte ihn kurz zuvor geweckt, um ihm zu sagen, daß er zur Beerdigung seiner Schwägerin gehe. Als er erfuhr, zu welchem Zeitpunkt er in die Privatsphäre seines Gastgebers eingedrungen war, hatte Willy sich zutiefst unbehaglich gefühlt.

»Ich gehe noch heute, ich wußte ja nicht, wie ungelegen ich gekommen bin...«, hatte er gesagt.

»Bleiben Sie wenigstens noch, bis Robert und ich vom Friedhof zurück sind«, hatte Sinauer ihn daraufhin gebeten. »Ich muß mit Ihnen sprechen, es ist sehr wichtig.«

In Sinauers Worten drückten sich so viel Zuneigung und aufrichtige Sorge aus, daß Willy sich überzeugen ließ und blieb.

Er stand auf, um die Fensterläden zu öffnen. Sein Zimmer ging auf die Garonne hinaus, und er blickte auf den breiten Fluß, wie er in der Sonne dieses klaren Junitags ruhig dahinfloß. Zu seiner Linken konnte er den Pont Neuf sehen, der das rechte Ufer der Stadt mit dem mittelalterlichen Viertel St. Cyprien verband. Er wäre gerne nach draußen gegangen, doch er hatte Sinauer versprochen, seine Rückkehr abzuwarten.

Er duschte, zog sich an und ging ins Wohnzimmer. Es war groß, hell und mit antiken Möbeln eingerichtet, an den Wänden hingen Landschaftsbilder und Stilleben. Willy warf einen Blick auf die Bücher in den Regalen: Romane, ein paar Essays und viele Reiseberichte. Neben einem Atlas stand ein Buch, das seine Neugier weckte. *L'Aude* aus der Reihe *Richesse de France.* Auf dem Umschlag zeichneten sich die Mauern und Türme von Carcassonne vor dem blauen Himmel ab. Er begann, es durchzublättern, und betrachtete die Fotos von den Orten in einer grünen Landschaft, Bergen und Tälern, Tannenwäldern, Felsschluchten, alles umrahmt und eingeschlossen von den Pyrenäen. Dies war das Pays de Sault, die Gegend, von der Sinauer ihm am Abend zuvor erzählt und ihm erklärt hatte, es sei eine rauhe Landschaft, in die nicht viele Menschen kämen, genau das Richtige für Ruhebedürftige. Als er das Buch weiter durchblätterte, gewann Willy den Eindruck, daß Sinauer recht hatte: Es schien die ideale Gegend, um sich zu verstecken. Er beschloß, dorthin zu gehen, in das Gebiet, wo die Katharer den letzten Widerstand geleistet hatten, und in diesen Wäldern Zuflucht zu suchen, wie die Katharer es getan hatten, um ihren Verfolgern zu entkommen.

Aus dem Buch erfuhr er, daß das Pays de Sault eine riesige Kalkplatte, eine Hochebene mit großen Wäldern und Tälern auf 1000 Meter Höhe war. Er sah sich eine kleine Karte an, suchte Montségur und fand es schließlich auch, doch es gehörte schon zur Ariège.

Willy stellte das Buch zurück ins Regal und ging in die Küche, um sich einen Kaffee zu machen. Im Korridor fiel sein Blick auf eine Vitrine, die er vorher nicht bemerkt hatte. Auf schmalen Konsolen lagen darin eine Reihe von Steinen. Er erkannte einen Quarzkristall, einen Amethyst, zwei Achate, einen roten Jaspis, ein Stück Azurit und einen Aventurin. Es gab auch noch viele andere, an deren Namen er sich allerdings nicht erinnerte. Er war erstaunt, denn dies war sicherlich die Sammlung von jemandem, der Kristalle für therapeutische Zwecke oder zur Meditation benutzte. Er öffnete die Vitrine und nahm den Amethyst heraus. Doch der Gang lag im Halbdunkel, also ging er zurück ins Wohnzimmer und trat ans Fenster, um den Kristall im Sonnenlicht anzusehen. Das leuchtende Violett an der Spitze zerfloß an der Wurzel zu Lila.

Er kannte die Kristalle und ihre Kraft. In den letzten Monaten hatte er zusammen mit Helen an einem Kursus teilgenommen und gelernt, mit ihnen zu arbeiten. Er besaß eine ganze Reihe Steine und wünschte nun, er hätte welche bei sich.

Willy legte den Amethyst zurück an seinen Platz in der Vitrine und ging dann wieder ins Wohnzimmer, um auf

Sinauers Rückkehr zu warten. Er setzte sich in einen Sessel und nahm die Zeitung, die auf dem Tischchen neben einer benutzten Kaffeetasse lag. Es war die Toulouser Tageszeitung, und sie war an diesem Morgen bereits durchgeblättert worden, denn die Seiten waren durcheinander. Während er sie in die richtige Reihenfolge brachte, fiel sein Blick auf einen Artikel auf der Seite mit Auslandsmeldungen: »Frau des Bankiers Weber ertrunken aufgefunden.« Der Journalist berichtete von der Familientragödie und beschäftigte sich mit der Frage, wo sich der Sohn der Webers wohl gegenwärtig aufhalte.

Er ließ die Zeitung auf den Tisch sinken und stand aus dem Sessel auf. Er ging ins Schlafzimmer, packte seine Tasche und kehrte ins Wohnzimmer zurück, nahm vom Schreibtisch am Fenster ein Blatt und einen Stift und schrieb ein paar Zeilen, um sich von Sinauer und dem anderen Herrn zu verabschieden, deponierte dann das Blatt gut sichtbar auf der Klappe des Schreibtischs.

Bevor er die Wohnung verließ, suchte er aus dem Telefonbuch die Nummer eines Autoverleihs heraus. Als die Angestellte sich meldete, erkundigte er sich, ob er einen Wagen für einen relativ langen Zeitraum mieten könne. Die Frau nannte ihm die Preise, die Konditionen des Verleihs und die Adresse des Büros. Willy sagte, er werde in einer halben Stunde dort sein.

Es tat ihm leid, Sinauer auf diese Art zu verlassen, doch dieser hatte den Artikel mit Sicherheit gelesen, und Willy wußte, daß er seine neuen Freunde in Gefahr bringen würde, wenn er blieb. Zum Glück genügten die Hinweise, die Sinauer ihm im Flugzeug notiert hatte, um ohne Schwierigkeiten jenen Teil der Languedoc zu erreichen, wo er sich verstecken wollte. Als er schon an der Tür war, erinnerte er sich an das Buch über die Dörfer des Pays de Sault. Er kehrte noch einmal um, legte es in seine Tasche und füllte die Lücke, die es im Regal hinterließ, dadurch aus, daß er die anderen Bände auseinanderrückte. Im Gang fiel sein Blick erneut auf den Amethyst. Unsicher blieb er stehen. Er spürte, daß er nicht gehen könnte, ohne diesen Stein mitzunehmen. Er öffnete die Vitrine, hielt ihn erneut ein paar Sekunden in der Hand, als erwarte er von dem Stein eine Bestätigung, und steckte ihn dann in seine Hosentasche. Er holte sein Notizbuch aus der Reisetasche und schrieb: »Ich habe mir den Amethyst geliehen, danke«, riß das Blatt heraus, legte es so hin, daß es auffiel, und ging hinaus.

Draußen stand die Sonne hoch, und er freute sich darüber. Er sah sich um: Die Häuser mit ihren Backsteinmauern hoben sich gegen den leuchtendblauen Himmel ab. Das war Toulouse, die erhabene Stadt, die Lehrmeisterin von Kultur und Zivilisation, die alte Hauptstadt der Languedoc, wo der schreckliche Simon de Montfort den Tod gefunden hatte. Willy hatte oft davon geträumt, bei Sonnenuntergang durch diese Straßen zu gehen, wenn die Mauern der Paläste in Flammen standen und Himmel und Stein wetteiferten, um sich der Schönheit des Sonnenuntergangs zu bemächtigen. Doch das Schicksal hatte es nicht gewollt, daß er sich in Toulouse länger aufhielt, erst recht nicht bei Sonnenuntergang.

Er ging über die Place de la Durade und folgte den Hinweisschildern Richtung Zentrum. Als er schon die Hoffnung aufgeben wollte, ein Taxi zu finden, sah er eines am

Ende der Rue Gambetta, fast an der Place du Capitole. Er lief darauf zu, stürzte in den Wagen und sagte dem Fahrer, wohin er wollte.

21

Stuart sah aus dem Fenster seines Büros auf das vom Wind gekräuselte Wasser der Spree. Am Himmel waren dunkle Gewitterwolken aufgezogen. Er wandte sich um und betrachtete das nüchtern eingerichtete Büro, von dem aus Casparius von Kriegsende bis zu seinem Tod den Dienst geleitet hatte. Während dieser langen Zeit hatte Casparius das Schicksal einiger Nationen in Händen gehalten, und zumindest einmal das Schicksal der ganzen Welt. Jetzt war dieser mächtige Mann nur noch ein Häuflein Asche, und Stuart hatte seinen Sessel als Chef des Dienstes geerbt. Stuart wußte, daß dieser Posten Ogden zugefallen wäre, wenn der den Dienst in London nicht verraten hätte.

Das Handy auf dem Schreibtisch läutete. Es war Ogden. Stuart hielt diesen Apparat für ihn frei.

»Wie sieht's aus?« fragte er, kaum daß er die Stimme des Agenten gehört hatte.

»Wir sind in Toulouse. Wann kommt die Verstärkung?«

»Die Jungs sind heute morgen von Zürich aufgebrochen und kommen am frühen Nachmittag an. Ich habe den Bericht über das Verhör heute nacht gelesen. Was habt ihr mit dem Kerl gemacht?«

»Wir haben ihn der italienischen Polizei übergeben.«

»Der Polizei?« fragte Stuart bestürzt.

»Das war die einzige Möglichkeit, ihn ohne allzu großes Risiko loszuwerden. Es wäre schwierig gewesen, ihn zu eliminieren und die Leiche verschwinden zu lassen. Wir haben einen Diebstahlversuch vorgetäuscht, und die Polizei hat ihn abgeführt, unter den Augen des Direktors, der es nicht fassen konnte, daß in seinem vornehmen Hotel so etwas passiert. Dank seiner Beziehungen mußten wir nicht einmal aufs Präsidium. Natürlich hat der Typ sich gehütet zu erzählen, was wir mit ihm gemacht haben.«

»Das war genial, wie immer...«, meinte Stuart.

»Wie ja schon im Bericht steht«, fuhr Ogden fort, ohne auf das Kompliment einzugehen, »ist er ein billiger Killer, den sie in Mailand angeheuert haben, um Verena Mathis und möglicherweise auch Franz und mich umzubringen. Na ja, sein Versuch ist erbärmlich gescheitert. Franz hat ihm einen seiner unwiderstehlichen Cocktails injiziert, und da hat er uns seinen Auftraggeber genannt: einen kleinen italienischen Gangster mit Verbindungen zur Mafia.«

»Es ist klar, daß die Auftraggeber eine Reihe von Zwischenstationen eingeschaltet haben, um ihre Anonymität zu wahren«, sagte Stuart. »Es wird ein bißchen mühsam sein, den ursprünglichen Auftraggeber herauszufinden, doch wir beschäftigen uns schon damit. Die Spur wird uns sicher zurück nach Zürich führen...«

»Das ist wahrscheinlich. Die Sache ist beunruhigend...«

»Allerdings«, stimmte Stuart zu. »Deshalb sehen wir uns noch einmal das Dossier von Bruno Weber an. Der Alte scheint während des Kriegs fragwürdige Kontakte unterhalten zu haben. Das wird eine delikate Untersuchung, denn ich fürchte, wir müssen uns mit einer Sache befassen, die gerade die ganze Welt in Unruhe versetzt. Und Rampenlicht ist unserer Arbeit nicht zuträglich...«

»Bruno Weber hat höchstwahrscheinlich irgend etwas Unsauberes getan, und Jacob Weber hat es erst nach dem Tod seines Vaters erfahren...«, bemerkte Ogden.

»Es ist eigentlich noch zu früh, das zu sagen, doch die Spur, die wir verfolgen, scheint in diese Richtung zu gehen.«

»Dann könnten wir auch Vermutungen über das Motiv des Mordes an Jacob Weber anstellen«, meinte Ogden.

»Ja, aber es würde sich eben um Vermutungen handeln. Die Anhaltspunkte, die wir haben, reichen noch nicht aus.«

»In der letzten Zeit enden Dokumente von Schweizer Banken über die Kriegs- und Nachkriegszeit leicht im Reißwolf. Es sieht allerdings so aus, als seien die der Bank Weber noch nicht dort gelandet...«, sagte Ogden.

»Scheint so. Und wenn das stimmt, spricht alles für die Vermutung, daß Willy sie hat...«

»Da von der Familie Weber außer Willy und seiner Tante niemand mehr lebt«, unterbrach ihn Ogden, »scheint mir klar, daß das, was unsere Freunde derart in Unruhe versetzt, nicht nur mit der Bank Weber zu tun hat. Was ich damit sagen will: Wenn man Hypothesen über einen Auftraggeber aufstellt, hat man die Qual der Wahl. Wie gedenkst du vorzugehen?«

»Im Augenblick ist der Dienst von einem Privatmann, nämlich von mir, beauftragt worden, Willy zu finden; und von einem anderen Privatmann ist er beauftragt worden, aufzudecken, wie 1943 eine ganze Familie nicht nur ausgerottet, sondern auch noch ihres Vermögens beraubt wurde, das auf einer der wichtigsten Schweizer Banken lag. Dies sind die beiden einzigen Aufträge, mit denen sich unsere Organisation im Moment befaßt, und sie sind in irgendeiner Weise miteinander verbunden.«

»Es sieht so aus, als hätte der Dienst zwei Auftraggeber, aber nur ein Problem...«

»Da hast du vermutlich recht«, gab Stuart zu.

»Ich weiß deine Offenheit zu schätzen, Casparius hätte niemals die Karten so wie du auf den Tisch gelegt.«

Die beiden Männer schwiegen ein paar Sekunden, bis Ogden ironisch ansetzte: »Hast du daran gedacht, daß dir vielleicht Tausende von Menschen Dank schulden, falls du Erfolg hast?«

»Unser Dienst ist kein Wohltätigkeitsverein.«

»Natürlich nicht, aber die Umstände sind nun einmal so, wie sie sind. Sagen wir einmal, es ist auch möglich, daß die Wahrheit triumphiert«, sprach Ogden weiter. »Es ist schön, sich vorzustellen, wie Casparius sich im Grab umdreht. Das einzige Problem ist, daß es dich einiges kosten wird. Du könntest Israel um eine Unterstützung bitten...«

»Es ist nicht ausgeschlossen, daß es früher oder später dazu kommt...«

»Das habe ich mir gedacht. Vielleicht bist du Casparius doch ähnlicher, als du meinst. Das Spiel wird also erweitert, und es gibt neue Mitspieler?«

»Das habe ich nicht gesagt«, protestierte Stuart.

»Du vergißt, mit wem du sprichst«, fuhr Ogden ihn barsch an. »Aber egal, deine Geschäfte interessieren mich im Moment weniger als das Leben deines Sohnes. Also sieh zu, daß du uns innerhalb vierundzwanzig Stunden hier ein *safe house* einrichtest. Ich fürchte, unser Aufenthalt in Toulouse dauert einige Zeit, und in einem Hotel fallen wir zu sehr auf. Du weißt ja, daß uns die Gegenseite auf den Fersen ist. Die könnten ein schönes Blutbad anrichten.«

»Ich finde dich als Ritter ohne Fehl und Tadel unerträglich«, bemerkte Stuart bissig.

Ogden lachte. »Was willst du, man ändert sich eben.« Und eisig fügte er hinzu: »Also, behalt die schweizerischen oder nicht nur schweizerischen Geheimnisse nicht allzulange für dich...«

»Ich verheimliche nichts vor dir, ich dachte, das hätte ich dir schon bewiesen«, beteuerte Stuart. »Egal, ich organisiere das *safe house;* bald habt ihr eine Basis. Bis dahin wohnen auch Parker und die anderen im Hotel.«

»Gut. Halt mich über jede Neuigkeit über die Bank und deinen jüdischen Auftraggeber auf dem laufenden. Wie heißt er eigentlich?«

»Sinauer, Charles Sinauer. Ich schicke dir sein Dossier.«

»Okay. Ich versuche jetzt mal ein paar Stunden zu schlafen. Bis später.«

Stuart schaltete das Handy aus und setzte sich in einen Sessel. Er machte sich Sorgen. Ogden bei der Stange zu halten würde nicht leicht sein, aber er brauchte ihn. Zum ersten Mal fehlte ihm Casparius, doch der Alte hätte seinen Sohn nur gerettet, wenn es für den Dienst von Vorteil gewesen wäre, und aus dem gleichen Grund hätte er ihn auch geopfert.

Die Sprechanlage summte, und die leicht gedämpfte Stimme seiner Sekretärin war zu hören.

»Herr Levi ist da, Herr Stuart.«

Stuart seufzte. »Führen Sie ihn bitte herein, Rosmarie.«

22

Franz blickte aus dem Fenster seines Hotelzimmers und zündete sich eine Zigarette an. Diese Mission war ein einziges Desaster: Einen Jungen zu suchen, der sich irgendwo in einem ausgedehnten, fast menschenleeren Gebiet versteckt hielt, war nicht unbedingt erfolgversprechend. Wenn der Gesuchte außerdem der Sohn des Geheimdienstchefs war, wurde die Angelegenheit noch heikler. Man würde unglaubliches Glück brauchen, um Willy Weber aufzustöbern.

Sie waren am Morgen angekommen und hatten sich Zimmer im Hotel du Taur in der Nähe der Place du Capitole genommen. Am Nachmittag würden Parker und zwei weitere Mitarbeiter des Dienstes zu ihnen stoßen. Der Vormittag konnte dazu genutzt werden, den in der Nacht zuvor in Mailand ausgefallenen Schlaf nachzuholen. Doch auf Franz hatte Nichtstun eine schlimmere Wirkung als Müdigkeit: Es deprimierte ihn. Er hatte überhaupt nicht schlafen können; gegen Mittag hatte er deshalb das Hotel verlassen und war zur Kathedrale Saint-Sernin spaziert. Doch er war nicht aus touristischer Neugierde die ganze Rue du Taur hinuntergegangen, sondern um sich Gewißheit darüber zu verschaffen, ob sie verfolgt wurden. Die lange Straße im Zentrum mit ihren zahllosen Schaufenstern, die als Spiegel dienen konnten, war ideal dafür. Am Ende seines Spaziergangs wußte Franz schließlich mit Sicherheit, daß er beschattet wurde. Wie von Ogden vorhergesehen, war man ihnen auf den Fersen, seit sie Zürich verlassen hatten.

Zurück im Hotel, beschloß Franz, Ogden in seinem Zimmer anzurufen, obwohl er dessen Ruhe nicht gern störte.

Ogden war schon seit einer Weile wach. Er hatte nur ein paar Stunden geschlafen und dann aus dem Toulouser Telefonbuch die Autoverleihe herausgesucht. Als Franz anrief, war seine Liste komplett.

»Komm, ich habe Arbeit für dich«, sagte er zu ihm. Wenige Sekunden später klopfte Franz an Ogdens Tür.

»Setz dich. Du bist ja sicher müde, nach diesem unvorsichtigen Rundgang durch die Stadt.«

Franz sah ihn verlegen an und nahm Platz. »Ich konnte nicht schlafen, das Nichtstun macht mich nervös...«

»Ich weiß, aber es war unvorsichtig; sie hätten dich mit Leichtigkeit um die Ecke bringen können.«

»Wir werden tatsächlich verfolgt. Ich habe sie in der Rue du Taur entdeckt, es waren mindestens drei. Die machen das nicht schlecht, und ich bin sicher, daß sie glauben, sie seien noch mal davongekommen...«

»*Du* bist noch mal davongekommen. Von jetzt an unternimmst du nichts mehr aus eigener Initiative, ist das klar? Es würde mir leid tun, wenn dir etwas passiert«, fügte Ogden hinzu und milderte damit die Zurechtweisung.

»Du hast recht, ich habe zuviel riskiert«, sagte Franz. Und nach einer Pause: »Was tun wir mit Frau Mathis?«

»Sie bleibt hier. Morgen, spätestens übermorgen haben wir ein *safe house* hier in der Stadt. Von dieser Basis aus unternehmen wir unsere Exkursionen in die Languedoc.«

»Die Überwachung kostet uns einen Mann«, wandte Franz verärgert ein.

»Ich weiß, aber wenn sie in Zürich geblieben wäre, hätten wir sie auch schützen müssen.«

»Das stimmt«, gab Franz zu.

Ogden reichte ihm einen Zettel: »Das ist eine Liste der hiesigen Autovermietungen. Ich möchte wissen, ob Willy sich ein Auto geliehen hat.«

»In Ordnung. Aber das Schlimme ist ja, daß wir nicht die leiseste Ahnung haben, wohin er gegangen ist. Er könnte auch in Toulouse bleiben.«

»Nein, ich bin mir sicher, daß er die Stadt schnellstens verläßt.«

»Meinst du, die versuchen noch einmal, Frau Mathis zu töten?«

»Ich glaube nicht. Wenn ich die wäre, würde ich warten, bis alle beisammen sind.«

Franz wandte sich zum Gehen. »Sobald ich irgend etwas weiß, rufe ich dich an.«

Im Hinausgehen begegnete er Parker. Sie grüßten sich, und Parker trat in Ogdens Zimmer.

»Eine gute Reise gehabt?« fragte Ogden und ging auf ihn zu.

»Keine Klagen. Blake und Cédric richten sich gerade im Zimmer ein.« Parker gab Ogden ein Päckchen. »Das hier schickt Ihnen Stuart. Material über die Katharer...«

Ogden nahm das Päckchen in die Hände und spürte durch die Verpackung hindurch, daß Bücher darin waren. Er legte es auf den Schreibtisch und sah Parker an.

»Wir werden verfolgt, seit wir Zürich verlassen haben, deshalb müssen wir es unter allen Umständen vermeiden, zusammen gesehen zu werden, damit ihr drei euch frei bewegen könnt. Wie sieht es mit der Basis aus?«

»Morgen ziehen wir um. Das Haus wird gerade vorbereitet.«

»Sehr gut, dann wollen wir doch den Umzug nutzen, um unsere Verfolger abzuschütteln, sonst wird das Haus für uns zur Falle. Anschließend fangen du, Franz und ich mit der Suche nach dem Jungen an. Blake und Cédric bleiben hier in Toulouse bei der Mathis, und wir drei pendeln. Im Notfall können wir entweder Blake oder Cédric rufen, denjenigen, der dir am geeignetsten erscheint, aber einer von ihnen muß immer hiersein, damit Frau Mathis geschützt ist und der Kontakt nach Berlin gehalten wird. Jetzt pack erst einmal aus, und dann komm zurück, damit wir planen können, wie wir das Hotel verlassen.«

Als Parker gegangen war, rief Ogden in Verenas Zimmer an. Sie antwortete mit schläfriger Stimme.

»Es tut mir leid, wenn ich Sie geweckt habe, doch ich muß mit Ihnen sprechen.«

»Schon gut, geben Sie mir fünf Minuten, mich zurechtzumachen.«

Als Ogden bei ihr eintraf, trug Verena wieder das einzige Kleid, das sie dabeihatte.

»Wie Sie sehen, fehlt es mir an allem. Wann kann ich mir Kleider kaufen?«

»Das geht jetzt leider überhaupt nicht. Doch morgen ziehen wir in ein Haus um, und dort werden Sie Kleider vorfinden, die Ihnen hoffentlich gefallen.«

Verena sah ihn mit aufgerissenen Augen an: »Sie setzen mich immer wieder in Erstaunen. Wie organisieren Sie das alles?«

»Darum hat sich Stuart gekümmert. Für mich wäre es zu schwierig.«

»Nun ja, das weiß ich nicht. Sie und Stuart kommen mir

vor wie der Zauberer von Oz. Bei Ihnen beiden muß ich unwillkürlich an Spionageromane denken. Haben Sie etwas mit Geheimdiensten zu tun?«

Ogden sah sie an. Sie war eine schöne Frau, und eine kluge dazu.

»Sagen wir, wir haben ein paar Möglichkeiten…«

»Nun kommen Sie, reden Sie nicht so darum herum. Ich bin in diese Geschichte verwickelt und riskiere mein Leben. Könnten Sie nicht ehrlich sein?«

»Was würden Sie denn gern hören?«

»Die Wahrheit, glaube ich.«

»Die Wahrheit sollte man sich nicht immer wünschen. Doch da Sie diese fixe Idee haben, ist es für alle besser, wenn ich Ihnen sage, wie die Dinge stehen. Um so mehr…«

»Um so mehr, da ich vielleicht nicht am Leben bleibe«, vervollständigte Verena den Satz.

»Das wollte ich nicht sagen, und ich habe es auch nicht gedacht. Wir tun unser Möglichstes, Sie zu schützen, ich glaube, das haben wir schon bewiesen. Wollen Sie mich also bitte sprechen lassen?«

Verlegen senkte Verena den Kopf. »Entschuldigen Sie, ich bin ein wenig nervös. Doch mein Leben war bisher nicht ganz so abenteuerlich.«

»Das ist normal. Wenn man eine gefährliche Situation überlebt hat, entsteht immer eine Art Euphorie.«

»Also, was wollten Sie gerade sagen?«

Ogden räusperte sich. »Stuart ist der Chef eines unabhängigen Geheimdienstes, der seine Dienste den Regierungen in aller Welt anbietet. Und im Augenblick arbeite ich für ihn.«

»Im Augenblick?«

»Ja, im Augenblick«, bekräftigte Ogden.

»Ich glaube eher, daß Sie diese Arbeit schon immer getan haben, und ich bin sicher, daß Sie sehr tüchtig sind. Ein perfekter Spion, meine ich damit.«

»Wenn es Sie beruhigt, mein Dienstalter zu erfahren – ja es stimmt, ich habe diese Arbeit viele Jahre lang getan, aber ich hatte mich davon zurückgezogen. Ich glaube, das muß Ihnen genügen.«

Verena betrachtete ihn aufmerksam. Daß er gutaussehend war, hatte sie schon beim ersten Mal bemerkt, als sie ihn in der Villa Weber gesehen hatte. Seine Attraktivität war augenfällig, doch sie war kalt. Er hatte aschblondes Haar mit graumelierten Schläfen, seine Augen waren von einem intensiven Blau mit goldenen Funken in der Iris.

»Ich kann mir vorstellen, daß es sehr schwierig ist, sich von einer solchen Arbeit zurückzuziehen. Wie haben Sie das gemacht?« fragte sie, ohne den Blick von ihm zu wenden.

Ogden schien belustigt. »Ich habe Ihnen die Wahrheit versprochen, nicht den Roman meines Lebens. Es sollte Ihnen genügen zu wissen, daß Sie in guten Händen sind, und das ist angesichts der Situation nicht wenig.«

»Ja, ich habe verstanden. Oder besser: Ich habe nur verstanden, daß Sie zu einem Söldnergeheimdienst gehören, dessen Chef Stuart ist. Armer Willy«, setzte sie hinzu. »Waise, und dazu mit einem Vater, der Spion ist...«

»Es ist nicht nötig, daß er es erfährt.«

»Von mir wird er es nie erfahren, darauf können Sie sich verlassen«, rief Verena aus. »Doch ich frage mich, ob es richtig ist, daß Willy nicht erfährt, wer sein leiblicher Vater ist. Jacob ist tot, und er hatte zu seinem Sohn übrigens auch kein sehr enges Verhältnis. Nicht daß er ein schlechter Vater gewesen wäre, doch er war ein zu wichtiger Mann, zu mächtig, hat nie Zeit gehabt, sich mit ihm zu beschäftigen. Und Alice hat sich in Wirklichkeit darauf beschränkt, die Internate für ihn auszusuchen.«

»Dann hat sich also auch seine Mutter nicht viel um ihn gekümmert...«

Bei der Erinnerung an ihre Cousine lächelte Verena liebevoll. »Alice war ein bißchen überfordert. Als das Kind da war, wurde sie ängstlich. Einmal sagte sie zu mir, sie fürchte sich, etwas falsch zu machen. Als er klein war, wurde mein Neffe Kindermädchen anvertraut, und als er groß genug war, ins Internat geschickt. Er kam an den Feiertagen nach Hause.«

»Wie verlief seine Entwicklung Ihrer Meinung nach?«

»Sehr gut!« sagte Verena mit Überzeugung. »Er scheint nicht darunter gelitten zu haben, daß er so selten mit seinen Eltern zusammen war. Was meinen Sie«, setzte sie zögernd hinzu, »wäre es für Willy gut, zu erfahren, wer sein leiblicher Vater ist?«

»Stuart will nichts von dem Jungen wissen, tut mir leid«, antwortete Ogden. »Er hält es für seine Pflicht, ihm zu helfen, weil er es Alice versprochen hat. Doch er hat sich nie als seinen Vater betrachtet, und ich glaube, daß er recht hat.«

Verena schien entsetzt. »Sie glauben, daß er recht hat? Aber wieso denn? Hat er vielleicht noch andere Kinder?«

»Er hat weder andere Kinder noch eine Frau. Sagen wir

einfach, er ist nicht der Typ Mann für solche Verbindlichkeiten, und er weiß es. Das bewahrt ihn davor, Schaden anzurichten.«

»Mir scheint, Sie teilen seine Ansichten...«

»Es geht nicht darum, ob man sie teilt oder nicht, sondern darum, sie zu verstehen. Wenn Stuart nicht Vater sein will, hat er das Recht, darauf zu verzichten. Warum sollte er sich verpflichtet fühlen, diese Rolle zu übernehmen? Wegen des Gemeinplatzes, daß alle Männer sich dazu eignen?«

Verena sah ihn erstaunt an. »Vielleicht haben Sie recht«, gab sie nach kurzem Überlegen zu, »aber es ist doch sehr traurig, meinen Sie nicht?« sagte sie und warf ihm einen Blick aus ihren dunklen Augen zu, als wollte sie Ogden als Zeugen für irgend etwas anrufen, was sie betraf; und er empfand eine Solidarität, die er nicht verstand.

»Haben Sie Kinder?« fragte Verena.

»Nein.«

»Denken Sie darüber genauso wie Stuart?«

»Ich habe mir die Frage nie gestellt, aber ich glaube schon.«

»Und doch spüre ich, daß Sie Willy nicht nur suchen, weil Sie einen Auftrag haben. Es ist, als wäre Willy Ihnen sympathisch. Oder irre ich mich?«

Ogden sah sie an. »Wenn ich mich mit einer Sache beschäftige, habe ich die Angewohnheit, sie zu Ende zu führen. Damit das gelingt, braucht man ein gewisses Maß an Begeisterung. Doch es stimmt, der Junge ist mir sympathisch, Frau Mathis«, sprach Ogden weiter und milderte die Kühle seines Blicks mit einem sehr verhaltenen Lächeln, »aber ich weiß aus Erfahrung, daß die Beziehungen zwischen Menschen, die unter dem Druck der Umstände zusammengekommen sind, am besten auf einer Ebene förmlicher Zusammenarbeit gehalten werden. Glauben Sie mir, ich finde, Sie sind eine entzückende Frau, aber ich halte es für klüger, persönliche Gespräche zu vermeiden.«

Verenas erste Reaktion war Erstaunen, doch gleich darauf erschien ein ironischer Ausdruck auf ihrem Gesicht.

»Entzückend?« wiederholte sie und verzog ein wenig das Gesicht. »Ich glaube, Sie haben recht, Herr Ogden: Wir müssen vielleicht lange zusammenbleiben, also ist es besser, vorsichtig zu sein, damit wir nicht wie jene enden, die zu einer Seereise aufbrechen und sich am Ende der Fahrt auf den Tod hassen. Doch keine Sorge, ich bin nicht auf der Suche nach menschlicher Wärme, wenn es das ist, was Sie beunruhigt. Sie sind aber doch gekommen, um mir etwas zu sagen, nicht wahr?«

Sie sah ihn mit einem förmlichen Lächeln an. Ogden wunderte sich über die Veränderung: Sie wirkte wie ein anderer Mensch, selbst der Ton ihrer Stimme war anders geworden.

»Das stimmt«, antwortete er. »Morgen verlassen wir das Hotel und ziehen in ein Haus. Sie und zwei unserer Männer bleiben hier in Toulouse, während Franz, Parker und ich mit der Suche nach Willy beginnen. Leider wird der Auszug aus dem Hotel eine ziemlich heikle Operation. Ich werde Sie später darüber unterrichten, wann und auf welche Weise das Ganze ablaufen soll. Es tut mir leid, daß Sie dabei in eine gefährliche Situation geraten. Aber ich hatte Sie ja vorgewarnt...«

»Die Risiken, die ich eingehe, würde ich woanders genauso eingehen, das ist doch offensichtlich. Also bin ich besser hier in Toulouse in Gesellschaft eines perfekten Spions als alleine in Zürich. Finden Sie nicht?«

Ogden lächelte ebenfalls. »Auch in Zürich wären Sie von einem Spion geschützt worden, natürlich nicht von so einem perfekten wie mir«, sagte er und wandte sich zum Gehen. »Bis später, Frau Mathis, ich rate Ihnen, sich auszuruhen, es könnte morgen ein anstrengender Tag werden.«

23

Als Charles Sinauer und Robert Lavoisier nach dem Trauergottesdienst heimkamen, war es erst kurz nach Mittag.

»Vielleicht schläft der Junge noch…«, meinte Robert und zog die Vorhänge auf.

»Ich gehe einmal nachschauen.« Sinauer wollte gerade das Wohnzimmer verlassen, als er das Blatt Papier auf der Schreibtischklappe entdeckte.

Lieber Herr Sinauer,

bitte entschuldigen Sie, daß ich Ihre Rückkehr nicht abgewartet habe, doch ich kann nicht bleiben. Ich bin Ihnen und Herrn Robert für die erwiesene Gastfreundschaft unendlich dankbar. Ihre Ratschläge sind für mich sehr wertvoll, und ich versichere Ihnen, daß ich nicht zögern werde, Sie anzurufen, wenn ich mich wieder in Schwierigkeiten befinden sollte. Bitte richten Sie Herrn Robert mein herzliches Beileid aus; ich hätte es ihm gern persönlich gesagt, doch leider ist das nicht möglich. Ich hoffe, daß wir uns einmal unter glücklicheren Umständen wiedersehen.

Mit herzlichem Gruß, in Freundschaft

Ihr Willy

Sinauer reichte den Brief Robert, der ihn eilig las. Dann sahen die beiden Männer sich an und sagten nichts. Schließlich brach Robert das Schweigen.

»Er ist es wirklich, der Junge aus Zürich, daran gibt es keinen Zweifel. Warum wäre er sonst so gegangen? Es ist klar, daß er den Artikel gelesen hat…«, sagte er mit einem Blick auf die Zeitung, die aufgeschlagen im Sessel lag.

Charles Sinauer antwortete nicht und beschränkte sich auf ein Nicken. Er fragte sich, wo Willy in diesem Augenblick wohl sei, und er spürte, wie ihn Angst und Sorge beschlichen. Seit Jahren hatte er diese furchtbare Mischung aus Ohnmacht und Entsetzen nicht empfunden. Mit einem Mal fühlte er sich schwach und ließ sich in den Sessel fallen.

»Geht es dir nicht gut, Charles? Du bist blaß…«, fragte Robert besorgt.

»Das ist nur mein niedriger Blutdruck. Bring mir doch bitte irgend etwas Hochprozentiges.«

Robert ging zur Hausbar, goß ein Glas Armagnac ein und brachte es ihm.

»Der arme Junge …«, murmelte Sinauer, nachdem er einen Schluck Weinbrand genommen hatte. »Er ist allein, und irgend jemand will ihn umbringen…«

»Was sagst du denn da, Charles? Warum sollte ihn denn irgend jemand umbringen?«

»Er ist auf der Flucht. Und von hier ist er weggegangen, um uns nicht in Gefahr zu bringen.«

Ungläubig schüttelte Robert den Kopf: »Wovon redest du überhaupt?«

»Von den Banken, den verdammten Banken – davon rede ich!«

»In der Zeitung steht, daß sein Vater Bankier war«, resümierte Robert. »Aber wieso beschuldigst du die Banken?«

Sinauer trank seinen Armagnac aus und stand auf. »Robert, wenn du nichts dagegen hast, bleibe ich noch hier in Toulouse«, sagte er und sah ihn mit einem entschlossenen Blick an, »doch verlange bitte keine Erklärungen von mir; im Augenblick kann ich sie dir nicht geben.«

»Dieses Haus ist dein Haus. Du kannst so lange bleiben, wie du willst«, antwortete Robert freundlich. »Aber sag mir, ist es wegen des Jungen?«

»Ja, ich möchte hiersein, falls er mich braucht. Ich würde gerne in Mailand anrufen und diese Telefonnummer hinterlassen. Ist das für dich in Ordnung?«

»Aber ja, natürlich. Glaubst du, daß er sich an deinen Rat hält und in das Pays de Sault fährt?«

»Ich glaube schon, jedenfalls hoffe ich es.«

»Wie willst du ihm denn helfen?«

»Das weiß ich noch nicht.« Sinauer begann nervös im Zimmer herumzugehen. Robert beobachtete ihn besorgt. »Beruhige dich, Charles, dein Herz verträgt so viel Aufregung nicht. Ich mache dir jetzt einen Kamillentee, und du versuchst dich zu entspannen. Wir finden den Jungen schon, da kannst du ganz ruhig sein«, sagte er, hakte Sinauer unter und führte ihn wieder zum Sessel. Sinauer setzte sich hin, ohne zu sprechen, doch seine Gedanken kamen nicht zur Ruhe. Robert ging in die Küche, um den Tee zu machen. Als er mit dem Tablett zurückkam, entdeckte er in der Vitrine im Flur den Zettel, den Willy dort hineingelegt hatte. Er nahm ihn und ging zu Sinauer.

»Noch ein Brief«, sagte er und stellte das Tablett auf das Tischchen vor dem Sessel. Er las die kurze Nachricht und gab Sinauer den Zettel.

»Um was geht es denn überhaupt?« fragte Sinauer und nahm seine Brille ab.

»Es ist seltsam, Willy hat einen Amethyst mitgenommen, der in der Vitrine lag...« Robert unterbrach sich. Seine Gedanken wanderten zu seiner Frau, die diese Steine mit Leidenschaft gesammelt hatte.

»Warum hat er das wohl getan?« fragte Sinauer sich verwirrt. Er konnte nicht glauben, daß Willy sich etwas angeeignet hatte, was ihm nicht gehörte.

»Der Amethyst gilt als Stein der Seele«, sagte Robert. »Seine Besonderheit besteht darin, daß er jede Art von Energie verstärkt. Wenn Willy ihn mitgenommen hat, heißt dies, daß er das Bedürfnis dazu verspürt hat und daß der Amethyst ihn gerufen hat. ›Wein aus einem Amethystbecher macht nicht betrunken‹, sagten die Alten. Louise benutzte den Stein oft. Sie sagte, er helfe ihr, Probleme zu lösen, und mache den Geist klar.«

»Louise hat diese Steine gebraucht?« fragte Sinauer verwundert.

»Ja, sie hatte eine Leidenschaft für Kristalle. In den letzten Jahren hatte sie aus Büchern und in Kursen gelernt, mit ihnen zu arbeiten. Kristalle, sagte sie zu mir, sind Meister.

Sie bewahren Kräfte und Weisheiten, die nützlich und heilsam sind. Zuletzt hat sie die Steine oft benutzt, um ihre Schmerzen zu lindern.«

Erstaunt schüttelte Sinauer den Kopf. »Von alldem weiß ich nichts, ich dachte, Kristalle wären nur Schmucksteine. Dann hat Willy also deiner Meinung nach den Amethyst genommen, damit er ihn in seiner schwierigen Lage schützt?«

Robert nickte. »Dessen bin ich mir sicher. Wie absurd dir das auch vorkommen mag: Für mich ist das der Beweis dafür, daß du recht hast und der Junge wirklich in Gefahr ist. Willy kennt sich offensichtlich auf diesem Gebiet aus, das uns aufgeklärten Menschen so unglaublich vorkommt. Doch Louise hat mir bewiesen, daß Shakespeare recht hatte, als er sagte, daß es mehr Dinge im Himmel und auf Erden gibt, als unsere Schulweisheit sich träumen läßt. Im Grunde wissen wir so wenig, Charles... Und Louise hat sich wirklich mit diesen Steinen behandelt, und es ist ihr gelungen, die Schmerzen zu lindern.«

Sinauer seufzte. »Willy interessiert sich für die geistige Welt. Sonst wäre seine Vorliebe für die Katharer nicht zu erklären...«

»Er interessiert sich tatsächlich für die Katharer?« wunderte sich Robert. »Dann hat seine Flucht ihn allerdings an den richtigen Ort geführt. Hoffen wir, daß sie ihn beschützen.«

»Ich verstehe nicht viel von diesen Häretikern, auch wenn ich mich gegenüber dem Jungen gebrüstet und ihm das erzählt habe, was hier in der Languedoc jeder weiß«, sagte Sinauer. »Hast du etwas in deiner Bibliothek? Ich möchte mehr darüber erfahren.«

»Glaubst du etwa, ein Toulouser hat keine Bücher über dieses Thema?« rief Robert aus. »Wir sind von den Franzosen aus dem Norden kolonisiert worden, aber wir fühlen uns immer noch als Okzitanier. Hier kannst du dich ein bißchen bilden«, sagte er und zeigte auf seine Bibliothek.

24

Willy Weber hatte einen amarantroten Mini Cooper mit cremefarbenem Dach gemietet. Er kannte den Wagen, weil Silvia das gleiche Modell hatte. Er war oft damit gefahren und fand, daß es ein wendiges Auto mit hervorragender Straßenlage war. Die Angestellte der Autovermietung hatte ihm diesen Typ empfohlen, als er ihr gesagt hatte, daß er eine Rundreise durch die Languedoc machen wolle.

»Hier bei uns ist das Gelände oft ein bißchen unwegsam. Wenn Sie auf Entdeckungsfahrt gehen wollen, brauchen Sie ein schnelles Auto, das auch für Bergstrecken geeignet ist. Der Mini Cooper ist da perfekt.«

Am Nachmittag verließ Willy Toulouse in Richtung Foix. Bevor er abfuhr, tauschte er einen Teil seines Schweizer Gelds in Francs um, kaufte sich eine Karte der Languedoc und legte die Route fest. Er würde über Foix nach Axles-Thermes fahren und von dort hinauf in die Hochebenen des Pays de Sault.

Nach wenig mehr als anderthalb Stunden erreichte er Foix. Von unten sah er das Schloß der Grafen von Foix, und er mußte an Esclarmonde denken, die legendäre Herrin von Foix, die zum Symbol aller katharischen Frauen geworden war. Er beschloß, Halt zu machen und etwas zu essen, parkte den Mini auf einem Platz mit einer großen mittelalterlichen Kirche und entschied sich für ein Café mit Tischen im Freien. Er bestellte sich ein Omelett mit Schinken und schlang es hinunter, fast ohne zu bemerken, wie es schmeckte.

Er sah sich um: Alle Tische waren besetzt, zu seiner Rechten wurde Italienisch gesprochen. Da er sich noch nicht im klaren war, wohin er wollte, holte er die Karte der Languedoc aus der Tasche und begann sie zu studieren. Er beschloß, zunächst nach Espezel zu fahren, weil Sinauer ihm dort ein Hotel empfohlen hatte. Doch dies sollte nur eine Zwischenstation sein: Er mußte in der näheren Umgebung ein Haus finden.

Als er seine Mahlzeit beendet hatte, zündete er sich eine Zigarette an. Falls sie ihm nicht gefolgt waren, würden sie ihn wohl kaum hier suchen. Doch sicher konnte er sich dessen nicht sein. Er sah auf die Uhr: Wenn er Espezel noch vor Einbruch der Dunkelheit erreichen wollte, mußte er sich beeilen. Endlich brachte die Kellnerin den Kaffee, er trank ihn hastig, zahlte und stand auf.

Er stieg wieder ins Auto, legte eine Kassette mit New-Age-Musik ein und fuhr zurück auf die Landstraße. In Axles-Thermes hielt er an, um zu tanken, und bog dann in die Bergstraße zum Col du Chioula ein. Die Angestellte der Autovermietung hatte recht gehabt: Es war ein kurvenreicher und steil bergan führender Weg. Nach kurzer Zeit hatte er den höchsten Punkt erreicht und parkte das Auto auf einem großen Platz, neben Gehegen mit Ponys und Pferden. Er stieg aus und genoß den Blick auf die wundervolle Landschaft. Dann ging er zu einer Holztafel, auf der die umliegenden Gebirgszüge abgebildet waren. Er erfuhr, daß der Col du Chioula 1430 m über dem Meeresspiegel lag, und versuchte, sich mit Hilfe des Schaubilds zu orientieren, das die umliegenden Gipfel zeigte: den Dent d'Orlu, den Col de Pailhères und den Col d'Ijou. Endlich aber beschloß er, sich ohne geographische Bestätigung an der phantastischen Aussicht zu erfreuen. Die Kette der Pyrenäen am Horizont, einem riesigen Amphitheater ähnlich, verschwamm in zarten Blautönen, während die näher liegenden Berge smaragdgrün schimmerten. Willy nahm die Energie der Berge als Schutz wahr. Er verharrte ein paar Minuten in Andacht, in Gedanken an seinen Vater und seine Mutter, und zum ersten Mal, seit sie gestorben waren, betete er für sie. Danach warf er einen letzten Blick auf die Berge, dankte ihnen für diesen Augenblick der Sammlung, stieg wieder ins Auto und setzte seinen Weg fort.

Es fiel ihm ein, was Sinauer gesagt hatte: »Die Hochebenen des Pays de Sault liegen in 1200 m Höhe, doch wenn man sie erreicht hat und den Col du Chioula wieder hinuntergefahren ist, befindet man sich in einem von Hügeln eingeschlossenen Tal und vergißt, daß man in einer solchen Höhe ist.«

Und wirklich tauchte zweihundert Meter tiefer die Hochebene von Espezel vor ihm auf: weite, leuchtendgrüne Wiesen im Sonnenlicht, kleine Täler mit verstreuten Wäldchen, Heuballen, Kühe und Kälber auf der Weide. Die sanften Hügel ringsumher waren mit dichten, von Grünland unterbrochenen Tannenwäldern bedeckt. Was ihn am meisten beeindruckte, waren die zahllosen Grüntöne, die die

Landschaft wie ein Bild aus einem Märchenbuch erscheinen ließen.

Er erreichte Espezel, als die Sonne schon unterging. Das Hotel, von dem Sinauer ihm erzählt hatte, lag an der Hauptstraße. Als er die kleine Halle betrat, sah er an der Rezeption einen Mann in der Arbeitskleidung eines Kochs, der gerade damit beschäftigt war, die Zeitung zu lesen, und den Blick erst hob, als Willy direkt vor ihm stand.

»Guten Abend, haben Sie ein Zimmer frei?«

Der Koch sah ihn an und schüttelte dann bedauernd den Kopf. »Tut mir leid, es ist alles besetzt.«

Willy hatte diese Antwort nicht erwartet. Sein Erstaunen war ihm anzumerken, und seine Miene brachte den Mann an der Rezeption zum Lächeln.

»Es ist tatsächlich selten, daß das Hotel zu Saisonbeginn voll besetzt ist, doch wir haben einen kleinen Kongreß für Ornithologie hier, und die Teilnehmer sind alle bei uns untergebracht. Sie könnten es in Belcaire im Hotel Fouché versuchen. Wenn Sie wollen, rufe ich dort an und frage für Sie nach. Der Besitzer ist ein Freund von mir.«

»Danke«, sagte Willy.

Der Mann telefonierte und erkundigte sich, ob sie in Belcaire ein Zimmer frei hätten, schwieg dann kurz, bevor er Willy ansah.

»Sie haben Platz, soll ich ein Zimmer für Sie reservieren lassen?«

»Ja, natürlich. Sagen Sie bitte, daß ich nicht weiß, wie lange ich bleibe...«

Der Mann sprach wieder ins Telefon und ließ das Zimmer reservieren.

»So, das wäre erledigt, ich habe gesagt, daß Sie zur Abendessenszeit ankommen. Sie werden sich dort wohl fühlen, das Hotel ist einfach, aber gepflegt. Ich rate Ihnen, im Hotelrestaurant zu essen, bei Fouché speist man vorzüglich. Wissen Sie, wie Sie hinfinden?«

»Ja, ich komme aus Ax-les-Thermes und bin auf dem Weg hierher durch Belcaire gefahren.«

»Dann ist ja alles klar…«, sagte der Mann und lächelte.

Willy dankte ihm und ging hinaus. Inzwischen war es dunkel geworden, er stieg wieder ins Auto, fuhr die Straße zurück, die er gekommen war, und erreichte nach zehn Minuten Belcaire. Als er das Hotel betrat, wartete der Besitzer schon auf ihn.

»Guten Abend, Ihr Zimmer ist fertig. Paul hat mir gesagt, Sie wissen noch nicht, wie lange Sie bleiben.«

»Das stimmt. Ich suche hier in der Gegend ein Haus, das ich für den Sommer mieten kann.«

»Das sollte nicht schwierig sein. Vielleicht kann ich Ihnen dabei helfen. Hier bitte, das ist Ihr Schlüssel, Sie haben Zimmer 30 im zweiten Stock. Haben Sie Gepäck?«

»Nur diese Tasche«, antwortete Willy und nahm den Schlüssel.

»Wollen Sie essen?«

»Ja, in Espezel hat man mir gesagt, daß man bei Ihnen hervorragend speist.«

Die Augen des Mannes leuchteten auf. »Nun ja, überzeugen Sie sich doch selbst davon.«

Willy stieg die Treppen hinauf, sein Zimmer lag am Ende des Gangs. Als er die Tür öffnete, war er angenehm überrascht: Das Zimmer war einfach, doch geschmackvoll eingerichtet, mit einem breiten französischen Bett, und das Fenster ging auf den Garten hinaus. Er schloß die Tür hinter sich, ließ die Tasche auf den Boden fallen und warf sich aufs Bett. Er war müde und hungrig. Zuerst würde er duschen und dann zum Essen gehen. Er starrte zur Decke, wo ein kleiner Nachtfalter um das brennende Licht herumflatterte. Wenn sie ihn finden sollten, würde er das gleiche Ende nehmen wie dieses Insekt, verloren in einer Illusion von Licht.

Er stand vom Bett auf, ging ins Badezimmer und betrachtete sich im Spiegel. Er sah müde und mitgenommen aus. Der Gesichtsausdruck eines Flüchtlings, dachte er und zwinkerte seinem Spiegelbild zu. Dann zog er sich aus, ging unter die Dusche und spürte endlich, wie seine Muskeln sich im warmen Wasserstrahl entspannten.

25

Ogden wurde mit Kopfschmerzen wach. Das kam selten vor, und es versetzte ihn in ausgesprochen schlechte Stimmung. Er bestellte ein üppiges Frühstück, und als er damit fertig war, nahm er eine Tablette. Dann rief er Franz an und beorderte ihn zusammen mit Parker zu sich.

Als die beiden eintrafen, war Ogden damit beschäftigt, Notizen zu lesen. Die Nachforschungen bei den Autovermietungen hatten zu einem Ergebnis geführt: Franz war mit falschen Papieren als Interpolagent aufgetreten, der angeblich einem von daheim ausgerissenen Jungen auf der Spur war, und hatte erfahren, daß Willy einen Mini Cooper geliehen hatte. Trotzdem würde es nicht leicht sein, Willy zu finden, die Languedoc war groß.

Ogden sah von seinen Unterlagen hoch und gab den beiden Männern ein Zeichen, sich zu setzen.

»Hat Cédric alles für unsere kleine Maskerade beisammen?«

»Er ist schon bei Frau Mathis«, antwortete Parker.

»Gut, dann wollen wir uns einmal ansehen, was er macht.«

Als sie das Zimmer betraten, saß Verena am Toilettentisch, während Cédric ihr eine Perücke anpaßte. Ogden stellte sich hinter sie und sah sie im Spiegel an. Dichtes blondes Haar umrahmte ihr Gesicht, und Cédric, der zu den Meistern seines Fachs gehörte, hatte sie so geschickt geschminkt, daß sie nicht wiederzuerkennen war.

»Phantastisch!« meinte Ogden zufrieden. »Wenn ich Sie auf der Straße treffen würde, würde ich Sie nicht erkennen.«

»Ich mich auch nicht. Ich sehe furchtbar aus!« Verena warf ihm einen wütenden Blick aus dem Spiegel zu.

Ogden lachte. »Regen Sie sich nicht auf, es ist nur vorübergehend. Wenn Sie erst in unserem Haus sind, können Sie die Perücke abnehmen und sich das Gesicht waschen. Doch ich finde, daß Sie in diesem Look noch reizender aussehen...«, fügte er nicht sehr überzeugend hinzu.

»Seltsam, ich hätte nicht gedacht, daß Ihnen Prostituierte gefallen, auch nicht der Luxusklasse...«, bemerkte sie kühl.

»Es wird auf jeden Fall sehr gut funktionieren«, sagte Ogden, der schon wieder ernst war, kurz angebunden. »Wir sehen uns später, Frau Mathis. Und machen Sie sich keine Sorgen, Sie sind in den besten Händen.«

Sie antwortete nicht und beschränkte sich darauf, ins Leere zu starren. Ogden zögerte, als warte er auf ein Zeichen. Dann drehte er sich um und verließ das Zimmer, gefolgt von Franz und Parker.

»Du und Cédric, ihr bringt sie ins *safe house*«, sagte er zu Parker, als sie wieder in seinem Zimmer waren. »Das dürfte keine Probleme machen, nicht einmal ihre Mutter würde sie erkennen. Doch wenn irgend etwas schiefgeht, denkt daran, daß die Frau auf jeden Fall vorgeht. Ich meine damit: Ihr Leben ist wichtiger als eure Tarnung: Habe ich mich klar ausgedrückt?«

Parker nickte. »Heißt das, daß wir versuchen sollen, klar Schiff zu machen, falls wir entdeckt werden?«

»Genau das«, sagte Ogden. »Doch das wird nicht passieren. Sie sind mit Sicherheit zu sehr damit beschäftigt, uns und den als Frau verkleideten Blake zu verfolgen. Das ist eine primitive Falle, doch sie wird funktionieren. Wie weit ist Blake mit seiner Verkleidung?«

»Cédric hat seit heute früh daran gearbeitet«, sagte Parker. »Blake sieht perfekt aus. Zum Glück ist er von seiner Figur her dafür geeignet; es wäre schwierig geworden, wenn wir Schwarzenegger in der Truppe hätten.«

»Also«, wandte Ogden sich an Parker, »zuerst brichst du zusammen mit Cédric und Frau Mathis auf. Sobald ihr in Sicherheit seid, gebt ihr mir Nachricht, und dann bewegen wir uns. Unsere Verfolger werden Blake für Verena Mathis halten. Wir sehen zu, daß wir sie abhängen, und nähern uns dem *safe house* erst, wenn uns das gelungen ist. Du und Cédric, ihr haltet euch immer bereit, falls wir Hilfe brauchen sollten. Alles klar?« Parker nickte. »Jetzt sieh nach, ob

Cédric fertig ist, und dann verlaßt ihr das Hotel auf dem Weg, den wir gestern abend festgelegt haben. Und bevor ihr geht, schick mir Blake in seiner Verkleidung hier vorbei.«

Parker trat zu Ogden. »Hals- und Beinbruch«, sagte er und hielt ihm die Hand hin. Ogden ergriff sie. »Euch auch.«

Als Parker gegangen war, zündete Ogden sich eine Zigarette an, ging ans Fenster und sah hinaus. Franz räusperte sich, um Ogdens Aufmerksamkeit auf sich zu lenken.

»Ich bin sicher, daß alles glattgeht«, sagte er, als wollte er Ogden beruhigen. »Diese Leute haben weder Parker noch Cédric je gesehen. Und Frau Mathis ist wirklich nicht wiederzuerkennen. Für uns wird es schwieriger sein, die Basis zu erreichen, ohne sie auf den Fersen zu haben.«

»Sicher«, antwortete Ogden. »Wenn wir sie nicht abhängen, sind wir gezwungen, wer weiß wie lange mit dem armen aufgetakelten Blake durch Toulouse zu fahren.«

»Und wenn wir es nicht schaffen? Wir haben ja keine Ahnung, wie viele sie sind. Gestern sind sie mir wenigstens zu dritt gefolgt, aber sie könnten Verstärkung angefordert haben, genauso wie wir. In diesem Fall...«

»In diesem Fall müssen wir zusehen, daß wir sie eliminieren, denn wir können es uns nicht erlauben, daß sie das *safe house* entdecken oder uns durch die ganze Languedoc folgen«, unterbrach Ogden ihn.

»Es ist eine ganz gemütliche Mission geworden, das muß man schon sagen«, bemerkte Franz.

»Nun ja«, meinte Ogden, »der Junge ist zu wichtig, und unsere Verfolger werden vor nichts zurückschrecken.«

»Aber was zum Teufel weiß er denn so ungemein Wichtiges?« fragte Franz. Dann machte er eine beschwichtigende

Geste. »Entschuldigung, das ist keine Frage, und ich will keine Antwort. Ich habe nur laut gedacht. Mir ist auch klar, daß die Überlebenschancen um so besser sind, je weniger man weiß. Die Strategie gehört nicht zu meinen Aufgaben: Das ist deine Sache, deine und die von Stuart.«

»So ist es«, sagte Ogden und sah ihn freundlich an. »Wo bleibt Blake denn eigentlich? Geh ihn bitte suchen und bring ihn her.«

Es war kaum eine Stunde vergangen, seit Parker, Verena und Cédric das Hotel verlassen hatten. Auch wenn Ogden genau wußte, daß die Operation so lange dauerte, weil Parker einige Umwege machen mußte, um sicher zu sein, daß sie nicht verfolgt wurden, bevor er zur Basis fuhr, war er doch angespannt. Er hatte sich wohl wirklich verändert, wenn ihn eine solche Angst überkam. Er zündete sich eine Zigarette an und begann das Material durchzusehen, das Stuart ihm geschickt hatte. Orte, die mit den Katharern zu tun hatten, gab es in der Languedoc viele; überall waren Burgen und Ruinen, und es würde nicht leicht sein, sich zu überlegen, wohin Willy gegangen war. Er nahm die Karteikarten der Burgen und sah sich die beiliegenden Fotografien an. Die Ruinen erhoben sich fast alle auf dem Gipfel eines Felsenbergs, einer Art steilen Zuckerhuts. Montségur, las er, sei die letzte Festung der Häresie gewesen. Dorthin hatten sich während des Kreuzzugs gegen die Albigenser die Häretiker und die Vertreter ihrer Kirche geflüchtet. Dann hatte die Regentin Blanca von Kastilien gemeinsam mit dem päpstlichen Legaten beschlossen, der Sache ein für allemal ein Ende zu machen, und die Burg belagern lassen. Die Belagerung hatte neun Monate gedauert; doch im März 1244 war es den Kreuzrittern – vielleicht durch Verrat – gelungen, einen Pfad zu finden, der sie auf den Gipfel des Pog führte. So waren sie in der Lage gewesen, eine Kriegsmaschine auf die Terrasse direkt unter den Mauern zu schaffen, und hatten von dort ihren entscheidenden Angriff unternommen. Die Kapitulation erfolgte am 2. März, doch es wurde ein Waffenstillstand von vierzehn Tagen vereinbart, und der König von Frankreich versprach, das Leben derer zu verschonen, die dem katharischen Glauben abschworen. Wer sich weigerte, sollte auf dem Scheiterhaufen bei lebendigem Leibe verbrannt werden. Zum Schluß waren mehr als zweihundert Katharer am Fuße des Pog verbrannt worden, unter ihnen auch einige Katholiken, die in den letzten beiden Wochen konvertiert waren. Diese Bekehrungen in letzter Minute, praktisch Selbstmorde, verblüfften Ogden am meisten.

Ogden legte die Papiere zurück auf den Schreibtisch und starrte vor sich hin. Daß zweihundert Menschen sich lieber verbrennen ließen als abzuschwören, war schon außergewöhnlich, dachte er; doch noch außergewöhnlicher war es, daß andere sich im letzten Moment entschlossen hatten, einen Glauben anzunehmen, der sie zum Martyrium führen würde. Ogden hatte gelesen, daß die Katharer die Welt für das Werk eines bösen Gottes hielten, da ein guter Gott ihrer Meinung nach niemals einen Ort hätte erschaffen können, der so voller Schmerz und Ungerechtigkeit war. »Wie könnte man ihnen unrecht geben?« murmelte er, trat ans Fenster und sah auf die erleuchtete Straße. Daß ein Gott, ob gut oder schlecht, die Welt geschaffen hatte, war wahrscheinlich; auch wenn er sich mit dieser Überlegung nie aufgehalten hatte: Es war ihm gleichgültig, wer das Copyright hatte. Ogden betrachtete die Schöpfung als verpaßte Chance; und da es lächerlich war, sich vorzustellen, alles sei ein Werk des Zufalls, mußte jemand, wenigstens zum Teil, verantwortlich sein. Doch die Dinge waren ganz offensichtlich nicht in die richtige Richtung gegangen, und die Verantwortlichkeit war dem Menschen zugeschrieben worden. Vielleicht hatten die Katharer recht, und die Schuld lag bei jenem bösen Gott, der die Welt geschaffen hatte.

Ogden lächelte: Die Verfolgung dieses Jungen mit seinem Interesse an den Häretikern begann seltsame Wirkungen zu zeitigen.

In diesem Augenblick läutete das Handy. Es war Parker.

»Alles klar, wir sind ohne Probleme angekommen. Unsere Freunde haben Frau Mathis nicht erkannt.«

»Mein Kompliment«, sagte Ogden zufrieden. »Jetzt sind wir an der Reihe. Hoffen wir, daß Blakes Verkleidung überzeugt. Wie geht es Frau Mathis?«

»Gut. Sie hat kein einziges Wort gesagt und die Ruhe bewahrt. Jetzt ist sie in ihrem Zimmer, ich nehme an, um die Kleider anzuprobieren, die der Dienst ihr besorgt hat.«

»Frag sie später, ob sie noch irgend etwas braucht. Was für Personal habt ihr im Haus?«

»Einer vom Dienst kümmert sich um die Küche und den ganzen Rest. Trotz der Eile ist alles gut eingerichtet.«

»Wir brechen in Kürze auf, haltet euch bereit. Wenn ihr nach drei Stunden noch nichts von uns gehört habt, schlagt ihr Alarm.« Ogden legte auf und rief Franz in seinem Zimmer an.

»Es geht los«, sagte er zu ihm. »Es ist gut gelaufen, sie sind angekommen.«

»Blake und ich sind fertig, wir kommen sofort.«

Ogden hatte die Hotelrechnung schon bezahlt. Sie stiegen ins Auto, und Franz fuhr los. Im Rückspiegel sah er den als Frau verkleideten Blake. Cédric hatte gute Arbeit geleistet: Die brünette Frau im Spiegel, in einem sehr ähnlichen Kleid, wie Verena es in den letzten Tagen getragen hatte, und mit einer Sonnenbrille, hinter der die Augen nicht zu sehen waren, hätte jeden getäuscht. Gott sei Dank konnte Blake auf hohen Absätzen gehen.

»Siehst du jemanden, der dir bekannt vorkommt?« fragte Ogden Franz und sah sich unbefangen um.

»Im Augenblick nicht«, antwortete Franz.

»Gut, dann starten wir.«

Sie fuhren sehr langsam los, doch schließlich gab Franz Gas, und das Auto tat einen Satz nach vorn. Es ging kreuz und quer durch Toulouse, mit einer Reihe überraschender Manöver, um das Verfolgerauto besser identifizieren zu können.

»Es ist der weiße Peugeot«, sagte Franz schließlich.

»Ja, ich habe ihn gesehen. Versuchen wir, ihn abzuhängen. Falls sie sich allerdings ablösen, müssen wir sie an einen passenden Ort locken und die Angelegenheit bereinigen.«

Zwanzig Minuten lang fuhren sie weiter hin und her durch die Stadt, immer mit dem weißen Auto als Verfolger.

»Seltsam«, meinte Franz verwundert. »Sie sind immer noch mit dem Peugeot hinter uns her. Inzwischen müßten sie abgelöst worden sein...«

»Allerdings. Wahrscheinlich benutzen sie doch nur ein Auto«, sagte Ogden. »Versuchen wir, sie loszuwerden.«

»Mehr will ich ja gar nicht«, antwortete Franz, schaltete und gab Gas.

Sie rasten über eine rote Ampel. Der Peugeot folgte. Es war ziemlich dichter Verkehr, doch Franz gelang es, geschickt zwischen den anderen Autos durchzuschlüpfen, während die Verfolger sich als weniger gewieft erwiesen.

»Das ist nichts Besonderes...«, sagte Franz.

»Ideal wäre, wenn sie einen Unfall hätten«, bemerkte Blake, der sich nach vorn beugte und die Hände auf den Vordersitz legte.

»Los, rüber!« befahl Ogden, als sie sich erneut einer roten Ampel näherten. Franz gehorchte, überquerte die Straße und wich dabei den anderen Autos aus. Eines stoppte, die anderen fuhren sofort auf, und der weiße Peugeot hinter ihnen schaffte es nicht mehr, einem Lieferwagen auszuweichen, der voll mit ihm kollidierte. Franz gab Gas und entfernte sich von der Kreuzung, während hinter ihnen wie wahnsinnig gehupt wurde. Ogden sah, daß der Peugeot, ziemlich übel zugerichtet, zwischen den aufgefahrenen Autos eingekeilt war.

»Die haben wir abgehängt«, sagte er und wandte sich wieder nach vorn. »Jetzt in die erste Straße rechts...«

Mit quietschenden Reifen fuhr Franz in eine enge Gasse, weiter mit hoher Geschwindigkeit bis zu einem größeren Platz, den sie überquerten, um danach in eine Allee abzubiegen.

»Dort hinein«, sagte Ogden und zeigte auf einen schmalen Weg. »Das dritte Haus links, das mit der Einfahrt«, setzte er hinzu, während er eine Nummer in sein Handy tippte.

»Mach die Garage auf«, sagte er, sobald Parker sich meldete.

Als sie in die Einfahrt abbogen, öffnete sich das Tor, sie verschwanden sofort in der Tiefgarage, und das Tor schloß sich wieder.

»Scheint so, als hätten wir es geschafft«, sagte Ogden und klopfte Franz auf den Arm.

»Das war leicht, sie haben keinen guten Fahrer«, antwortete er mit einem Lächeln.

»Ich hoffe, die Fahrt hat Ihnen gefallen, Frau Mathis«, wandte Ogden sich Blake zu, der die Perücke abgenommen hatte und sich wütend den Kopf kratzte.

»Wirklich wunderbar! Ich gehe jetzt erst einmal unter die Dusche, und dann seht ihr mich eine Stunde lang nicht. Ich frage mich, wie Frauen das alles aushalten...«

In diesem Moment öffnete sich eine Tür; Parker kam die Stufen der Treppe herunter, die aus dem Haus in die Garage führte, und ging auf sie zu. »Da seid ihr ja endlich. Ich habe mir schon langsam Sorgen gemacht. Wie ist es gelaufen?«

»Sie hatten nur ein Auto, und das ist in einem Lieferwagen gelandet«, gab Franz zufrieden Auskunft.

»Kompliment.« Parker klopfte Franz auf die Schulter. »Du bist ja immer noch ein Teufelsfahrer.«

»Laß die Nummernschilder auswechseln«, wies Ogden Parker an.

Sie gingen auf der Treppe nach oben und kamen in einen hellen Vorraum, von dem drei Türen abgingen. Parker öffnete sie und zeigte die Räumlichkeiten.

»Dies hier ist die Küche, Peters Reich, und ich hoffe, daß er uns in den nächsten Tagen nicht vergiftet«, sagte er und zeigte auf einen jungen Mann, der gerade Gemüse putzte. Peter lächelte und begrüßte sie mit einem Winken. Sie gingen weiter. »Hier sind das Wohn- und das Eßzimmer, und dort geht es ins Bad. Wenn ihr mir jetzt nach oben folgen wollt: Dort ist das Hauptquartier.«

Im oberen Stockwerk befand sich ein mit Computer, Fax und weiteren Geräten für das Abhören und Aufzeichnen von Telefongesprächen ausgestatteter Raum. Dort saß Cédric an einem Steuerpult.

»Stuart hat schon angerufen«, sagte er. »Er möchte gleich nach eurer Ankunft zurückgerufen werden.«

»Parker, bring Franz und Blake in ihre Zimmer, und sag mir, wo meins ist«, bat Ogden.

»Ihr Zimmer ist im dritten Stock, neben dem von Frau Mathis.«

Ogden stieg hinauf in den dritten Stock und sah zwei Türen, von denen eine geschlossen war. Er betrat sein Zimmer: ein Schreibtisch, eine englische Tischlampe, zwei Cretonnesessel, ein niedriger Tisch und an der Wand ein ziemlich großes Bett. Er stellte seinen kleinen Koffer auf den Schreibtisch, öffnete ihn, packte die Dossiers aus und klopfte dann an die Tür des Nachbarzimmers. Als Verena sie öffnete, sah sie ihn mit einem unsicheren Lächeln an. Sie hatte die furchtbare blonde Perücke abgenommen, ihr frisch gewaschenes Haar fiel ihr auf die Schultern, und sie trug ein malvenfarbiges Kleid mit einem recht tiefen Ausschnitt. Ogden fand, daß der Stylist des Geheimdienstes eine Gehaltserhöhung verdiente. Verena war dezent geschminkt, so daß ihre dunklen Augen bei ihrem hellen Teint besonders zur Geltung kamen. Zum ersten Mal fiel Ogden ihr Mund auf: Die Form ihrer Lippen war vollkommen, und der Lippenstift frischte ihre Farbe auf. Ogden fand sie sehr reizvoll.

»Störe ich Sie?«

»Nein, ich bitte Sie, kommen Sie herein«, sagte sie und trat zur Seite.

Es war ein ausgesprochenes Damenzimmer: Auf dem Bett, über dem eine Art Baldachin schwebte, lag eine Überdecke mit dem gleichen Blumenmuster wie die Tapete; statt eines Schreibtischs war da ein Toilettentisch mit Spiegel, und an der Wand gegenüber, vor der Tür, die zum Balkon hin offenstand, standen zwei Bergeren, denen zum Glück jedes Blumenmuster erspart geblieben war.

»Wie fühlen Sie sich?« fragte Ogden.

»Danke, gut, wenigstens, seit ich mich umgezogen habe. Wer hat meine Kleider ausgesucht?«

»Stuart, denke ich«, log Ogden.

»Dann hat er einen guten Geschmack, sie sind sehr elegant. Auch die Schuhe und die Accessoires. Aber ich glaube nicht, daß er sie ausgewählt hat.«

»Und wieso nicht?«

»Als ich nach oben gegangen bin, habe ich einen Blick in den Raum im Stockwerk darunter geworfen: Sie scheinen gut ausgerüstet zu sein. Sind Sie wirklich Spione?«

»Ist das so wichtig?«

Sie schüttelte sanft den Kopf, ohne den Blick von ihm zu wenden. »Für mich ist es wichtig zu wissen, wer Sie sind«, sagte sie ruhig.

Ogden, der dies nicht erwartet hatte, zündete sich eine Zigarette an, um Zeit zu gewinnen.

»Und warum?« fragte er schließlich.

»Weil Sie mir gefallen«, sagte Verena geradeheraus.

»Sie gefallen mir auch, obwohl ich erst jetzt bemerkt habe, daß Ihr Mund wunderschön ist.«

Sie näherte sich ihm. »Das ist nicht sehr schmeichelhaft, aber das macht nichts. Ich fand Sie übrigens bis heute morgen abscheulich. Doch als ich auf Ihre Ankunft wartete, ist mir klargeworden, daß ich es sehr bedauert hätte, wenn Ihnen irgend etwas zugestoßen wäre...«

Sie schenkte ihm ein offenes, freudiges Lächeln und legte eine Hand auf seinen Arm. »Ich bin froh, daß Sie heil angekommen sind. Sehr froh.«

»Und ich erst...«, sagte Ogden ironisch. Er sah ihr in die Augen, und sie wandte den Blick nicht ab, sondern schaute ihn erwartungsvoll an. Da zog er sie an sich und gab ihr einen langen Kuß.

»Ich muß Stuart anrufen. Ich komme später wieder. Wenn du willst...«, sagte Ogden und löste sich von ihr.

»Ja«, murmelte Verena nur. Sie sah ihm nach, als er hinausging, und atmete dann tief, als kriege sie nicht genug Luft.

»Ich muß verrückt sein«, sagte sie leise zu sich selbst. »Ich muß vollkommen verrückt sein.« Sie zündete sich eine Zigarette an, ging zum Spiegel und betrachtete sich, mit einem verstörten Ausdruck in den Augen, fast so, als würde sie das Gesicht im Spiegel nicht erkennen.

26

Ogden betrat den Technikraum, setzte sich an den Schreibtisch und tippte Stuarts Handy-Nummer ein.

»Wir haben's geschafft«, sagte er. »Morgen früh brechen wir auf, ohne Schutzengel.«

»Ausgezeichnet.« Stuart schien gute Laune zu haben.

»Was stimmt dich so froh?«

»Ich habe ein paar Neuigkeiten über Bruno Weber und seine fragwürdigen Freundschaften.«

»Das habe ich mir gedacht. Ich bin ganz Ohr.«

»Bruno Weber hatte einen deutschen Freund, einen preußischen Adligen mit einem beträchtlichen Vermögen, der ein begeisterter Anhänger der Nazis war. Sein Name war Klaus von Ritter. Er hatte enge Beziehungen zu Himmler, dem natürlich nicht entgangen war, daß die Unterstützung einer solchen Persönlichkeit von großem Nutzen für das gesellschaftliche Ansehen der Nazibewegung sein würde. Himmler machte von Ritter also zu seinem Vertrauten bei Angelegenheiten, die nicht im engeren Sinn politische Entscheidungen waren, zwielichtige Geschichten hinter der Fassade der offiziellen Politik. Kannst du mir folgen?«

»Natürlich...«

»Gut, denn jetzt kommt es. Eines Tages heckten Himmler und von Ritter bei einem ihrer Gespräche einen Plan aus, wie sie sich der auf den großen Schweizer Banken liegenden liquiden Guthaben der deportierten Juden bemächtigen könnten. Unter Ausnutzung seiner Stellung bei der SS machte von Ritter sich an die Deportierten heran, die ihm am vielversprechendsten vorkamen, und redete mit ihnen vertraulich über sein Unbehagen, das er mit seiner Bildung und dem Traditionsbewußtsein der Familie gegenüber der Nazigewalt empfinde. Er setzte seine Komödie fort, indem er dem Opfer seine Verachtung für die habsüchtigen und korrupten Nazigrößen gestand, die käuflich und immer bereit seien, ihre Ideale zu verraten. Auf diesen Wink mit dem Zaunpfahl hin willigte das Opfer ein, auf seinen ganzen Besitz zu verzichten, um sich oder die Seinen zu retten. Von Ritter war geschickt und bekam mit Leichtigkeit heraus, wieviel auf dem Konto war und wo es sich befand. Er ließ sich dann eine Vollmacht ausstellen, mit der er unbeschränkt über das Bankkonto des Opfers verfügen konnte, angeblich zugunsten dessen, der als Gegenleistung sein Leben retten würde. Natürlich traf von Ritter ausschließlich Verfügungen zugunsten seiner selbst oder vielleicht seiner Komplizen. Kein schlechtes System, oder?«

»Ein echter Wohltäter«, sagte Ogden. »Doch wie hat von Ritter es angestellt, sich des Geldes tatsächlich zu bemächtigen? Er konnte ja sicher nicht mit der Vollmacht in der Hand zu der fraglichen Bank gehen, sich alles auszahlen lassen und mit vollen Koffern wieder verschwinden. Angesichts der wahrscheinlich doch sehr hohen Zahl von Opfern hätte sich dieses Verfahren bei jeder wichtigen Bank einige Male wiederholen müssen, und da wären die Angestellten sicherlich mißtrauisch geworden...«, wandte Ogden ein.

»Genau das ist der Punkt«, gab Stuart zu. »Möglicherweise hat Weber als alter Freund von Ritters und einflußreicher Privatbankier eine entscheidende Rolle bei dieser schmutzigen Geschichte gespielt. Aber darüber wissen wir noch nichts Genaues.«

»Und wie hast du all das erfahren?«

»Bei den Nachforschungen in der Sache Sinauer sind wir auf einen Zeugen gestoßen, einen alten Mann, dessen Erinnerung ebenso wach ist wie sein Haß. Er hat uns berichtet, wie von Ritter mit aristokratischem Auftreten und gewählten Worten seine Mutter überredete, eine Vollmacht zu unterzeichnen, die sie ihres gesamten riesigen Vermögens beraubte, und ihr erzählte, dieses Geld würde an jemanden weitergeleitet, der die Macht habe, sie zu retten. Doch die Armen endeten in Auschwitz; die Frau starb nach kurzer Zeit, während der Sohn überlebte – sicherlich nicht dank von Ritters – und nachher ohne einen Pfennig dastand. Und dieser Mann hat im Konzentrationslager anscheinend noch andere Juden getroffen, die auf die gleiche Weise ausgeraubt worden waren.«

»Dann hätte also Bruno Weber, ein angesehener Schweizer Bankier, seinem Freund von Ritter geholfen...«, überlegte Ogden. »Ja, das scheint sehr plausibel.«

»Es ist natürlich nur eine Hypothese, doch niemand von uns glaubt an Zufall, deshalb meine ich, die Freundschaft zwischen Klaus von Ritter und Bruno Weber läßt vermuten, daß sie Komplizen waren. Auch wenn es noch zu früh ist, solche Schlußfolgerungen zu ziehen...«

»Wenn dies die richtige Spur ist, und das glaube ich schon«, fuhr Ogden fort, »dann kann man sich leicht vorstellen, wen wir uns zu Feinden machen.«

»Ja, ein heikle Sache«, stimmte Stuart zu. »Aber wir haben noch keinen Beweis, daß unser Verdacht begründet ist.«

»Die Männer, die Jacob Weber und seine Frau getötet

und dann versucht haben, auch deinen Sohn und Verena Mathis umzubringen, sind Beweis genug...«

»Auch ich halte es für möglich, daß Bruno Weber zusammen mit seinem preußischen Freund einen teuflischen Plan ausgeheckt hat«, gab Stuart zu, »doch solange wir nicht dahintergekommen sind, wie er es gemacht hat, können wir nichts rekonstruieren.«

»Das stimmt natürlich«, lenkte Ogden ein. »Aber gib acht, daß du in der richtigen Richtung suchst, und laß du dich nicht von einem Schweizer von Ritter hintergehen.«

»Du traust mir immer noch nicht...«, sagte Stuart gekränkt.

»Ich bin mir sicher, daß du dir überlegt hast, was für eine astronomische Summe Geld eine Operation dieser Art eingebracht haben kann«, fuhr Ogden gelassen fort. »Und ich weiß gut, daß der Dienst solvente Auftraggeber bevorzugt. Doch Willy muß den Vorrang haben.«

»Deine Worte sollten mich wahrscheinlich beleidigen.«

»Überhaupt nicht«, widersprach Ogden. »Es ist logisch, daß du versucht bist, wie Casparius zu handeln. Aber täusch dich nicht: Diese Sache ist ganz anders als die andern, aus naheliegenden Gründen...«

»Ich will den Jungen genauso retten wie du. Damit das klar ist!« protestierte Stuart pikiert. »Doch bei einer so delikaten Angelegenheit wie dieser muß man es vermeiden, Leuten auf die Füße zu treten, die vielleicht überhaupt nichts damit zu tun haben.«

»Mir kommt es unwahrscheinlich vor, daß die Leute, die du zu kränken fürchtest, überhaupt nichts damit zu tun haben, aber lassen wir das«, sagte Ogden, der langsam die

Geduld verlor. »Ich breche morgen mit Franz und Parker in die Languedoc auf. Cédric, Blake und Verena Mathis bleiben hier im Haus. Wenn du Neuigkeiten in der Bankengeschichte hast, möchte ich umgehend informiert werden. Ich bin mir sicher, daß der Schlüssel zur Lösung das ist, was von Ritter vor fünfzig Jahren mit dem alten Weber ausgeheckt hat. Doch ich bin nicht der Chef; innerhalb gewisser Grenzen sind das deine Angelegenheiten.« Ogden hörte, wie Stuart hustete. »Du kümmerst dich um die Zwerge von Zürich«, fuhr er fort, »und ich werde mich um deinen Sohn kümmern.«

»Du gehst einfach davon aus, daß die Banken hinter dem Jungen her sind. Aber wir haben keine Beweise, nur Indizien.«

»Wir haben uns sehr wohl verstanden, Stuart. Es ist unnötig, diese Unterhaltung in die Länge zu ziehen. Ich lege jetzt auf. Wenn ich Neuigkeiten habe, rufe ich dich an, und tu du bitte das gleiche.«

Ogden beendete die Verbindung und starrte sorgenvoll vor sich hin. Die Sache sah sehr schlecht aus. In diesem Augenblick kam Parker herein.

»Das Essen ist fertig«, verkündete er.

Ogden sah ihn gedankenverloren an: »Du mußt den BMW so präparieren, daß ihr immer wißt, wo wir sind. Aber nimm bitte irgend etwas Altmodisches, nichts, was über Satellit geht.«

»In Ordnung. Stimmt etwas nicht?« fragte Parker, dem die angespannte Miene seines Chefs nicht entgangen war.

»Die Mission wird kein Kinderspiel: Es kann ziemlich gefährlich für uns werden, also sag den Jungs, die hierbleiben, daß sie auf höchster Sicherheitsstufe arbeiten und sich immer bereithalten sollen. Wenn alles vorbei ist, werde ich bei Stuart durchsetzen, daß er euch für eine Aktion Typ A bezahlt, denn damit haben wir es, entgegen unserer ursprünglichen Annahme, zu tun.«

Parker wußte nur zu gut, wovon Ogden sprach. Eine Aktion Typ A war eine gefährliche Mission mit hoher Wahrscheinlichkeit, zu töten oder getötet zu werden; und bezahlt wurde im Verhältnis zu den Risiken. Als sie nach Toulouse aufgebrochen waren, hatte der Dienst die Sache als Mission Typ B eingestuft, wenn nicht sogar Typ C: ein Spaziergang als Privatdetektiv. Daß einer der angesehensten Agenten nun nach begonnener Arbeit die Kategorie der Mission änderte, bedeutete, daß schwerwiegende Probleme aufgetaucht waren, auf die die Aktionsgruppe nicht vorbereitet war. Und ein Informationsdefizit war bei ihrer Arbeit das Gefährlichste.

»Das ist nicht angenehm ...«, bemerkte Parker. »Was sagen sie in Berlin?«

»Sie tun ihr möglichstes, um mehr zu erfahren...«

»Und die Chancen dafür stehen gut?«

»Natürlich«, log Ogden. »Aber wir sind ja schon mitten in der Aktion, deshalb stimmt das Verhältnis von Gefährdung und Wissensstand nicht, und das geht nicht. Wir fahren trotzdem morgen los, aber wir halten unsere Augen offen. Doch jetzt laß uns essen gehen. Was hat Peter uns denn Gutes gekocht?«

»Lammbraten«, sagte Parker und ließ Ogden vorbei. Gemeinsam wandten sie sich der Treppe zu, um hinunter ins Eßzimmer zu gehen.

27

Als Willy das Hotelrestaurant betrat, kam ihm eine junge Kellnerin entgegen. Sie war hübsch und hatte ein strahlendes Lächeln.

»Hierher bitte.«

Sie brachte ihn zu einem Tisch in der Mitte des Saals. Als er sich gesetzt hatte, reichte sie ihm die Speisekarte.

»Ich empfehle Ihnen das Entrecôte mit Roquefort; wir haben heute ganz ausgezeichnetes Fleisch.«

»Einverstanden. Und dazu einen Rotwein, bitte.«

»Darf ich Ihnen zu einem Wein aus den Corbières raten?« Willy sah sie sich genauer an: Sie machte ein freundliches Gesicht.

»Einen Wein aus den Corbières nehme ich gerne«, antwortete er und erwiderte ihr Lächeln. »Ich verlasse mich da ganz auf Sie.«

Die junge Kellnerin errötete. »Ich bin sicher, daß er Ihnen schmeckt«, sagte sie und entfernte sich mit raschen Schritten.

Willy ließ den Blick durch den Saal schweifen: Fast alle Tische waren besetzt. Ihm gegenüber, an der Wand, saßen zwei Männer: der eine alt und schmächtig, der andere jung und korpulent. Letzterer sprach mit lauter Stimme, und Willy erfuhr, zusammen mit dem ganzen Restaurant, daß er Anwalt war. Der alte Mann war sein Vater, und dieser hob fast nie die Augen von seinem Teller, doch wenn er es tat, dann nur um zu lächeln. Der Sohn berichtete ihm von einem Fall aus jüngster Zeit, bei dem er ein Mädchen verteidigt hatte, das als Babysitterin arbeitete und angeklagt war, in einem Kaufhaus gestohlen zu haben. Während dieser Erzählung, fast ein Plädoyer, hatte der Vater sich darauf beschränkt, von Zeit zu Zeit ein entschiedenes *»C'est vrai«* auszustoßen. In der Mitte der Mahlzeit hatte Willy dann bemerkt, daß der Alte ein Hörgerät trug, wodurch das Geschrei seines Sohnes nicht mehr ganz so beunruhigend schien. Was Willy jedoch am meisten verblüfft hatte, war das Verhalten des Anwalts gewesen; gleich zu Anfang hatte er aus der Hosentasche ein Klappmesser gezogen, ein Opinel mit Holzgriff, und hatte es aufgeklappt neben seinen Teller gelegt, in der Absicht, damit das Beefsteak zu schneiden. Als er mit dem Entrecôte fertig war, hatte er sich seine Finger abgeleckt, einen nach dem anderen, wie ein Kind, das vergißt, daß es Servietten gibt. Fasziniert von diesem Paar, hatte Willy die beiden den ganzen Abend lang beobachtet und sich überlegt, daß vielleicht auch der Alte seinerzeit Anwalt gewesen war und daß der detaillierte Bericht aus dem Berufsleben, den er mit angehört hatte, sicherlich eine liebevolle Art war, um den Vater noch an jener Welt der Roben und Richter teilhaben zu lassen.

Nach dem Essen kam der Hotelier an Willys Tisch und fragte: »Hat es Ihnen geschmeckt?«

»Danke, es war ausgezeichnet, doch die Mousse au chocolat war geradezu himmlisch.«

Der Mann lächelte zufrieden. »Das ist die Spezialität meiner Tochter. Sie hat Sie vorhin bedient. Esclarmonde versteht sich auf Süßspeisen.«

Willy riß die Augen auf und konnte sein Erstaunen nicht verbergen.

»Esclarmonde?« fragte er nach. Der Hotelier, im Glauben, daß dieser Name auch für ihn allzu bizarr sei, zuckte resigniert mit den Schultern.

»Nun ja, es ist ein sonderbarer Name. Doch ihre Mutter war ziemlich fixiert auf die okzitanische Geschichte. Auch ihre Urgroßmutter hieß Esclarmonde, und so ist dieser Name schließlich meiner Tochter zugefallen.«

»Er ist doch wunderschön!«

»In einem Geschichtsbuch vielleicht, aber gewiß nicht für ein 19jähriges Mädchen an der Schwelle zum Jahr 2000. Doch wenn meine Jeanne sich etwas in den Kopf gesetzt hatte, dann ließ sie sich nicht davon abbringen. Jeanne war meine Frau, sie ist vor vier Jahren gestorben, viel zu jung. Aber ich will Sie nicht langweilen... Sie hatten mir gesagt, daß Sie auf der Suche nach einem Haus für den Sommer sind... Also es gäbe da eins in einem Dorf ein paar Kilometer von hier. Sind Sie daran interessiert?«

»Natürlich. Was für eine Art Haus ist es?«

»Ein Haus in einem Bergdorf, sehr einfach, doch mit allem, was man braucht. Es gehört Bekannten von uns, ihre Tochter ist mit meiner zur Schule gegangen. Sie benutzen es im Winter, wenn sie Ski fahren gehen, doch im Sommer vermieten sie es. Es liegt in Comus, dem Dorf hinter Camurac. Es ist ein bißchen abseits, aber die Landschaft ist wunderschön.«

»Das interessiert mich sehr, aber ich müßte wissen, wie hoch die Miete ist, weil ich wohl den ganzen Sommer hierbleibe. Wann kann ich es mir ansehen?«

»Schon morgen. Meine Tochter begleitet Sie hin, wenn es Ihnen recht ist. Ich werde später bei den Vermietern anrufen und mich nach dem Preis erkundigen.«

»Das ist sehr nett von Ihnen, danke.«

»Es ist mir eine Freude, jemandem zu helfen, der unsere Gegend mag. Eigenartig, daß ein junger Mann wie Sie sich ein so entlegenes Plätzchen wie dieses ausgesucht hat. Die jungen Leute kommen hier im Winter zum Skifahren her, aber im Sommer gehen sie an die Küste...«

»Ich bin Student und bereite eine Arbeit über die Katharer vor«, log Willy.

»Jetzt verstehe ich, warum der Name Esclarmonde Ihnen gefällt. Sie werden sich mit meiner Tochter verstehen. Vielleicht kommt es durch den Namen, aber auch sie lebt mehr in der Vergangenheit als in der Gegenwart. Wie auch immer, vielleicht ist es besser so«, fügte Fouché mit einem Zwinkern hinzu. »Bei alldem, was heutzutage passiert, ist es mir lieber, sie begeistert sich für die alten Steine unserer Burgen als für Diskotheken. Doch jetzt lasse ich Sie in Ruhe Ihren Bitter trinken. Wenn ich mit Garnier, dem Vermieter des Hauses, gesprochen habe, kann ich Ihnen mehr sagen. Wollen Sie einen Kaffee?«

»Ja, bitte, einen starken.«

Willy sah Fouché nach, wie er durch den Saal ging und in der Tür verschwand, die zur Bar führte. Er dachte wieder an das Mädchen, das ihn bedient hatte, und an den Namen, den die Mutter ihm gegeben hatte. Es war unglaublich, in die Languedoc zu kommen und ein Mädchen zu treffen, das Esclarmonde hieß – und außerdem hübsch war! Willy lächelte und trank den letzten Schluck seines Bitter.

In diesem Moment kam Esclarmonde an den Tisch und brachte den Kaffee.

»Bitteschön«, sagte sie und lächelte.

»Danke.« Willy versuchte ein ebenso freundliches Gesicht zu machen wie sie. »Ihr Vater hat mir gesagt, daß Sie Esclarmonde heißen. Was für ein wunderschöner Name...«

Sie sah ihn erstaunt an. »Sie sind der erste Mensch, den ich treffe, der meinen Namen nicht komisch oder sogar häßlich findet. Gefällt er Ihnen wirklich?«

»Natürlich«, rief Willy mit Überzeugung aus. »Oder wäre es Ihnen lieber, Samantha oder Deborah zu heißen? Ich kann mir vorstellen, daß niemand sonst so heißt wie Sie, nicht einmal in der Languedoc...«

»Da haben Sie recht. In neunzehn Jahren bin ich nie einer anderen Esclarmonde begegnet, nicht einmal hier bei uns in der Gegend. Meine Mutter schwärmte fürs Mittelalter und sagte, daß wir von mutigen Leuten abstammen, die ihre eigene Sprache und eine Art zu leben gehabt hätten, die gut und gerecht war. Ich weiß nicht viel über diese Dinge, aber ich weiß, daß Esclarmonde eine tapfere Frau, eine Art Heldin war...«

Willy betrachtete sie. Sie trug ihr schwarzes Haar zu einem Pferdeschwanz zusammengebunden, und ihre großen blauen Augen in dem feingeschnittenen Gesicht gaben ihrem Blick einen erstaunten, fast kindlichen Ausdruck. Doch sie war groß und hatte eine gute Figur, trug enganliegende Jeans und ein T-Shirt, unter dem sich ein schöner Busen abzeichnete: Sie hatte ganz und gar nichts Mittelalterliches.

»Ihr Vater hat mir gesagt, daß Sie mich morgen vielleicht nach Comus begleiten...«

»Ja, um das Haus der Garniers zu besichtigen.«

»Dann kennen Sie das Haus also?«

»Sicher, ich habe oft die Weihnachtsferien bei den Garniers in Comus verbracht.«

»Und wie ist es?«

»Gemütlich, aber nichts Besonderes.« Esclarmonde zog eine Schnute, mit der sie noch hübscher aussah. »Ein einfaches Haus aus Stein, wie alle im Dorf. Es ist klein, ich meine, die Zimmer sind klein, aber es gibt ein Erdgeschoß und einen ersten und zweiten Stock.«

»Um so besser, ich habe vor, länger zu bleiben«, sagte Willy und zuckte mit den Schultern. Sie lachte.

In diesem Augenblick kam der Vater zurück. »Alles in Ordnung«, sagte er und legte seiner Tochter einen Arm um die Schulter. »Ich habe mit Garnier gesprochen. Er sagt, Sie sollen gleich morgen nach Comus gehen. Die Schlüssel sind in Camurac in der Bar. Du begleitest ihn, Esclarmonde, nicht wahr?«

Esclarmonde nickte und sah Willy an. »Wenn es Ihnen paßt, könnten wir gegen elf Uhr los.«

»Um elf paßt mir sehr gut. Haben Sie über die Miete gesprochen?« fragte Willy Fouché.

»Ja, er hat gesagt, wenn Sie den ganzen Sommer bleiben, macht er Ihnen einen guten Preis. Sie sollen ihn morgen anrufen, wenn Sie das Haus gesehen haben.«

Willy stand auf und reichte dem Hotelier die Hand. »Ich danke Ihnen. Das war wirklich sehr freundlich.«

»Aber ich bitte Sie!« protestierte Fouché. »Es war mir ein Vergnügen, jemandem zu helfen, der sich mit unserer Geschichte beschäftigt. Hast du schon gehört«, wandte er sich an seine Tochter, »der Herr schreibt eine Arbeit über die Katharer, und hier kann er in aller Ruhe studieren. Wissen Sie, daß Comus nur vierzehn Kilometer von Montségur entfernt liegt?«

»Tatsächlich?«

»Es sind vierzehn Kilometer«, fuhr Fouché fort, »aber nur, wenn man zu Fuß geht, auf dem Pfad der *bonshommes,* der durch die Gorges de la Frau führt. Mit dem Auto muß man einen anderen Weg über Bélesta nehmen, und dann sind es dreißig Kilometer.«

»Wirklich? Nun ja, auch dreißig Kilometer sind nicht viel.«

»Die Katharer benutzten den Pfad, und deshalb heißt er *route des bonshommes,* wie sich die Ketzer nennen ließen. Katharer ist ein Name, den ihnen die Katholiken gegeben haben. Aber das wissen Sie sicher besser als ich...«

»Ich werde beide Wege benutzen, denn ich glaube, daß ich oft nach Montségur gehe. Vielen Dank noch einmal, Monsieur Fouché, und auch Ihnen, Mademoiselle.«

»Also dann morgen um elf, hier an der Hotelbar, abgemacht?« fragte Esclarmonde.

»Einverstanden. Gute Nacht dann, bis morgen.«

Willy verließ Fouché und dessen Tochter und ging zur Treppe. Montségur, sagte er zu sich selbst. Seit Monaten träumte er davon, diesen Ort zu besuchen. Doch er hätte sich niemals vorstellen können, unter welchen Umständen es Wirklichkeit werden sollte.

28

In seiner Wohnung in Toulouse nahm André Renard das Telefon ab, überzeugt davon, daß es Georges Dufy sei, der ihn wegen der üblichen Golfpartie Ende der Woche anrief. Statt dessen hörte er eine kalte, fast metallische Stimme einige Codewörter sagen. Renard war wie versteinert, seine Handflächen wurden so schweißnaß, daß der Hörer ihm fast aus der Hand glitt. Er hatte gehofft, sie hätten ihn vergessen; doch sein Dossier hatte nur darauf gewartet, daß jemand es entstaubte.

Dieser Tag war gekommen, und London erinnerte ihn an seine Schuld. Er lächelte über seine Naivität, während ihm die Schweißtropfen auf die Stirn traten.

»Morgen früh um zehn im Buchantiquariat in der Rue du Taur«, sagte die Stimme. »Fragen Sie nach der Erstausgabe der Märchen von Charles Perrault.«

Die Verbindung brach ab, Renard legte auf und schenkte sich einen Whisky ein, obwohl es erst zehn Uhr morgens war. Es waren viele Jahre vergangen, seit er zum letzten Mal einen ähnlichen Anruf erhalten hatte, zehn Jahre, um genau zu sein. Er war jetzt siebzig, und die Vorstellung, noch einmal für eine Mission gebraucht zu werden, gefiel ihm gar nicht. Er war ein angesehener emeritierter Professor, wohlhabend und mit seinen Studien beschäftigt; er hatte viele Freunde und einen sorgfältig gepflegten Bekanntenkreis. Doch all dies würde innerhalb von vierundzwanzig Stunden hinweggefegt, wenn er nicht täte, was sie ihm befahlen.

Renard sank in einen Sessel und ließ seinen Blick schweifen, als könnten die Gegenstände im Raum ihm Mut machen. Er war im Arbeitszimmer seiner Wohnung im Zentrum der Stadt; die Wände voller Bücher und der Schreibtisch mit Papieren überhäuft. Er war spät dran, und um den Essay, an dem er schrieb, zu beenden, würde er noch viel arbeiten müssen.

Das Telefon läutete noch einmal. Renard sprang auf, weil er fürchtete, erneut diese furchtbare Stimme zu hören, doch diesmal war es Georges Dufy.

»Nun, André«, setzte der Zahnarzt mit fröhlicher Stimme an, »bist du bereit für eine historische Niederlage?«

Renard lachte und bemühte sich, natürlich zu klingen. »Sicher, aber für deine Niederlage, mein Lieber. Ich fühle mich so gut in Form, daß ich sicher bin, heute mein Handicap verringern zu können.«

»Dann nichts wie los, ich habe den Platz für elf Uhr heute morgen bestellt. Wir sehen uns also gleich beim Golf.«

»Einverstanden, bis später.« Renard legte auf und hob den Blick zum Himmel. Zu achtzehn Löchern zu laufen und dabei für Dufy ein Gesicht zu machen, als sei er irgendwie daran interessiert, sich mit ihm zu messen, war das letzte, wonach ihm jetzt der Sinn stand. Renard war einer der wenigen Golfspieler, die diesen Sport ohne große Leidenschaft betreiben. Er hatte Golf dazu benutzt, in die Toulouser Gesellschaft zu kommen, als eine Möglichkeit, nützliche Freundschaften zu schließen. Ein Golfspieler zu sein bedeutete, zu einer Bruderschaft zu gehören, und wer sich Vertrauen auf dem Platz erwarb, brauchte keine anderen Referenzen. Der Golfclub war ein wesentlicher Teil seiner Welt geworden: Sein Arzt war ein rüstiger älterer Herr mit Handicap acht, sein Steuerberater ein ewiger Anfänger, den eine unerwiderte Liebe für das Green befallen hatte, und sogar der Anwalt, der sich um seine Angelegenheiten kümmerte, spielte oft mit ihm und Dufy und wurde regelmäßig geschlagen. Doch Georges war der einzige, mit dem eine echte Freundschaft entstanden war.

Renard zog sich um und war nach kurzer Zeit ausgehfertig. Er verließ das Haus, stieg in sein Auto und fuhr aus der Stadt hinaus. Die Zeit ging schnell vorbei, und das Spiel lenkte ihn wider Erwarten ein wenig ab. Als er zusammen mit Dufy gegen Abend in der Bar des Clubhauses saß, um den gewohnten Aperitif zu trinken, sah dieser ihn mit besorgter Miene an.

»Du bist schon den ganzen Nachmittag so angespannt, André. Sonst hättest du auch beim dritten Loch nicht gepatzt. Ist irgend etwas nicht in Ordnung?«

Renard lächelte und verwünschte seine Unfähigkeit, zu verbergen, was in ihm vorging. Es war zu lange her, ging ihm durch den Kopf, er war nicht mehr so geschickt wie früher.

»Nein, es ist alles in Ordnung«, antwortete er. »Ich bin nur ein bißchen unter Druck wegen des neuen Buchs. Weißt du, ich fürchte, daß ich den Abgabetermin nicht einhalten kann, und deshalb fühle ich mich immer ein wenig schuldig, wenn ich mich vergnüge, statt am Computer zu sitzen.«

»Entspann dich«, sagte Dufy, »wozu ist es sonst gut, in Pension zu sein? Es muß doch etwas Positives daran sein, älter zu werden, meinst du nicht? Versuch das Leben zu genießen! Ich habe nur noch halb so viele Patienten wie früher, nur noch die, die ich seit Jahren betreue. Sie sind auch nicht mehr so jung, und nach und nach werden es von ganz alleine weniger, und ich nehme keine neuen mehr an. So werde ich immer weniger Arbeit und immer mehr Zeit haben, die ich dem Golf widmen kann ...«, schloß er mit einem Lachen.

»Ich habe dich immer um deine Fähigkeit beneidet, das Leben zu genießen, Georges. Doch das ist leider eine Frage des Charakters. Und jetzt muß ich gehen, die Arbeit wartet auf mich. Heute hast du noch einmal Glück gehabt, aber am nächsten Sonntag bist du geliefert, du kannst dich schon mal darauf vorbereiten...«

Nachdem er eine Einladung zum Abendessen abgelehnt hatte, kehrte Renard nach Toulouse zurück. Er fuhr langsam, seine Gedanken wanderten zurück in die Vergangenheit. Wenn er während des Kriegs nicht so jung und nicht so dumm gewesen wäre, hätte sein Leben einen anderen Verlauf genommen, und er würde sich jetzt nicht in dieser Lage befinden. Doch so mußte er sich mit über siebzig Jahren noch Gefahren aussetzen, damit er sein Leben nicht im Gefängnis beschloß.

Am nächsten Morgen wurde Renard wie gewohnt um sieben Uhr wach. Nachdem er ein langes Bad genommen hatte, rasierte er sich sorgfältig und wählte aus, was er zu diesem Treffen anziehen wollte. Etwas sehr Schlichtes, wie es sich für einen angesehenen Theologieprofessor gehörte. Als er fertig war, betrachtete er sich im Spiegel: Er hatte sich auch im Alter eine gewisse Attraktivität bewahrt, war schlank und athletisch, ohne sich in Fitneßclubs und Saunen quälen zu müssen. Erst im letzten Jahr hatte ihn eine Studentin mit Cary Grant verglichen. Er entschied sich für ein Wolljackett und graue Flanellhosen; zusammen mit seiner Regimentskrawatte ergab das eine Art Cambridgestil. Er lächelte, weil ihm der Gedanke kam, daß er aussah wie Kim Philby vor der Flucht.

Er ging frühzeitig aus dem Haus und setzte sich zum Frühstück in eine Bar an der Place du Capitole, wo er bis fünf Minuten vor der für das Treffen vereinbarten Zeit blieb. Dann bog er in die Rue du Taur ein und ging langsam, um die Buchhandlung Punkt zehn zu erreichen. Er kam an der Notre-Dame du Taur vorbei und warf einen Blick auf die Heiligenstatuen, sah dann hoch auf die lange Fassade in reinem Toulouser Stil und die beiden achteckigen Türme; er liebte die Architektur dieser Stadt, wo die Steine wie an keinem anderen Ort die Vergangenheit in sich zu schließen schienen, und war versucht, in die Basilika hineinzugehen, doch er hatte keine Zeit mehr, es war fast zehn.

Als er die Glastür der Buchhandlung öffnete, ging die Glocke, und ein alter Mann kam ihm entgegen. Mit einem Lächeln nahm er seine Brille ab und sah ihn an.

»Was kann ich für Sie tun?«

Renard räusperte sich. »Ich suche eine Erstausgabe der Märchen von Charles Perrault...«

Er ließ den Satz so stehen. Dieser Auftritt machte ihm Mühe. Zum Glück war sonst niemand im Laden.

»Warten Sie bitte.«

Der alte Mann verschwand durch eine Tür hinter der Ladentheke. Renard sah sich um. Er kannte diese Buchhandlung sehr gut, weil er schon viele Bücher hier gekauft hatte, doch diesen Mann hatte er noch nie zuvor gesehen. Normalerweise wurde er von einer sympathischen Frau mittleren Alters bedient, die jetzt nirgendwo zu entdecken war. Renard sah auf die Regale, doch es gelang ihm nicht, seine Aufmerksamkeit von der Tür abzuwenden, durch die der Mann verschwunden war. Was zum Teufel tat er jetzt? fragte er sich. Natürlich gehörte dieses Wartenlassen zur Strategie: ihn auf glühenden Kohlen sitzen lassen, damit er gefügiger würde. Renard wurde immer nervöser und begann im Laden auf und ab zu gehen. Er zündete sich eine Zigarette an, doch als er das Schild »Rauchen verboten« sah, ging er zur Tür, öffnete sie und warf die Zigarette auf die Straße. Wie aus dem Nichts tauchte in diesem Moment der alte Mann hinter ihm auf.

»Wenn Sie bitte mitkommen würden...«

Renard folgte dem Alten hinter die Theke. Die Tür führte in ein recht geräumiges Zimmer mit einer alten Schreibmaschine, einem großen Tisch, auf dem Bücher verpackt wurden, und einem Schreibtisch in der Ecke, vor dem zwei Stühle standen. Ein hohes Fenster an der Wand gegenüber ging hinaus auf einen Garten im Hof, denn man konnte die Zweige und Blätter von Bäumen sehen. In dem Zimmer war niemand.

»Geht dieses Fenster vielleicht auf den Collège de l'Esquile hinaus?« fragte Renard, ohne sich etwas dabei zu denken.

Der alte Mann lächelte seelenruhig. »Ich habe nicht die leiseste Ahnung«, sagte er, zeigte auf einen der Stühle vor dem Schreibtisch und fügte hinzu: »Setzen Sie sich bitte.« Dann ging er und schloß die Tür hinter sich.

Renard konnte das Warten fast nicht mehr ertragen. Er sah sich um: Da er hier kein Verbotsschild entdeckte, zündete er sich erneut eine Zigarette an und atmete den Rauch tief ein. Wenn er warten mußte, dann zu seinen Bedingungen.

In diesem Augenblick ging die Tür auf. Ein Mann um die Fünfzig betrat das Zimmer. Er trug einen Anzug aus Grisaille und einen Hut, den er im Hereinkommen abnahm.

»Guten Tag, Monsieur Renard«, sagte er mit starkem englischem Akzent und reichte ihm die Hand.

Renard stand auf und ergriff mit einem gezwungenen Lächeln die Hand. Er wollte gerade etwas sagen, doch der andere kam ihm zuvor.

»Entschuldigen Sie die Verspätung, doch wie Sie sich erinnern werden, müssen bei dieser Art Treffen immer ein paar kleine Vorsichtsmaßnahmen ergriffen werden«, sagte er und setzte sich hin.

Renard erkannte die Gewandtheit und den Stil wieder. Daß der Mann hinter dem Schreibtisch und nicht auf dem Stuhl neben ihm Platz nahm, versetzte ihn gleich in eine überlegene Position. Auch die Anordnung der Möbel war für diese Begegnung vorbereitet worden. Das Zimmer war jenem sehr ähnlich, in dem sich vor vielen Jahren, gleich nach der Befreiung, sein Verhör vollzogen hatte. Renard empfand eine ohnmächtige Wut, die sich wohl auf seinem Gesicht ausdrückte, denn der Mann auf der anderen Seite des Schreibtischs betrachtete ihn mit verständnisvoller Miene.

»Es ist ein Vergnügen, wieder mit Ihnen zusammenzuarbeiten, Professor Renard. Wir brauchen Ihre Fähigkeiten: Ihr Wissen, Ihren psychologischen Scharfsinn und Ihre pädagogische Erfahrung. Sie werden mit einem neunzehnjährigen Jungen zu tun haben, der intelligent, gebildet und ziemlich verzweifelt ist. Bei dieser heiklen Angelegenheit kann uns niemand besser helfen als Sie…«

Wenn Renard nicht gewußt hätte, daß der englische Geheimdienst seinen Agenten immer Honig um den Mund schmierte, hätte er sich über die Worte des Mannes gefreut. Doch Renard war ein »alter Fuchs«, wie sein Freund Dufy ihn gerne unter Anspielung auf seinen Namen nannte. Und auch wenn er seit langer Zeit aus dem Geschäft war, so war er deshalb doch nicht naiv.

»Auch für mich wird es ein Vergnügen sein, Ihnen zu helfen…«, sagte er mit gleicher Emphase wie der andere. Sein Gegenüber sah ihn interessiert an, und diesmal lächelte er weniger heuchlerisch.

»Wir wissen, daß Sie lieber Ihr Leben als Gelehrter und Golfspieler ohne irgendwelche Einmischungen fortgesetzt hätten, und wir hätten es vermieden, Sie zu stören, wenn wir uns nicht in einer ganz außergewöhnlichen Lage befänden. Wie ich Ihnen bereits sagte, handelt es sich um einen neunzehnjährigen Jungen. Wir müssen ihn wiederfinden, zu seinem und zu unserem Besten, versteht sich. Der Arme ist Waise geworden, seine Eltern sind auf tragische Weise ums Leben gekommen. Doch das finden Sie alles in dem Dossier«, sagte er und reichte ihm eine kleine blaue Mappe über den Schreibtisch. »Dieser junge Mann, ein Medizinstudent aus Zürich, versteckt sich hier irgendwo in der Languedoc. Natürlich haben wir noch weitere Leute, die ihn suchen, doch leider machen außer uns auch andere Jagd auf ihn, warum, das finden Sie ebenfalls in den Unterlagen. Der Junge, um den es geht, hat neben seinem Alter einige Besonderheiten, die Sie, Renard, für den Auftrag hervorragend geeignet machen. Vielleicht werden gerade Sie mit Ihrer Bildung und Ihrer Ortskenntnis Erfolg haben. Sehen Sie, Professor, Willy interessiert sich leidenschaftlich für die Katharer, und Sie sind ein Experte auf diesem Gebiet. Außerdem wissen Sie, dank Ihrer langen Erfahrung als Lehrer, genau, wie das Gehirn eines Jungen in diesem Alter funktioniert...«

Der Mann hinter dem Schreibtisch machte eine Pause und sah sich um. »Ein bißchen düster hier, finden Sie nicht auch?« fragte er und wandte seinen Blick dann gleich wieder Renard zu. »Kurz gesagt: Wir wissen, daß der Junge hier in der Languedoc ist, aber wir wissen nicht, wo. Er könnte natürlich überall sein, also bitten wir Sie, Ihren psychologischen Scharfsinn zu benutzen und ihn dort zu suchen, wo Sie ihn instinktiv vermuten. Ein von der katharischen Häresie faszinierter junger Mann, der in die Languedoc flieht – wo könnte er sich verstecken? Eine schwierige Frage... Es ist fast, als suchte man eine Nadel in einem Heuhaufen. Doch mit dem besonderen Zugang, den Sie haben und den ich sicherlich nicht von einem normalen Agenten erwarten kann, könnten Sie der Sache auf den Grund kommen...«

Der Mann legte eine Pause ein, und kurze Zeit schwiegen beide, bis Renard klar wurde, daß sein Gegenüber eine Reaktion von ihm erwartete.

»Ich danke Ihnen für das Vertrauen und hoffe, daß ich es nicht enttäusche. Es ist sicherlich keine leichte Aufgabe, doch ich werde mein möglichstes tun. Wie soll ich mich verhalten, wenn ich irgend etwas über den Jungen erfahre?«

»Lesen Sie das Dossier, es enthält alle Anweisungen. Ich bin Ihr Kontakt hier in Toulouse, und dort drinnen«, er zeigte auf die kleine blaue Mappe, »finden Sie meine Telefonnummer und die Modalitäten der Kontaktaufnahme. Dies hier ist ein abhörsicheres Handy«, fuhr er fort und schob Renard einen kleinen Apparat über den Schreibtisch zu. »Ich bitte Sie, es nur für Gespräche mit uns zu benutzen. Wir werden es unsererseits einsetzen, um uns mit Ihnen in Verbindung zu setzen. Wenn wir uns sehen wollen, wird die Buchhandlung unser Treffpunkt sein. Noch weitere Fragen?«

»Was tue ich mit dem Jungen, falls ich ihn tatsächlich finden sollte?«

»Sie halten ihn fest, bis wir bei Ihnen sind. Der Junge ist flink, also seien Sie auf der Hut. Er ist uns schon zweimal entwischt.«

»Und wenn ich ihn übergeben habe, was geschieht dann mit ihm?«

Der Blick des Mannes wurde kälter. »Das, Professor, geht Sie nichts an...«

»Natürlich ...«, antwortete Renard mit einem Anflug von Sarkasmus.

Der Mann stand auf und reichte ihm die Hand. »Viel Erfolg. Ich hoffe, sehr bald von Ihnen zu hören.«

Renard ergriff die Hand und murmelte eine Abschiedsfloskel. Dann drehte er sich um und ging zur Tür, doch bevor er sie öffnete, wandte er sich noch einmal um. Der Mann ließ sich nicht überraschen: Auf seinen Lippen lag noch immer das gleiche förmliche Lächeln. Er nickte und verabschiedete ihn damit endgültig.

29

Die Nacht, bevor er sich in der Languedoc auf die Suche nach Willy machte, verbrachte Ogden im Zimmer von Verena Mathis.

Nach dem Abendessen war Parker hinunter in die Garage gegangen, um einen Signalgeber in den BMW einzubauen. Franz hatte sich in sein Zimmer zurückgezogen, und Blake spielte mit Cédric im Technikraum Schach. Verena und Ogden blieben allein im Wohnzimmer.

»Möchtest du etwas trinken?« fragte Ogden sie.

»Wenn es einen Cointreau gibt, gerne...«

Ogden ging zur Hausbar und besah sich ihren Inhalt.

»Cointreau haben wir keinen, aber ich kann dir einen Portwein servieren, einen aus der Languedoc, der ein bißchen stärker ist...«

»Sehr gut«, antwortete Verena zerstreut.

Er ging wieder zu ihr und reichte ihr ein kleines Kristallglas, setzte sich ihr gegenüber und beobachtete, wie sie trank. Als sie seinen Blick spürte, nahm sie das Glas von den Lippen und sah ihn an.

»Was ist los?« fragte sie verlegen. Sie war gerne mit ihm zusammen, doch sie fühlte sich immer noch ein wenig unbehaglich, wie es ihr oft geschah, wenn jemand sie interessierte.

»Ich schaue dich an. Du bist ein schöner Anblick. Ich denke, das weißt du...«

»Danke. Man hat es mir schon gesagt, wenn du das meinst. Aber sich dessen bewußt sein ...«, fügte sie mit einem Achselzucken hinzu, »ist etwas ganz anderes.«

»Du wirst doch wissen, daß du schön bist...«

»Du bist sehr freundlich«, sagte sie und vermied eine Antwort. Natürlich wußte sie es. Doch nicht einmal ihre Schönheit hatte ihr geholfen, selbstbewußter zu werden. Verena war immer auf der Hut, immer bemüht, sich von der besten Seite zu zeigen: Sie achtete auf das vorteilhaftere Profil, die perfekte Frisur, das Einhalten des Normalgewichts; und wenn jemand sie ansah, nahm sie sich gleich zurück, weil sie fürchtete, irgendwelchen Vorstellungen nicht zu genügen. Es war eine Qual, und sie wußte, wie übertrieben das alles war.

»Das ist keine Freundlichkeit, sondern die Wahrheit«, sagte Ogden. Doch da er ihr Unbehagen spürte, wechselte er das Thema. »Wie fühlst du dich?«

»Gut, auch wenn mir erst jetzt langsam klar wird, was alles geschehen ist«, antwortete sie. »Alices und Jacobs Tod sind für mich sehr schmerzlich. Jetzt sind Willy und ich wirklich allein.«

»Hast du keine Eltern oder Geschwister mehr?«

»Nein, ich bin ein Einzelkind. Meine und Alices Mutter waren Schwestern, doch die Spuren unserer Väter verloren sich schon, als wir noch Mädchen waren. Unsere Mütter ließen sich beide scheiden. Alices Vater starb kurz darauf, während mein Vater nach Südamerika übersiedelte, um einen Sicherheitsabstand zwischen sich und meine Mutter zu bringen. Er hat wieder geheiratet und von seiner zweiten Frau weitere Kinder bekommen. Ich habe ihn seit inzwischen zehn Jahren nicht mehr gesehen, auch wenn ich regelmäßig von ihm höre. Alices und meine Mutter sind 1980 beide bei einem Autounfall ums Leben gekommen. Sie kehrten aus Avignon zurück, meine Mutter hatte ein neues Auto, einen Maserati. Zwischen Avignon und Aix-en-Provence ging er bei einem heftigen Aufprall völlig in Trümmer...«, schloß Verena.

»Das tut mir leid...«, murmelte Ogden.

»Meine Mutter und Tante Lucette haben das Leben genossen. Sie waren so etwas wie eine kleine kriminelle Vereinigung«, fuhr sie fort und lächelte nachsichtig. »Doch sie waren liebenswert, nur als Mütter nicht sonderlich begabt.«

Ogden beobachtete sie beim Sprechen. Es war angenehm, ihr zuzuhören und sie dabei anzusehen, obwohl man in ihren Worten einen unbewältigten Schmerz ahnte; auch an ihrer Mimik war etwas Gezwungenes. Verena hatte eine schöne Stimme, sanft und warm, und doch klang sie, als müsse sie sich immer verteidigen.

»Du und Alice, ihr habt lange zusammengelebt?«

»Ja, wie unsere Mütter. Sie zogen durch die Welt, und wir blieben mit den Kindermädchen zu Hause. Als wir zehn Jahre alt waren, beschlossen meine Mutter und Lucette, in einem Haus zu leben, weil sie meinten, es sei bequemer, das Personal und die Haushalte zusammenzulegen. Das war eine ausgezeichnete Idee, denn Alice und ich waren jetzt wirklich zusammen und endlich nicht mehr allein. Wir haben die Kindheit in Paris verbracht und sind auf dieselben Schulen gegangen, in der Gymnasialzeit waren wir dann in einem Internat in Graubünden. Danach kehrten wir nach Paris zurück, wo ich an der Sorbonne Literatur studierte und Alice zur Kunstakademie ging. In einem Sommer an der Côte d'Azur hat sie Jacob kennengelernt und ihn nach wenigen Monaten geheiratet.«

»Und du hast nie geheiratet?« fragte Ogden, obwohl er ihr Dossier gelesen hatte und die Antwort schon kannte.

»Doch, aber mit zwanzig war ich bereits Witwe, und danach habe ich mit ein paar Männern zusammengelebt. Und du?«

Ogden lächelte, als sei diese Frage vollkommen unangebracht. »Nein, natürlich nicht.«

»Du hast nie mit einer Frau zusammengelebt?«

»Nein, nicht einmal das.«

»Unglaublich!« rief Verena aus. »Das tun doch alle früher oder später. Aber du wirst doch wenigstens einmal einen Menschen geliebt haben!«

»Ja, ich vermute, ja...«

Verena runzelte die Stirn, als könnte sie nicht glauben, was er sagte. »Meinst du damit, du bist nicht sicher?«

»Ich meine damit, daß ich nicht darüber reden will.«

Verena steckte den Schlag ein, mit einem verständnisvollen Lächeln. In Wirklichkeit fühlte sie sich durch diese Antwort verletzt, doch sie tat so, als ob nichts wäre.

»Alle leben irgendwann einmal mit jemandem zusammen, wenigstens einmal im Leben. Aber vielleicht nicht in deinem Beruf...«

»Da hast du recht«, stimmte Ogden zu. »Wenn man die Vierzig überschritten hat, sollten Männer wie Frauen wenigstens eine Partnerschaft auf der Aktivseite haben. Andernfalls«, fuhr er amüsiert fort, »muß man sie mit Argwohn betrachten, weil irgend etwas nicht stimmt. Sei also auf der Hut!«

Sie lächelte. »Damit ich auf der Hut bin, sollte all das hier genügen«, sagte sie und holte zu einer weiten Geste aus, als wollte sie auf das Haus und alles, was darin war, sie beide eingeschlossen, zeigen. »Was für Männer seid ihr wirklich, du und Stuart?«

Ogden nahm sich Zeit und zündete eine Zigarette an. »Stuart und ich haben sicher etwas, was nicht stimmt, aber wenigstens haben wir uns nicht von einer Scheidung zur nächsten davongemacht...«

Sie lachte. »Das glaube ich gern! Ohne Ursache gibt es auch keine Wirkung, meinst du nicht?«

»Genau. Wenn man nicht heiratet und keine Kinder in die Welt setzt, vermeidet man solche Dinge.«

»Aber Stuart hat ja ein Kind in die Welt gesetzt!« wandte sie ein.

»Und so stecken wir jetzt alle in Schwierigkeiten, besonders Willy. Doch das Kind hat vor allem deine Cousine in die Welt gesetzt. Es war eine einseitige Entscheidung, und bei solchen Dingen ist das sehr problematisch...«

Verena seufzte. »Das stimmt. Und es stimmt auch, daß wir in Schwierigkeiten stecken. Ich frage mich, wo Willy in diesem Augenblick wohl ist. Hast du irgendeine Idee?«

Ogden schüttelte den Kopf. »Nein, überhaupt nicht. Morgen fahren wir in die Aude. Unser einziger Anhaltspunkt ist seine Begeisterung für die Katharer. Also setzen wir auf die Aude und die Arriège, wo Montségur liegt. Ich weiß nicht, was wir sonst machen könnten.«

Verena warf ihm einen traurigen Blick zu. »Wenn ich daran denke, daß er inzwischen sicher vom Tod seiner Mutter erfahren hat, schaudert es mich. Der arme Junge...«

»Hat er sehr an ihr gehangen?« fragte Ogden.

»Ja, sicher, wie alle Kinder, auf die eine oder andere

Weise. Auch wenn sie sich nicht ähnlich waren. In Wirklichkeit ist Willy keinem von beiden ähnlich...« Sie unterbrach sich verlegen. »Ich wollte gerade sagen, daß Willy auch anders als Jacob ist, aber das ist ja kein Wunder. Und was Stuart angeht, kann ich nichts sagen, da ich ihn nicht kenne...«

»Nach dem wenigen, was ich über Willy weiß, ist er auch ihm nicht ähnlich«, sagte Ogden.

»Um so besser für ihn.« Verena stand aus dem Sessel auf, ihre Stimmung hatte plötzlich gewechselt. »Ich gehe in mein Zimmer. Wenn du willst, kannst du mit mir kommen, ich würde mich freuen...«

Ogden erhob sich ebenfalls, und sie stiegen die Treppen zum dritten Stock hoch. Das Haus war still, die Männer waren schlafen gegangen. Als sie im Zimmer waren, legte Verena ihm die Arme um den Hals. Sie küßten sich, dann schob Ogden sie aufs Bett zu und begann sie langsam auszuziehen. Sie hielt die Augen geschlossen, da löschte er das Licht auf dem Nachttischchen, und nur der Schein der Straßenlampen drang noch durchs Fenster. Als er sie im Dämmerlicht erneut ansah, bemerkte er, daß ihr Gesicht trotz der geschlossenen Augen einen versunkenen, beinahe betrübten Ausdruck hatte. Er streichelte sie lange und murmelte Worte, die er vergessen zu haben glaubte. Schließlich schlug Verena die Augen auf und sah ihn an. Er lächelte ihr zärtlich zu, und sie erwiderte sein Lächeln fast verwundert.

30

Als er am Morgen nach seiner Ankunft in Belcaire wach wurde, fühlte Willy sich gut. Er sah auf die Uhr und bemerkte, daß es schon spät war: In einer halben Stunde wollte er sich mit Esclarmonde treffen. Er duschte kurz, schlüpfte in ein Paar Jeans und ein Polohemd und ging hinunter in die Hotelbar. Fouché, der hinter der Theke stand, unterhielt sich gerade mit zwei Männern und begrüßte ihn mit einem Winken.

»Trinken Sie einen Kaffee, meine Tochter wird jeden Moment hiersein.«

»Gern, vielen Dank. Gibt es etwas zu essen?«

»Natürlich, wir haben frische Croissants«, sagte Fouché und zeigte auf eine Vitrine. Willy nahm eins und biß hungrig hinein.

Fouché servierte den Kaffee. »Ich möchte Ihnen den Arzt von Belcaire und meinen Schwager vorstellen«, sagte er und zeigte auf die beiden Männer. »Dies hier ist Doktor Vidal, der unsere Krankheiten heilt, und dies ist Albert Pravert, der beste Golfer der Languedoc und ein bekannter Winzer. Er ist bei uns zu Besuch, wissen Sie, Albert lebt in den Corbières zwischen seinen Reben.«

Willy gab den beiden Männern die Hand. »Sehr erfreut. Ich habe gestern abend einen Wein aus den Corbières getrunken, er war ganz ausgezeichnet.«

»Das war ein Wein aus seinem Keller«, sagte Fouché und gab Pravert einen Klaps auf die Schulter. »Ihr müßt wissen«, fuhr er fort, »dieser Junge schreibt eine Arbeit über die Katharer, und vielleicht bleibt er den ganzen Sommer über für seine Forschungen hier bei uns in der Gegend. Stimmt's?«

Willy nickte lächelnd. In Wirklichkeit war er verärgert: Dank des Geredes von Fouché würde in kurzer Zeit das ganze Dorf von seiner Anwesenheit unterrichtet sein. Und das war gefährlich.

»Monsieur Fouché« – Willy bemühte sich, eine verlegene Miene aufzusetzen –, »könnte ich Sie unter vier Augen sprechen, bevor ich gehe?«

»Aber natürlich«, antwortete Fouché und kam hinter der Theke hervor. »Wir gehen in mein Büro, kommen Sie.«

Willy folgte ihm und überlegte, was für eine Geschichte wohl glaubhaft und wirkungsvoll wäre, so daß Fouché den Mund halten würde. Als sie in seinem Büro waren, schloß der Hotelier die Tür und sah ihn mit verschwörerischer Miene an.

»Sprechen Sie nur, ich bin ganz Ohr.«

Willy lächelte. »Es ist mir ein bißchen peinlich, aber ich bin sicher, Sie werden mich verstehen...«, setzte er unsicher an.

»Ist irgend etwas nicht in Ordnung?«

»Nein, es ist alles in bester Ordnung, ich möchte Sie nur um einen Gefallen bitten. Vor meiner Abreise aus Zürich habe ich meine Verlobung gelöst. Das Mädchen ist aber immer noch in mich verliebt. Deshalb habe ich beschlossen wegzufahren. Doch bei unserem letzten Gespräch, als sie erfahren hat, daß ich abreisen würde, hat sie mir gedroht, sie würde mich bis ans Ende der Welt verfolgen. Um es kurz zu machen: Aline ist alles zuzutrauen, und da sie über viel Geld verfügt, würde es mich nicht einmal wundern, wenn sie einen Privatdetektiv hinter mir herschickt. Ich muß Ihnen gestehen, daß ich auf der Reise manchmal das Gefühl hatte, verfolgt zu werden...«

Willy machte eine Pause und sah Fouché an. Der Hotelier hörte aufmerksam zu und schien seine Geschichte zu glauben.

»Also wirklich, die Frauen...«, bemerkte er mit einem Kopfschütteln.

»Kurz und gut«, fuhr Willy mit treuherziger Miene fort, »ich möchte Sie fragen, ob es nicht möglich wäre, meine Anwesenheit hier diskret zu behandeln und vor allen Dingen nichts von meinen Studien über die Katharer zu erzählen, denn das ist wirklich so etwas wie meine Visitenkarte.«

Fouché sah ihn nachdenklich an. »Sie haben recht. Es tut mir leid«, fügte er hinzu und schlug sich mit der Hand an die Stirn. »Ich habe mit dem Doktor und mit meinem Schwager über Sie gesprochen. Wissen Sie, hier bei uns in der Gegend passiert eben nie etwas. Meine arme Frau hatte recht: Ich rede zuviel. Wie können wir das wiedergutmachen?«

»Nun ja, wir könnten damit anfangen, daß wir es vermeiden zu erzählen, daß ich mir in Comus ein Haus ansehe, das zu mieten ist. Und dann, wenn ich mit Esclarmonde weg bin, könnten Sie Ihren Freunden sagen, daß ich meine Pläne geändert habe und morgen wegen familiärer Probleme nach Paris abreise. Was meinen Sie?«

»Ausgezeichnet, so machen wir es«, sagte Fouché, aufgeheitert und vielleicht auch belustigt über diese Intrige. »Jetzt gehen wir wieder hinein, und wenn Sie dann mit meiner Tochter weg sind, werde ich meine Rolle spielen. Seien Sie ganz beruhigt, ich bügle das schon wieder aus. Doch wie soll ich mich verhalten, falls jemand nach Ihnen fragt?«

Dies war der wichtigste Punkt, und Willy tat so, als müsse er kurz darüber nachdenken. Dann sah er Fouché direkt in die Augen.

»Monsieur Fouché, ich muß mich unter allen Umständen von meiner Ex-Verlobten befreien. Sie hat mir in den letzten Monaten das Leben zur Hölle gemacht. Wenn Sie wüßten, in was für Situationen sie mich gebracht hat, sogar an der Universität. Wie dem auch sei«, fuhr er mit einem Seufzen fort, »wenn jemand nach mir fragen sollte, sagen Sie bitte, daß Sie mich nie gesehen haben. Meine Familie weiß, wo sie mich findet, weil ich ihnen meine Adresse mitteilen werde, doch für andere, einmal angenommen, daß wirklich irgend jemand auftaucht, kennen Sie mich nicht. In Ordnung?«

»Einverstanden, Sie können sich auf mich verlassen. Doch kommen Sie jetzt, Esclarmonde ist sicher schon da.«

Willy und Fouché gingen zurück in die Bar, wo Esclarmonde bereits wartete. Sie hatte ein sehr hübsches Kleid an, das offen getragene Haar fiel ihr auf die Schultern, und ihre Miene war genauso strahlend wie am Abend zuvor.

»Guten Morgen«, grüßte sie fröhlich. »Sind Sie fertig für unseren Ausflug?«

»Natürlich ist er fertig, das siehst du doch. Und warum duzt ihr euch nicht? Ihr seid doch beide etwa gleich alt. Aber jetzt geht, sonst wird es spät«, sagte Fouché kurz angebunden, weil er offensichtlich fürchtete, daß seine Tochter dem Doktor und Pravert ihr Ziel verraten könnte.

»Dann brechen wir also auf«, sagte Esclarmonde und sah ihren Vater amüsiert an.

»Auf Wiedersehen, es war mir ein Vergnügen.« Willy drückte dem Doktor und Pravert die Hand, hakte Esclarmonde unter und verließ mit ihr das Hotel.

Als sie im Auto saßen, legte er den Gang ein, wandte sich ihr zu und fragte: »In welche Richtung fahren wir?«

»Immer geradeaus, es geht ein bißchen bergan. Was hatte mein Vater denn? Er schien es eilig zu haben, uns loszuwerden...«

Willy erzählte ihr die Geschichte der erfundenen Aline, bevor ihr Vater es tun konnte.

»Die Arme!« sagte Esclarmonde mitfühlend. »Sie muß dich wirklich sehr lieben, wenn sie so etwas tut. Sie ist sicher verzweifelt...«

»Nein«, sagte Willy, »sie ist nur verbohrt. Es tut mir leid, aber zwischen uns gab es nur ein kurzes Verhältnis, nichts, was ein solches Benehmen rechtfertigt.«

»Vielleicht war es für dich nur ein kurzes Verhältnis, doch für Aline könnte es wahre Liebe gewesen sein«, fuhr sie ernst fort.

»Ich weiß nicht«, sagte Willy schnell. »Ich glaube eher, daß Alines Liebe etwas Pathologisches hat. Jedenfalls hat sie kein Recht, mein Leben zu ruinieren und mich durch die ganze Welt zu verfolgen.«

Esclarmonde schwieg, und Willy wünschte sich, das Thema damit endgültig abgeschlossen zu haben. Die Straße führte in Windungen bergauf, und die Landschaft war wunderschön; zu ihrer Linken sahen sie die Pyrenäen in der blauen Morgenluft liegen. Sie fuhren ungefähr zehn Kilometer bergan, durch eine Gebirgslandschaft mit Felsen, die aussahen wie Dolmen, bis sie wiederum eine kleine Hochebene erreichten, mit ähnlicher Vegetation wie die große Hochebene von Espezel und Grasland, auf dem Kühe und Pferde weideten. Willy erinnerte sich, daß in dieser Gegend vor den Katharern die Kelten und Druiden beheimatet waren, und die auf den Wiesen verstreuten kleinen und runden Felsen wirkten wie Zeugen der Orte ihrer Macht.

Am Ortseingang von Comus, im Zentrum eines freien Platzes, stand das Denkmal für die Gefallenen beider Kriege. Zu seiner Rechten führte eine Straße ins Dorf, zu seiner Linken ein Pfad in den Tannenwald, während hinter ihm eine weiße Straße in die Berge abging.

»Wenn man dort immer geradeaus geht«, erklärte Esclarmonde und zeigte auf die weiße Steinstraße, »kommt man in die Gorges de la Frau, durch die man zu Fuß nach Montségur gelangt. Halt bitte einmal an ...«, fuhr sie fort und wies ihn auf ein gelbes Straßenschild hin.

Willy stoppte, und sie stiegen beide aus. Esclarmonde ging auf das Schild zu: »Da, sieh!«

Willy las: *»Route des bonshommes, Montségur km 14.«*

Er sah in die angegebene Richtung. Die weiße Straße führte zwischen Felsen und Büschen in die Berge hinein. Vor siebenhundert Jahren hatten die *parfaits,* die von Belcaire aus nach Montségur wollten, diesen Pfad genommen und waren durch die engen Schluchten zu ihrem Ziel gelangt. Willy verspürte den Impuls, diesen weißen Weg einzuschlagen, der nach ein paar hundert Metern nach rechts abbog und zwischen den Büschen verschwand. Er fuhr zusammen, als Esclarmonde ihn rief.

»Komm, steigen wir wieder ein, das Haus ist weiter unten.«

Willy folgte den Anweisungen Esclarmondes, und nach zwei Minuten waren sie am Ziel. Das Haus war eines von vielen, ein Steinbau in einer engen Dorfstraße; davor stand ein Schuppen, in dem man einen Traktor sah.

»Man geht durch den Schuppen, wie in fast allen Häusern in Comus«, sagte Esclarmonde und öffnete die Holztür. Sie traten in einen mit Werkzeugen vollgestopften Anbau.

»Der Vater meiner Freundin ist ein leidenschaftlicher Bastler«, sagte sie und machte das Licht an. Vor ihnen lag eine Steintreppe, die nach oben führte. Sie stiegen hinauf und betraten ein kleines Wohnzimmer mit einem Fenster hinten im Raum. Auf der anderen Seite war nochmals eine Treppe aus hellem Holz, die ins obere Stockwerk führte.

»Hier haben wir also Wohn- und Eßzimmer sowie Küche«, sagte Esclarmonde und zeigte auf die Kochnische. »Wie du siehst, gibt es einen Kamin«, fuhr sie fort, ging weiter ins Wohnzimmer hinein und blieb vor dem Kamin stehen, über dem ein ausgestopfter Hirschkopf thronte. »Oben sind zwei Schlafzimmer und ein Bad, und im obersten Stockwerk eine Mansarde. Komm, wir gehen hinauf, aber gib auf deinen Kopf acht, die Treppe ist niedrig.«

Als sie die recht steile Holztreppe hinaufgestiegen waren, kamen sie in die beiden Schlafzimmer, in denen jeweils ein Doppelbett stand. Von den Fenstern des einen Zimmers aus hatte man einen Blick auf das Gebirge und den großen Nadelwald gegenüber, zu dessen Füßen sich die Straße der *bonshommes* wand. In dem zweiten Zimmer gab es nur ein Oberlicht. Die Mansarde im obersten Stock war recht geräumig und diente wahrscheinlich als Kinderzimmer, denn in der Mitte stand ein Tischfußballspiel, und an den Wänden hingen Starposter.

»So, das ist alles. Wie gefällt es dir?«

»Es ist eigenartig, aber nett. Komm, wir gehen wieder nach unten, ich möchte mir das Wohnzimmer noch einmal ansehen.«

Im unteren Stockwerk trat Willy ans Fenster und öffnete es. Es bot sich ein ähnlicher Blick auf die Landschaft wie vom Schlafzimmer aus, man sah eine große Wiese, den mit dichtem Kiefernwald bedeckten Berg und unten den schmalen Weg, wo sein Mini geparkt stand. Willy drehte sich um und betrachtete den Rest des Zimmers: links ein Sofa, das eine Ecke und einen Teil der Wand einnahm, davor auf einer Kommode ein alter Fernseher, daneben der Kamin; außerdem ein runder Eßtisch mit vier Stühlen, praktisch unter der Holztreppe, die nach oben führte. Gegenüber die Kochecke mit Kupfertöpfen, die an Haken hingen.

»Hier ist das Telefon«, sagte Esclarmonde und zeigte auf einen Wandapparat neben dem Fenster, »doch ich rate dir, immer den anderen Apparat im Schlafzimmer zu benutzen. Dieser hier funktioniert nur, wenn man Gespräche annimmt. Nun, gefällt es dir?«

Willy nickte. »Ja, ich glaube, ich werde mich hier wohl fühlen. Und die Landschaft ist wunderschön«, sagte er, trat noch einmal ans Fenster und sah hinaus.

»Ja, das ist sie«, stimmte Esclarmonde zu. »Wenn du einen Ausflug machen willst, kannst du durch die Gorges de la Frau nach Montségur gehen, doch ich empfehle dir, jemanden mitzunehmen, auch wenn der Weg nicht weit ist.

Es ist immer besser, man geht nicht allein. Außerdem, das weißt du ja, gingen auch die *parfaits* immer paarweise.«

Willy sah sie überrascht an. »Ja, gewiß. Vielleicht lag darin ihre Vollkommenheit...«

»Oh«, sagte Esclarmonde ausweichend und wurde rot, »meine Mutter hat mir das erzählt. Wenn sie mich ermahnte, nicht allein irgendwohin zu gehen, sagte sie immer, daß auch die *bonshommes* zu zweit unterwegs gewesen seien. ›Und wenn sie das taten‹, sagte sie zu mir, ›dann kannst du es auch tun.‹«

Sie lachten beide, dann schloß Willy das Fenster wieder. »Komm, wir fahren zurück nach Belcaire, ich möchte nicht, daß du noch mehr Zeit verlierst. Wenn die Miete akzeptabel ist, nehme ich das Haus; es gefällt mir, und die Vorstellung, nahe bei Montségur zu sein, wird mich bei meiner Arbeit inspirieren. Danke, daß du mich hierher begleitet hast, es war ein Glücksfall, dich zu treffen, innerhalb von vierundzwanzig Stunden habe ich das Problem gelöst...«

»Dank der Katharer«, sagte Esclarmonde mit einem Lächeln.

31

In den Tagen nach Willys Abreise verließ Charles Sinauer fast nie die Wohnung, weil er hoffte, der Junge würde sich telefonisch melden. Robert Lavoisier versuchte ihn abzulenken, doch Sinauers Stimmung wurde immer düsterer, je mehr Zeit verging.

»Ich mache mir Sorgen, Robert. Ob er wohl irgendwo untergekommen ist? Sie könnten ihn auch bis hierher nach Toulouse verfolgt haben...«

»Aber wer denn, lieber Himmel?« rief Robert aus. »Willst du mir vielleicht sagen, was los ist? Ich sollte doch auch Bescheid wissen, meinst du nicht?«

Sinauer sah ihn nachdenklich an und nickte schließlich. »Du hast recht, Robert. Entschuldige bitte. Doch es sind alles nur Vermutungen, schreckliche Vermutungen. Allerdings ...« Er unterbrach sich, unsicher, ob er fortfahren sollte oder nicht. Doch Robert hing an seinen Lippen, und das bewog ihn zu reden.

»Erinnerst du dich daran, was in diesem Zeitungsartikel stand?«

»Natürlich erinnere ich mich daran!«

»Gut, Willys Vater war ein bedeutender Zürcher Bankier, den man ermordet hat...«

»Der Selbstmord begangen hat«, korrigierte ihn Robert. »Das stand jedenfalls in dem Artikel; und seine Frau hat kurz darauf das gleiche getan.«

Sinauer seufzte. »Und wenn das nun nicht die Wahrheit wäre?«

»Was meinst du damit?«

»Willy flieht nach dem Tod des Vaters aus Zürich. In der Zeitung steht etwas von einem Schock, kurz gesagt, daß der Junge vollkommen außer sich sei, doch wir wissen, daß dies nicht stimmt. Also, erste Frage: Warum ist Willy aus Zürich weggegangen und hat seine Mutter in einem so dramatischen Augenblick allein gelassen?«

Robert zuckte die Achseln. »Ich weiß es nicht, es ist

schwer, sich vorzustellen, was wohl im Kopf eines Jungen vorgeht, der innerhalb weniger Tage beide Eltern verliert...«

»Aber wir wissen, daß Willy vollkommen vernünftig war, daß er keinerlei Anzeichen erkennen ließ, durchgedreht zu haben!« rief Sinauer nervös aus. »Nein«, fügte er überzeugt hinzu. »Willy hatte einen guten Grund zu fliehen: Er fürchtete etwas...«

»Das habe ich verstanden«, erklärte Robert, »doch jetzt mußt du mir sagen, was du dir zusammengereimt hast, was deine Theorie ist.«

»Einverstanden.« Sinauer nickte. »Also, der Vater, ein Bankier, stirbt«, begann er mit der Aufzählung der Ereignisse, »sein Sohn flieht, und gleich darauf stirbt auch die Mutter.« Nachdenklich unterbrach er sich. »Vielleicht wußten die Webers etwas und sind deshalb eliminiert worden, während Willy die Flucht gelungen ist. Du weißt doch, was in der Schweiz gerade los ist. Schließlich liest auch du die Zeitung.«

Robert sah ihn erstaunt an. »Glaubst du, es hat etwas mit den Konten der Juden zu tun, die in den Lagern gestorben sind? Meinst du, es gibt eine Verbindung zwischen dem Vater des Jungen und dieser Sache?«

»Möglicherweise. Jacob Weber war Bankier, und Willys Großvater ebenfalls.«

»Doch in dem Artikel hieß es, der alte Weber sei vor ein paar Wochen gestorben...«, wandte Robert ein.

»Genau! Nach seinem Tod kann sein Sohn Jacob etwas entdeckt haben, was dazu führte, daß er und seine Frau ermordet wurden und Willy geflohen ist.«

»Wie kann denn ein neunzehnjähriger Junge in so komplizierte Bankgeschäfte verwickelt sein, die außerdem auch noch Jahrzehnte zurückliegen?«

»Das weiß ich nicht«, gab Sinauer zu. »Doch es geht um astronomische Summen. Vielleicht sucht jemand nach Willy, weil sein Vater ihm vor seinem Tod irgend etwas gesagt hat. Und wenn meine Vermutung zutrifft, spricht dies, zusammen mit dem Umstand, daß Willy verfolgt wird, zugunsten der Familie Weber, jedenfalls der zweiten und dritten Generation...«

»Das ist doch eine verrückte Geschichte!«

»Ja, aber sie kann wahr sein. Auch das Geld meines Vaters ist von einer Schweizer Bank verschwunden.« Sinauer hielt sich eine Hand vor die Augen. Robert ging zu ihm und legte ihm seinen Arm um die Schulter.

»Um Himmels willen, Charles, nicht doch! Komm, setz dich, ich hole dir etwas zu trinken. Was ist das für eine Geschichte von Geld in der Schweiz? Ich weiß nichts davon.«

Charles Sinauer setzte sich in den Sessel. »Ich habe es nie jemandem erzählt, nicht einmal Anne. Mein Vater hatte vor dem Krieg ein Konto in der Schweiz, auf das er viel Geld transferiert hatte. Als wir nach Biel flohen, wurden wir nach kurzer Zeit von der Schweizer Polizei festgenommen, die uns an die französische Grenze brachte und uns an die Deutschen auslieferte. So kamen wir ins Gefängnis nach Belfort. Weil er versuchen wollte, uns zu retten, hat mein Vater dort etwas getan, was ihn seines gesamten beträchtlichen Vermögens beraubte.«

Sinauer spürte, daß es ihm die Kehle zuschnürte. Die Aufregungen der letzten Tage hatten verdrängte Gefühle in ihm wieder hochkommen lassen. Angst und Wut waren zurückgekehrt, doch vor allem ein tiefer, unbezähmbarer Schmerz.

Er holte tief Luft und sah Robert in die Augen. »Wie du weißt, wurden wir alle vier nach Auschwitz deportiert. Doch in der Nacht vor unserem Abtransport hatte mein Vater die Illusion, uns retten zu können, verstehst du? Er sagte zu mir: ›Charles, mach dir keine Sorgen, morgen werden wir arm, aber frei sein.‹ Das glaubte er, verstehst du?« Sinauer ergriff Roberts Arm. »Doch so war es nicht, irgend jemand hatte ihn belogen und ihm versprochen, uns im Tausch gegen sein ganzes Geld freizulassen. Stell dir vor, was dieser arme Mann an dem Morgen empfunden haben muß, als man uns in den Zug nach Deutschland lud. Ich hatte nicht den Mut, ihn zu fragen, was ihn hatte hoffen lassen; es genügte mir, sein verzweifeltes und bestürztes Gesicht zu sehen, um zu begreifen, daß ich ihn nie etwas fragen dürfte. Doch jetzt«, sagte Sinauer, nachdem er wieder zu Atem gekommen war, »jetzt will ich alles wissen. Denn wenn ich mich auch nach so vielen Jahren mit ihrem Tod abgefunden habe, macht mich der Gedanke an die ohnmächtige Wut, die mein Vater empfunden haben muß, als er erkannte, daß man ihn betrogen hatte, noch heute wahnsinnig. Jemand hat den Tod meiner Familie mit einem gemeinen Diebstahl entweiht. Und ich will seinen Namen kennen.«

Sinauer ließ sich in den Sessel zurückfallen. Sein Gesicht war blaß, der Schweiß stand ihm auf der Stirn. Robert beeilte sich, die Herztropfen zu holen, die er immer bei sich hatte. Als er mit der Arznei ins Zimmer zurückkam, schien Sinauer sich erholt zu haben.

»Mir geht es gut, Robert, mach dir keine Sorgen«, sagte er mit einem schwachen Lächeln.

»Wie gedenkst du zu erfahren, was vor mehr als fünfzig Jahren geschehen ist?« fragte Robert und reichte ihm ein Glas Wasser.

Sinauer trank und sah vor sich hin. »Ich habe jemanden beauftragt, es herauszufinden. Eine sehr leistungsfähige Organisation, die auf höchstem Niveau tätig ist. Es wird mich ein Vermögen kosten, normalerweise arbeiten diese Leute nicht für Privatkunden. Doch was soll ich in meinem Alter mit meinem ganzen Geld anfangen? Geld ist für mich nie wichtig gewesen, das weißt du; ich hänge nicht daran, wie man es unseren Leuten immer nachsagt. Im Augenblick liegt mir nichts so sehr am Herzen wie die Wahrheit. Seit Anne tot ist, warte ich nur darauf, zu ihr gerufen zu werden... Versteh mich bitte nicht falsch«, erklärte er gleich, als er Roberts besorgte Miene sah, »ich bin froh, am Leben zu sein, aber ich klammere mich nicht ans Leben. Leute wie ich, die körperliche Mißhandlung und moralische Vernichtung überlebt haben, haben eine besondere Beziehung zum Leben. Ich bin jetzt am Ende meines Lebens angelangt, und das einzige, was mir wirklich am Herzen liegt, ist zu erfahren, was damals geschehen ist.«

»Das stimmt nicht...«, widersprach Robert ihm liebevoll.

»Was meinst du damit?«

»Ich meine damit, daß es jetzt in deinem Leben auch diesen Jungen gibt, Willy, und seine dramatische Lage. Ich weiß nicht, ob dein Verdacht zutrifft oder nicht, ob dieser Junge auf der Flucht ist, weil er gehetzt wird oder weil die

Trauer ihn so aufgewühlt hat, ob sein Vater und seine Mutter ermordet worden sind oder ob sie Selbstmord begangen haben. Es mag sein, daß deine Theorie richtig ist, doch das können wir noch nicht wissen. Jedenfalls beschränkst du dich nicht darauf, die Toten zu ehren, sondern kümmerst dich auch um die Lebenden. Und dafür müssen wir Gott danken.«

Bewegt sah Sinauer ihn an. Er kannte Robert, seit sie fast gleichzeitig die beiden Schwestern Anne und Louise geheiratet hatten. Robert war ein hochherziger Mensch, ein gläubiger und aufrichtiger Christ, und er hatte ihn von Anfang an dafür respektiert, wie er im Geiste des Evangeliums lebte. Eine Seltenheit bei Katholiken.

»›Laß die Toten ihre Toten begraben‹, meinst du das?« fragte Sinauer mit einem Lächeln.

Robert errötete vor Verlegenheit. »Vielleicht, aber ich habe in diesem Moment nicht an das Evangelium gedacht. Ich dachte an die, die noch da sind und denen wir helfen müssen…«

»Du mußt nicht ans Evangelium denken, um danach zu leben«, sagte Sinauer und klopfte ihm liebevoll auf die Schulter. »Aber du hast recht, ich werde Willy helfen. Doch gleichzeitig will ich herausfinden, was man meiner Familie außer dem Leben noch geraubt hat, koste es, was es wolle.«

32

Es war ein klarer und warmer Morgen. Ogden stieg als letzter in den BMW ein, Franz saß am Steuer, Parker hinten. Sie verließen Toulouse auf der N 20 Richtung Foix. Es war flüssiger Verkehr, und sie fuhren durch eine schöne Landschaft, doch keiner der drei Männer war in der richtigen Stimmung, sich daran zu freuen.

»Unsere erste Etappe ist Foix?« fragte Franz. Ogden nickte.

»Wir machen dort Rast und essen eine Kleinigkeit, aber dann geht es gleich weiter nach Montségur.«

»Was gib es in Montségur außer der berühmten Burg eigentlich noch?« fragte Parker.

»Ein kleines Dorf. Früher oder später wird der Junge dort hinkommen, also nehmen wir am besten Montségur als Basis.«

Ogdens Handy läutete. Es war Stuart.

»Wie sieht es aus?«

»Wir fahren nach Montségur und werden dort unsere Basis einrichten«, sagte Ogden.

»In Montségur ...«, wiederholte Stuart. »Das ist eine gute Idee: Es steht sicher ganz oben auf der Liste des Jungen. Und eigentlich rufe ich dich genau deshalb an, um dir zu empfehlen, dort einen Stützpunkt einzurichten. Ich habe einen Mann hingeschickt, er ist schon vor Ort, und seine Tarnung ist gut. Er heißt Patrick Best und hat früher für uns gearbeitet, vielleicht erinnerst du dich an ihn. Er hatte vor zwei Jahren bei einer Mission einen ziemlich schweren Unfall und war monatelang im Krankenhaus. Als er entlassen wurde, haben wir beschlossen, daß er sich eine Weile zurückziehen soll, bis er vollkommen wiederhergestellt ist. Best hat Alte Geschichte studiert und war Archäologe, bevor der Dienst ihn angeworben hat. Er hat eine Schwester, die mit einem Franzosen verheiratet ist, der an der Universität von Paris lehrt und ein Haus in Montségur besitzt. Seine Schwester hatte ihm angeboten, in diesem Haus zu wohnen, damit er seine Genesungszeit an einem ruhigen Ort verbringen kann, und so bin ich auf den Gedanken gekommen, daß er euch dort unten unterstützen könnte. Best war nervlich ziemlich am Ende, doch er hat sich hervorragend erholt. Seit gestern arbeitet er auf der Burg Montségur als Führer. Eine perfekte Tarnung für einen spionierenden Archäologen. Doch im Ernst, er ist ein ausgezeichneter Mann. Er wird euch von großem Nutzen sein; ich habe eure Ankunft schon angekündigt.«

»Wie hat er es aufgenommen?«

»Er wollte eigentlich noch ein wenig Urlaub machen, doch jetzt geht es ihm gut, und er brennt darauf loszulegen. Er steht voll zu eurer Verfügung.«

»Dann sieh zu, daß du ihn gut bezahlst«, sagte Ogden. »Nach dem, was wir bisher erlebt haben, ist diese Geschichte für einen, der gerade aus dem Krankenhaus kommt, nicht geeignet.«

Stuart seufzte. »Best soll nichts Großartiges machen. Wenn Willy seine Nase in diese Ruine steckt, wird er der erste sein, der es erfährt, und uns benachrichtigen. Das ist alles...«

»Sag ihm, daß er heute abend ins Hotel kommen soll. Gibt es noch weitere Neuigkeiten?«

»Nein.«

»Auch im Fall Sinauer nicht?«

Stuart zögerte nur den Bruchteil einer Sekunde mit der Antwort, doch das genügte Ogden.

»Wir suchen nach der Verbindung zwischen dem Bankhaus Weber und dem Deutschen, aber bis jetzt haben wir noch nichts wirklich Beweiskräftiges gefunden...«

»Na, ich glaube, du bist ganz nah dran. Und wenn es soweit ist, wirst du mich gleich über deine Entdeckungen informieren, da bin ich mir sicher.«

Stuart überging die Provokation. »Berichte mir bitte heute abend über dein Gespräch mit Best. Natürlich habe ich dir die Aufgabe überlassen, ihm alles zu erklären. Er weiß lediglich, daß wir einen Jungen finden müssen, der dort in der Gegend unterwegs ist. Du mußt entscheiden, was du ihm außerdem sagen willst. Ich würde mich ziemlich zugeknöpft geben...«

»Vergiß es. Best wird über das wenige, was ich weiß, unterrichtet.«

»Okay, du leitest die Mission. Tu, was du für richtig hältst. Bis später.«

Ogden beendete die Verbindung und sah wieder nach vorn auf die Straße.

»Neuigkeiten?« fragte Parker.

»Stuart hat mit großem Weitblick Patrick Best nach Montségur geschickt, um uns zu unterstützen. Er hat eine ausgezeichnete Tarnung: Er arbeitet als Führer auf der Burg«, antwortete Ogden.

»Patrick? Der ist auf Draht«, sagte Parker. »Ich habe ein paarmal mit ihm zusammengearbeitet. Soweit ich weiß, ist bei einer Sache irgendwas schiefgelaufen, und er wäre fast dabei draufgegangen, habe ich gehört...«

»Das stimmt. Aber es sieht so aus, als wäre er vollkommen wiederhergestellt.«

»Best ist ein guter Mann. Ein bißchen intellektuell vielleicht, aber fit«, bemerkte Franz.

»Dann sind wir ja alle zufrieden mit dem Neuzugang«, kommentierte Ogden zerstreut. Er fragte sich, wann Willy wohl nach Montségur kommen würde. Bis dahin müßten sie kreuz und quer durch die Languedoc fahren und in der Hoffnung, ihm irgendwo zu begegnen, die Orte besuchen, über die er sich in Toulouse informiert hatte: Montaillou, Puivert, Puilaurens und viele andere. Es war völlig absurd. Am liebsten hätte er sich von Montségur nicht wegbewegt und gewartet, bis der Junge auftauchte. Doch die anderen durften Willy nicht vor ihnen finden. Man durfte keine Zeit verlieren.

33

Es war Abend. Der Sonnenuntergang färbte die Häuser an der Place de la Durade rosa, und durch die halb geöffneten Fenster des Wohnzimmers konnte man auf die Garonne sehen. Vergebens hatte Robert versucht, Charles Sinauer zu einem kurzen Spaziergang zu bewegen. Nicht einmal mit dem Hinweis, daß der Anrufbeantworter eingeschaltet sei, hatte er ihn überreden können.

»Was war denn nun die Lehre dieser Katharer?« fragte Sinauer seinen Verwandten.

»Nun, über eine Religion zu sprechen ist nie einfach. Grob gesagt, stellte der Katharismus sich als Synkretismus dar, der manichäische und christlich-jüdische Vorstellungen verband. Er verbreitete sich zu Anfang des zwölften Jahrhunderts in Italien, Frankreich, Deutschland und sogar in England. Doch in Südfrankreich faßte er am stärksten Fuß. Die Katharer waren praktisch aufbegehrende Christen, die über einige fundamentale Punkte der Glaubenslehre mit Rom in Konflikt gerieten. Die erste unüberwindbare Meinungsverschiedenheit zwischen Katholiken und Katharern betrifft den Ursprung des Bösen und erweitert sich in der Folge auf das Wesen Gottes. Der römische Katholizismus sagt nichts über den Ursprung des Bösen. Gewiß, er spricht von Satan – als Geschöpf Gottes, also vollkommen –, der seinen freien Willen gebraucht, um sich gegen seinen Schöpfer zu erheben, weil er die Beschränktheit des Hochmuts der unendlichen Liebe Gottes vorzieht. Das Phänomen wiederholt sich bei den ersten Menschen: Adam und Eva, die sich mit dem Bösen, allegorisch dargestellt von der Schlange, auseinandersetzen müssen und die ebenfalls durch ihren freien Willen der Sünde verfallen. Für die Katharer ist der Gebrauch des freien Willens eine Entscheidung, die dem Urteil der Vernunft überlassen wird, erhellt durch das Bewußtsein von Gut und Böse, Licht und Finsternis. Doch bevor sich etwas manifestiert, muß es zunächst einmal dasein. Man kann sagen, daß die Schlange, die Adam und Eva verführte, Satan war, der das Böse darstellte, doch woher kam das Böse, das Satan verführte? Wann wurde es geschaffen? Und welches war die ursprüngliche Macht, die es geschaffen hat? Über diesen Punkt schweigt die katholische Lehre.«

Sinauer hörte aufmerksam und mit gerunzelter Stirn zu. »Es sieht so aus, als hätten die Katharer das Verdienst, eine Antwort gefunden zu haben, die das Bedürfnis nach Verstehen befriedigen kann«, sagte er nachdenklich.

»In gewissem Sinne ist es so. Nach der römischen Lehre«, fuhr er fort, »gibt es einen einzigen Gott, der alles, was existiert, geschaffen hat, weil nur er das tun konnte. Also hat er Gut und Böse geschaffen, Licht und Finsternis, Geist und Materie. Und er hat dem Menschen Verantwortung gegeben, indem er ihm den freien Willen verliehen hat. Je nach dem Gebrauch, den der Mensch davon macht, erwartet ihn ewige Glückseligkeit oder aber die Hölle. Für die Katharer dagegen bestand eine Unvereinbarkeit zwischen Gott und dem Bösen. In ihrem Denken konnte Gott nur reiner Geist sein, der ausschließlich unendliche Liebe ausströmen kann; also ist er von Natur aus unfähig, das Böse zu schaffen. Deshalb können den Katharern zufolge die Kräfte des Guten und die Kräfte des Bösen nicht den gleichen schöpferischen Ursprung haben.«

»Dann glaubten sie also, wenn ich richtig verstanden habe«, unterbrach ihn Sinauer, »daß es zwei schöpferische Ursprünge gegeben habe: einen des Guten und einen des Bösen.«

Robert nickte. »So ist es. Und dieses für sie fundamentale Credo brachte sie in Opposition zum katholischen Dogma vom einzigen Gott. Doch die Katharer haben sich immer gehütet, das Nebeneinander zweier Gottheiten zu behaupten. Vielmehr haben sie vom Nebeneinander zweier unterschiedlicher Prinzipien gesprochen; und sie haben nur dem Prinzip des Guten den Namen Gott zuerkannt und das andere auf eine niedrigere Ebene gestellt. Von diesen beiden Prinzipien hatte keines die Macht, das andere endgültig zu zerstören, und ihr Antagonismus manifestierte sich in der ›Schöpfung‹, denn das Böse war eine Negation, eine Kraft des Widerstands gegen das Werk des wahren Gottes. Am Ende der Zeiten würde der wahre Gott triumphieren, und die ganze Schöpfung wäre gerettet.«

»Wie kommt es, daß du so gut über dieses Thema Bescheid weißt?« fragte Sinauer verwundert.

Robert lächelte. »Ich bin in Toulouse geboren, und hier ist die Erinnerung an den Katharismus noch lebendig – nicht nur, weil der Tourismus ihn ausbeutet. Wir haben jetzt in der Languedoc katharische Weine, katharischen Käse, katharische Steine, die Luft, die wir atmen, ist katharisch. In einem gewissen Sinne ist das sogar richtig. Doch um auf deine Frage zu antworten: Es stimmt, ich habe mich gründlich mit dieser Geschichte beschäftigt, weil sie Teil unserer kulturellen Tradition ist. Doch vielleicht auch, weil ich den Unterschied zwischen der katholischen und der katharischen Lehre wirklich begreifen wollte, so, als müßte ich sehr bewußt eine Entscheidung treffen.«

Robert verstummte, ganz in Gedanken versunken. Sinauer betrachtete ihn, überrascht von diesen Worten. Er hatte ihn sehr gern und achtete ihn dafür, wie er seinen Glauben lebte, doch was er soeben gesagt hatte, schien ihm fast surreal: Robert hatte wie ein Mann des dreizehnten Jahrhunderts gesprochen, der zwischen zwei Lehren hin- und hergerissen war.

»Willy hat von den Katharern geschwärmt, als wir uns getroffen haben. Ich hatte mich nie für ihre Lehre interessiert. Doch daß ich überhaupt wußte, wer die Katharer waren, beeindruckte ihn schon, und er begann zu erzählen. Er legte mir die Theorie von einem guten und einem bösen Gott dar und meinte – jetzt weiß ich, warum –, daß die Katharer recht hätten: Ein barmherziger Gott könne diese Welt nicht geschaffen haben. Ist dir klar, Robert, daß diese Vorstellung für einen Überlebenden von Auschwitz gar nicht so sonderbar ist...«

Robert lächelte verständnisvoll. »Ich weiß, Charles, ich weiß...«

»Erzähl mir doch noch mehr über diese Religion, Robert. Wenn ich Willy finden will, muß ich etwas über die Katharer und ihren Glauben wissen, denn er hat sich schließlich die Languedoc ausgesucht, um sich zu verstecken...«

Robert nickte und stieß ein Seufzen aus. »Du mußt wissen, daß die Katharer nach Meinung einiger Kirchenhistoriker das Erbe der alten Gnostiker aufnahmen, die zu Beginn unserer Zeitrechnung in Alexandria lebten. Es waren Juden im Exil, die in ihren Herzen einen unbekannten Gott entdeckt hatten, den sie aber in der irdischen Welt voller Niedertracht und Elend nicht zu finden vermochten. Doch um auf die Katharer im dreizehnten Jahrhundert zurückzukommen: Für sie hat Christus eine weniger entscheidende Rolle als in der katholischen Lehre; sie betrachteten die Menschwerdung Jesu als Schein. Sein Wirken ist essentiell symbolisch und seine Mission beispielhaft. Seine Seele, betrachtet als Universalseele, war gekommen, allen vom Bösen unterjochten Seelen den Weg zu zeigen. Den Katharern zufolge hat der Mensch eine dreifache Natur: Den Körper, geschaffen von Satan, nannten sie ›Hülle‹, er enthält die Seele und ist dazu bestimmt, vernichtet zu werden, ins Nichts zurückzukehren, wo er seinen Ursprung im Prinzip des Bösen hat. Im Gegensatz dazu steht der Geist, die Emanation eines guten Gottes, der nicht vom Bösen beeinträchtigt werden kann. Dazwischen die Seele, die sich von Leben zu Leben reinkarniert, um sich zu reinigen, um sich wieder mit dem Geist zu verbinden. Man hat gesagt, der Katharismus sei eine traurige Religion, doch das stimmt nicht: Die ewige Hölle gab es für die Katharer nicht, denn alle Seelen würden dank der zahlreichen reinigenden Reinkarnationen gerettet.«

»Wie lebten die Katharer denn?«

»Der Name Katharer bezeichnet eigentlich zwei Gruppen von Menschen: die *parfaits* und die *croyants,* die einfachen Gläubigen. Jene Vollkommenen bildeten den katharischen Klerus: Mystiker, Asketen, scharfsinnige Theologen, die sich viele Entbehrungen auferlegten, um den höchsten Grad der Spiritualität zu erreichen. Sie aßen kein Fleisch, keine Eier und keinen Käse, hielten strengste Keuschheit, logen und schworen nicht. Sie besaßen nichts außer dem Glauben und der Botschaft, die sie verbreiteten, indem sie über Land und in die Dörfer gingen. Sie nannten sich *bonshommes,* nicht Katharer, dies ist ein Name, den die Katholiken ihnen gegeben haben, vielleicht abschätzig gemeint, doch das kann man nicht sagen, seine Etymologie ist unklar. Die einfachen Gläubigen dagegen lebten wie die übrigen Menschen auch: Sie aßen Fleisch und verzichteten nicht auf Sexualität. Sie hatten lediglich die Pflicht, die *bonshommes* zu empfangen, wenn sie auf ihren Pilgerreisen waren, ihnen Gastfreundschaft zu gewähren, ihre Predigten anzuhören und zu glauben, daß sie Überbringer der frohen Botschaft und der reinen christlichen Liebe seien. Die Katharer hatten nur ein Sakrament, das ebenso als Taufe wie als Firmung, Ordinierung, Beichte, Buße und Absolution galt. Es hieß *consolamentum.* Wer es empfangen wollte, mußte es sich wünschen und förmlich erbitten. Bei der Zeremonie verpflichtete sich der Adept, die Lebensregeln der *bonshommes* einzuhalten: nicht zu töten, keine Gewalt anzuwenden, keinen Ehebruch zu begehen, nicht zu stehlen, nicht zu schwören, kein Fleisch noch irgendein anderes tierisches Erzeugnis zu essen, Hunger, Durst, alle Mühen, Verfolgung und sogar Tod aus Liebe zu Gott und Christus zu ertragen. Nach diesen Versprechen wurde das Vaterunser gebetet. Zum Schluß legte der *parfait* zuerst die Hände auf den Kopf des Adepten, dann auf das Heilige Buch – das Johannesevangelium – und bat Gott um Vergebung der Sünden, seiner eigenen wie der des Adepten und aller Anwesenden. Auf diese Weise wurde der Adept des Friedens teilhaftig, der aus ihm einen Geretteten machte.«

Die beiden Männer schwiegen eine Weile, bis Sinauer fragte: »Gab es denn viele Katharer in der Languedoc?«

»Die Mehrheit der Bevölkerung waren Katharer oder sympathisierten mit ihnen.«

»Wirklich? Waren denn die Katholiken hier so wenig beliebt?«

»Du darfst nicht vergessen, daß der katholische Klerus damals wegen seiner ausschweifenden Sitten und des zügellosen Luxus, in dem er lebte, einen sehr schlechten Ruf hatte. Außerdem erhofften die Adligen sich Vorteile davon, wenn sie zur Häresie gegen die Kirche ermutigten, die mit ihnen in Konkurrenz um die Herrschaft über die Ländereien stand. Leider hatte der okzitanische Adel nicht vorhergesehen, daß die Häresie einen Kreuzzug auslösen würde, der ihn seines Besitzes zugunsten der Herren aus dem Norden berauben sollte.«

Charles Sinauer schüttelte den Kopf. »Du mußt zugeben, daß man etwas so Furchtbares nur schwer voraussehen konnte. Der Kreuzzug war ein monströses Massaker!«

»Das stimmt«, pflichtete Robert ihm bei.

Sinauer erhob sich aus seinem Sessel und ging ans Fenster. Jetzt war es wirklich Abend geworden, die Straßenlampen auf dem Platz brannten, und in der Garonne spiegelten sich die Lichter der Stadt.

»Wollen wir etwas essen, Charles?« fragte Robert und trat zu ihm.

»Ja, ich habe auch Appetit. Wir könnten zum Abendessen ausgehen, wenn du Lust hast.«

Robert sah ihn verwundert an. »Macht es dir nichts aus, das Telefon allein zu lassen?«

»Nein, jetzt nicht mehr. Ich meine zu wissen, wohin Willy sich gewandt hat, und ich glaube nicht, daß er mich anruft, wenn er nicht völlig in Nöten ist. Beim Essen werde ich dir meinen Plan darlegen, deine Katharer haben mir einiges klarwerden lassen...«

Robert lächelte. »Du bist phantastisch, Charles! Und wenn wir hundert Jahre lebten, würdest du mich immer noch in Erstaunen versetzen. Schön, daß du mich in diese Geschichte eingeweiht hast. Nur du konntest mir in einem Augenblick wie diesem den Lebenswillen zurückgeben...«

Sinauer wandte sich ihm zu und sah ihn an: »Du bist ein

bonhomme, Robert, im katharischen Sinne des Worts, einmal abgesehen von Fleischessen und Keuschheit. Ich bin davon überzeugt, daß du einer der Ihren wärst, wenn es diese Häretiker noch gäbe, denn du nimmst die Rettung der Seele wirklich ernst. Und das ist ein Kompliment! Laß uns jetzt gehen, ich will dir meine Idee erklären.«

34

Nachdem sie Foix verlassen hatten, fuhren Ogden und seine Männer Richtung Tarascon-sur-Ariège und setzten dann ihren Weg auf der D 117 fort, die sie vor Lavelanet verließen, indem sie rechts abbogen, auf die Straße nach Montségur. Kurz darauf konnten sie in der Ferne die Burg sehen.

»Da ist sie ja«, sagte Franz.

»Wenn man sieht, wie die Burg liegt, versteht man erst, daß man von dort aus eine Armee von tausend Mann so lange in Schach halten konnte«, meinte Parker bewundernd.

»Die Belagerung dauerte fast zehn Monate«, bestätigte Ogden, der die Einzelheiten noch aus seiner jüngsten Lektüre im Kopf hatte.

Einen Teil des Weges blieb die Burg in ihrem Blickfeld, doch als sie sich der Ortschaft Montségur näherten, war sie nicht mehr zu sehen.

Es war ein kleines und ordentliches Dorf mit grauen, gepflegten Steinhäusern, die von Blumentöpfen auf jedem Fensterbrett verschönert wurden. Die Schwalben flogen tief, schienen fast die Ziegeldächer zu streifen, obwohl keine

Wolke am blauen Himmel stand. Sie parkten das Auto auf einem Platz direkt an den Hängen des Pog und gingen dann wieder hinunter ins Dorf, wo ihr Hotel war.

An diesem Junisonntag war der Ort voll von Touristen. Ogden und seine Männer fanden ihr Hotel und betraten es durch das Gartenrestaurant, wo sich noch der eine oder andere Gast nach dem Mittagessen aufhielt.

Franz sah sich in der kleinen Halle um: »Hübsch. Dieses ganze Holz erinnert mich an Tirol.«

An der Rezeption nahm eine junge Frau ihre Namen auf und gab Ogden einen Umschlag. Es war eine Nachricht von Patrick Best.

»Unser Freund heißt uns willkommen«, sagte Ogden und nahm seinen Zimmerschlüssel.

Er ging auf sein Zimmer. In der Mitte eines runden Tischs stand eine Blumenvase. Es waren besondere Blumen, wie er noch nie welche gesehen hatte: elfenbeinfarbene Glokkenblumen. Eine ganze Weile betrachtete er sie und dachte an Verena. Er war versucht, sie anzurufen, beschloß dann aber, es später zu tun. Doch er rief bei Cédric in Toulouse an.

»Besorg Frau Mathis ein Handy und gib mir die Nummer«, sagte er.

»Abhörsicher?«

»Natürlich. Alles in Ordnung bei euch?«

»Alles bestens. Frau Mathis ist heute morgen in ihrem Zimmer geblieben, dann ist sie hinuntergegangen, um etwas zu essen. Jetzt sitzt sie im Wohnzimmer und sieht fern.«

»Wie ist ihre Stimmung?«

»Gut, würde man meinen.«

»Sehr schön. Beeil dich mit dem Handy und ruf mich dann an.«

Ogden beendete das Gespräch und wählte die Nummer von Patrick Best.

»Ogden hier, wir sind in Montségur, können Sie gleich ins Hotel kommen?«

»Schön, daß Sie da sind. Ich bin in fünf Minuten bei Ihnen.«

Nachdem Ogden seine Reisetasche ausgepackt hatte, ging er hinunter in die Halle. Sie war voller Touristen, einige von ihnen waren damit beschäftigt, Postkarten auszusuchen, ein Mädchen sah sich die Bücher über die Katharer an, die auf einem Tisch neben dem Eingang ausgestellt waren. Ogden durchquerte die Halle und setzte sich an einen Tisch in der Bar. Die junge Frau, die vorher an der Rezeption gewesen war, bediente nun hier, und er bestellte einen Kaffee. Als die Kellnerin gegangen war, sah er einen dunkelhaarigen, gebräunten Mann das Hotel betreten. Er war vielleicht fünfunddreißig und trug sportliche Kleidung und Bergschuhe. Als er sich der Bar näherte, bemerkte Ogden, daß er leicht hinkte.

»Guten Tag, ich bin Patrick Best«, sagte er, als er vor ihm stand, und streckte seine Hand über den Tisch aus.

Ogden ergriff sie. »Freut mich. Nehmen Sie doch bitte Platz.«

Der Mann setzte sich. »Sie sind heute angekommen?«

»Ja, erst vor kurzem. Franz und Parker werden jeden Moment hiersein. Ein sehr hübsches Plätzchen«, sagte Ogden und sah sich um. »Ich weiß, daß man Sie hier vor einigen Tagen untergebracht hat. Wie fühlen Sie sich?«

»Gut, es ist der ideale Ort, um sich zu erholen.«

»Stuart hat angedeutet, daß Sie einen Unfall hatten, das tut mir leid. Ist alles wieder soweit okay?«

»Ich würde sagen, ja. Abgesehen davon, daß ich noch hinke, doch das Bein soll durch Bewegung wieder in Ordnung kommen, jedenfalls sagen das die Ärzte. Und Bewegung habe ich jetzt jeden Tag: auf den Pog und wieder herunter...«

»Wir unterbrechen Ihre Rekonvaleszenz...«

Patrick Best sah ihn an und zuckte mit den Achseln. »Ich freue mich darüber. Mir wurde das Nichtstun langsam leid.«

»Was hat Stuart Ihnen über die Mission erzählt?«

»Daß wir einen Jungen finden müssen, der sich hier in der Gegend aufhält. Das hört sich nach einem ruhigen Auftrag an...«

»Ist es aber nicht«, sagte Ogden und sah ihm in die Augen. »Es kann sein, daß der Fall schnell und leicht gelöst wird, er kann sich aber auch als kompliziert und gefährlich entpuppen. Dem Jungen sind Killer auf den Fersen, die schon seinen Vater und seine Mutter getötet haben. Und sie haben offenbar die Absicht, auch ihn umzubringen – und alle, die sich dazwischenstellen. Im Augenblick ist der Junge, er heißt übrigens Willy Weber, sowohl uns als auch seinen Verfolgern entwischt. In diesem Moment weiß keiner, wo er sich aufhält. Mit Sicherheit wissen wir nur, daß er, wenigstens bis vorgestern, in Toulouse war. Kurz gesagt: Wir improvisieren. Der Junge begeistert sich für die Katharer, es ist möglich, daß er herkommt und sich hier irgendwo in der Gegend versteckt...«

»Sie meinen, daß Sie absolut nicht wissen, wo anfangen?« fragte Best erstaunt.

»Genau. Wir wissen nur, daß er nach Toulouse geflogen ist, doch durch eine Reihe unglücklicher Umstände haben wir ihn am Mailänder Flughafen verloren. Und die anderen, die uns gefolgt sind, ebenfalls. Gestern haben wir sie in Toulouse abgehängt. Wo sich Willy derzeit aufhält, wissen wir nicht. Er könnte Frankreich auch verlassen haben, doch das glaube ich nicht.«

»Und warum dann gerade Montségur?«

»Wie bereits gesagt: Der Junge begeistert sich für die Katharer. Wenn er in der Languedoc geblieben ist, taucht er früher oder später hier auf.«

»Und meine Aufgabe wäre es, Sie zu verständigen, wenn er auf den Pog kommen sollte, um die Burg zu besichtigen, oder wenn ich ihn hier im Ort erkenne?«

»Genau. Sie sind jetzt Burgführer. Wenn ich an Montségur interessiert wäre, würde ich eine Führung mitmachen. Ich glaube, daß Willy, falls er nach Montségur kommt, das auch tut. Dafür hat Stuart Sie hierhergeschickt. Sie bekommen das Dossier des Jungen, mit Foto und allem, was Sie brauchen, um ihn zu erkennen. Wenn Willy ohne Begleitung nach Montségur kommt, ist Ihre Arbeit leicht, andernfalls gehen Sie das gleiche Risiko ein wie wir. Habe ich mich klar ausgedrückt?«

Best überlegte einen Augenblick, dann nickte er. »Absolut. Das ist ja eine unglaubliche Geschichte... Wie wollen Sie die Sache denn angehen?«

»Wir nehmen Montségur als Stützpunkt und beginnen damit, daß wir zu den Katharerburgen fahren und zu allen anderen Orten, die eine Verbindung zu den Ketzern haben. Etwas anderes können wir nicht tun.«

»Wollen Sie später zur Burg kommen?«

»Sicher«, nickte Ogden. »Ich besorge für Sie ein Handy, mit dem wir Kontakt halten; benutzen Sie es bitte nicht für andere Gespräche.«

»In Ordnung. Wenn es Ihnen paßt, können wir uns um halb sechs bei der letzten Führung sehen. Das ist jetzt im Sommer die beste Zeit.«

Um zwanzig vor fünf stellten Ogden, Franz und Parker das Auto auf dem großen Platz direkt unter dem Pog ab, der zum Parken benutzt wurde. Von unten sah die Katharerfestung Montségur noch unzugänglicher aus.

»Donnerwetter, was für ein Aufstieg!« rief Franz aus, als er sich die Sonnenbrille aufsetzte und nach oben sah.

Ogden ließ seinen Blick schweifen: Die Landschaft war wundervoll, neben den Straßen breiteten sich grüne Wiesen aus, die als Weiden genutzt wurden und an dichte Tannenwälder grenzten. Der steile Bergpfad führte in eine üppige Vegetation hinein.

Die Sonne schien noch immer heiß, als sie losmarschierten. Franz kam gleich ins Schnaufen. »Das ist vielleicht ein Ort! Den würde ich nicht mal besuchen, wenn ich dafür bezahlt würde!«

»Aber du besuchst ihn, und du wirst dafür bezahlt«, meinte Parker belustigt. »Los, nicht trödeln. Bei den ganzen Kampfsportarten, die du betreibst, muß das für dich doch ein Kinderspiel sein.«

Ogden sah nach oben. Die Festung auf dem Grat des Felsens hob sich wie ein Schiff aus grauem Stein vor dem blauen Himmel ab. Jahrhunderte, Schlachten, Unwetter, Wind und Sonne hatten ihr offenbar nichts anhaben können.

Bevor der Pfad in den Wald aus Buchen und riesigen Buchsbaumhecken eindrang, kamen sie an einer behauenen Stele mit einem scheibenförmigen oberen Teil vorbei.

»*Als Catars, als Martirs del Pur Amor Crestian*«, las Franz laut vor. »Was für eine seltsame Sprache«, bemerkte er verwundert.

»Das ist okzitanisch«, erklärte Ogden. »Es heißt ›Den Katharern. Den Märtyrern der reinen christlichen Liebe‹.«

»Und wieso Märtyrer? Was ist denn hier passiert?« fragte Parker.

»Es scheint so, daß hier unten«, sagte Ogden, während er sich erneut umwandte und auf die Wiese unter ihnen zeigte, »225 Katharer auf dem Scheiterhaufen starben. Daß sie verbrannt worden sind, ist sicher, doch nicht der Ort. Jedenfalls heißt dieser Platz *prat des cramats*, was ›Feld der Verbrannten‹ bedeutet.«

»Schönes Plätzchen, das muß man sagen«, meinte Franz und schaute sich um. »Die Landschaft ist hier aber wirklich großartig. Wenn auch ein bißchen beunruhigend.«

»Was ist los mit dir, Franz? Wirst du poetisch?« zog Parker ihn auf.

»Los, weiter«, spornte Ogden sie an und überholte sie. »Best wartet auf uns. Ich glaube nicht, daß er mit der Führung anfängt, bevor wir da sind.«

Sie ließen die Stele hinter sich und drangen weiter in den Wald ein.

»Eine echter Adlerhorst!« meinte Parker, als sie ihren

Weg an der Südwand des Pog, einem fast senkrecht aufsteigenden Kalkfelsen, fortsetzten. »Wie hoch ist die Bergspitze?«

»Dreihundert Meter über der Hochebene«, antwortete Ogden.

Die Sonne brannte noch immer vom Himmel herab. Der Weg, der zunächst ein Pfad aus gestampfter Erde im Schatten von Buchendickicht gewesen war, verwandelte sich nach der Hälfte der Strecke in einen schmalen Aufstieg über blanke, glatte Felsen an der Wand des Pog.

»Diesen Ziegenpfad hätten sie aber wirklich ein bißchen bequemer machen können«, beklagte sich Parker.

»Der Weg ist nicht in unseren Tagen für die Touristen in den Fels geschlagen worden«, erklärte Ogden keuchend. »Es ist der gleiche Weg, den im Mittelalter jeder zurücklegen mußte, der auf den Pog wollte.« Ogden wandte sich zu Franz und Parker um, die ihm folgten. »Na los, wir wollen doch nicht schwächer sein als diese armen Kerle, die im dreizehnten Jahrhundert mit ihren Rüstungen hier hochgeklettert sind?« fragte er amüsiert.

Sie begegneten vielen Leuten auf dem Weg vom oder zum Gipfel, erhitzt und mit vor Anstrengung geröteten Gesichtern. Einige trugen unpassendes Schuhwerk und setzten unsicher einen Fuß vor den anderen, während die mit besseren Sohlen zwar mit sichererem Schritt, doch ebenso vorsichtig gingen. Immer wieder blieben die drei Agenten stehen, um Luft zu holen, und schauten nach unten: Die Leute am Anfang des Pfads sahen winzig aus, die Autos auf dem Parkplatz wie bunte Spielzeugmodelle. Die Luft war heiß, das Atmen fast schmerzhaft.

»Wir müßten bald dasein«, sagte Ogden keuchend und wandte sich Parker und Franz zu. Die beiden antworteten nicht, sie sahen nach oben. Ogden folgte ihrem Blick, doch da er nichts entdecken konnte, drehte er sich wieder um.

»Nun?« mahnte er sie. »Für ausgebildete Agenten kommt ihr mir ein bißchen untrainiert vor...«

Franz und Parker blieben weiter stumm. Sie waren stehengeblieben, den Blick nach oben gerichtet. Ogden wandte sich wieder um, sah aber immer noch nichts. Sie waren zwar beinahe unter der Festung angekommen, doch diese lag so weit zurück, daß sie nicht zu sehen war. Ogden schaute sich erneut seine beiden Männer an: Irgend etwas in ihren Gesichtern alarmierte ihn. Er ging zu Franz und legte ihm eine Hand auf die Schulter.

»Was ist denn los? Irgend etwas nicht in Ordnung?«

Franz schien ihn nicht gehört zu haben. Dann schlug er die Lider auf und zu und sah ihn an. Er schüttelte den Kopf, als wäre er benommen, legte sich eine Hand auf die Stirn und schwankte.

»Franz, fühlst du dich schlecht?« Ogden stützte ihn.

»Ich weiß nicht. Ich muß mich einen Augenblick hinsetzen.«

Ogden half ihm, sich auf einen Stein zu setzen, dann sah er Parker an: Der verharrte immer noch in der gleichen Stellung, den Blick in die Höhe gerichtet. Die Touristen auf ihrem Weg nach oben mußten um ihn herumgehen, weil er mitten auf dem Weg stand und den Verkehr behinderte.

»Parker!« fuhr Ogden ihn hart an.

Parker wandte sich ihm mit dem gleichen verwirrten

Ausdruck wie Franz zu. Ogdens Stimme schien ihn aus einem tiefen Schlaf geweckt zu haben. Er machte ein paar unsichere Schritte, wäre fast ausgerutscht und mußte sich an den Buchsbaumzweigen am Wegesrand festhalten. Er schaffte es, auf den Beinen zu bleiben, und diese Anstrengung ließ ihn endgültig wieder zu sich kommen.

»Hier bin ich, ich komme...«, murmelte er.

»Was ist denn verflixt noch mal mit euch los?« rief Ogden aus. »Komm her, Parker, du bist bleich wie der Tod. Setz dich neben Franz.«

Die beiden Männer saßen nun nebeneinander, während Ogden vor ihnen stand und sie beunruhigt ansah.

»Kann man erfahren, was ihr habt? Fühlt ihr euch schlecht?«

Franz antwortete als erster. »Nein, Chef, mir geht es gut, aber ich weiß nicht, was mit mir passiert ist. Vielleicht bin ich im Stehen eingeschlafen. Es war, als hätte ich einen Trip genommen. Ja, genau so!« fügte er erleichtert hinzu.

»Wieso? Hast du denn einen Trip genommen?« fragte Ogden ironisch, doch er war besorgt.

»Ich habe seit dem Gymnasium keinen Joint geraucht und nie irgendwelche Scheißtrips eingeworfen! Das solltest du wissen...«, protestierte Franz beleidigt.

»Eben! Dann erklär es mir.«

Franz zog ein Päckchen Zigaretten aus der Tasche und steckte sich eine an.

»Ich muß geträumt haben...«, wiederholte er. »Ich war hier, auf diesem Weg, es war Nacht, und ich stieg zur Burg hoch. Mit mir zusammen waren noch andere, und wir hatten Angst, von den Wachen entdeckt zu werden. Ich muß eine Halluzination gehabt haben, vielleicht habe ich einen Sonnenstich...«

»Nein.« Parkers Stimme klang entschlossen.

Ogden und Franz wandten sich ihm zu. Parkers Gesicht hatte wieder einen normalen Ausdruck, und er sah sie an.

»Was meinst du damit?«

»Daß es kein Traum gewesen ist, weil ich dann den gleichen Traum geträumt hätte, und das ist nicht normal, glaube ich.«

»Willst du damit sagen, du hast den gleichen Traum gehabt, in kerzengerader Haltung hier mitten auf einem sonnigen Weg, bei achtundzwanzig Grad im Schatten?« Ogden konnte es nicht glauben.

»Ja, ich war mit ihm zusammen«, fuhr Parker fort. »Wir stiegen zu dieser verdammten Burg hoch. Wir hatten Angst vor den Soldaten, und es war Nacht.«

Ein paar Sekunden lang sagte niemand ein Wort. Ogden sah zuerst den einen, dann den anderen an und fragte sich, ob seine Männer beide gleichzeitig verrückt geworden seien.

»Ich hätte nichts gesagt, wenn Franz nicht seine Geschichte erzählt hätte«, fuhr Parker fort. »Offenbar ist uns beiden zur gleichen Zeit etwas geschehen. Wir sind aber nicht verrückt, denn Verrückte stimmen ihre Halluzinationen nicht aufeinander ab, oder?«

»Im allgemeinen nicht«, gab Ogden zu. »Was habt ihr denn sonst noch geträumt?«

»Nur das, was ich dir erzählt habe«, sagte Franz. »Ich stieg zusammen mit anderen Männern diesen Pfad hoch, es war Nacht, und wir hatten Angst, daß die Soldaten uns entdecken würden. Dann hast du mich geschüttelt, das Bild ist verschwunden, und ich kam wieder zu mir, wie ich hier wie ein Trottel in der Sonne stehe.«

»Bei mir war es genau gleich, außer daß sich noch jemand an mich gewandt hat und mich Hugo nannte.«

»Wie fühlt ihr euch jetzt?« fragte Ogden und musterte sie.

Franz und Parker sahen sich an. »Gut. Ich glaube, wir können den Aufstieg fortsetzen.«

»Einverstanden. Wir sprechen über diese Geschichte noch einmal, wenn wir wieder im Hotel sind. Best wartet auf uns, also Bewegung.«

Sie kamen gegenüber der Burgfassade heraus. Vor ihnen verlief eine gerade Mauer, ungefähr vierzig Meter lang und je nach der Höhe des sie umgebenden Geländes zwischen sieben und fünfzehn Metern hoch. Ziemlich genau in der Mitte der Wand öffnete sich ein monumentales Tor, ungefähr einen Meter hochgezogen, zu dem man über eine Eisentreppe gelangte. Sie blieben stehen, um Luft zu holen.

»Wie seltsam«, sagte Parker und schützte seine Augen vor der Sonne. »Auf den ersten Blick gibt es nichts, was an die damalige Festungsbauweise erinnert, weder Türmchen noch Schießscharten. Seht euch dieses Tor an, es ist unglaublich groß und am niedrigsten, also dem am leichtesten zugänglichen Punkt der Mauer angebracht. Es könnten bequem vier Männer nebeneinander durchgehen! Um die Burg herum gibt es keinen Graben, also war auch keine Zugbrücke da. Wirklich seltsam für eine Festung...«

Sie näherten sich dem Eingang, stiegen die Eisentreppe hoch und betraten die Ruine. Der langgezogene, fünfeckige

Innenhof hatte einen Boden aus gestampfter Erde und Stein und war von zwei Meter dicken Mauern umgeben. Ogden schätzte, daß er ungefähr fünfzig Meter lang und kaum mehr als fünfzehn Meter breit war. Es war schwierig, sich in dieser majestätischen Ruine das ursprüngliche Aussehen der Burg vorzustellen. Doch noch heute wirkte sie faszinierend.

Patrick Best stand in der Mitte des Burghofs, umgeben von Touristen, die, erschöpft vom Aufstieg, auf dem Boden saßen und darauf warteten, daß er, zum dritten Mal an diesem Tag, das Epos dieses magischen Ortes erzählte. Und magisch mußte er wirklich sein, überlegte Ogden, wenn er an die Wirkung dachte, die er auf seine Männer gehabt hatte. Er sah Franz und Parker an; sie benahmen sich normal und schienen ihr Gleichgewicht wiedergefunden zu haben. Franz wandte sich an ihn.

»Wenn der Junge hier einen Fuß hineinsetzt, und Best ist in der Nähe, dann entkommt er uns nicht. Das ist wenigstens einmal sicher.«

»Warten wir lieber ab, bis wir diese Falle näher besichtigt haben«, sagte Parker, schaute sich um und zeigte auf einen in den Felsen gehauenen Durchgang, von dem aus sich ein Panoramablick bot und der sich fast genau gegenüber dem Tor befand, durch das sie hereingekommen waren. »Seht mal, da geht es irgendwohin. Es gefällt mir hier nicht, man riskiert, sekundenschnell im Tal zu landen…«

Ogden beruhigten diese Reden: Es schien so, als wären die beiden wieder die alten. Er ging zu Best, der ihm zulächelte, als er ihn sah.

»Anstrengend?« fragte er.

»Ein wenig, aber nicht zu arg.« Ogden ließ seinen Blick schweifen. »Kein Zürcher Junge weit und breit?«

»Heute nicht.«

»Das wäre auch zuviel verlangt. Gut, dann erzählen Sie uns doch bitte etwas über die Burg und die Katharer. Und außerdem würde ich mich freuen, wenn wir heute abend etwas zusammen trinken könnten.«

»Sehr gern, ihr seid alle bei mir eingeladen«, sagte Best. Er schaltete das Mikrophon ein, um ein paar Proben zu machen. Als seine Stimme zwischen den Mauern der Festung gut zu hören war, begann er zu sprechen.

»Der Katharismus war eine dualistische Religion, versuchen wir also, ihre Ursprünge zu verstehen. Um 660 bis 583 v. Chr. soll Zoroaster gelebt haben, bekannter unter dem Namen Zarathustra, der über den Mazdaismus, dessen heiliges Buch das Awesta ist, den Inhalt vieler alter Religionen übermittelte. In dieser Schrift wird die Existenz zweier Prinzipien behauptet, zweier Kräfte, die im Universum gegeneinanderstehen: der Gott des Bösen oder der Finsternis und der Gott des Guten oder des Lichts. Für Zoroaster ist die Personifizierung des Prinzips des Guten Ahura Masda, während Ahriman das Prinzip des Bösen darstellt. In der Folge entwickelten sich Denkrichtungen, die eine Synthese der Religionen der Antike, des Zoroastrismus und des Christentums herstellten. Und innerhalb dieser Strömungen taucht der Manichäismus auf, verbreitet von dem persischen Propheten Mani. Auch er gründet eine Religion, die auf zwei Prinzipien beruht. Der Katharismus als neomanichäische Religion tritt zu Anfang des elften Jahrhunderts überall in Westeuropa auf…«

Ogden, Franz und Parker saßen abseits der Touristengruppe auf einem Felsen.

»Sieh mal an«, murmelte Franz Ogden zu, »ich hatte keine Ahnung, daß Best so viel darüber weiß…«

»Hör gut zu, dann lernst du was«, flüsterte Ogden amüsiert.

35

Willy Weber zog am Tag nach seinem ersten Besuch in das Haus in Comus ein. Es war ein herrlicher Morgen, die Sonne stand hoch über den Pyrenäen, und der Himmel zeigte ein strahlendes Blau. Als erstes öffnete Willy die Fenster, um die Zimmer zu lüften, dann bezog er das Bett, nachdem er sich für das Zimmer entschieden hatte, das auf die Straße der *bonshommes* hinausging, und verließ schließlich das Haus wieder, um in Camurac Einkäufe zu erledigen.

Comus, das an den Pforten der Gorges de la Frau gelegene letzte Dorf des kleinen Tals, war über eine schmale Teerstraße mit dem weniger als drei Kilometer entfernten Camurac verbunden. Willy wollte eine Zeitung kaufen und hielt bei dem einzigen Lebensmittelgeschäft des Orts an. Die Inhaberin, eine üppige blonde Frau, die eine fröhliche Art hatte, sagte ihm, daß im Café-Restaurant am Platz Zeitungen zu haben seien. Willy kaufte Schinken, den die Frau in dicke Scheiben schnitt, Brot, Käse und eine Flasche Wein. Dann stieg er wieder ins Auto und folgte den Schildern zum Restaurant.

Das Lokal war ein Holzbau mit einer Terrasse, auf der

zwei Mädchen an einem Tisch in der Sonne saßen. Sie hoben die Hand zum Gruß, und er antwortete mit einem Lächeln.

Hinter der Bar stand ein magerer Junge mit braunem Kinnbärtchen und Bürstenschnitt. Im Zeitungsständer fand Willy zu seiner Erleichterung außer der Lokalzeitung auch ein Exemplar von *Le Monde,* wenn auch vom Vortag. Er nahm es, zusammen mit der Lokalzeitung, und bestellte einen Kaffee.

»Ist es möglich, jeden Tag *Le Monde* zu bekommen?« fragte er den Jungen.

»Natürlich, aber mit eintägiger Verspätung, wie Sie ja sehen. Wir sind hier oben ein bißchen abgelegen.«

»Wenn Sie eine Zeitung für mich verwahren, hole ich sie mir jeden Tag ab, *Le Monde,* meine ich.«

»In Ordnung, kein Problem.« Mit einem freundlichen Lächeln stellte der Junge die Kaffeetasse vor ihn hin. »Sind Sie hier in Ferien?« fragte er.

Schon ging die Fragerei los, dachte Willy verärgert. Aber er konnte sich ja auch nicht in dem Haus in Comus vergraben, er würde regelmäßig herkommen müssen, um etwas einzukaufen, und die Nachricht von seiner Ankunft machte sicherlich im Dorf die Runde. Er mußte sich eine neue Identität zulegen. Gott sei Dank war er zweisprachig.

»Ja, ich werde für einige Zeit hierbleiben…«, antwortete er lakonisch.

»Woher kommen Sie?« machte der andere unerbittlich weiter.

»Aus Lyon«, antwortete Willy und entschied sich damit für eine Stadt, wo seine Mutter als junge Frau einmal studiert hatte.

»Ich kenne Lyon nicht, doch ich habe gehört, daß es eine schöne Stadt sein soll.«

Willy zuckte mit den Achseln. »Ach, wenn man irgendwo wohnt, sieht man zum Schluß nicht mehr, ob es dort schön ist oder nicht...«

»Das stimmt. Ich bemerke gar nicht mehr, wie schön das Pays de Sault ist, weil ich hier geboren bin. Gefällt es Ihnen bei uns?«

»Sehr, deshalb verbringe ich ja hier meine Ferien.«

»Im Winter ist es auch sehr reizvoll hier, und außerdem sind wir hervorragend für Wintersport ausgerüstet. Man kann gut Ski fahren, ohne das Gedränge in den Modeorten. Sie sollten an Weihnachten herkommen, dann ist es wunderbar. Abgesehen vom letzten Jahr: Da haben wir wenig Schnee gehabt.«

»Das werde ich tun. Was bin ich Ihnen schuldig?«

Willy zahlte und verließ das Lokal. Die Mädchen waren inzwischen gegangen, auf der Terrasse lagen nur ein Wolfshund und eine Katze und dösten in der Sonne.

Zurück in Comus, sah er einen roten Renault vor seiner Tür und ein Mädchen, das den Weg zum Haus hochstieg. Es war Esclarmonde, die ihm zuwinkte. Willy stieg aus und ging ihr entgegen.

»Was für eine schöne Überraschung!« rief er aus. »Was führt dich hierher?«

Die rosigen Wangen verliehen Esclarmondes blassem Gesicht einen lebhaften Ausdruck. Das schwarze Haar fiel ihr auf die Schultern und glänzte in der Sonne.

»Ich wollte nur nachsehen, wie dein Einzug vorangeht, und dich fragen, ob du irgend etwas brauchst...«

»Danke, das ist sehr nett. Ich bin nach Camurac gefahren, um ein bißchen einzukaufen. Es ist fast Mittag, willst du etwas mit mir essen?«

»Warum nicht? Wir haben heute Ruhetag, mein Vater braucht mich nicht.«

»Ich muß dir aber gleich sagen, daß es nur ein bißchen Schinken und Käse gibt.«

»Das ist doch wunderbar.«

Im Haus gab ihm Esclarmonde ein kleines Päckchen. »Das ist für dich«, sagte sie, und ihre Wangen wurden noch ein klein wenig rosiger.

Überrascht nahm Willy das Geschenk aus ihren Händen. »Was ist das?«

»Mach es auf. Es ist nur eine kleine Aufmerksamkeit.«

Er wickelte das Päckchen aus und hielt einen Bergkristall in den Händen. Willy traute seinen Augen nicht: In seinem Inneren hatte der Kristall etwas, was man »Phantom« nannte: Der Stein war nicht vollkommen transparent, sondern wies kleine, pyramidenförmige Strukturen auf, so etwas wie innere Spiegel, die ein wenig matter waren.

»Er ist wundervoll!« rief er aus und sah sich die Strukturen im Innern gegen das Licht an. »Kristalle wie dieser sind selten, schon lang habe ich mir so einen gewünscht. Schau nur, was für ein wunderbares Phantom er innen hat...«

Er hielt den Kristall Esclarmonde hin, die ihn sich aufmerksam ansah.

»Ich weiß, er ist etwas Besonderes«, sagte sie und runzelte die Stirn. »Wie hast du die Pyramiden genannt, die man im Inneren sieht?«

»Phantom«, wiederholte Willy und nahm den Kristall aus

Esclarmondes Hand zurück. »So nennen das die Wissenschaftler. Wo hast du diesen Stein denn gefunden?«

»Meine Mutter hat ihn mir vor langer Zeit geschenkt. Neulich, als ich dein Zimmer aufgeräumt habe, ist mir der violette Stein auf deinem Nachttisch aufgefallen. Er sieht diesem hier ziemlich ähnlich, abgesehen von der Farbe. Und da dachte ich, daß dir Minerale gefallen...«

Esclarmonde beendete den Satz nicht; sie schien verlegen. Willy hatte den Eindruck, daß sie fürchtete, etwas Unpassendes getan zu haben, und beeilte sich, sie zu beruhigen.

»Du konntest mir wirklich kein schöneres Geschenk machen!« rief er begeistert aus. »Diese inneren Strukturen sind wie die Ringe bei einem Baum, sie zeigen, wie der Kristall im Laufe seiner Entwicklung gewachsen ist. Quarze sind sehr harte Steine, und ganz speziell bei Phantomkristallen heißt es, daß sie vor ihrer gegenwärtigen physischen Form viele propädeutische Existenzen durchgemacht haben. Die Phantome im Inneren dieses Kristalls sollen die Spuren seiner Wachstumszeit sein, die jetzt zu Ende ist. Danach hat sich der Kristall ins Unbekannte hinein weiterentwickelt.«

Willy unterbrach sich, weil er bemerkte, daß Esclarmonde ihn verwundert ansah.

»Wer an die Kraft der Kristalle glaubt, schätzt so einen Phantomkristall unendlich. Ich glaube daran. Du hast mir ein wunderschönes Geschenk gemacht.«

»Nach dem, was du sagst, scheint es so, als wären diese Steine nicht nur schön anzusehen, sondern könnten auch zu etwas nützen«, sagte Esclarmonde. »Wozu könnte dieser spezielle Kristall denn dienen?«

»Kristalle können sehr nützlich für die Meditation sein. Bei diesem hier müßte man fest in die Tiefe des Phantoms schauen, dann die Augen schließen und sich das Bild im Geist einprägen. Auf diese Weise wäre es wohl möglich, in die Erinnerung zu reisen und zu den Ursprüngen unserer Seele und auch in frühere Leben zurückzukehren. Doch man muß in seiner spirituellen Entwicklung sehr weit fortgeschritten sein, um solche Ergebnisse zu erzielen.«

»Zu den früheren Leben?« wiederholte Esclarmonde und sah ihn neugierig an. »Dann glaubst du also, wie meine Mutter, an Reinkarnation...«

»Ja. Du nicht?«

»Mein Fall ist ein wenig ungewöhnlich, ich könnte gar nicht anders. Meine Mutter sagte immer, daß ich vielleicht in Montségur gelebt hätte.«

Willy sah sie fragend an. »Warum sagst du, du könntest nicht anders?«

Esclarmonde schien verlegen: »Wenn ich es dir sage, hältst du mich für verrückt...«

»Na komm schon! Nur Mut...«

»Als ich sehr klein war, passierte es mir, daß ich Dinge sah. Vielleicht träumte ich sie, jedenfalls sah ich Szenen aus einem Leben, das nicht das meine war.«

»Und wessen Leben dann?«

»Ich will damit sagen, daß das Mädchen, das ich in jenen Träumen mit offenen Augen sah, ich war, doch es handelte sich um ein Mädchen, das vor langer Zeit gelebt hatte und jung gestorben war. Meine Mutter sagte, ich sähe die, die ich einst gewesen sei. Stell dir das einmal vor!« Sie machte ein skeptisches Gesicht.

»Und was genau hast du gesehen?«

»Meinen Tod in Montségur.«

»Kannst du mir davon erzählen, oder macht es dir etwas aus?«

Esclarmonde antwortete nicht gleich, dann sah sie ihm in die Augen: »Seit vielen Jahren habe ich diese Vision, die mich damals bedrängte, nicht mehr gehabt. Du hast gesagt, daß man mit diesem Kristall frühere Leben wieder erleben kann. Gib ihn mir.«

»Das ist nicht so einfach ...«, wandte Willy ein. »Und vielleicht könnten diese Visionen dich heute erschrecken.«

»Es hat mich nie erschreckt, die Bilder jenes Lebens – oder vielleicht sollte ich sagen, jenes Todes – zu sehen«, sagte Esclarmonde.

Willy sah sie prüfend an. Während sie sprach, war ihr Ausdruck ernst geworden, doch die Heiterkeit, die ihr Gesicht immer ausstrahlte, war trotzdem noch da. Er hielt ihr den Kristall hin. Esclarmonde lächelte erneut und nahm ihn in ihre Hände.

»Es ist ein Experiment, was meinst du?« fragte sie und machte ein Gesicht wie ein Kind, das einen Streich ausgeheckt hat.

Willy nickte, doch er fühlte sich unruhig.

»Daß du in der Vergangenheit derartige Phänomene erlebt hast, heißt, daß du sehr empfindlich für Mediales bist«, sagte er. »In Kontakt mit einem Kristall zu treten mag dir als Spiel erscheinen, doch es ist keins. Falls es funktioniert, könnte es dich sehr verwirren.«

»Wenn es geschieht, wird es mich nicht verwirren, da kannst du beruhigt sein.« Esclarmonde hob den Kristall gegen das Licht und betrachtete ihn lange, dann machte sie die Augen zu, schloß ihn fest in die Hände und hielt ihn an ihre Brust. Einige Augenblicke vergingen, das Lächeln verschwand von ihren Lippen, und als sie sprach, schien ihre Stimme von weit her zu kommen.

»Es ist ein kühler Morgen« – Esclarmonde skandierte die Worte langsam –, »die Sonne steht hoch am Himmel. Ein Mann trägt mich auf den Schultern den Weg hinunter, der von der Burg nach unten führt, weil ich zu schwach und krank bin, mich auf den Beinen zu halten. Um mich herum sind viele Menschen, die schweigend gehen, geleitet von den Wachen. Sie bringen uns an den Fuß des Berges, wo die Kreuzritter einen kreisrunden Platz mit Pfählen eingefriedet und unzählige Reisighaufen aufgeschichtet haben. Ich werde sterben, doch es bedeutet mir nicht viel. Mein Leben ist durch meine Krankheit so traurig und voller Schmerzen gewesen, daß ich während meiner sechzehn Jahre auf Erden selten glücklich war. Und außerdem bin ich sicher, daß der Tod mich an einen besseren Ort bringen wird, das sagen unser Bischof und meine Mutter, und auch sie gehen neben mir den Weg hinunter. Doch ich bin traurig, weil ich meinen Vater und die übrige Familie oben in Montségur gelassen habe. Die Erinnerung an unsere letzte Umarmung und seine Tränen bringt auch mich zum Weinen, aber ich muß mich zusammennehmen, ich will nicht, daß meine Mutter denkt, daß ich es bereue. Auch die anderen Menschen um mich herum scheinen keine Angst zu haben, sie gehen schweigend den Weg hinunter, einer an den anderen gebunden. Sie tragen Kleider, die ihnen zu weit geworden sind, wegen des Fastens der letzten Tage, als die meisten von uns sich gereinigt haben, um sich auf den Tod vorzubereiten. Wir sind viele: mager, abgezehrt, unsere Umhänge flattern im Morgenwind, unsere Gesichter sind bleich, doch heiter. Ich sehe hinter mir Montségur, mein Zuhause: Es ist so mächtig und scheint dem Himmel so nah! Mein Vater ist dort oben, doch bald, wenn wir tot sind, werden ihn die Kreuzritter von seiner Burg verjagen, und er wird nicht mehr der Herr von Montségur sein. Vielleicht hätte er besser daran getan, mit uns zu gehen...« Esclarmonde schwieg ein paar Augenblicke, ihr Gesicht war betrübt, die Hände hielt sie immer noch an die Brust. Dann räusperte sie sich und sprach weiter: »Wir sind angekommen, sie führen uns auf den eingefriedeten Platz, doch sie binden uns nicht an, denn wir sind zu viele, und außerdem leistet niemand Widerstand. Wir gehorchen wie sanfte Lämmer und warten, daß die Soldaten die Reisighaufen anzünden. Die Vögel singen in den Bäumen, es ist ein strahlender Märzmorgen. Vor der Belagerung hatte ich, wenn meine Kräfte es zuließen, auf dieser Wiese zusammen mit meinen Freundinnen Blumen gepflückt; solche Blumen, wie sie auch heute im Gras sprießen. Bald werde ich all dies nicht mehr sehen, und ein wenig tut es mir leid, doch sofort verschwindet die Traurigkeit wieder bei dem Gedanken, daß ich mich sehr bald an einem wundervollen Ort befinden werde, wo es kein Übel gibt. Viele beten, manch einer weint, nicht um das eigene Schicksal, sondern um jene, die in der Burg geblieben sind, und um unser erobertes Land. Dann, plötzlich, fängt das Reisig Feuer, und alle beginnen das Vaterunser zu beten. Das Feuer lodert schnell auf, die Hitze wird unerträglich, meine Mutter preßt mich an sich und sagt mir, daß ich keine

Angst haben soll, denn bald werden wir im Haus des Vaters sein. Der Rauch erstickt mich, die Luft ist zu heiß, sie verbrennt die Lungen. Ich versuche zu atmen, doch es ist, als würde ich in siedendem Öl ertrinken. Die Kräfte verlassen mich, und während die katholischen Mönche und die Inquisitoren das *veni Creator* anstimmen, gleiten meine Mutter und ich zu Boden.«

Esclarmonde war eine Weile still, auf ihrer Stirn standen Schweißperlen. Dann holte sie tief Luft und sagte noch: »Jetzt sehe ich nichts mehr, ich glaube, ich bin gestorben...«

Sie schlug die Augen auf und sah Willy verstört an. »Das ist alles«, sagte sie und öffnete die Hand, in der sie den Kristall gehalten hatte.

»Unglaublich!« rief Willy verwirrt aus. »Wie fühlst du dich?«

»Gut.«

»Bist du nicht erschöpft?«

»Ein bißchen, aber es geht mir gut. Ich habe die Szene wiedergesehen, die mich jahrelang gepeinigt hat. Hier, nimm, es ist besser, ich spiele nicht mehr mit diesem Stein herum«, sagte sie und gab ihm den Kristall zurück.

»Dieses Mädchen hat wirklich gelebt«, murmelte Willy, nahm den Kristall und legte ihn auf den Tisch.

»Tatsächlich? Ich habe nicht viel über die Katharer gelesen, ich weiß nur das wenige, was mir meine Mutter erzählt hat. Ich habe es vermieden, mich zu informieren, als ich bemerkte, daß ich – wenn mich auch die Visionen nicht erschütterten – doch litt, wenn ich historische Berichte aus der Zeit las. Sonderbar, nicht wahr?«

»Dann weißt du also nicht, daß Esclarmonde de Pereille

die kranke sechzehnjährige Tochter des Herrn von Montségur war?«

Das Mädchen schüttelte den Kopf, und Willy fuhr fort: »Sie starb auf dem Scheiterhaufen, zusammen mit ihrer Mutter Corba, nachdem sie beide am Tag zuvor das *consolamentum* empfangen, sich also zum katharischen Glauben bekannt und damit selbst zum Tode verurteilt hatten.«

»Das wußte ich nicht, und meine Mutter hat mir nie etwas davon erzählt. Es hat viele Esclarmondes in der katharischen Geschichte gegeben, und diese ist gewiß nicht die berühmteste. Meine Mutter hat immer gesagt, sie habe mich zu Ehren von Esclarmonde de Foix so genannt.«

Wenn Esclarmonde Fouché wirklich Esclarmonde de Pereille gewesen war, schien die Erinnerung an dieses so früh und auf so tragische Weise beendete Leben keinerlei Erschütterung bei ihr auszulösen.

»Was hältst du von alldem? Glaubst du an Reinkarnation?« fragte Willy noch einmal.

Das Mädchen schüttelte den Kopf. »Ich weiß es nicht. Auf jeden Fall lebe ich heute, und es zählt das, was mir in diesem Leben gelingt. Auch wenn ich vor vielen Jahrhunderten eine andere Esclarmonde gewesen wäre – welche Bedeutung sollte das haben?«

Angesichts dieser ruhigen, doch bestimmten Aussage nickte Willy. »Du hast recht. Wie immer die Dinge gegangen sind, wir müssen das Spiel hier und heute bestehen. Doch in deinem Inneren«, fuhr er fort, »fühlst du da etwas, was dich mit jener Esclarmonde verbindet?«

Sie lächelte. »Früher einmal, als ich klein war und die Visionen oft kamen, war dieses Mädchen wirklich ein Teil von mir. Doch dann bin ich größer geworden, die Visionen haben aufgehört, und ich habe sie beinahe ganz vergessen.«

»Beinahe?« fragte Willy. »Erinnerst du dich noch an irgend etwas?«

»Ja, doch es ist vage wie die Erinnerung an einen Duft. Wenn ich Montségur sehe, habe ich das Gefühl, zu Hause zu sein.« Esclarmonde lächelte amüsiert. »Doch das scheint mir normal, nach all den Halluzinationen!«

»Sag nicht Halluzinationen dazu. Sag wie bisher Visionen. Glaub mir, du bist nicht die einzige, die in einer bestimmten Phase der Kindheit so lebhafte Erinnerungen an ein früheres Leben gehabt hat. Wenn in Indien Kinder von ihren Erinnerungen sprechen, gehen die Erwachsenen davon aus, daß sie sich auf ein früheres Leben beziehen. Auch die Katharer waren von der Reinkarnation überzeugt. Wenn du wirklich eine Katharerin warst, also eine Vertreterin der einzigen westlichen Religion, außer dem Urchristentum, für die es Reinkarnation gibt, dann ist es möglich, daß dein Geist die Erinnerungen daran nicht zensiert hat.«

Esclarmonde sah ihn mit vor Staunen aufgerissenen Augen an. »Du sprichst über diese Dinge, als wären sie völlig normal! Wie kommt das?«

»Weil ich davon überzeugt bin, daß sie es sind!«

Sie seufzte erleichtert auf. »Um so besser, ich fürchtete schon, du würdest mich für verrückt halten.«

»Wo denkst du hin!« protestierte Willy. »Doch jetzt wollen wir etwas essen, es ist spät, und du hast sicher Hunger«, sagte er und ging in die Küche. »Also Schinken und Käse?«

36

Am Tag nach seinem Treffen mit dem Engländer hatte André Renard begonnen, seine neue Arbeit zu organisieren. Er hatte das Dossier gelesen: Willy Weber schien ihm nicht der typische reiche Sprößling der guten Schweizer Gesellschaft. Doch auch der Vater mußte, wenn er dieses Ende genommen hatte, ein ungewöhnlicher Bankier gewesen sein. Eine ziemlich sonderbare Familie, vor allen Dingen ziemlich dezimiert.

Willy Weber war sicherlich ein Schüler, der einem viel Freude machte. Doch solche Gedanken waren gefährlich. Er durfte keine Gefühle für den menschlichen Aspekt der Angelegenheit entwickeln. Andererseits war es ja genau das, was sie von ihm verlangten: eine psychologische Analyse, die an Telepathie grenzte.

Der Tag war mit Mutmaßungen vergangen, bis er um fünf Uhr nachmittags beschlossen hatte, sich seinem Buch zu widmen, um auf andere Gedanken zu kommen.

Kaum hatte er sich an den Schreibtisch gesetzt, als das Telefon läutete. Es meldete sich eine Stimme, die ihm irgendwie vertraut vorkam, der er aber nicht gleich einen Namen oder ein Gesicht zuordnen konnte. Der Anrufer half ihm.

»Renard, hier ist Pravert. Erinnerst du dich an mich? Wir haben letztes Jahr bei dem Golfturnier in deinem Club zusammen gespielt.«

Er machte eine Pause, und Renard erinnerte sich endlich an seinen Mannschaftskameraden vom Vorjahr. Sie hatten für den dritten Platz einen Pokal bekommen, und er war ein angenehmer Partner gewesen. Er sah den Mann wieder vor sich: um die Fünfzig, ein rotes Gesicht, eine bäuerliche Erscheinung. Er war einer der größten Winzer in den Corbières. Wie bei einem konditionierten Reflex wurde Renard sofort mitteilsamer.

»Wie schön, von dir zu hören!« rief er mit gespielter Begeisterung aus. »Wie geht es dir? Bist du immer noch unschlagbar?«

»Nicht so wie du, nicht so wie du«, wehrte der andere geschmeichelt ab. »Mir geht es gut, und die Geschäfte laufen prächtig, trotz der Krise. Und deine Studien, deine Veröffentlichungen? Ich habe gelesen, daß bald ein neues Buch von dir erscheint...«

»Ja, das stimmt, aber ich bin mit der Arbeit im Rückstand...«

»Dann sorge ich dafür, daß du noch ein bißchen mehr Zeit verlierst. Ich möchte dich einladen, mit mir zusammen bei einem Turnier in Castelnau zu spielen. Es dauert das ganze Wochenende. Das könnte doch nett sein, was meinst du?«

»Ich würde sehr gern kommen, Pravert, aber du mußt mir glauben, wenn ich dir sage, daß ich praktisch nicht aus dem Haus gehe. Mein Verleger bringt mich um, wenn ich das Buch nicht endlich abschließe...«

»Wovon handelt es, geht es wieder um Religion?«

Renard verzog das Gesicht: Es war immer anstrengend, mit solchen Leuten weit weg vom grünen Rasen und ohne den Trost von Golfschlägern zu sprechen.

»Natürlich, du weißt ja, daß ich jahrelang an der Universität Löwen Religionsgeschichte gelehrt habe...«

Pravert lachte. »Natürlich erinnere ich mich daran. Ich mußte neulich noch an dich denken. Weißt du, daß es auch heutzutage noch junge Leute gibt, die sich für Religion interessieren? Und sogar für die alten Religionen. Wer hätte das gedacht…«

»Ach wirklich«, sagt Renard und hoffte, daß seine Stimme nicht allzu gelangweilt klang.

»Vor zwei Tagen war ich bei meinem Schwager in Belcaire. Ja und bei ihm in seinem Hotel, da wohnte ein junger Mann, der vielleicht zwanzig ist und an der Universität eine Arbeit über die Katharer schreibt. Unglaublich, nicht wahr?«

Renard spürte, wie es ihn durchzuckte. Das ist doch nicht möglich, dachte er. Er zwang sich, ruhig zu bleiben, und räusperte sich.

»Ach wirklich?« fragte er nach und mußte diesmal sein Interesse nicht vortäuschen. »Eine Arbeit über die Katharer, ein Zwanzigjähriger? Also, ich muß zugeben, das ist ungewöhnlich. Das war sicher so ein Bücherwurm, der bei den Mädchen keine Chancen hat.«

»Überhaupt nicht!« widersprach ihm Pravert, erfreut darüber, daß seine Geschichte diesen Intellektuellen, dem er sich immer unterlegen fühlte, interessierte. »Ein großer und kräftiger Junge, der an jedem Finger zehn haben kann, wenn du mich fragst. Vom Typ her so wie mein Sohn, ich weiß nicht, ob du dich an ihn erinnerst: blond und blaue Augen.«

Renard hielt es vor Ungeduld kaum noch aus, er hätte am liebsten den Hörer auf die Gabel geworfen, um sofort nach Belcaire zu fahren, doch er mußte versuchen, noch mehr Informationen zu bekommen.

»Und woher stammt dieses seltene Exemplar? Aus Paris, nehme ich an...«

»Das weiß ich nicht, aber er spricht jedenfalls nicht wie einer von hier. Mein Schwager hat gesagt, er würde den ganzen Sommer über in der Languedoc bleiben, wegen seiner Studien.«

»Nicht zu glauben!« meinte Renard. Er war kurz davor, weitere Fragen zu stellen, doch er hielt sich zurück, weil er nicht wollte, daß Pravert seinem Schwager von seinem Interesse erzählte und damit den Jungen vielleicht warnte.

»Mein lieber Pravert, tut mir leid wegen des Turniers. Ich verspreche dir, daß wir es bei mir im Club nachholen, wenn ich wieder mehr Zeit habe. Einverstanden?«

»Mit Vergnügen, Renard. Ich rufe bei deinem Freund, dem Zahnarzt, an. Vielleicht nimmt er seine Pflichten nicht so ernst wie du. Bis bald – und frohes Schaffen.«

Renard legte auf und starrte eine Weile vor sich hin. Er konnte es kaum glauben. Nur vierundzwanzig Stunden nach seinem Treffen mit dem Engländer hatte er schon eine heiße Spur. Einen Augenblick war er versucht, das Handy zu nehmen, um seinen Auftraggeber von der neuen, überraschenden Entwicklung zu unterrichten, doch dann entschied er sich anders. Besser, er würde nach Belcaire fahren und selbst nachsehen. Und außerdem war es ihm lieber, für einen fähigen Mann als für einen Glückspilz gehalten zu werden.

37

Stuart saß in seinem Büro in Berlin und trank in kleinen Schlucken einen Kaffee mit Sahne, den seine von Casparius übernommene Sekretärin ihm gemacht hatte. Er war mit seiner eigenen Verfassung unzufrieden: Er spürte eine leichte Unruhe, die er früher nicht gekannt hatte. Die Affäre Weber wurde langsam zu einer Hydra, der er ein paar Köpfe abschlagen mußte, wenn er wollte, daß der Dienst heil aus dieser Sache herauskam. Einen Moment lang fragte er sich, was sein Vorgänger in einer derartigen Situation getan hätte. Ogden und er waren ja wie Söhne für ihn gewesen. Doch was der Alte versucht hatte, Ogden während seiner Londoner Mission anzutun, war eine erschöpfende Antwort auf diese Frage.

Seine Sekretärin meldete sich über die Sprechanlage: »Herr Stuart, Sir Robin Walton ist da.«

»Danke, Rosmarie, ich lasse bitten.« Er stand auf, um den Vertreter der Engländer zu empfangen.

Nach einem diskreten Klopfen machte seine Sekretärin die Tür auf und ließ den Besucher eintreten.

Sir Robin war ein kleiner Mann um die Sechzig mit rosiger Gesichtsfarbe. Er trug einen Grisaille-Anzug, ein weißes Hemd und eine Regimentskrawatte. Sein weißes Haar war sehr kurz geschnitten, sein Blick aus Augen von unbestimmter Farbe hatte etwas Stechendes. Als er ihm die Hand gab, bemerkte Stuart an seinem kleinen Finger einen Ring mit Familienwappen. Er ging wieder hinter seinen Schreibtisch und wartete.

»Ich glaube, Brian Spencer hat ihnen den Grund meines

Besuchs bereits genannt...«, setzte der Besucher an und sah Stuart in die Augen.

Stuart, der die Zeremonien, mit denen die Agenten des englischen Geheimdienstes sich einem Thema näherten, immer unerträglich gefunden hatte, nickte und kam gleich zur Sache.

»Spencer hat mir gesagt, daß es um das Bankhaus Weber geht.«

»So ist es. Wir befinden uns durch Jacob Webers Tod und die nachfolgende Flucht seines Sohnes Willy in einer etwas heiklen Lage.«

Stuarts Gesichtsausdruck blieb gleichgültig, als er mit einem unbestimmten Lächeln auf den Lippen antwortete: »Von der Bank weiß ich, von dem Sohn nicht.«

»Willy Weber ist gleich nach dem Tod seines Vaters geflohen, und wir sind sicher, daß er Dokumente von vitaler Bedeutung mitgenommen hat. Wir können uns nicht kompromittieren, doch wir wissen, daß irgend jemand Jacob Weber und seine Frau eliminiert hat und daß er auch den Jungen töten wird, um sich dieser Papiere zu bemächtigen. Vorausgesetzt natürlich, er hat sie überhaupt; doch der Umstand, daß er zu diesem Zeitpunkt geflohen ist, spricht für unsere Hypothese. Sie haben sich natürlich das Dossier angesehen, das Brian Spencer Ihnen geschickt hat...«, fragte Sir Robin mit der Miene eines Studienrats.

»Natürlich.«

»Ich war nicht damit einverstanden, daß Spencer Sie informiert, doch er hat darauf bestanden, und er ist der Leiter unserer Abteilung. Sie haben also sicher gelesen, daß wir vierzig Prozent des Bankhauses Weber halten, weil wir von

Ritter unmittelbar nach Kriegsende gefaßt haben. Praktisch vertreten wir die vierte Panama-Gesellschaft. Die restlichen sechzig Prozent teilen sich die drei größten Schweizer Banken. Dies wußte nur der alte Bruno Weber. Sein Sohn Jacob hat es erst nach dem Tode des Vaters erfahren. Und das muß für ihn eine unschöne Überraschung gewesen sein. Jedenfalls hat er den Kopf verloren.«

»Haben Sie dafür gesorgt, daß er ihn verliert?« fragte Stuart seelenruhig.

Sir Robin war ein paar Sekunden still und ließ mit unbewegter Miene den Blick schweifen. Stuart wußte, daß er auf diese Art eine gewisse Verlegenheit überspielte. Er sagte nichts und kostete den Augenblick aus.

Walton räusperte sich. »Nein. Wir hätten dafür gesorgt, daß er zur Vernunft kommt. Es sind schwierige Zeiten. Die Vergangenheit taucht wieder auf, und das ist fast immer heikel. Selbstverständlich würde es uns nicht gefallen, wenn bekannt würde, daß unser Dienst ohne Wissen der Regierung Herrn von Ritter die Freiheit im Tausch gegen sein Schweigen und die vierte Panama-Gesellschaft versprochen hat. Deshalb möchten wir, daß Ihr Dienst sich darum kümmert, den jungen Weber wiederzufinden, und vor allem...«

»... das Beweismaterial...«, ergänzte ihn Stuart.

Walton sah ihn gereizt an.

»Wenn Sie es so nennen wollen...«, sagte er ein wenig verächtlich. »Es wäre peinlich, wenn die Dokumente des Bankhauses Weber aus der Zeit des Zweiten Weltkriegs verbreitet würden, vor allem für die Schweizer, weil sie Bruno Webers Vorgehen zugunsten von Ritters und der Banken sowie deren Fügsamkeit ans Licht bringen würden. Doch was uns interessiert, ist vor allem die Flucht von Ritters nach Südamerika...«

»Weil Sie für ihn die Reise als Gegenleistung für die vierte Panama-Gesellschaft organisiert haben und nicht alles wie geplant verlaufen ist. Sehe ich das richtig?« unterbrach Stuart ihn.

Sir Robin musterte ihn mit unverhohlener Antipathie. »Vollkommen richtig.«

»Ich verstehe, wie wichtig es für Sie ist, sich nicht zu exponieren, da Sie seinerzeit Ihre Regierung über die Operation von Ritter nicht informiert haben. Niemand versteht Sie besser als ich«, fuhr Stuart komplizenhaft fort. »So beträchtliche finanzielle Mittel, von denen niemand weiß, garantieren einem Geheimdienst eine beachtliche Bewegungsfreiheit. Doch wenn Sie direkt eingreifen und irgend etwas schiefgeht, müßten Sie Ihrer Regierung erklären, aus welchem Grund Sie sich so für die arme Waise interessieren.« Stuart machte eine Pause und besah sich zerstreut seine Hände, dann fuhr er in einem neutralen Ton fort. »Deshalb wollen Sie, daß wir Willy Weber wiederfinden, und mit ihm die Dokumente, die belegen, daß von Ritter zusammen mit Weber und den Banken die deportierten Juden ausgeraubt hat. Was beweisen würde, daß auch Sie sich das Geld dieser armen Menschen in die Taschen gesteckt haben. Der Premierminister wäre sicher nicht glücklich, wenn er erfahren müßte, was sein Geheimdienst angestellt hat, um seine Kassen zu füllen.«

Stuart setzte nur in die Praxis um, was Casparius ihn gelehrt hatte. Er meinte noch, die Stimme des Alten zu hören: ›Wenn es darum geht, einen Auftrag anzunehmen, muß man immer zusehen, daß der Auftraggeber sich unbehaglich fühlt. Also nicht durch die Blume sprechen, sondern die skandalösesten Aspekte des Auftrags herausstellen, ganz ohne Rücksichten. Leute, die unsere Hilfe wollen, sind ohne Ausnahme skrupellose Haie, und so muß man sie auch behandeln. Nur wenn man ihnen hilft, die Maske abzunehmen, kann man arbeiten, ohne durch ihre ekelhafte Heuchelei behindert zu werden.‹

Walton stieß einen langen diplomatischen Seufzer aus. »Es stimmt, wir können uns nicht exponieren. Sie müssen den jungen Weber finden, und die Dokumente, die er bei sich hat.«

»Alle Dokumente oder nur die, welche die vierte Panama-Gesellschaft und Ihre Vereinbarung mit von Ritter betreffen?« fragte Stuart.

»Alle natürlich.«

»Sie wollen in Besitz dieser Papiere kommen, damit Sie eine starke Verhandlungsposition gegenüber den Banken haben.«

»In der Tat, doch das sind Dinge, die Sie nichts angehen.«

Stuart lächelte. »Natürlich. Es besteht jedoch die Möglichkeit, daß derjenige, der den Bankier und seine Frau getötet hat, Willy Weber und die Dokumente vor uns findet...« Stuart brachte den Satz nicht zu Ende und sah Walton verstohlen an. »In diesem Fall stände Ihr guter Name auf dem Spiel...«

»In diesem Fall«, betonte Walton, »würde sich der Auftrag in seinem Kern nicht ändern: Anstatt den jungen Weber ausfindig zu machen, hieße es dann, den ausfindig zu machen, der die Dokumente an sich gebracht hat. Falls dieser arme Junge getötet wird – oder besser: wenn er getötet wird –, dürfen wir natürlich nicht in der Umgebung sein. Im Augenblick haben wir uns darauf beschränkt, einen Hilfsagenten in Toulouse zu aktivieren, der uns keinen Gefallen abschlagen kann. Er stellt ein paar Nachforschungen für uns an. Das stand nicht in dem Bericht, den Spencer Ihnen geschickt hat, nicht wahr?« fragte Walton und beobachtete lauernd Stuarts Reaktion auf seine Herausforderung.

Doch Stuart verzog keine Miene. »Im allgemeinen mögen wir es nicht, daß uns jemand dazwischenfunkt, wenn wir uns um einen Fall kümmern«, sagte er ruhig. »Wer ist denn dieser erpreßbare Agent?«

Diesmal gelang es Sir Robin nicht, seinen Ärger zu verbergen. »Sie reden wirklich nicht darum herum, Ihr Vorgänger war diplomatischer. Wie dem auch sei, wir werden unserem Mann sagen, daß er sich zurückziehen soll. Nun, nehmen Sie den Auftrag an?«

Stuart setzte sein freundlichstes Lächeln auf: »Aber natürlich, Sir Robin, es wird uns eine Ehre sein, für Sie zu arbeiten.«

Als Walton gegangen war, goß Stuart sich ein großes Glas Whisky ein und setzte sich erneut an den Schreibtisch. Der Auftrag des englischen Geheimdienstes erhellte weite Teile der Affäre Weber. Außerdem hatte das, was er bei den Nachforschungen über Charles Sinauers Vater erfahren hatte, seinen Verdacht hinsichtlich der Geschäfte Bruno Webers während des Krieges bestätigt. Der Bankier und sein preußischer Freund hatten sich einen genialen Mechanismus ausgedacht. Von Ritter ließ sich im Tausch gegen falsche Versprechungen die Vollmachten ausstellen, mit denen er unbeschränkt über die Konten der Deportierten verfügen konnte. Doch ihm war sofort klar gewesen, daß diese Vollmachten ohne stillschweigende Duldung nicht ausreichen würden. Also hatte er sich darum bemüht, einen Vermittler zwischen sich selbst und den Banken zu finden. Die Wahl war auf seinen Freund Bruno Weber gefallen, den renommierten Privatbankier. Weber war an dem Projekt interessiert und hatte sich den Ablauf der Operation ausgedacht: Zunächst hatte er seine Privatbank in Aktiengesellschaften umgewandelt und zu diesem Zweck vier Panama-Gesellschaften mit Inhaberaktien gegründet. Dreien hatte er je zwanzig Prozent der Bank überschrieben, der vierten die restlichen vierzig Prozent. Dann hatte er Kontakt zu den Spitzen der drei größten Schweizer Banken aufgenommen und ihnen eine Zusammenarbeit vorgeschlagen. Er hatte angeboten, jeder der Banken, ohne daß für sie Kosten entstünden, und unter Zusicherung von Vertraulichkeit, alle Aktien einer der Panama-Gesellschaften, die zu jeweils zwanzig Prozent das Bankhaus Weber besaßen, im Tausch für ihre Nachsicht gegenüber von Ritter und seinen Operationen, zu übertragen. Er hatte des weiteren versichert, selbst Besitzer der vierten Panama-Gesellschaft zu bleiben, die Eigentümerin von vierzig Prozent des Bankhauses Weber war, und vorgeschlagen, die Summen, die von Ritter an das Bankhaus Weber transferieren würde, mit der Qualifikation, die ihm allgemein zuerkannt wurde, zu verwalten – wobei er eine hohe Gewinnbeteiligung für sich forderte. Jährlich sollten schließlich diskret die restlichen Gewinne auf Off-shore-Konten gutgeschrieben werden, welche die drei Panama-Gesellschaften der drei Schweizer Banken in

Steuerparadiesen ihrer Wahl eröffnen würden. Später hatte Weber dann, ohne es den drei Banken mitzuteilen, die Aktien der vierten Panama-Gesellschaft von Ritter übergeben. Bruno Weber hatte dafür gesorgt, daß er auch von dieser vierten Gesellschaft eine alleinige Prokura erhielt, und konnte somit im Bankhaus Weber nach Belieben schalten und walten, da er alle Aktionäre vertrat, also einhundert Prozent des Gesellschaftskapitals. Die Situation hatte für alle Beteiligten nur Vorteile: für die drei Banken, weil sie ohne irgendwelche Kosten und nur dafür, daß sie bei von Ritters Operationen – die außerdem formal gesehen einwandfrei waren – ein Auge zudrückten, de facto Mehrheitsbesitzerinnen des Bankhauses Weber waren und hohe geheime Gewinne machten; für von Ritter, der indirekt vierzig Prozent des Bankhauses Weber besaß und den entsprechenden Teil der Gewinne einsteckte; und für Weber, der zwar seine renommierte kleine Privatbank aufgegeben hatte, jedoch mit hohen Bezügen und üppiger Gewinnbeteiligung ein riesiges Vermögen verwaltete, das er mit Sicherheit allein niemals hätte ansammeln können.

»Genial, wirklich genial«, murmelte Stuart.

Doch die Geschichte hatte ihren Lauf genommen. Das Dritte Reich war zusammengebrochen, und in dem allgemeinen Chaos war von Ritter dem englischen Geheimdienst in die Hände gefallen, der sich im Tausch für sein Leben die vierte Panama-Gesellschaft überschreiben ließ. Stuart war sich, dank seiner Nachforschungen im Fall Sinauer, sicher, daß alles stimmte, was die Engländer ihm über von Ritter erzählt hatten; und jetzt waren durch sie die Bankgeschäfte Bruno Webers und seines preußischen Verbündeten erhellt worden. Offensichtlich hatte Jacob Weber nach dem Tode seines Vaters die Dokumente gefunden. Und als Robin Walton ihn dann kontaktiert hatte, um die Prokura zu erneuern, mußte er feststellen, daß das Bankhaus Weber nicht im Besitz der vierten Panama-Gesellschaft war, wie sein Vater es ihn immer hatte glauben lassen. Als anständiger Mensch muß er entsetzt gewesen sein, und mit der Entscheidung, all dies öffentlich zu machen, hatte er sein eigenes Todesurteil gesprochen. Was Alice anging, so hatte sie vielleicht etwas gewußt, vielleicht auch nicht – doch Mörder mochten keine Hypothesen.

Stuart massierte sich die Schläfen, er litt unter einer ungewohnten Migräne. Mit müdem Lächeln nahm er einen Schluck Whisky und dachte, daß Jacob Weber sich alles in allem als der bessere Vater herausgestellt hatte.

Er nahm das abhörsichere Handy und tippte eine Nummer ein.

»Levi«, meldete sich eine leicht verzerrte Stimme.

»Wir sind soweit«, sagte Stuart. »Kommen Sie gleich zu mir.«

Dann rief er seine Sekretärin.

»Wenn Herr Levi hier ist, möchte ich nicht gestört werden. Leiten Sie alle Anrufe an Berry weiter.«

38

André Renard brach am nächsten Morgen nach Belcaire auf. Gegen neun Uhr stieg er in seinen Rover und verließ eine Viertelstunde später Toulouse in Richtung Foix. Es war ein kühler Tag, der Himmel bedeckt. Nach zwei Stunden erreichte er Foix und machte Pause, um einen Kaffee zu trinken. Von der Bar aus rief er im Hotel Fouché an und ließ ein Zimmer für eine Woche reservieren.

Alles verlief nach Plan: Die Idee mit der Zimmerreservierung war ihm unterwegs gekommen; zuerst hatte er vorgehabt, in Ax-les-Thermes zu bleiben. Doch dann hatte er sich gedacht, daß er als Gast des Hotels mehr Informationen über Willy sammeln könnte, falls der Junge schon abgereist war.

Renard kam um ein Uhr in Belcaire an. Er betrat das Hotel und ging auf die Rezeption zu. Das Mädchen hinter der Theke war in ein Buch vertieft.

»Guten Tag.« Renard stellte die Reisetasche hin und wartete.

Esclarmonde hob den Blick von ihrem Buch und sah den Neuankömmling an: ein älterer, sehr elegant gekleideter Herr mit einer jugendlichen Ausstrahlung.

»Entschuldigen Sie, ich habe Sie nicht kommen hören«, sagte sie und wurde rot.

»Sie müssen sich nicht entschuldigen, ich bin auf leisen Sohlen gekommen«, scherzte er. »Dieses Buch muß wirklich interessant sein. Was ist es denn?«

Esclarmonde klappte das Buch zu und zeigte ihm den Umschlag.

»Montségur, les cendres de la liberté«, las Renard erstaunt. »Ein hervorragendes Buch und ein wirklich außergewöhnliches Thema. Da haben Sie eine gute Wahl getroffen.«

Der Gedanke, daß Willy ihr das Buch empfohlen haben

könnte, machte ihn ganz unruhig. Doch dann sagte er sich, daß das Leben voller merkwürdiger Zufälle war und das Mädchen sich vielleicht von sich aus für dieses Thema interessierte.

»Danke. Was kann ich für Sie tun?« fragte sie und legte das Buch zur Seite.

»Ich habe ein Zimmer reservieren lassen. Mein Name ist Renard.«

»Ah ja, mein Vater hat es mir gesagt. Ihr Zimmer geht auf den Garten hinaus; da ist es ruhiger«, erklärte sie, drehte sich zum Brett mit den Schlüsseln um und nahm einen davon. »Ich zeige es Ihnen.«

Renard und das Mädchen durchquerten den Speisesaal und stiegen die Holztreppe zum ersten Stock hoch.

»Ich sehe, Sie haben auch ein Restaurant. Meinen Sie, ich bekomme noch etwas zu essen?«

»Natürlich, wenn Sie sich ein bißchen beeilen, sonst ist der Koch nicht mehr da. So, hier ist es, die Nummer 37«, sagte sie und öffnete die Tür. »Ich sage in der Küche Bescheid, daß Sie gleich herunterkommen.«

Esclarmonde ging, und Renard trat ins Zimmer und schloß die Tür hinter sich. Es war ein großer Raum mit einem dunklen Holzbett, einem Schreibtisch, der fast ein kostbares Stück war, und einem samtbezogenen Sessel. Die angelehnte Balkontür führte auf eine kleine, sonnige Terrasse. Renard sah hinaus in den Garten: eine Laube und ein Bassin mit Fischen direkt unter seinem Fenster. Die Pflanzen und Blumen waren gepflegt, und an einigen Tischen des Restaurants saßen Gäste, die es vorgezogen hatten, im Freien zu essen.

»Ein sehr angenehmer Ort«, murmelte er und schloß die Balkontür. Er stellte die Reisetasche ab, ging ins Bad, um sich frisch zu machen, und dann hinunter ins Restaurant.

Im Speisesaal kam Esclarmonde ihm entgegen. »Ist es hier recht?« fragte sie, als sie einen Tisch am Fenster erreichten. Renard nickte und warf einen Blick in den Garten.

»Sehr gut. Habe ich der Küche Probleme gemacht?«

»Nein, keine Sorge... Sagen Sie mir doch bitte jeweils am Vorabend, wenn Sie bei uns essen wollen, dann lasse ich bei schönem Wetter draußen für Sie decken.«

»Eine gute Idee. Sie haben wirklich einen schönen Garten, mein Kompliment.«

Esclarmonde lächelte. »Ich bringe Ihnen jetzt die Karte.«

Als Renard ein Cassoulet und einen Rotwein aus den Corbières bestellt hatte – der ihm die Möglichkeit bieten würde, auf seine Freundschaft mit Pravert zu sprechen zu kommen –, sah er sich um und fragte sich, ob Willy Weber wohl noch im Hotel war.

Er war beim Kaffee angelangt, als ein recht korpulenter, freundlicher Mann um die Fünfzig an seinen Tisch kam.

»Guten Tag und herzlich willkommen. Mein Name ist Fouché, ich bin der Hotelier. Hat es Ihnen geschmeckt?«

Renard lobte die Vorzüge des Cassoulets.

»Das ist mein Werk«, sagte Fouché stolz. »Wir haben zwar einen Koch, aber ein paar Spezialitäten aus der Region koche ich persönlich. Wir haben eine treue Kundschaft, die es erwartet, gut zu speisen, und ich möchte sie zufriedenstellen.«

»Es war hervorragend, ein wirklich okzitanisches Gericht!« sagte Renard mit Überzeugung.

»Danke, das ist sehr nett.« Fouché war sichtlich geschmeichelt.

»Heutzutage findet man kaum noch Lokale, in denen gekocht wird wie früher, und wenn man dann doch einmal Glück hat, ist es ein besonderes Vergnügen!« verstärkte Renard sein Lob noch. Der Mann hörte Komplimente gern, und er würde sich nicht bitten lassen.

»Woher kommen Sie?« fragte Fouché.

»Aus Toulouse. Aber nicht einmal in Toulouse habe ich ein so gutes Cassoulet gegessen.«

»Nun, was wollen Sie, vielleicht neigt man in der Stadt dazu, eher international zu kochen und die alten Rezepte zu vergessen. Aber wir hier halten uns an die Tradition.«

»Um so besser! Ich habe gesehen, daß Sie den Wein meines Freundes Pravert ausschenken. Er hat wirklich ausgezeichnete Rotweine in den Corbières...«

Fouché riß die Augen auf. »Pravert ist mein Schwager. Kennen Sie ihn?« fragte er überrascht.

»Natürlich, wir spielen oft Golf zusammen.«

»Nun sieh mal einer an, was es doch für Zufälle gibt! Der gute Albert war neulich hier. Er ist ja völlig besessen vom Golf. Beinahe mehr als von seinen Weinbergen...«

»Aber nein, das nicht!« widersprach ihm Renard mit gespielter Entrüstung. »Albert liebt zuallererst seine Weinberge, und dann kommt Golf. Aber es stimmt, daß alles andere mit großem Abstand folgt«, gab er lachend zu. »Er ist wirklich sympathisch...«

Fouché nickte. »Ja, er ist ein grundanständiger Kerl. Sind Sie denn auch Winzer?«

»Nein, ich bin Professor und habe lange Jahre Religionsgeschichte unterrichtet, doch jetzt bin ich in Pension und schreibe Bücher.«

»Ach wirklich? Interessant...«

»Eben an der Rezeption habe ich ein reizendes Mädchen mit einem Buch über Montségur gesehen. Es ist sehr schön für mich zu erleben, daß es noch junge Leute gibt, die sich für Geschichte interessieren, vor allem für die Geschichte des eigenen Landes...«

»Das ist meine Tochter«, sagte Fouché, ohne seinen Stolz verbergen zu können. »Stellen Sie sich vor, sie heißt Esclarmonde! Meine Frau, Gott hab sie selig, wollte ihr diesen Namen geben. Vielleicht ist er zu seltsam für unsere Zeit, doch sie mochte keine Vernunft annehmen, weil sie Esclarmonde de Foix bewunderte und das Andenken an sie ehren wollte.«

»Ihre Frau hatte recht, Monsieur Fouché, die Geschichte dieses Landes darf nicht in Vergessenheit geraten. Jetzt, wo ich hier bin und ein paar Tage Zeit habe, werde ich eine schöne Rundfahrt zu den Burgen machen. Und natürlich auch nicht versäumen, Montségur zu besuchen. Es ist schon ein paar Jährchen her, seit ich zum letzten Mal dort war.«

Renard wunderte sich, daß der geschwätzige Fouché nicht angebissen hatte. Doch er beschloß, nicht zu drängen; er hatte Zeit.

39

Charles Sinauer und Robert Lavoisier waren seit mehr als einer Stunde nach Espezel unterwegs. Sinauer hatte diesen Entschluß gefaßt, weil er Willy von Espezel erzählt hatte und weil er hoffte, der Junge habe seinen Rat befolgt und sich dorthin geflüchtet. Die beiden Männer waren vormittags aufgebrochen: Sie wollten sich Willy an die Fersen heften und, wenn sie ihn gefunden hätten, alles tun, um ihn zu überzeugen, sich unter ihren Schutz zu stellen.

»Aber Charles«, hatte Lavoisier eingewandt, als die Euphorie über die Entscheidung verflogen war, »wie können zwei alte Männer wie wir einen Jungen schützen, der vielleicht von Killern verfolgt wird, die zu allem entschlossen sind?«

Sinauer mußte zugeben, daß Robert recht hatte. Er war ein wenig nachdenklich geworden, doch dann hatte sich seine Miene aufgehellt. »Aber sicher! Wieso habe ich nicht sofort daran gedacht? Ich werde den Mann in Berlin bitten, Willy zu beschützen, und auch uns...«

Auf Lavoisiers verblüfften Blick hin hatte Sinauer erklärt: »Diese Organisation, an die ich mich gewandt habe, um die Wahrheit über meinen Vater zu erfahren, ist ungeheuer leistungsfähig, Robert. Ich kann dir nicht mehr darüber sagen, doch es genügt wohl, wenn du weißt, daß sie wie der MI 5, der Mossad oder das Deuxième Bureau ist, verstehst du? Eine private Organisation, die normalerweise für Regierungen arbeitet, aber in meinem Fall haben sie eine Ausnahme gemacht, weil wichtige Leute, die ich kenne, sich für mich eingesetzt haben. Da ich nun schon ihr Kunde bin, wird es sicher auf ihrer Seite keine Probleme geben, diesen zusätzlichen Auftrag zu übernehmen. Außerdem kann ich bezahlen wie eine Regierung, und das wissen sie.«

So hatten sie beschlossen, nach Espezel zu fahren, zum Hotel von Sinauers Jugendfreund Paul Bayle, dessen Adresse er Willy ins Notizbuch geschrieben hatte, kurz bevor sie mit dem Flugzeug in Toulouse landeten.

Als sie vor dem Hotel einparkten, lächelte Robert traurig. »Zum letzten Mal habe ich im vorigen Jahr mit Louise hier gegessen. Es ging ihr zu der Zeit noch recht gut, und ab und zu haben wir kleine Ausflüge unternommen. Damals hat Paul mir erzählt, wie ihr beide euch kennengelernt habt: beim Forellenfischen...«

Sinauer lachte. »Das stimmt. Anne und ich waren zu einem dieser künstlich angelegten Forellenteiche gegangen, wo man selbst angeln kann. Da war ein Junge, der neben uns angelte und uns mit den Ködern, den Angelschnüren und der ganzen Ausrüstung half, mit der wir nicht zurechtkamen. Zum Schluß lotste er uns zum Essen in das Restaurant seines Vaters, hier ins Hotel. Wir freundeten uns an, obwohl Paul ja sehr viel jünger ist als wir, und kamen dann oft hierher, bis wir nach Italien gezogen sind. Und Louise und du, ihr wart später auch dabei, erinnerst du dich? Ja, das waren schöne Zeiten, Robert, da waren wir noch jung...«

»Ach ja«, stimmte Robert wehmütig ein. »Auch danach, als ihr schon in Italien gewohnt habt, war es für Louise und mich eine Tradition, immer wieder ein paar Tage in Espezel zu verbringen...« Robert stellte den Motor ab. »Ich hätte wirklich nie gedacht, daß ich als Detektiv hierher zurückkommen würde...«, fügte er hinzu und schüttelte den Kopf.

»Du siehst, das Leben ist voller Überraschungen, auch in unserem Alter.« Sinauer machte die Tür auf. »Nur Mut, komm, wir gehen...«

Bayle stand tatsächlich an der Rezeption, und er begrüßte sie mit einer herzlichen Umarmung. Als er von Louises Tod erfuhr, schloß er Robert noch einmal in die Arme, wortlos, doch sichtlich bewegt. Auch die Freude über das Wiedersehen mit Sinauer war ihm deutlich anzumerken.

»Was für eine schöne Überraschung! Ich dachte schon, daß wir uns nicht mehr wiedersehen würden. Laßt uns etwas zusammen trinken, und dann erzählt ihr mir, was euch hergeführt hat.«

Charles und Robert folgten ihm zur Bar, wo Bayle eine Flasche Blanquette de Limoux entkorkte.

»Das ist die beste Art, euch willkommen zu heißen. Setzen wir uns, und dann erzählt ihr mir alles.«

Als sie am Tisch saßen, begann Sinauer, den Grund ihres Besuchs zu erklären.

»Gewiß, vor ein paar Tagen ist ein junger Mann dagewesen«, sagte Bayle, »doch bei uns war nichts mehr frei, deshalb habe ich ihn nach Belcaire geschickt, zu einem Kollegen, der ein sehr ähnliches Hotel führt. Bei Fouché gab es ein Zimmer, und der junge Mann ist noch am gleichen Abend hingefahren.«

»Und wie heißt dieses Hotel in Belcaire?« fragte Sinauer.

»Na, Hotel Fouché eben.«

Sinauer und Lavoisier wechselten einen Blick und setzten gleichzeitig zu sprechen an.

»Meinst du, wir könnten in Belcaire anrufen und fragen, ob sie einen Gast namens Willy Weber haben?« fragte Sinauer schließlich.

»Natürlich, das mache ich gleich.«

Bayle stand auf und ging in sein Büro. Nach kurzer Zeit kam er zurück; er machte ein verblüfftes Gesicht.

»Fouché sagt, an dem bewußten Abend sei niemand gekommen. Er habe auf den jungen Mann gewartet, doch er sei nicht aufgetaucht. Seltsam, sehr seltsam...«

»Allerdings!« unterbrach Sinauer ihn aufgeregt. »Du hast mir doch gesagt, daß du selbst für ihn ein Zimmer in Belcaire reserviert hast und daß er sofort hingefahren ist! Er hat sich bestimmt nicht zum Schlafen unter einen Baum gelegt, und so viele Hotels gibt es ja hier in der Gegend nicht...«

Bayle nickte. »Stimmt schon, doch er könnte nach Ax-les-Thermes zurückgefahren sein, das ist schwer zu sagen...«

Sinauer und Lavoisier sahen sich entmutigt an. Bayle bemerkte es.

»Ist es denn so wichtig, diesen jungen Mann aufzuspüren?«

»Sehr wichtig«, sagte Sinauer mit Nachdruck.

»Dann würde ich an eurer Stelle doch nach Belcaire ins Hotel Fouché fahren. Fouché war irgendwie komisch, eben am Telefon. Ich kenne ihn seit der Grundschule: Er kann nicht lügen, und wenn er es versucht, gelingt es ihm nicht besonders gut. Er war verlegen, und ich habe das Gefühl, daß er mir nicht die Wahrheit gesagt hat...«

»Was rätst du uns?«

»Wenn Fouché aus irgendeinem Grund gelogen hat, ist es das beste, ihr fahrt gleich nach Belcaire und nehmt euch ein Zimmer in seinem Hotel, um herauszufinden, was los ist. Sagt aber nicht, daß ihr mich kennt, dann bringt er meinen Anruf nicht mit euch in Verbindung. Ich habe ihm nicht erzählt, daß jemand den jungen Mann sucht, sondern eine

Ausrede gebraucht, um meinen Anruf plausibel zu machen, und ihn erst dann gefragt, ob der Gast, den ich ihm geschickt habe, geblieben sei.«

Sinauer nickte. »Genau das müssen wir tun. Was meinst du, Robert?«

»Gewiß. Mir kommt es auch sonderbar vor, daß Willy hat anrufen lassen und dann nicht nach Belcaire gefahren ist. Welchen Eindruck hat der Junge denn auf dich gemacht, Paul?«

»In welchem Sinn?«

»Ging es ihm gut? Wirkte er ruhig?«

Bayle zuckte mit den Schultern. »Ich hatte das Gefühl, daß es ihm gutging. Ein sympathischer junger Mann, wohlerzogen, einer aus der Stadt. Ein bißchen müde vielleicht, aber absolut normal. Warum? Hat er irgendwelche Probleme?«

Robert blieb die Antwort darauf schuldig und sah Charles unsicher an. Dieser sprach für ihn.

»Es ist so, Paul, ich bin ein alter Freund der Familie, und ich weiß, daß der Junge eine sehr schwierige Zeit durchmacht. Seine Eltern sind kurz hintereinander gestorben, und er ist durcheinander. Bis vor ein paar Tagen war er unser Gast, in Roberts Haus in Toulouse. Dann wollte er weg und hat gesagt, er habe das Bedürfnis, allein zu sein, und würde eine kleine Rundreise zu den Katharerburgen machen, doch seitdem haben wir keine Nachricht mehr von ihm, und ich bin besorgt. Er war sehr deprimiert, verstehst du…«

Sinauer sprach den Satz nicht zu Ende und sah dem Freund gerade in die Augen, in der Erwartung, daß der andere verstand, was er meinte. Und Bayle nickte denn auch nachdenklich.

»Ich werde die Augen offenhalten, Charles. Wenn er noch einmal hier bei uns in der Gegend auftauchen sollte, lasse ich es dich wissen, du kannst ganz beruhigt sein.«

»Ich sehe, du hast das Problem verstanden.« Sinauer legte ihm freundschaftlich eine Hand auf die Schulter. »Ich lasse dir meine Handy-Nummer da, dann kannst du mich erreichen, wenn du irgend etwas erfährst.«

»Ich hole ein Stück Papier und einen Stift.«

Bayle stand auf und ließ die beiden allein. Sinauer und Lavoisier sahen sich an.

»Was denkst du?« fragte Robert.

»Daß wir nach Belcaire fahren sollten. Ich glaube genauso wie Paul, daß sein Freund Fouché nicht die Wahrheit gesagt hat.«

40

Nach dem Abstieg vom Pog gingen Ogden und seine Männer mit Patrick Best in das Haus, das er im Dorf bewohnte. Es sah aus wie alle anderen: graue Steine, Ziegeldach und Geranien auf den Fensterbänken.

Best öffnete die massive Holztür und führte sie in ein Wohnzimmer im provenzalischem Stil. Ein großer Kamin mit Sitzen aus Stein an der Seite beherrschte das Zimmer. Es war deutlich, daß Bests Schwester viel Geld und Mühe aufgewandt hatte, um das Haus elegant, wenn auch rustikal einzurichten.

»Eine nette Bleibe«, bemerkte Franz. »Sind noch Zimmer für uns frei?«

»Es gibt noch drei Zimmer. Wenn ihr umziehen wollt, kein Problem...«, sagte Best.

»Ich glaube nicht, daß Ihre Schwester davon begeistert wäre«, meinte Ogden mit einem Lächeln. »Wie lange sollte Ihr Urlaub eigentlich dauern?«

»Die Ärzte haben mir geraten, mich wenigstens den ganzen Juli noch auszuruhen, aber sie glauben auch, daß ich unterrichte und von Zeit zu Zeit an einer Ausgrabung teilnehme. Stuart dagegen hatte mir gesagt, daß ich bis September Pause machen sollte.«

»Ich hoffe, daß sich die Arbeit als ruhig herausstellt...«, sagte Ogden und betrachtete interessiert einen kleinen Wandteppich.

»Machen Sie sich um mich keine Sorgen, ich bin in Form. Mein Bein ist soweit in Ordnung, auch wenn ich noch hinke. Ich bin sicher, ich kann trotzdem die Beine in die Hand nehmen...«

Alle lachten, und Best holte etwas zu trinken. Ogden wandte sich Franz und Parker zu.

»Na, wie geht's?«

Die beiden sahen sich verlegen an. »Du meinst, wegen der Sache beim Aufstieg?« fragte Franz.

Ogden nickte. »Hat sich der Genius loci sonst noch irgendwie gezeigt?«

»Nein.« Parker schüttelte den Kopf.

»Jedenfalls ist es komisch...«, sagte Franz, brachte den Satz aber nicht zu Ende.

»Was?« fragte Ogden.

»Nach dem, was Best den Touristen erzählt, scheint auch während der Belagerung des Pog am Berg ein ganz schönes Hin und Her gewesen zu sein. Die Leute aus dem Dorf kannten geheime Pfade und halfen jedem, der in die Festung hinein- oder aus ihr herauswollte, beim Auf- oder Abstieg, und das alles hinter dem Rücken der Kreuzritter, die unten im Tal lagerten.«

»Sicher, aber was kommt dir daran komisch vor?«

Franz schüttelte den Kopf. »Wenn ich nachts zur Burg hochklettern müßte, während eine Armee den Berg belagert, würde ich mich genauso fühlen wie während der Vision oder was zum Teufel das war. Vor allem jetzt, wo ich den Weg kenne. Könnt ihr euch vorstellen, da in der Nacht hochzugehen?«

»Der Weg, den man noch heute benutzt, ist nicht der einzige zur Burg, doch sicherlich der leichteste«, erklärte Patrick Best, der mit Gläsern und einer Flasche Whisky zurückkam. »Es sind noch zwei weitere Pfade begehbar, doch ich rate jedem, der kein guter Bergsteiger ist, ab, sich daran zu versuchen.«

»Vielleicht ist dein Hugo da hinauf«, sagte Franz ironisch zu Parker.

»Hugo?« wiederholte Best.

Ogden warf den beiden Agenten einen Blick aus blitzenden Augen zu. Es fehlte noch, daß sie Best von ihren Visionen erzählten.

»Parker hat irgendwo gelesen, daß es auf der Festung Montségur einen gewissen Hugo gab, also…«, warf Ogden ohne langes Nachdenken ein.

»Das stimmt«, sagte Best und goß den Whisky ein.

»Wirklich?« entfuhr es Franz, der sein Erstaunen nicht verbergen konnte. »Und wer war das genau?«

»Er scheint einer der vier Männer gewesen zu sein, die den Katharerschatz in Sicherheit brachten, indem sie ihn kurz nach der Kapitulation von Montségur praktisch unter den Augen der Kreuzritter wegtrugen«, sagte Best und reichte Ogden ein Glas.

»Dann gab es also einen Schatz in dieser Burg?« fragte Parker mit einem gewissen Interesse.

»Der Schatz, den Hugo und seine Gefährten in Sicherheit gebracht haben sollen, scheint kein materieller, sondern ein spiritueller Schatz gewesen zu sein, wahrscheinlich heilige Texte der katharischen Kirche. Der andere Schatz war schon Monate zuvor weggebracht worden.«

Sie verließen Best bei Sonnenuntergang.

»Wohin fahren wir morgen?« fragte Franz.

»Wir fahren nirgendwohin«, antwortete Ogden.

»Sollten wir nicht all die Orte besuchen, wo der Junge vielleicht auftauchen könnte?« fragte Parker verwundert.

»Ich habe das Programm geändert. Es hat keinen Sinn, eine Touristenrundreise durch die Languedoc zu machen, wenn wir nicht die geringste Spur haben. Falls der Junge hier irgendwo ist, kommt er mit Sicherheit nach Montségur, weil hier, wie Best heute gesagt hat, die einzige wahre Katharerburg steht. Ich glaube, daß Willy auch unter normalen Umständen mehr Interesse für diesen als für andere Orte aufbrächte; um so mehr denke ich, daß es jetzt, wenn er eine Burg besucht, diese ist. Andernfalls ... bleibt er im Schutz des Verstecks, das er inzwischen sicher gefunden hat.«

»Um so besser«, meinte Parker, »die Vorstellung, noch mehr herumzuklettern, behagte mir sowieso nicht. Und außerdem gefällt es mir hier im großen und ganzen...«

»Das ist doch klar«, sagte Franz. »Hugo gefällt es in Montségur.«

»Red keinen Unsinn«, antwortete Parker. »Du weißt ja nicht mal mehr, wie du geheißen hast.«

»Aufhören, alle beide!« griff Ogden ein. »Wie dem auch sei, ich glaube nicht, daß wir lange warten müssen. Wenn Willy in Frankreich geblieben ist, wird er bald auftauchen.«

41

»Wie geht es dir?«

Ogdens Stimme klang ein wenig verzerrt. Verena verabscheute im allgemeinen Handys, weil man sich ihnen nirgendwo mehr entziehen konnte, doch jetzt war sie froh, daß es welche gab.

»Danke, gut. Und dir?«

»Sehr gut. Wir sind in Montségur, einem sehr eigenartigen Ort...«

Verena hörte die Verlegenheit in seiner Stimme. Sie dachte, daß es ihm wohl irgendwie peinlich war, ihr ein Telefon besorgt zu haben, um mit ihr sprechen zu können, ohne sich an Blake oder Cédric wenden zu müssen. Es war Abend, sie hatte den ganzen Tag lang auf seinen Anruf gewartet und war deshalb auch nicht allerbester Stimmung.

»Warum? Ist es nicht schön da? Ich habe gelesen, die Gegend dort unten im Süden sei ganz zauberhaft...«

»Ja, doch. Wir waren oben auf der Burg, sind geklettert wie die Bergziegen. Es ist tatsächlich ein magischer Ort, und ich bin sicher, daß dein Neffe früher oder später hierherkommt.«

»Du hast mir gefehlt...«

Ogden hatte sich vor einem solchen Satz gefürchtet, der ihn zwingen würde, im gleichen Ton zu antworten, ob die Antwort nun stimmte oder nicht.

»Du mir auch...«

»Na Gott sei Dank!« rief Verena erleichtert aus. »Das Gegenteil wäre peinlich gewesen.«

»Das hier ist eher peinlich«, stellte Ogden schlicht fest.

»Ich bin auch nicht daran gewöhnt, wenn dich das tröstet. Aber es wäre doch kläglich, sich zu verstellen, meinst du nicht?«

»Allerdings...«

»Wann kommst du zurück?«

»Sobald ich Willy gefunden habe.«

»Kann ich nicht zu dir kommen? Ich würde gerne die mythische Burg sehen...«, sagte Verena und versuchte ihre Bitte in einem leichten und beiläufigen Ton vorzubringen.

»Das ist nicht möglich, das weißt du doch.«

»Wir verhalten uns wie zwei zeremonielle Chinesen«, beklagte sie sich im gleichen Ton. Doch dann veränderte sich ihre Stimme. »Für mich ist es neu. Normalerweise liebe ich meine Liebhaber nicht...«

»Normalerweise liebe ich niemanden«, hörte Ogden sich sagen.

»Genau das habe ich mir gedacht, auch wenn ich fürchte, daß es einmal anders war. Ich komme zu spät, das passiert mir oft … Kann ich wenigstens ihren Namen erfahren?« fragte Verena mit einem Anflug von Traurigkeit in ihrer Stimme.

»Es ist nie klug, Gespenstern Namen zu geben. In gewisser Weise sind wir beide uns ähnlich«, sagte Ogden gelassen. »Die Liebe ist kein Gefühl, das uns glücklich macht, wir kümmern uns besser nicht darum.«

»Ich wünschte, du wärst hier und könntest mich umarmen. Soviel sollte trotz allem möglich sein. Und du, hast du auch Lust auf mich?«

»Natürlich. Aber es wäre besser, das eine Weile zu vergessen. Es schadet der Aufmerksamkeit.«

»Das ist sicher«, sagte sie amüsiert. »Doch bei mir ist es anders, ich muß nicht handeln. Für meine Arbeit könnte diese Verwirrung sogar von Vorteil sein. Ich könnte mich ans Schreiben machen. Hin und wieder schreibe ich Gedichte. Ich habe sogar ein Buch veröffentlicht.«

»Ich weiß, das stand in deinem Dossier.«

»In meinem was?« fragte sie verständnislos.

»Ich hatte schon Informationen über dich, bevor ich dich kennenlernte. Genauso wie über deine Cousine, ihren Mann und natürlich Willy. Das ist Teil des Jobs.«

Verena antwortete nicht gleich. Sie war zutiefst verstört.

»Dafür fehlen mir die Worte …«, murmelte sie.

»Ja, es ist ein unredlicher Vorteil. Tut mir leid.«

»Schade, daß ich nicht dein Dossier lesen konnte.« Verena hatte sich wieder gefaßt.

»Es hätte dir nicht gefallen.«

»Wie kannst du das sagen? Wenn du mein Dossier gelesen hast, solltest du wissen, daß ich immer eine Vorliebe für wenig empfehlenswerte Männer gehabt habe. Also hätte eine solche Lektüre mich gut auf dich eingestimmt. Ich finde Hurensöhne sehr sexy, wie du ja neulich nachts feststellen konntest…«

»Ich glaube nicht, daß du eine Vorliebe für Hurensöhne hast. Es gibt auch so etwas wie Unglück im Leben, nicht nur Wiederholungszwang. Wir haben uns zwischen zwei Morden kennengelernt, und nicht bei einer Vernissage oder einer Buchpräsentation, wo jeder von uns leicht hätte Theater spielen können; mit hoher Wahrscheinlichkeit, damit durchzukommen. Unter diesen Umständen ist es schwieriger, so zu tun, als sei man jemand anderes. Schwieriger, nicht unmöglich. Du mußt also nicht denken, daß du in der Falle sitzt.«

»Ich denke nicht, daß ich in der Falle sitze«, sagte Verena, ohne wütend zu sein. »Ich weiß selbst nicht, wer ich bin, also sehe ich nicht, wie du mich enttarnen und ich mich verstecken könnte.«

Verena wunderte sich selbst, daß sie sich auf diese Art offenbart hatte. Vielleicht liebte sie ihn wirklich? fragte sie sich perplex. Doch sie fand keine Antwort darauf.

»Kann ich nicht doch nach Montségur kommen?« fragte sie noch einmal mit Kleinmädchenstimme.

»Im Augenblick nicht. Du kannst kommen, wenn alles vorbei ist.«

»Versprochen?«

»Ja. Ich mache jetzt Schluß. Schlaf gut und mach dir keine Sorgen. Ich küsse dich.«

»Ich dich auch. Gute Nacht.«

Ogden schaltete das Handy aus und trat ans halboffene

Fenster, ging dann hinaus auf die kleine Terrasse und betrachtete die Burg im Mondlicht. Er fragte sich, wie sie im dreizehnten Jahrhundert ausgesehen hatte, bevor die Kriegsmaschinen des Königs von Frankreich sie zerstörten. Gewiß hatte in einer Spätjuninacht wie dieser die gleiche Stille geherrscht, unterbrochen nur vom Ruf eines Nachtvogels. Er dachte an die letzte Nacht der Belagerten vor der Kapitulation.

Willy hatte Beweise für eine andere Barbarei bei sich, die der Vernichtung der Katharer ähnlich war. Doch während deren Schatz in Sicherheit gebracht werden konnte, waren die materiellen Güter, die man den Juden im Zweiten Weltkrieg geraubt hatte, noch in den Händen der Räuber. Dieser Junge auf der Flucht könnte einige von ihnen doch noch ans Messer liefern.

42

»Überall sind die Komplizen des Dritten Reichs an den Pranger gestellt, oft auch bestraft worden. Überall – nur nicht in der Schweiz.«

Willy las das neueste Buch von Jean Ziegler: *Die Schweiz, das Gold und die Toten.* Was wäre mit seinem Großvater und seiner Familie geschehen, wenn die Schuldigen auch in der Schweiz bestraft worden wären? fragte er sich und ließ seinen Kugelschreiber als Lesezeichen zwischen den Seiten. Er saß im Wohnzimmer des Hauses in Comus, es war Abend, und die Sonne ging hinter dem Hügel über der *route des bonshommes* unter.

Ziegler schrieb, daß die Macht der Schweizer Banken während des Zweiten Weltkriegs entstanden sei. »Und die meines Großvaters«, fügte Willy laut hinzu. Die Vorstellung, mit diesem Mann verwandt zu sein, war für ihn kaum erträglich. Die Welt, dachte er wütend, sollte nicht nur die Wahrheit über Bruno, sondern auch über Jacob Weber erfahren, einen Schweizer Bankier, dem nichts vorzuwerfen war.

Das Telefon klingelte. Es war Esclarmonde.

»Ich würde dich gern ins Kino einladen. In Ax-les-Thermes läuft ein Film, den ich sehen möchte.«

»Was für ein Film?«

»Ein italienischer. Er heißt *Das Leben ist schön.* Es ist die Geschichte eines Deportierten und seiner Familie. Und auch wenn es eine Tragödie ist, scheint der Film nicht ohne Hoffnung zu sein.«

»Ja, ich habe etwas darüber gelesen. Aber ich kann mir nicht vorstellen, wie jemand, der in einem Lager eingesperrt ist, so etwas sagen kann: ›Das Leben ist schön‹. Es ist, als würde man sagen: ›Die Hölle ist schön‹, findest du nicht?«

»Ich bin mir nicht sicher, ob ich verstanden habe, was du meinst«, murmelte Esclarmonde.

»Ich meine, daß es mir unwahrscheinlich vorkommt, daß ein Deportierter an das Leben als etwas Schönes denken kann. Unter solchen Umständen, stelle ich mir vor, löscht der Horror jede glückliche Erinnerung aus, und das Leben erscheint als ein Höllenkreis.«

»Ich weiß nicht...«, antwortete Esclarmonde unsicher.

»Wie dem auch sei, ich gehe gerne mit. Um wieviel Uhr fängt der Film denn an?«

»Um halb zehn. Machen wir es doch so: Ich lade dich zum Essen bei uns ein, und dann gehen wir ins Kino. Heute hat mein Vater nach dir gefragt, er wollte wissen, wie du zurechtkommst. Also, was meinst du?«

»Das scheint mir ein sehr verlockender Vorschlag. Ich bin gleich bei euch.«

»Was möchtest du gerne essen?«

»Was du willst. Dein Vater läßt sich ja sicher nicht vom Kochen abhalten.«

Esclarmonde lachte. »Ich will sehen, was ich machen kann. Bis später.«

Willy legte auf und sah auf die Uhr. Es war fast halb acht. Er schloß das Fenster, nahm seine Lederjacke und öffnete die Tür zur Garage, stieg in den Mini und fuhr Minuten später auf der Serpentinenstraße hinunter zur Hochebene. Die Sonne war jetzt ganz hinter dem Berg verschwunden, doch es war noch lange nicht dunkel.

Als er im Hotel Fouché ankam, fand er Esclarmonde in der Bar. Sie sah ihn und kam ihm entgegen. Wie immer machte sie ein fröhliches Gesicht. »Wie fährst du denn? Du bist ja in einer Sekunde hiergewesen!«

»Der Mini ist perfekt für diese Straßen.«

»Also ich rate dir, langsam zu fahren. Sind dir die Blumen an den Baumstämmen nicht aufgefallen? Die hängen nicht zur Zierde da...«

»Du kannst ganz beruhigt sein: Wenn ich mit dir ins Kino fahre, werde ich besonders vorsichtig sein.«

Sie betraten den Speisesaal, der schon voller Menschen war, und setzten sich an einen Ecktisch.

»Heute abend kann ich mit dir zusammen essen, meine

Cousine macht einen Monat lang ein Praktikum bei uns. Sie ist die Tochter von Onkel Jean, dem Bruder meines Vaters, der ein Restaurant in Quillan hat. Dank ihr werde ich viel Freizeit haben …«, sagte Esclarmonde mit unsicher hoffnungsfroher Stimme.

»Wunderbar! Dann kannst du mich ja oft besuchen.«

Als sie sich hingesetzt hatten, kam Fouché an ihren Tisch.

»Wie geht es Ihnen?« fragte er und drückte Willy die Hand. »Alles in Ordnung in Comus?«

»Alles in bester Ordnung. Danke für die Einladung zum Abendessen.«

»Ich wollte wissen, wie Sie da oben zurechtkommen«, fuhr Fouché fort und setzte sich zu ihnen an den Tisch. »Wie ist das Haus?«

»Es ist alles da, was man braucht. Ich fühle mich schon wie zu Hause.«

»Jetzt fängt die Saison langsam an«, sprach Fouché weiter und ließ seinen Blick zufrieden durch den Saal schweifen. »In diesem Jahr sollen ja angeblich viele Touristen kommen.« Willy sah sich um. Das Vater-Sohn-Gespann, das ihn am ersten Abend so neugierig gemacht hatte, war gerade mit dem Essen fertig und ging die Treppe hoch. Willy bemerkte, mit wieviel Zuvorkommenheit der Sohn den Vater stützte und ihm beim Gehen half.

»Ist dieser Herr, der den alten Mann begleitet, Rechtsanwalt?« fragte er Fouché.

»Ja, ein Anwalt aus Montpellier mit seinem Vater. Sie kommen seit Jahren her und verbringen bei uns ein paar Wochen. Dieses Jahr sind sie früher als sonst da, weil der Sohn im Juli in die Vereinigten Staaten muß.«

Fouché blieb noch ein paar Minuten am Tisch sitzen, und als die Vorspeise serviert wurde, wünschte er ihnen einen angenehmen Abend. Willy und Esclarmonde aßen schnell. Es war schon spät, und die Fahrt nach Ax-les-Thermes würde mindestens eine halbe Stunde dauern. Als sie das Restaurant verließen, verabschiedete Fouché sie.

»Besuchen Sie uns bitte bald wieder!« sagte er und drückte Willy die Hand. »Und viel Glück für Ihre Studien«, fügte er leise und mit einem Zwinkern hinzu.

Als die beiden den Speisesaal betreten hatten, saß André Renard am Tisch neben dem des Rechtsanwalts. Er hatte sie nicht gleich bemerkt, doch dann, als er die Tochter des Hoteliers wiedererkannte, hatte er sie genauer angeschaut. Das war also Willy Weber, hatte er zu sich selbst gesagt. Während des ganzen Essens hatte er das Paar diskret beobachtet, doch als die beiden frühzeitig aufbrachen, wurde ihm klar, daß er an diesem Abend nichts mehr ausrichten konnte.

43

Als Charles Sinauer und Robert Lavoisier das Hotel von Paul Bayle in Espezel verließen, war es schon dunkel. Auf der geraden, baumgesäumten Straße lenkte Robert den Wagen sicher durch die Hochebene nach Belcaire. Am Himmel leuchteten die ersten Sterne, und durch die offenen Fenster kam frische Luft herein.

»Es ist schon fast neun, meinst du, wir bekommen noch etwas zu essen?« fragte Sinauer.

»Bestimmt«, antwortete Lavoisier. »Jedenfalls sind wir gleich da.«

Die Straße war frei; ein großer Vogel löste sich aus den Zweigen eines Baums und flog über den Mercedes, vielleicht von den Scheinwerfern erschreckt.

»Was war das?« fragte Sinauer erschrocken.

»Ein Kauz oder eine Eule«, antwortete Lavoisier und schlug das Lenkrad leicht ein. »Die Nachtvögel haben mehr oder weniger alle die gleiche Form, ich könnte sie nicht einmal bei Tage auseinanderhalten.«

»Das ist nicht gerade ein gutes Zeichen...«, meinte Sinauer verdrossen.

»Im Gegenteil«, widersprach Lavoisier amüsiert. »Wenn es ein Kauz war, der heilige Vogel Minervas, sollten wir es als gutes Vorzeichen betrachten. Wie alles, was mit Intelligenz zu tun hat...«

»Nicht alle Dinge, die mit Intelligenz zu tun haben, bringen Glück...«, meinte Sinauer.

In der Zwischenzeit waren sie in Belcaire angekommen. Sie fanden das Hotel Fouché sofort. An der Rezeption empfing sie eine ältere Frau.

»Wir hätten gerne ein Doppelzimmer«, sagte Sinauer.

»Selbstverständlich. Für wie viele Nächte?«

»Das wissen wir noch nicht, doch wahrscheinlich bleiben wir ein paar Tage. Ich habe gehört, daß Sie ein gutes Restaurant haben. Kann man noch etwas zu essen bekommen?«

Die Frau bejahte und zeigte auf eine Doppelglastür.

»Das Restaurant ist dort, nehmen Sie doch bitte Platz. In der Saison kann man bei uns bis neun Uhr essen.«

Die beiden betraten den Speisesaal, wenige Minuten

nachdem Willy mit Esclarmonde gegangen war. Fouchés Nichte begleitete sie zu einem Tisch am Fenster zum Garten; von der anderen Seite des Saals warf Fouché ihnen einen zerstreuten Blick zu.

Am nächsten Morgen wurden Charles und Robert früh wach. Da es ein sonniger Tag war, nahmen sie das Frühstück im Garten ein, dann gingen sie an die Rezeption, die heute mit Esclarmonde besetzt war, und Sinauer fragte, ob er Fouché sprechen könne. Der erschien kurz darauf an ihrem Tisch, wie immer ein freundliches Lächeln auf den Lippen.

»Guten Morgen, meine Herren, ich hoffe, Sie haben gut geschlafen. Ein herrlicher Tag, nicht wahr?«

»In der Tat herrlich«, bestätigte Sinauer ungeduldig. »Unser Freund Paul Bayle hat uns an Sie verwiesen. Wir sind die Onkel des jungen Mannes, den Paul vor ein paar Tagen zu Ihnen geschickt hat, weil er kein Zimmer mehr frei hatte. Erinnern Sie sich?«

Fouchés Lächeln wurde ein wenig schwächer. Er runzelte die Stirn, als versuche er sich zu erinnern. Dann schlug er sich mit der Hand an den Kopf.

»Natürlich erinnere ich mich. Paul rief mich an und fragte, ob ich ein Zimmer für einen Gast hätte, den er nicht mehr unterbringen könne. Ich sagte ja, und er solle ihn herschicken. Aber dann ist niemand aufgetaucht.«

Sinauer und Robert wechselten einen raschen Blick.

»Wirklich komisch…«, sagte Robert und schüttelte den Kopf.

»Sind Sie sicher?« fragte Sinauer nach und sah Fouché gerade in die Augen.

»Natürlich!« rief der Hotelier aus und bemühte sich, überzeugend zu klingen. »Wir haben bis zehn auf ihn gewartet, doch er ist nicht gekommen.«

Sinauer schüttelte besorgt den Kopf. »Es ist sehr wichtig, daß wir ihn so schnell wie möglich finden. Seine Mutter ist gestorben ...«

Robert sah ihn an und versuchte, seine Überraschung zu verbergen. Am Abend zuvor hatten sie lange in ihrem Zimmer darüber diskutiert, wie sie sich Fouché gegenüber verhalten sollten. Zum Schluß waren sie übereingekommen, allgemein zu bleiben, um ihn nicht zu warnen, falls er wirklich gelogen hatte. Deshalb war Robert nun durch die von Charles verfolgte Strategie verunsichert. Wenn Fouché sie gebeten hätte, ihre Verwandtschaft mit Willy zu beweisen, wäre es peinlich geworden. Doch Fouché beschränkte sich darauf, bedauernd den Kopf zu schütteln.

»Das tut mir sehr leid. Doch leider kenne ich den jungen Mann nicht: Er ist nie in meinem Hotel angekommen. Ich kann Ihnen also nicht weiterhelfen.«

Sinauer spürte, wie eine ohnmächtige Wut in ihm aufstieg. Robert bemerkte es und legte ihm eine Hand auf den Arm. »Das ist wirklich schade«, sagte er in einem versöhnlichen Ton. »Der arme Junge macht eine schwierige Phase durch. Es wäre wichtig, daß wir ihn finden. Was raten Sie uns zu tun?«

Fouché fand, daß die beiden wirklich wie Onkel – oder mehr noch wie Großväter – auf der Suche nach dem Lieblingsenkel wirkten. Doch bevor er nur ein einziges Wort über Willy sagte, würde er mit ihm sprechen müssen.

»Ich weiß wirklich nicht ...«, antwortete er bedächtig.

»Ich könnte Ihnen das örtliche Hotelverzeichnis besorgen. Was meinen Sie dazu?«

»Aber natürlich, das scheint mir eine ausgezeichnete Idee!« antwortete Robert begeistert. »Meinst du nicht, Charles?« fragte er Sinauer und zwinkerte ihm zu.

Sinauer hatte den Wink verstanden und nickte. »Ich glaube, das ist das einzige, was wir tun können.«

»Dann werde ich das Verzeichnis gleich kopieren«, sagte Fouché und entfernte sich. Drinnen eilte er in sein Büro, schloß die Tür hinter sich und rief in Comus an.

»Fouché hier«, sagte er, als Willy sich meldete. »Bei mir im Hotel sind zwei Männer aus Toulouse, die behaupten, daß sie Ihre Onkel sind. Ich habe gesagt, ich hätte Sie noch nie im Leben gesehen, doch ich habe das Gefühl, die beiden sind anständige Leute, und mir sind Zweifel gekommen, ob sie nicht wirklich Ihre Verwandten sind...«

Sinauer hatte ihn also gefunden, dachte Willy, ohne ärgerlich darüber zu sein. Wie hätte er das auch gekonnt? Es gab im Augenblick nur zwei Menschen auf der Welt, denen sein Schicksal am Herzen lag: Verena und diesem alten Herrn aus Mailand. Er holte tief Luft und bereitete sich darauf vor, dem armen Fouché eine weitere Lüge zu erzählen.

»Das sind keine Verwandten von mir«, antwortete er resigniert, »sondern Alines Onkel, und es sind wirklich grundanständige Leute. Doch ich bitte Sie, Monsieur Fouché, bleiben Sie hart und sagen Sie nichts. Sonst wäre ich gezwungen, den beiden zu erzählen, daß ihre einzige Nichte sich wie eine Verrückte benimmt, und das täte mir leid.«

»Sie haben gesagt, Ihre Mutter sei gestorben...«, sagte Fouché verlegen.

Willy schluckte, die Lügen begannen ihn zu belasten.

»Das stimmt, doch es tut mir leid, daß sie das benutzten, um aus anderen Leuten Auskünfte über mich herauszulocken«, schloß er traurig.

»Machen Sie sich keine Sorgen, Willy«, sagte Fouché entschlossen. »Von mir werden sie nichts erfahren. Ich habe ihnen das örtliche Hotelverzeichnis versprochen. Sie werden ein bißchen herumfahren und, wenn sie müde sind, wieder abreisen. Sie können beruhigt sein, ich schweige wie ein Grab.«

In der Zwischenzeit diskutierten Sinauer und Lavoisier aufgeregt im Garten.

»Was denkst du?« fragte Sinauer schlecht gelaunt.

»Daß er lügt, aber da ist nichts zu machen.«

»Das weiß ich auch. Ich habe dich gefragt, was du denkst, wie wir jetzt weiter vorgehen sollten.«

»Mit Sicherheit dürfen wir uns nicht von hier wegbegeben. Wenn Willy irgendwo in der Umgebung ist, werden wir früher oder später etwas davon erfahren. Wir bleiben ein paar Tage hier und benehmen uns wie zwei Alte, die auf der Suche nach ihrem Neffen sind. Und genau das stimmt ja auch, einmal abgesehen davon, daß Willy nicht verwandt mit uns ist.«

»Meinst du, es hat Sinn, auch in den anderen Hotels nach ihm zu suchen?«

»Wir können es probieren, wenn es uns nicht zu weit von hier fortführt«, sagte Robert mit einem Schulterzucken. »Und außerdem besteht ja auch immer noch die Möglichkeit, daß Willy sich in Toulouse meldet…«

44

Zur gleichen Zeit überlegte sich André Renard in seinem Zimmer, ob er seinen Kontakt in Toulouse anrufen sollte. Er wußte noch nicht, wo Willy wohnte; im Hotel mit Sicherheit nicht, das hatte er schon am Vorabend von der Frau an der Rezeption erfahren. Am Ende entschloß er sich, die Nummer des Kontaktmanns in Toulouse zu wählen.

»Ich habe gute Nachrichten«, sagte er.

Der Engländer ließ sich die Gelegenheit nicht entgehen, ihm zu schmeicheln. »Mein Kompliment, Professor! Ich war mir sicher, daß Sie mit Ihrem Scharfsinn zu guten Ergebnissen kommen würden, doch ich hatte nicht so schnell damit gerechnet. Bitte sprechen Sie.«

»Ich bin in Belcaire, im Hotel Fouché. Ich habe den Jungen gefunden. Er hat gestern abend im Restaurant meines Hotels gegessen.«

»Erstaunlich! Fahren Sie fort.«

»Natürlich habe ich nicht viel machen können. Willy hat eilig gegessen und ist gleich darauf gegangen. Er hat kein Zimmer im Hotel. Heute werde ich Nachforschungen anstellen und versuchen herauszubekommen, wo er wohnt. Falls Sie nicht sofort selbst eingreifen wollen...«

Der Engländer räusperte sich. »Ich lasse Sie innerhalb der nächsten halben Stunde wissen, wie Sie sich verhalten sollen. Wo sind Sie jetzt?«

»In meinem Zimmer.«

»Dann bleiben Sie dort. Ich rufe Sie in Kürze zurück.«

Der Anruf Robin Waltons erreichte Stuart genau in dem Moment, als er sein Büro in Berlin verlassen wollte. Die Sekretärin hielt ihn an der Tür auf.

»Ein dringendes Gespräch für Sie, Herr Stuart. Es ist Sir Robin Walton.«

»Stellen Sie es in mein Büro durch.« Stuart machte auf dem Absatz kehrt, setzte sich an den Schreibtisch und nahm den Hörer ab.

»Sir Robin, wie schön, Sie zu hören...«

»Gleichfalls, lieber Stuart. Vor allem, weil ich eine höchst erfreuliche Nachricht für Sie habe...«, setzte der Engländer in einem zufriedenen Ton hinzu, der Stuart mißtrauisch machte.

»Ach wirklich? Ich bin ganz Ohr, Sir Robin. Fahren Sie doch bitte fort.«

»Wir haben den jungen Mann gefunden ...« Walton machte eine Pause, um das Staunen des anderen zu genießen. Doch obwohl Stuart fühlte, wie sich sein Magen zusammenzog, enttäuschte er ihn.

»Das ist ja phantastisch! Dann kann ich wohl meine Männer aus Toulouse zurückrufen...«, sagte er und versuchte so etwas wie Erleichterung in seine Stimme zu legen.

»Im Gegenteil. Der Auftrag besteht weiter. Unser Mann in Toulouse hat Glück gehabt: Er hat den jungen Mann in Belcaire, einem Dorf im Pays de Sault, entdeckt. Er könnte noch ein paar Nachforschungen anstellen, wenn Sie einverstanden sind; natürlich ohne sich in Ihre Arbeit einzumischen. Kurz und gut, die Lage ist folgendermaßen: Wir haben den jungen Mann gefunden oder so gut wie gefunden, aber Sie müssen ihn fassen...«

»Was heißt: so gut wie gefunden? Haben Sie ihn gefunden oder nicht?«

Sir Robin seufzte. »Ja doch. Aber unser Mann hat ihn nur gesehen, gestern abend in dem Hotelrestaurant, wo er zum Essen war. Er hat sich informiert und erfahren, daß der junge Mann nicht dort wohnt: Er war nur zum Essen in Begleitung der Tochter des Hoteliers da. Was vermuten läßt, daß die beiden befreundet sind und der junge Mann in der Umgebung wohnt. Können Sie mir folgen?«

»Natürlich«, sagte Stuart, erleichtert von der Nachricht, daß Willy noch nicht in den Händen der Engländer war.

»Also ist es nach wie vor Ihre Aufgabe, den jungen Mann zu suchen und ihn uns zu übergeben, wenn Sie ihn gefunden haben. Unsere Abmachungen bleiben somit unverändert. Wir haben Ihnen nur die Aufgabe erleichtert.«

»Und was machen Sie später mit ihm? Das habe ich bei unserem ersten Gespräch vergessen zu fragen«, sagte Stuart, auch wenn er wußte, daß Walton ihm seine wirklichen Absichten nicht offenbaren würde.

»Sie sind sehr viel neugieriger als Ihr Vorgänger, das muß die übliche Kluft zwischen den Generationen sein«, sagte Sir Robin. »Was wir mit dem Jungen machen, geht Sie nichts an. Doch angesichts unserer freundschaftlichen Beziehungen denke ich, Sie beruhigen zu können. Auch weil es mir so vorkommt, als hätten Sie eine schlechte Meinung von uns, oder irre ich mich?«

Stuart antwortete nicht. Walton wartete noch, um ihm Gelegenheit zu geben, seinen letzten Worten zu widersprechen, doch als ihm klarwurde, daß Stuart nicht die Absicht hatte, das zu tun, räusperte er sich und fuhr fort: »Natürlich wird der Junge zu seiner Familie zurückkehren, einmal angenommen, er hat noch eine. Uns interessieren nur die Dokumente.«

»Natürlich«, wiederholte Stuart.

»Das klingt nicht sehr überzeugt...«, bemerkte Walton verärgert.

»Im Gegenteil, Sir Robin. Ich war einfach nur neugierig. Was Sie mit dem Jungen tun, ist wirklich Ihre Sache«, schloß er gleichgültig.

»Eben«, bekräftigte Walton gereizt. »Dann sind wir uns einig? Ich schicke Ihnen den Bericht meines Mannes in Belcaire. Haben Sie etwas dagegen, daß er weiter ein paar kleine Nachforschungen anstellt? Wir würden ihn gerne vor Ort lassen.«

Stuart verzog das Gesicht. Es war klar, daß die Engländer das Vorgehen des Dienstes kontrollieren wollten.

»Wie mein lieber Freund Brian Spencer weiß«, sagte er und erwähnte mit Absicht Waltons Vorgesetzten, »liegt unserem Dienst daran, ohne Einmischung zu arbeiten. Es wäre also angebracht, daß Sie Ihren Agenten zurückrufen.« Doch Stuart gab sich keinen Illusionen hin: Daß der Engländer es vermieden hatte, den Namen seines Agenten zu nennen, bedeutete, daß er ihn auf seinem Posten lassen würde.

»In Ordnung, wie es Ihnen lieber ist. Unserem Mann wird das nicht gefallen. Im Grund ist es ihm zu verdanken, daß wir den Jungen gefunden haben.«

»Doch es wird unser Verdienst sein, wenn Sie ihn mit nach Hause nehmen können«, sagte Stuart. »Bis dahin erwarte ich mit Ungeduld den Bericht Ihres Mannes, um meine Agenten auf den neuesten Stand zu bringen.«

»Sie bekommen ihn in der nächsten halben Stunde. Ich vertraue darauf, daß Sie im Licht der neuen Fakten nicht lange brauchen, um den Fall zu lösen.«

»Sicher nicht, sofern Ihr namenloser Agent, von seinem Erfolg beflügelt, nicht irgendeine Dummheit anstellt«, bemerkte Stuart polemisch.

»Ich habe Ihnen doch versichert, daß ich ihn zurückrufe!« protestierte der andere gereizt.

»Andernfalls, Sir Robin, werden Sie voll und ganz dafür verantwortlich sein, wenn irgend etwas nicht so abläuft, wie es sollte«, schloß Stuart unbeeindruckt.

Nachdem er aufgelegt hatte, rief Stuart Ogden an.

»Wo bist du?« fragte er, als der Agent sich meldete.

»In meinem Zimmer.«

»Gut, dann setz dich bequem hin, weil ich dir jetzt alles über den Fall Weber erzähle.«

»Das wird aber auch Zeit«, sagte Ogden. »Schieß los, ich höre.«

»Du hast doch meinen Bericht über den Auftrag erhalten, den unser Dienst von den Engländern bekommen hat?«

»Ja, und als ich ihn gelesen hatte, konnte ich mich des Gedankens nicht erwehren, daß es wirklich stimmt: Wer hat, dem wird gegeben. Wenigstens kannst du so sparen.«

Stuart ging nicht auf die spitze Bemerkung ein. »Bei der Lektüre des Berichts hast du sicher verstanden, daß die Engländer den Jungen wollen, weil sie wissen, daß er Dokumente in Händen hat, die beweisen, wie der Vorgänger von Brian Spencer in der unmittelbaren Nachkriegszeit ohne Wissen der Regierung das Leben eines Naziverbrechers im

Tausch gegen die vierte Panama-Gesellschaft gerettet hat. Kannst du mir folgen?«

»Ja sicher. Sie haben das Geld all die Jahre behalten und wollen es auch weiter behalten. Das scheint mir logisch. Dank dieser vierten Panama-Gesellschaft verfügen sie über so beträchtliche finanzielle Mittel, daß sie auf die eigene Regierung pfeifen können. Ein echter Glücksfall, der Traum jedes staatlichen Geheimdienstes. Seit der Nachkriegszeit müssen Brian Spencer und seine Vorgänger eine Menge dunkler Machenschaften überall in der Welt finanziert haben, ohne daß irgend jemand davon wußte. Und mit Dokumenten, mit denen sich die Verstrickung der drei wichtigsten Schweizer Banken in die Affäre Weber beweisen läßt, könnten sie die Banken bis in alle Ewigkeit erpressen. Deshalb springt einem – entgegen der Versicherungen deines Freundes Robin Walton – leider klar ins Auge, daß Willys Leben für die Engländer keinen Pfifferling wert ist. Sollte es ihnen gelingen, den Jungen zu fassen, würden sie ihn vermutlich töten.«

»Genau das ist der Punkt. Einer ihrer Agenten, der in Toulouse sitzt, hat Willy in Belcaire gesehen. Zum Glück haben sie sein Versteck nicht ausfindig gemacht, also bleibt uns ein minimaler Spielraum. Doch es gibt da noch etwas, was du nicht weißt...«

»Sieh mal an!« sagte Ogden resigniert. »Fahr bitte fort.«

»Kurz bevor die Engländer den Dienst mit der Suche nach Willy beauftragt haben, bin ich von Israel kontaktiert worden. Die Israelis haben mir enthüllt, daß von Ritter noch lebt, und zwar in Paraguay. Er ist achtzig Jahre alt, aber immer noch klar genug dafür, über die Naziorganisation, die früher Odessa hieß, die Morde an Jacob Weber und dessen Frau ausführen zu lassen. Zum Glück ist Willy rechtzeitig geflohen.«

»Du meinst, daß nicht die Banken und nicht die Engländer Jacob Weber getötet haben, sondern dieses alte Schwein?« fragte Ogden ungläubig. »Nun ja, er ist nur schneller als die anderen gewesen, das ist klar. Aber warum sollte er es getan haben?«

»Von Ritter hat sich, als er von Bruno Webers Tod erfuhr, mit Jacob in Verbindung gesetzt, um sich zu vergewissern, daß dieser darüber informiert war, wem die vierte Panama-Gesellschaft gehört, nämlich nicht mehr ihm, sondern den Engländern. Das mag so eine Art Loyalität gegenüber dem Sohn seines alten Komplizen gewesen sein. Jacob bereitete ihm keinen freundlichen Empfang, sondern sagte ihm klar und unmißverständlich, was er von ihm und von seinem Vater hielt. Er drohte von Ritter, die Öffentlichkeit darüber zu informieren, daß er noch am Leben sei. Damit besiegelte er sein eigenes Schicksal. Nach dem Gespräch mit von Ritter setzte Jacob Weber sich außerdem mit der israelischen Botschaft in Bern in Verbindung. Leider war der Botschafter nicht anwesend, doch Weber vereinbarte einen Termin für den nächsten Tag. Vermutlich aus einer Art Vorahnung heraus sagte er der Botschaftssekretärin, daß der Grund, warum er den Botschafter sprechen wolle, von Ritter sei, und wiederholte mehrmals den Namen. Nach Aussage der Frau war Weber völlig außer sich. Nun, zu dieser Verabredung konnte er nicht mehr erscheinen.«

»Aber in dem Bericht, den du mir geschickt hast, steht doch, daß die Engländer darauf vertrauten, ihn überreden zu können, weil Jacob Weber trotz allem die Prokura der vierten Panama-Gesellschaft übernommen habe. Dann war er doch schon auf dem laufenden darüber, daß die Engländer sie in die Hände bekommen hatten und wie sie dort hingelangt war.«

»Gewiß, doch mit Sicherheit hatte er nicht erwartet, daß von Ritter Kontakt zu ihm aufnehmen würde. Er hielt ihn für tot und begraben. Es muß für einen Mann wie Jacob Weber unerträglich gewesen sein zu erfahren, daß einer der Verantwortlichen für dieses ganze Unglück noch am Leben war, ja sich ihm sogar nützlich machen wollte und ihn wie einen Komplizen behandelte, der sein Vater einst gewesen war. Das war der Tropfen, der das Faß zum Überlaufen brachte. Sich mit den Engländern einzulassen hatte Jacob Weber noch ertragen können, doch als er die Stimme dieses Mörders hörte, brach er zusammen. Wie auch immer: Die Bänder der Unterhaltung zwischen von Ritter und Weber sind in der Hand des Mossad; das Telefon des Nazis wurde seit Jahren abgehört. Die Israelis hätten also auf jeden Fall etwas unternommen, auch wenn Weber sich nicht bei ihrer Botschaft gemeldet hätte.«

»Da es dem Mossad nicht gelungen ist, Beweise zusammenzutragen, um von Ritter festzunageln, nehme ich an, daß es nicht nur Odessa – oder wie die Organisation heute heißen mag – gewesen ist, die dem Ex-SS-Offizier geholfen hat, sich eine einwandfreie neue Identität zu beschaffen...«, sagte Ogden.

»So ist es«, bestätigte Stuart. »Sicherlich hatte sich von Ritter, schon bevor er von den Engländern festgenommen wurde, gegen eine Eventualität dieser Art abgesichert. Als er die vierte Panama-Gesellschaft hergab, muß er auch klargestellt haben, daß eine für den englischen Geheimdienst sehr peinliche Dokumentation nach Israel und in das Vereinigte Königreich gelangen würde, falls ihm irgend etwas passieren sollte. Es war also im Interesse aller, daß von Ritter sich in seinem komfortablen Versteck in Assunción ruhig verhielt. Doch das ist jetzt nicht mehr wichtig. Du fragst dich sicher, aus welchem Grund Israel die Hilfe des Dienstes angefordert hat...«

»Allerdings...«

»Der Mossad hat einen Maulwurf in der Organisation von Brian Spencer. Dieser Maulwurf hat sofort erfahren, daß die Engländer vorhatten, sich an uns zu wenden, um Willy zu finden, und daß sie selbst nicht aktiv würden, um nicht Gefahr zu laufen, aufzufallen und sich dann gegenüber ihrer Regierung rechtfertigen zu müssen. Der einfachste Weg, um in den Besitz der Dokumente zu gelangen, mit denen sich von Ritters Machenschaften und seine wahre Identität nachweisen ließen, war für die Israelis also, sich mit uns zu einigen. Und das haben sie getan.«

»Natürlich liegt niemandem mehr als Israel an den Beweisen für die Operationen der Schweizer Banken. Und am Kopf des alten Nazis.«

»Sicher, aber was geht uns das an? Israel zahlt sehr gut, wie du dir vorstellen kannst, und die Engländer – oder besser Brian Spencer und seine Bande – werden sich, wenn die Sache erst abgeschlossen ist, hüten, sich allzusehr aufzuspielen, weil sie sonst Gefahr laufen, daß der Dienst die ganze Sache ihrer Regierung hinterbringt. Glaubst du nicht?«

»Dein Sir Robin Walton hat einen schweren Fehler begangen…«, sagte Ogden.

»Und der wäre?«

»Er hat dir keine ausreichenden Garantien dafür gegeben, daß Willy nichts geschieht, wenn du ihn erst den Engländern übergeben hast. Doch er konnte ja nicht wissen, daß Willy dein Sohn ist…«

»Genau«, sagte Stuart knapp. »Auf diese Art wären wir alle zufrieden: der Dienst, weil er für seine Arbeit hervorragend bezahlt wird, und wir, weil wir Willy davor bewahren, den Engländern in die Hand zu fallen. Nicht zu reden von den Israelis, die mit der fettesten Beute nach Hause kommen.«

»Und von Ritter? Wer schützt uns davor, daß seine Killer wieder losziehen, um ihre Arbeit zu Ende zu bringen?«

»Von Ritter steht seit gestern auf seinem Landgut in Paraguay unter strenger Bewachung, und der Rest seiner Familie ebenfalls. Er hat Kinder, Enkel, Urenkel … Der Mossad hat verlauten lassen, daß der Patriarch samt seiner Familie in die Luft fliegt, falls in der Languedoc irgend etwas schiefgeht. Das ist kein Problem mehr, du kannst beruhigt sein.«

»Dann bleibt nur noch ein Problem, aber das kennst du ja schon«, sagte Ogden.

»Der Mann aus Toulouse. Walton hat gesagt, er ist ein Hilfsagent…«

»Ich habe in deinem Bericht gelesen, daß es sich um jemanden handelt, der es sich nicht erlauben kann, irgend etwas zu verweigern. Wenn sie ihm den Auftrag geben, Willy zu töten, dann tut er es.«

»Ich weiß«, gab Stuart ihm recht. »Und deshalb dürfen wir keine Zeit verlieren. Aber ich habe keine Ahnung, wie wir ihn ausfindig machen können.«

»Zuerst einmal fahre ich nach Belcaire und steige in diesem Hotel ab. Gott sei Dank gibt es noch dieses Detail mit dem Mädchen, das sie uns verraten haben.«

»Wie weit ist Belcaire von eurem jetzigen Aufenthaltsort entfernt?« fragte Stuart.

»Ungefähr dreißig Kilometer. Ich breche sofort mit Parker auf und rufe dich an, sobald ich dort bin. Auf jeden Fall bin ich heute nacht noch da.«

»In Ordnung. Dann bis später.«

45

André Renard ging nervös im Zimmer auf und ab. Dieser Idiot vergeudete seine Zeit. Es waren schon Stunden vergangen, seit er seinen Kontaktmann in Toulouse benachrichtigt hatte; und seitdem hatte sich niemand mehr gemeldet.

Dieser Junge war offensichtlich wertvoll; die Engländer würden sicherlich eine gutausgebildete Mannschaft schikken, und er könnte nach Toulouse zurückkehren. Vernünftigerweise sollte er sich das wünschen. Vielleicht würden sie ihn in Anbetracht seines Alters und dieses Erfolgs endlich für den Rest seiner Tage in Ruhe lassen. Doch zu seiner eigenen Verwunderung wurde ihm bewußt, daß es ihn gekränkt hätte, wenn jetzt die Anordnung gekommen wäre, das Feld zu räumen. Vielleicht weil alles wie am Schnürchen gegangen war, vielleicht wegen seines Geltungsdrangs.

Das Handy läutete. Renard griff danach und meldete sich.

»Guten Tag, Professor. Ich bin in der Halle. Könnten Sie vielleicht herunterkommen?«

»Ich komme sofort«, beeilte er sich zu antworten. Dann ging er ins Bad und warf einen Blick in den Spiegel. Ja, alles in Ordnung; er strich sich noch einmal über das Haar. Sie hatten ihn überrumpelt. Das waren nun einmal ihre Methoden: Sie wollten ihm zu verstehen geben, daß er immer überwacht werde, falls es ihm einfallen sollte, sich aus dem Staub zu machen.

Er ging hinunter in die Halle. Der Mann stand bei der Vitrine mit den Büchern über die Languedoc. Als er seine Schritte hörte, wandte er sich um und kam ihm lächelnd entgegen.

»Guten Tag, Professor, ich freue mich, Sie zu sehen!« sagte er laut und streckte die Hand aus.

Renard ergriff sie und lächelte seinerseits. »Was für eine schöne Überraschung! Was führt Sie denn hierher?«

Der andere sah ihn an, und sein Lächeln wirkte ein wenig verknittert, doch er beschloß, die Bemerkung zu überhören. »Können wir uns irgendwo ungestört unterhalten?«

»Lassen Sie uns im Garten etwas trinken.«

Im Garten waren die Tische schon für das Mittagessen gedeckt. Sie entschieden sich für einen, der weit von der Fensterwand entfernt stand, fast an der Einfriedung, im Schatten einer Weide.

»Ich möchte Ihnen die Komplimente des Chefs unserer Abteilung übermitteln«, sagte der Engländer, als sie sich gesetzt hatten. »Ihr Erfolg hat London überrascht. Niemand hatte ein so promptes Ergebnis erwartet.«

»Danke«, sagte Renard und konnte eine gewisse Genugtuung nicht verbergen.

»Leider müssen wir Sie bitten, uns noch ein wenig von Ihrer Zeit zu widmen, Professor.«

Renard hüstelte nervös. Sein Traum, zu seinem normalen Leben zurückkehren zu können, verflüchtigte sich. Doch gleichzeitig meldete sich ein altes Gefühl zurück. Als junger Mann war er ein leidenschaftlicher Bergsteiger gewesen, der die Gefahr suchte, und in diesem Augenblick, als er die Worte des Engländers hörte, war es wie früher, diese Leere im Magen war wieder da, dieses Kribbeln im Nacken, Vorboten einer Erregung, die um so stärker wurde, je gefährlicher der Aufstieg war.

Er zündete sich eine Zigarette an und wurde nach dem ersten Zug ruhiger. Der Engländer schwieg, wartete auf ein Zeichen der Zustimmung von seiner Seite. Das verabscheute er am meisten an ihnen: diese überflüssige Förmlichkeit, dieses heuchlerische Theater, als handle es sich um ein Gespräch zwischen zwei Gentlemen alter Schule und nicht zwischen zwei verdammten Spionen.

»Ich höre«, murmelte er resigniert.

»Natürlich wird eine Mannschaft nach dem jungen Mann suchen, doch wir möchten gerne, daß Sie Ihre Ermittlungen unabhängig davon fortsetzen. Ihr Talent und die Arbeit der ausführenden Agenten sollen nicht vermischt werden...«

»Ich danke Ihnen«, unterbrach ihn Renard, »doch ich muß Sie darauf hinweisen, daß ich ziemlich viel Glück gehabt habe...«, wehrte er ab.

Der Engländer seufzte. »Ach, Professor! Wenn Sie unbedingt den Bescheidenen spielen wollen, dann sagen wir eben, daß das Glück auf Ihrer Seite ist. Und hier gilt das gleiche wie am Spieltisch: Wenn das geschieht, muß man es ausnutzen. Sie folgen Ihren Methoden und Ihrem guten Stern, und ich bin sicher, daß Sie zu Ergebnissen kommen. Doch halten Sie sich bitte für jede Eventualität bereit und bleiben Sie immer im Hintergrund. Wir wollen nicht, daß die Mannschaft Sie erkennt. Habe ich mich klar ausgedrückt?«

Bei diesen Worten verstärkten sich Renards Befürchtungen. Er versuchte, Ruhe zu bewahren, dachte aber gleichzeitig hektisch nach und ließ den Blick schweifen: Dieses herrliche Fleckchen Erde war für ihn mit einem Mal zu einer Falle geworden.

»Ich bin mir nicht sicher, ob ich es richtig verstanden habe«, sagte er und sah dem Engländer in die Augen. »Heißt das, ich darf keinen Kontakt mit den ausführenden Agenten der Mission aufnehmen? Warum denn nicht? Das ist doch sehr seltsam...«

»Aber nein, das ist es ganz und gar nicht!« sagte der Engländer und schüttelte den Kopf, als hätte er es mit einem Kind zu tun. »Wir möchten einfach nur, daß jeder seine eigene Strategie verfolgt und sich bei den anderen nicht einmischt. Das ist alles. Wir setzen Agenten von außen ein, jedenfalls im Augenblick, und es ist nicht angebracht, daß Sie mit ihnen Kontakt haben. Sie bedienen sich psychologischer Methoden, und die anderen durchkämmen die Dörfer des Pays de Sault, zwei unterschiedliche Strategien, da werden Sie mir zustimmen. Sobald Sie den jungen Mann gefunden haben, sagen wir Ihnen, wie Sie sich weiter verhalten sollen. Dann können Sie möglicherweise nach Toulouse zurückkehren.«

Die Lust an der Gefahr mit ihrem aufregenden, altbekannten Kribbeln, das er noch wenige Minuten zuvor gespürt hatte, schlug in Angst um. Was heckten diese Hurensöhne aus, in was für eine gefährliche Lage brachten sie ihn da? Schweißtropfen traten auf seine Stirn.

»Ich nehme an, daß es sinnlos ist, Sie zu fragen, warum gerade Sie einen Söldnerdienst beschäftigen...«

»So ist es«, bestätigte der andere barsch.

»Wissen diese Agenten, daß ich vor Ort bin?« fragte Renard nach.

Der Engländer antwortete nicht gleich. Schließlich nickte er, doch seine Worte waren nicht beruhigend.

»Ja. Sie sind darüber informiert, daß es Ihr Verdienst ist, den jungen Mann ausfindig gemacht zu haben. Doch sie wissen nicht, wer Sie sind oder wie Sie aussehen. Beruhigt Sie das?«

»Teilweise«, log Renard.

»Mir ist klar, Professor, daß dieses Vorgehen ein bißchen ungewöhnlich ist. Aber machen Sie sich keine Sorgen, Sie gehen keinerlei Risiko ein. Sagen wir einmal, Sie sind der Kopf, und die Söldneragenten der Arm.«

Renard ging das dumme Gerede, mit dem dieser Mann ihm die bittere Pille versüßen wollte, auf die Nerven, doch er versuchte sich das nicht anmerken zu lassen. »Und wenn unsere Wege sich kreuzen sollten, was mir wahrscheinlich vorkommt, und die anderen mich erkennen? Ich glaube nicht, daß diese Leute meine Anwesenheit schätzen...«

»Möglich, daß Sie recht haben, Professor, doch wir glauben, es ist besser so. Wenn Sie erkannt werden sollten, wird es keine Probleme geben. Wie ich Ihnen schon gesagt habe, ist dieser Söldnerdienst darüber informiert, daß Sie einen Auftrag für uns durchführen, und man hat dort nichts dagegen einzuwenden«, log er.

»Ich glaube eher«, unterbrach ihn Renard, »daß Sie gezwungen waren, meine Anwesenheit zuzugeben, um mitteilen zu können, daß der Junge gefunden ist. Doch ich bin davon überzeugt, daß Sie diesem anderen Dienst dann versichert haben, Sie hätten mich abgezogen. Ich bin seit längerer Zeit im Ruhestand, aber ich kann mich noch an die Regeln des Spiels erinnern: Kein Dienst würde Einmischungen bei einer konkreten Operation akzeptieren.«

»Dieses starre Denken war früher üblich, lieber Renard, als Sie Ihren Flirt mit den Nazis hatten, als junger Mann in Vichy«, sagte der Engländer schroff. »Heute ist man in dieser Hinsicht flexibler. Kommen Sie, jetzt schieben Sie Ihre Bedenken einfach beiseite und betreiben weiter Ihre kleinen Nachforschungen, ohne sich allzu viele Probleme zu machen«, schloß der Mann in einem Ton, der wieder freundschaftlich klang.

»In Ordnung«, murmelte Renard. »Ich hoffe, ich habe möglichst bald gute Neuigkeiten für Sie.«

»Dessen bin ich mir sicher.« Der Engländer sah sich um. »Ein reizendes Plätzchen, finden Sie nicht? Versuchen Sie, diesen Aufenthalt in den Pyrenäen doch einfach als kleinen Forschungsurlaub zu betrachten«, sagte er, stand auf und reichte ihm die Hand. Renard drückte sie, ohne daß es ihm gelungen wäre zu lächeln.

»Ich verlasse Sie jetzt, da ich so schnell wie möglich zurück nach Toulouse muß. Wirklich, ich beneide Sie ein bißchen. Und schließlich sind Sie hier doch auch am Ort Ihrer Studien, nicht wahr? Die Katharer, der Kreuzzug gegen die Albigenser, Montségur ...«, zählte er auf, zufrieden, mit seinem Wissen angeben zu können, das sich auf das beschränkte, was er in Renards Dossier gelesen hatte. »Wie geht Ihre Arbeit voran?« fuhr er fort, und es gelang ihm, sein Interesse fast glaubhaft erscheinen zu lassen. »Ich weiß, daß Sie in Kürze eine neue Studie veröffentlichen wollen...«

»Mit meiner Arbeit gerate ich natürlich beträchtlich in Verzug...«, antwortete Renard, ohne seinen Ärger zu verhehlen.

»Das weiß ich, Professor. Aber machen Sie sich keine Sorgen: Zum Schluß werden Sie dafür belohnt werden, und zwar so, daß Sie zufrieden sein können. Haben Sie nie daran gedacht, den Verlag zu wechseln? Ihre Bücher verdienten es, daß man sich mehr dafür einsetzt, und wir sind seit einiger Zeit im Verlagswesen tätig. Sagen wir einmal, wir haben eine ansehnliche Beteiligung an einem bedeutenden Verlagshaus, dessen Namen ich im Augenblick nicht nennen möchte. Ich bin davon überzeugt, daß man sich dort mit Ihren Arbeiten angemessen beschäftigen wird. Doch darüber sprechen wir ein andermal. Auf Wiedersehen.«

Der Engländer drehte sich um und ging auf das Hotel zu, während Fouché sich gleichzeitig ihrem Tisch näherte.

»Guten Tag, Monsieur Renard. Geht Ihr Gast schon? Schade, ich hatte nicht bemerkt, daß jemand im Garten ist. Haben Sie einen Wunsch? Einen Kaffee vielleicht?«

»Ja, bitte einen Kaffee«, antwortete Renard, ohne hochzusehen. Das übliche System von Zuckerbrot und Peitsche, dachte er. In Wirklichkeit warfen sie ihn den Wölfen zum Fraß vor, und er konnte nichts dagegen tun. Die letzten Worte des Engländers waren eindeutig: Wenn er die Zusammenarbeit verweigert hätte, würden sie ihn fertigmachen.

Fouché bemerkte, daß der Professor nicht in der Stimmung für ein Schwätzchen war, und entfernte sich diskret.

46

Ogden wollte gerade das Hotel in Montségur verlassen und nach Belcaire aufbrechen, als das Telefon läutete. Er meldete sich in der Erwartung, daß es Franz oder Parker wären, doch dann hörte er Verenas Stimme.

»Hallo«, sagte sie fröhlich. »Das hast du nicht erwartet, daß ich dich finde, oder?«

Ogden kam sie wie ein Kind vor, das stolz auf ein Bravourstück ist. »Ich hätte dich angerufen«, sagte er kühl.

Sie antwortete nicht sofort, und als sie es tat, klang sie verletzt: »Tut mir leid, ich wußte nicht, daß ich etwas Ungehöriges getan hatte…«

»Leg auf, ich rufe dich zurück«, wies er sie an.

Sie tat es, und Ogden griff zu seinem abhörsicheren Handy.

»Jetzt können wir reden«, sagte er freundlicher.

»Ich habe wohl etwas Dummes getan, es tut mir leid…«, Verenas Stimme hatte ihre ganze Munterkeit verloren. »Ich sollte wohl mehr Spionageromane lesen; wenn ich besser vorbereitet wäre, würde ich nicht diese Fehler machen.« Sie versuchte ein Lachen, doch es mißlang ihr gründlich.

»Ist nicht schlimm«, versicherte er ihr. »Wie geht es dir?«

»Gut, abgesehen davon, daß ich mich tödlich langweile. Darf ich wirklich nicht aus dem Haus?«

»Besser nicht. Doch es wird nicht mehr lange dauern. Wir haben Willy ausfindig gemacht, und die Chancen stehen gut, daß du ihn bald wieder in deine Arme schließen kannst.«

»Mein Gott, das ist ja wunderbar! Wie geht es ihm?«

»Als er neulich abends gesehen wurde, ging es ihm ausgezeichnet.«

»Ogden...«, sagte sie zögernd.

»Ja?«

»Kann ich zu euch kommen?«

»Ausgeschlossen.«

»Wieso denn?« protestierte sie wütend. »Ich verhalte mich vollkommen ruhig, bleibe im Hotel und störe niemanden. Und wenn du Willy gefunden hast, bin ich schon da.«

»Das geht nicht, vergiß es. Wenn wir Willy haben, bringen wir ihn gleich nach Toulouse. Du kannst unmöglich herkommen, es wäre gefährlich und würde unsere Arbeit behindern.«

»Na dann, aber du versprichst mir, daß du mich sofort anrufst, wenn du ihn gefunden hast?«

»Das verspreche ich dir.«

»Kannst du mir nicht etwas Nettes sagen?«

»Du hast eine wunderschöne Stimme. Ich würde sie gerne aus der Nähe hören.«

»Wilhelm Reich würde dich als Beispiel nehmen, wenn er noch lebte. Ein bombensicherer Charakterpanzer...«

Ogden antwortete nicht gleich, und Verena taten ihre Worte leid. Doch gesagt war gesagt.

»Panzerungen sind in diesem Beruf erwünscht«, sagte Ogden und bemerkte zu spät, daß seine Stimme beleidigt klang. »Ich muß jetzt aufhören. Sobald es Neuigkeiten gibt, melde ich mich bei dir.«

»Wohin gehst du?«

»Es ist nicht nötig, daß du das weißt. Versuch zu verstehen...«

»Ich verstehe sehr gut«, sagte sie kalt. »Dann viel Glück, und vergiß dein Versprechen nicht.«

Verena legte auf, und Ogden hatte ein unbehagliches Gefühl, was den Verlauf ihres Gesprächs anging. Doch schon als er die Treppe hinunterging, um Franz zu treffen, hatte er den Gedanken an sie in irgendeinen hinteren Winkel seines Gehirns verdrängt. Franz wartete in der Halle auf ihn.

»Alles klar?« fragte Ogden.

»Ja, wir können los.«

Sie stiegen ins Auto und fuhren aus Montségur hinaus, bogen in die Straße ein, die sich den Berg hinunterwand. Nach einigen Kilometern passierten sie den Wald von Bélesta, und die Sonne verschwand hinter den dichten Tannen. Die Straße war eng, doch wenig befahren, nur ein paarmal begegneten ihnen andere Autos. Sie kamen in das kleine Tal vor der Hochebene von Espezel. In kaum mehr als einer halben Stunde hatten sie Belcaire erreicht.

André Renard verließ das Hotel. Er hatte beschlossen, ein wenig mit dem Auto spazierenzufahren, um sich die Umgebung genauer anzusehen. Als er aus der Tür kam, stieß er mit Franz zusammen. Sie entschuldigten sich gegenseitig, dann gingen Franz und Ogden hinein, während Renard ins Auto stieg, das vor dem Hotel stand. Er wollte gerade in die Hauptstraße einbiegen, als er Esclarmonde in ihrem roten Renault am Straßenrand sah. Er fuhr mit seinem Rover näher heran und machte das Fenster auf.

»Guten Tag, Mademoiselle. Alles in Ordnung?«

»Guten Tag, Monsieur Renard. Alles in Ordnung, danke. Reisen Sie ab? Ich dachte, Sie bleiben ein paar Tage...«

»Das tue ich auch. Ich mache nur eine kleine Orientierungstour. Es ist einige Jahre her, seit ich das letzte Mal in dieser Gegend war. Wo kommt man denn hin, wenn man hier immer geradeaus fährt?«

»Auf dieser Straße kommen Sie zur Skistation von Camurac, dann, wenn Sie den Schildern folgen, können Sie nach Montaillou abbiegen...«

»Ah, ja sicher! Le Roi Ladurie hat ein wunderbares Buch darüber geschrieben, wußten Sie das?«

»Ja, das wissen alle hier in der Gegend. Doch ich habe es nie gelesen«, antwortete das Mädchen.

»Und Sie, was tun Sie heute Schönes?« wagte sich Renard vor und hielt den Atem an. Diese Frage war tatsächlich zu deutlich, ging ihm in dem Moment, als er sie aussprach, durch den Kopf, doch er mußte versuchen, mit dem Mädchen Freundschaft zu schließen, wenn er es schaffen wollte, sie nach Willy zu fragen.

Esclarmonde antwortete nicht gleich. Sie sah diesen

lächelnden älteren Mann an, und trotz seiner freundlichen Miene gelang es ihr nicht, das Mißtrauen zu überwinden, das er ihr einflößte. Sie war auf dem Weg zu Willy, doch das mochte sie ihm nicht sagen, und sie wollte auch Comus nicht erwähnen.

»Ich will eine Freundin besuchen, hier in der Nähe. Also, Sie bleiben dann noch ein bißchen?« fragte sie, um das Thema zu wechseln.

Renard bemerkte, daß das Mädchen log, doch er konnte ihr unmöglich auf diesen verlassenen Straßen folgen, ohne bemerkt zu werden.

»Gewiß. Ich habe beschlossen, mich einige Tage auszuruhen und ein paar Ausflüge zu den Burgen zu machen. Sehen wir uns heute abend?«

»Natürlich«, antwortete Esclarmonde und winkte ihm zu.

Renard winkte zurück und schloß das Autofenster; vorerst mußte er sich damit zufriedengeben. Er schlug die Straße nach Camurac ein und nahm sich vor, sich die kleinen Dörfer der Umgebung anzusehen, ein paar Fragen zu stellen und dann ins Hotel zurückzukehren. Am Abend würde er sich das Mädchen noch einmal vorknöpfen.

Als Renard sich entfernt hatte, stieg Esclarmonde verärgert wieder in ihr Auto. Dieser Mann würde Richtung Camurac fahren, also auch nach Comus, das war die gleiche Strecke. Sie müßte jetzt warten, bevor sie losfahren konnte, sonst würde er merken, daß sie ihn belogen hatte. Sie hatte sich in eine dumme Lage gebracht, nur weil ihr der Mann nicht gefiel. Esclarmonde beschloß, Willy anzurufen, um ihm zu sagen, daß sie später kam. Sie hielt an einer Bar und benutzte das Münztelefon. Nachdem es ein paarmal geläutet hatte, meldete sich Willy.

»Was ist los? Solltest du nicht schon hiersein?«

»Ja, doch es gab einen kleinen Zwischenfall, ich erkläre es dir später. Ich komme gleich. Hat mein Vater dich angerufen?«

»Ja.«

»Was wollte er?«

»Mir sagen, daß der Vermieter von heute an über die Telefongesellschaft die Einheiten zählen läßt, damit er bei meiner Abreise weiß, wieviel ich telefoniert habe«, log Willy.

»Gut, ich dachte schon, er hat dir empfohlen, mir nicht den Hof zu machen«, sagte sie und lachte. »Wir sehen uns gleich. Bis dann.«

Esclarmonde kam eine halbe Stunde später in Comus an. Sie stieg aus dem Auto und klingelte, worauf Willy ans Fenster trat.

»Ich mache dir gleich auf.«

Esclarmonde ging durch den Schuppen und schloß rasch die Tür hinter sich. Auf dem ganzen Weg hatte sie den Rückspiegel im Auge behalten und kontrolliert, ob Renard nicht in der Nähe war. Doch es war ihr niemand gefolgt. Sie fand ihre Angst selbst albern, stieß aber trotzdem einen Seufzer der Erleichterung aus, als sie im Haus war.

»Willst du ein Bier?« fragte Willy, als sie in dem kleinen Wohnzimmer auf dem Sofa saßen.

»Ja, bitte. Entschuldige die Verspätung, doch ich habe einen Hotelgast getroffen, der mich ein bißchen aufgehalten hat, weil er wissen wollte, was für Ausflüge man hier machen kann. Ich habe ihm gesagt, daß er nach Camurac und

Montaillou fahren könnte. Aber weil es nur eine Straße gibt und ich ihn zwangsläufig vor oder hinter mir gehabt hätte, habe ich dann lieber gewartet. Mir gefiel der Gedanke nicht, daß er weiß, daß ich hierher fahre. Ich habe keine Ahnung warum, vielleicht kommt das durch diese Geschichte mit deiner ehemaligen Verlobten, die dir Detektive nachschickt...«

Willy lächelte und dachte, daß sie sich, wenn man die Situation bedachte, auf jeden Fall richtig verhalten hatte.

»Das hast du gut gemacht, man weiß nie«, sagte er lachend.

»Hör mal, Willy, da gibt es nichts zu lachen. Ich weiß nicht warum, aber dieser Mann gefällt mir nicht – was dich angeht, meine ich. Ich wäre nie auf die Idee gekommen, mich so zu verhalten, wenn ich statt zu dir irgendwo anders hingefahren wäre.«

Willy zuckte mit den Schultern. »Ich glaube eher, daß du es getan hast, weil du nicht willst, daß jemand weiß, daß du mich besuchst. Gib es zu...«

Esclarmonde errötete und sah ihn herausfordernd an. »Ja was glaubst du denn? Daß die Leute hier noch genauso denken wie in den fünfziger Jahren, nur weil wir auf dem Land sind? Auch bei uns tun die Mädchen, was sie wollen, genauso wie in der Stadt.«

Willy rückte näher an sie heran. Esclarmonde warf ihm einen beleidigten Blick zu.

»Davon bin ich überzeugt. Aber es wäre doch gar nicht schlecht, ab und zu ein paar alte Regeln zu befolgen.«

»Ich befolge keine alten Regeln, nicht einmal ab und zu, und tue nur, was ich für richtig halte.«

»Hieltest du es jetzt für richtig, mich zu küssen?« fragte er und streichelte ihre Wange. Der beleidigte Ausdruck verschwand augenblicklich von ihrem Gesicht.

»Ja, weil du mir gefällst.«

Er umarmte sie, und sie küßten sich und glitten auf das Sofa. Sie blieben lange im Wohnzimmer, bis es dunkel wurde. Dann löste sich Willy von ihr. »Willst du, daß wir nach oben ins Schlafzimmer gehen?« fragte er sie.

Sie nickte. Hand in Hand stiegen sie auf der schmalen Holztreppe nach oben.

Draußen stand das Auto von André Renard neben Esclarmondes Renault. Renard betrachtete die Häuser in der engen Dorfstraße. Die Läden waren überall geschlossen, nur hinter zwei Fenstern brannte Licht. Er notierte sich den Straßennamen und die Hausnummer, dann ließ er den Motor wieder an und fuhr weg.

47

Es war Abend, Ogden und Franz saßen in der Hotelbar, wo Fouché ihnen soeben einen Ricard serviert hatte. Ogden war es gelungen, mit ihm zu sprechen, doch er war ihm keine Hilfe gewesen.

»Eine befremdliche Situation ...«, sagte Franz und betrachtete die milchige Flüssigkeit in seinem Glas.

»Ja, ziemlich seltsam«, stimmte Ogden zu.

Franz schüttelte den Kopf und runzelte die Stirn. »Ich bin ein Agent im Einsatz. Sobald ich stillsitzen muß, bekomme ich eine Identitätskrise.«

Franz hatte das gerade gesagt, als Charles Sinauer und Robert Lavoisier die Bar betraten und sich auf die hohen Hocker neben die beiden Agenten setzten.

»Monsieur Sinauer, Monsieur Lavoisier, guten Abend. Was darf ich Ihnen bringen?« fragte Fouché.

Als Franz die beiden Namen hörte, wandte er sich ruckartig zu Ogden um. Ogden machte eine bejahende Geste.

»Zwei Pastis bitte. Wir sind ein bißchen müde; könnten wir möglichst bald essen?«

»Natürlich, der Speisesaal ist ab halb acht geöffnet. Sie können in zehn Minuten Platz nehmen.«

In diesem Augenblick erschien Esclarmonde, näherte sich der Theke und warf ihrem Vater mit der Hand ein Küßchen zu.

»Da bist du ja endlich, meine Kleine«, begrüßte Fouché sie herzlich. »Geh nicht gleich weiter, ich möchte dir Herrn Sinauer und Herrn Lavoisier vorstellen...«

Esclarmonde gab den beiden die Hand, wechselte ein paar Worte mit ihnen und verschwand dann wieder.

Ogden hatte Sinauer sofort erkannt, denn dem Dossier, das Stuart ihm geschickt hatte, lagen einige Fotos von ihm bei. Was machte er zu diesem Zeitpunkt hier in Belcaire?

Als Sinauer und Lavoisier sich kurz darauf in den Speisesaal begaben, folgten ihnen Ogden und Franz und richteten es so ein, daß sie einen Tisch neben den beiden bekamen. Gegen Ende des Essens warf Ogden Franz einen absichtsvollen Blick zu und begann mit lauter Stimme zu sprechen.

»Willy hat sich wirklich eine schönes Plätzchen ausgesucht, um sich zu verstecken. Aber ich glaube nicht, daß er es lange aushält...«

Er beobachtete verstohlen ihre Tischnachbarn. Sinauer war mit der Gabel in der Luft in der Bewegung erstarrt, während sein Verwandter sich ihnen mit einem bestürzten Gesichtsausdruck zugewandt hatte. Es folgten einige lange Sekunden, in denen niemand etwas sagte. Sinauer war blaß geworden, Lavoisier beeilte sich, ihm eine Tablette zu geben, und goß Wasser in sein Glas. Nachdem er sie genommen hatte, atmete Sinauer tief durch; dann drehte er sich um und sah Ogden entschlossen an.

»Entschuldigen Sie bitte, mein Name ist Charles Sinauer, und dies ist Robert Lavoisier. Wir haben gehört, was Sie gesagt haben, und müssen mit Ihnen reden.«

Ogden bewunderte Sinauers Mut und nickte. »Ich danke Ihnen, daß Sie diese Entscheidung getroffen haben. Es stimmt, wir müssen reden, doch es wäre besser, wenn wir uns nach dem Essen in meinem Zimmer treffen. Ist Ihnen das recht?«

Sinauer warf Lavoisier einen Blick zu, der wenig überzeugt war. Ogden wurde klar, daß die beiden ihm nicht trauten, und machte sofort einen anderen Vorschlag.

»Wäre Ihnen das Lesezimmer des Hotels lieber?«

»Ja«, bestätigte Sinauer, »viel lieber. Ich habe keinen Appetit mehr und werde Sie dort erwarten...«, sagte er und stand auf. Lavoisier folgte ihm, und die beiden verließen den Speisesaal.

Franz sah Ogden bestürzt an. »Warum hast du das Thema so direkt angesprochen?«

»Wir haben keine Zeit. Ich glaube nicht an Zufälle: Wenn Sinauer hier ist, kann es nur wegen Willy sein. Jetzt essen wir zu Ende und gehen zu ihnen.«

»Und wenn sie nun in die Morde verwickelt wären?«

»Das glaube ich wirklich nicht. Kannst du dir vorstellen, daß zwei Männer ihres Alters in den Pyrenäen die Verfolgung eines Jungen aufnehmen? Nein. Sinauer ist ein reicher Industrieller im Ruhestand, der den Dienst mit Nachforschungen über einen an seinem Vater begangenen Raub beauftragt hat. Verantwortlich dafür war der SS-Offizier von Ritter. Doch es ist unglaublich, daß er gerade jetzt hier ist, und ich frage mich, wie er Willy kennengelernt hat. Doch das wird er uns gleich sagen.«

Als sie zu den beiden ins Lesezimmer kamen, hatte Sinauer sich wieder vollkommen erholt. Er sah ihnen mit kämpferischer Miene entgegen. Auf dem Tisch vor ihnen standen eine Flasche Armagnac und vier Gläser. Ogden und Franz traten näher, und Sinauer zeigte auf zwei Sessel. »Bitte setzen Sie sich, meine Herren.«

Eine Weile herrschte allgemeines Schweigen. Dann ergriff Ogden das Wort.

»Ich danke Ihnen, daß Sie mit uns sprechen möchten. Ich heiße Ogden und arbeite für Stuart in Berlin. Dies ist Franz, ein weiterer Mitarbeiter des Dienstes.«

Ungläubig riß Sinauer die Augen auf. »Was sagen Sie denn da?« murmelte er. »Ich habe Stuart nicht beauftragt, den Jungen zu suchen...«, fügte er konsterniert hinzu.

»Ich weiß. Sie haben den Dienst beauftragt, Licht in die Angelegenheit mit Ihrem Vater zu bringen...«

»Ja – und warum sind Sie dann hier?« unterbrach Sinauer ihn aufgeregt. Robert legte ihm eine Hand auf den Arm. »Beruhige dich, Charles, laß ihn sprechen.«

»Wir haben Willy schon gesucht, bevor Sie den Dienst

mit Ihrer Sache beauftragt haben«, erklärte Ogden freundlich. »Aber jetzt sagen Sie mir bitte, wie Sie Willy kennengelernt haben.«

Sinauer sah ihn an und versuchte, rasch seine Gedanken zu ordnen. Dieser Mann erzählte ihm, daß er Willy suchte – doch in wessen Auftrag? Vielleicht für die Mörder seines Vaters und seiner Mutter? In diesem Fall waren sie alle verloren, Willy, Robert und er selbst.

Für Ogden war es, als könnte er Sinauers Gedanken lesen. Er versuchte ein vertrauenerweckendes Gesicht zu machen. »Monsieur Sinauer, Monsieur Lavoisier«, sagte er und wandte sich damit auch an Sinauers Verwandten, weil ihm dieser weniger involviert und deshalb vernünftiger vorkam. »Sie wissen, um was für eine Art Organisation es sich bei unserem Dienst handelt. Wir sind Unabhängige, oder wenn Sie so wollen: Söldner. Sie fragen sich im Moment vielleicht, wer uns mit der Suche nach Willy beauftragt hat. Ich kann Ihnen nur versichern, daß wir Willy ebenso retten wollen wie Sie. Warum hätte ich meine Karten sonst auf den Tisch gelegt, wenn es nicht so wäre? Ich hätte schweigen können, meinen Sie nicht?«

»Sie sagen uns, daß Sie Willy suchen, um ihm zu helfen«, griff Lavoisier ein. »Wenn das stimmt, dann wissen Sie ja sicher auch, wer ihn sucht und ihm Böses will.«

»Ja, aber darauf kann ich Ihnen nicht antworten. Außerdem könnte es Sie in Gefahr bringen, wenn Sie es wüßten. Doch da wir uns alle aus dem gleichen Grund am gleichen Ort befinden, sollten Sie wissen, daß sich in Belcaire oder in der unmittelbaren Umgebung, vielleicht sogar in unserem Hotel noch jemand aufhält, der Willy sucht, und sicherlich nicht, um ihm zu helfen. Zum Glück haben wir Grund zur Annahme, daß auch er das Versteck des Jungen noch nicht kennt. Aber Sie haben die Frage, wie Sie Willy kennengelernt haben, noch nicht beantwortet, meine Herren.«

Sinauer sah Lavoisier an, der seine Zustimmung signalisierte. »Ich glaube, wir können Vertrauen haben, Charles. Außerdem bringt sie das nicht näher an Willy heran.«

»Nun gut«, sagte Sinauer mit einem Seufzen, »ich habe den Jungen auf dem Flug Mailand–Toulouse getroffen. Wir haben uns angefreundet, und ich habe ihn für eine Nacht im Haus meines Verwandten in Toulouse untergebracht. Doch am nächsten Tag ist er geflohen. Das ist alles.«

»Und wie sind Sie darauf gekommen, ihn ausgerechnet hier im Pays de Sault zu suchen?« fragte Ogden nach.

Sinauer schien verlegen und goß sich noch einen Tropfen Armagnac nach, um Zeit zu gewinnen.

»Ich habe intuitiv verstanden, daß er auf der Flucht war: Ich erkenne sofort, wenn jemand verfolgt wird, Monsieur Ogden. Dieser Junge hatte Angst, ich würde sogar sagen, daß er verzweifelt war, auch wenn er es nicht zeigte. Ich habe ihm empfohlen, sich in diese Gegend zu flüchten, wenn er ein Versteck brauchen sollte. Er muß meinem Rat gefolgt sein. Auch Ihre Anwesenheit hier bestätigt mir, daß ich recht gehabt habe.«

»Sie haben ›auch‹ gesagt. Was hat Sie sonst noch vermuten lassen, daß Sie am richtigen Ort sind? Falls es sich um etwas Konkretes handelt.«

Sinauer zuckte mit den Schultern und beschloß, alles zu sagen, was er wußte. »Ich hatte Willy den Namen eines Hotels in Espezel gegeben. Er war auch da, aber sie hatten kein

Zimmer frei, und so hat ihn der Besitzer, der ein Freund von mir ist, hierher geschickt. Doch Fouché, unser Hotelier hier, behauptet, er hätte ihn nie gesehen.«

»Ah, das ist sehr interessant«, sagte Ogden. »Dann glauben Sie also, daß Fouché lügt?«

»Ja, denn es gibt keinen Grund, warum mein Freund in Espezel lügen sollte. Fouché gibt außerdem zu, daß er den Anruf meines Freundes Paul aus Espezel bekommen hat. Aber obwohl er Paul gesagt habe, daß er noch Zimmer frei hätte, sei der Junge nie in Belcaire aufgetaucht. Und das glaube ich nicht.«

»Und Sie haben recht. Willy ist nämlich vorgestern im Restaurant dieses Hotels gesehen worden.«

»Ich habe es dir doch gesagt!« rief Sinauer aus und wandte sich Lavoisier zu. »Wir haben ihn um wenige Stunden verpaßt...«, fügte er in einem bitteren Ton hinzu.

»Nun, meine Herren, die Situation ist folgende«, sagte Ogden. »Der Dienst sucht Willy – und wird ihn bald gefunden haben. Darf ich Sie bis dahin um Ihre Unterstützung bitten?«

Sinauer sah ihn unschlüssig an. Schließlich nickte er, und Lavoisier ebenso. »Aber gewiß«, sagte er. »Wenn wir etwas für Willy tun können...«

»Dann bitte ich Sie, die Augen offenzuhalten und darauf zu achten, wer in diesem Hotel ein und aus geht. Der Mann, den ich erwähnt habe, wohnt eventuell sogar hier. Und versuchen Sie sich mit Fouchés Tochter Esclarmonde anzufreunden. Sie hat Willy nämlich an dem bewußten Abend begleitet. Aber reden Sie von jetzt an mit niemandem ein einziges Wort über Willy.«

Die beiden nickten; dann sah Sinauer Ogden in die Augen. »Die Banken haben etwas damit zu tun, nicht wahr? Sagen Sie mir, wer den Vater und die Mutter dieses Jungen getötet hat, ich bitte Sie!«

»Willys Vater war Bankier, Monsieur Sinauer, das hat dem Jungen kein Glück gebracht...«, antwortete er.

»Ich weiß, daß er Bankier war, das habe ich in der Zeitung gelesen. Und darüber habe ich Willy ja mit dieser Geschichte in Zürich in Verbindung gebracht. Ich habe keinen Augenblick an den Selbstmord dieses Mannes geglaubt, und auch nicht an den seiner Frau. Wer hat sie getötet? Sagen Sie es mir, Sie müssen es wissen!«

»Beruhige dich, Charles!« rief Robert aus. »Je weniger wir über diese Geschichte wissen, desto besser ist es. Beschränken wir uns darauf, Monsieur Ogden zu unterstützen. Seine Organisation hat die nötigen Mittel, Willy in Sicherheit zu bringen. Das übrige ist jetzt nicht wichtig...«

»Nein, das stimmt nicht. Es ist sehr wohl wichtig! Für diesen Jungen, und für uns alle...«, fuhr Sinauer erregt fort.

»Ich kann Ihnen nicht mehr Informationen geben, zu Ihrer eigenen Sicherheit«, erklärte Ogden. »Doch Sie haben recht und unrecht zugleich. Also werde ich Ihnen einen Teil der Wahrheit sagen, weil ich sehe, daß Sie Willy sehr gern haben. Die Eltern des Jungen sind von einem Nazi getötet worden, demselben Mann, der Ihren Vater ausgeraubt hat. Und nicht nur Ihren Vater...«

Sinauer starrte Ogden an, aber er sah durch ihn hindurch. Er weinte, doch es war ein lautloses Weinen, und sein Gesichtsausdruck veränderte sich nicht.

»Immer noch die…«, sagte er und hielt sich die Augen zu. »Immer noch die…«, wiederholte er.

Robert beugte sich über ihn. »Komm, Charles, wir gehen in unser Zimmer.«

Sinauer stand auf, zog ein Taschentuch aus seiner Jackentasche und trocknete sich die Tränen. »Entschuldigen Sie diesen Ausbruch, Monsieur Ogden. Doch es ist hart, feststellen zu müssen, daß sich nach einem halben Jahrhundert nichts geändert hat.«

Ogden legte eine Hand auf die Schulter des alten Mannes. »Wir werden Willy retten, Monsieur Sinauer, das verspreche ich Ihnen.«

Sinauer nickte müde. »Ja, wenigstens ihn, ich bitte Sie.«

48

Am nächsten Morgen wurde André Renard früh wach. Er wollte noch einmal nach Comus fahren, um herauszufinden, ob sich Willy Weber tatsächlich dort versteckt hielt.

Renard ging zum Frühstück nach unten und hoffte, Esclarmonde zu begegnen, doch er wurde von einer Frau bedient, die er noch nie zuvor gesehen hatte.

»Ist Mademoiselle Esclarmonde im Hotel?« fragte er, als sie ihm den Kaffee brachte.

»Nein, sie ist vor kurzem ausgegangen. Wünschen Sie etwas von ihr?«

Renard schüttelte den Kopf. »Nein, es ist nichts Wichtiges. Ich wollte sie nur etwas über eine der Burgen fragen, deren Besichtigung sie mir empfohlen hatte. Aber das macht nichts, ich werde woanders hingehen. Hier hat man ja nur die Qual der Wahl…«

Die Frau lächelte, ohne großes Interesse zu zeigen. »Sie können heute mittag mit ihr sprechen«, sagte sie und entfernte sich.

Renard verließ das Hotel um Punkt neun Uhr. Die Luft war frisch, doch die Sonne stand schon hoch, und es versprach ein heißer Tag zu werden. Er stieg in seinen Rover und fuhr auf der Serpentinenstraße, die hinauf zur Skistation führte, in Richtung Camurac. Die Landschaft war wundervoll, die Pyrenäen lagen in einem klaren Morgenlicht.

In Camurac verlief die Straße, die bis dahin in steilen Windungen angestiegen war, wieder eben und durchfurchte kurvenreich das Plateau. Renard folgte den Schildern nach Comus und erblickte nach ein paar Kilometern das an den Berg geschmiegte Dorf. Hier endete die asphaltierte Straße, und es begann die *route des bonshommes,* die André Renard vor zehn Jahren mit ein paar Kollegen von der Universität Löwen während eines Urlaubs in der Languedoc entlanggewandert war.

In Comus angekommen, parkte er das Auto neben dem Gefallenendenkmal, machte die Motorhaube auf, nahm eine Zündkerze heraus und ersetzte sie durch eine durchgebrannte. Für den Fall, daß jemand ihn beobachten sollte, blieb er eine Weile über den Motor gebeugt, als wollte er überprüfen, was nicht funktionierte, schloß dann die Haube und ging zu Fuß auf das Ortszentrum zu. An jeder Ecke gab es einen steinernen Brunnen, dafür aber kein Café, kein Lebensmittelgeschäft, rein gar nichts. Willy mußte für seine

Einkäufe offensichtlich nach Camurac fahren. Als das Haus, vor dem er am Abend vorher Esclarmondes Auto gesehen hatte, in Sichtweite kam, blieb Renard stehen. In der engen Straße parkten nur zwei Wagen: ein Mini Cooper und ein Peugeot. Einer der beiden mußte Willy gehören. Renard machte kehrt und postierte sich an einem Punkt, von dem aus er die beiden Häuser sehen konnte, setzte sich auf ein Mäuerchen und zündete sich eine Zigarette an. Zwanzig Minuten später kam Willy aus dem Schuppen, ging auf den Mini zu und machte die Wagentür auf. Renard lief zu seinem Auto unten auf dem Platz. Sobald er den Rover erreicht hatte, öffnete er erneut die Motorhaube, setzte sich auf den Fahrersitz, steckte den Schlüssel ins Zündschloß und sah in den Rückspiegel. Als er den Mini auftauchen sah, stieg er aus und machte Handzeichen. Das Auto fuhr heran, und Willy sah aus dem Fenster.

»Brauchen Sie Hilfe?« fragte er.

Renard lächelte erleichtert. »Ich danke Ihnen. Ich weiß nicht, was passiert ist, aber der Motor springt einfach nicht mehr an. Gibt es hier in der Gegend einen Mechaniker?«

Willy stieg aus und trat näher. »Ich weiß nicht, aber ich denke schon. Wenn nicht in Comus, dann bestimmt in Camurac. Doch wir können ja erst einmal sehen, ob ich etwas ausrichten kann.« Er beugte sich über das Auto und warf einen Blick auf den Motor.

»Steigen Sie ein und versuchen Sie zu starten«, sagte er, nachdem er sich ein wenig daran zu schaffen gemacht hatte.

Nach einigen erfolglosen Versuchen schloß Willy die Motorhaube und sah Renard kopfschüttelnd an. »Nichts zu machen, tut mir leid. Steigen Sie ein, ich bringe Sie nach

Camurac. Dort können Sie sich nach einem Mechaniker umsehen.«

»Vielen Dank. Ich bin Professor André Renard aus Toulouse.« Renard stieg ins Auto und gab Willy die Hand.

»Willy, freut mich.«

»Daß mir das gerade jetzt passieren muß!« fuhr Renard verärgert fort. »Ich bin hierhergefahren, um mir anzusehen, wo die *route des bonshommes* beginnt, weil ich in den nächsten Tagen eine Wanderung nach Montségur organisieren möchte. Hoffen wir, daß das Auto nichts Schlimmes hat, das würde mir meine Ferien verderben.«

»Sie wollen zu Fuß nach Montségur?« fragte Willy interessiert. »Das sind vierzehn Kilometer, aber ungefähr vier davon kann man mit dem Auto zurücklegen. Unter den Gorges de la Frau gibt es einen kleinen Platz, wo man den Wagen abstellen kann.«

»Ach wirklich? Für jemanden in meinem Alter ist das ganz praktisch«, meinte Renard scherzhaft. »Haben Sie diese Tour schon gemacht?«

»Noch nicht, aber sie reizt mich. In Camurac werden viele Exkursionen organisiert, und dies ist eine der weniger anstrengenden. Das einzige Problem ist die Rückreise, falls man nicht dort übernachten will. Wenn man dann auch noch am gleichen Tag hoch zur Burg möchte, ist es eine ganz schöne Strapaze. Der Aufstieg ist sehr steil.«

»Steil ist gar kein Ausdruck«, meinte Renard. »Zum Glück halte ich mich als alter Bergsteiger trotz meines sitzenden Berufs in Form. Nach Montségur schaffe ich es ohne weiteres, was aber die Gorges de la Frau angeht, muß ich noch darüber nachdenken...«, schloß er.

Inzwischen waren sie in Camurac angekommen. Willy parkte vor dem Restaurant.

»Sehr gut«, bemerkte Renard, als sie das Lokal betraten. »So kann ich Sie wenigstens einladen, etwas mit mir zu trinken. Ich bin ein bißchen durstig, wie sieht es bei Ihnen aus?«

»Einen Kaffee nehme ich gerne«, antwortete Willy. Dann wandte er sich an den Jungen hinter der Theke. »Guten Tag...«

Der hob die Hand zum Gruß. »Guten Tag. Ich habe die Zeitung für Sie verwahrt«, sagte er und zog unter der Theke eine Ausgabe von *Le Monde* hervor.

»Danke. Gibt es hier im Dorf einen Mechaniker? Das Auto des Herrn ist in Comus stehengeblieben und springt nicht mehr an.«

»Hier in Camurac nicht, da müssen Sie nach Belcaire. Aber wenn das Auto nicht anspringt, können Sie von hier aus bei der Werkstatt anrufen, und die schicken dann jemanden her.«

Willy war froh über diese Lösung, da er keinerlei Lust hatte, nach Belcaire zu fahren, wo er Sinauer oder Lavoisier begegnen könnte.

»Können Sie uns die Telefonnummer geben?« fragte Renard.

»Natürlich.« Der Junge kritzelte die Nummer auf ein Stück Papier. »Hier, sagen Sie einen Gruß von Lucien. Cartier, der Mechaniker, kommt immer zum Essen her. Er bringt die Sache sicher in Ordnung.«

Renard nahm den Zettel und sah Willy an. »Das war sehr freundlich von Ihnen, ich danke Ihnen. Es tut mir leid, daß

Sie durch mich aufgehalten worden sind. Ich wohne in Belcaire, im Hotel Fouché, und bleibe eine Woche. Ich bin hier, um eine Studie über die Religion der Katharer abzuschließen«, fügte er gleichgültig hinzu.

Willy sah ihn nun mit größerem Interesse an. »Sie haben vorhin gesagt, daß Sie Professor sind. Darf ich fragen, welches Fach Sie vertreten?« fragte er, obwohl er sich die Antwort denken konnte.

Zufrieden, daß Willy angebissen hatte, antwortete Renard: »Ich habe viele Jahre Religionsgeschichte an der Universität Löwen gelehrt. Doch jetzt bin ich emeritiert und schreibe Bücher. Ich interessiere mich besonders für gnostische Religionen, wie eben die katharische.«

»Ein sehr interessantes Thema«, bemerkte Willy. Doch er fügte nichts weiter hinzu, und Renard hielt sich zurück.

»Hören Sie, wenn ich die Gorges de la Frau doch in Angriff nehmen sollte, gebe ich Ihnen Nachricht. Wohnen Sie in Comus?«

Willy zögerte einen Augenblick, dann nickte er.

»Gut«, sagte Renard. »Ich danke Ihnen noch einmal. Jetzt rufe ich in der Werkstatt an. Hoffen wir, daß es nicht den ganzen Vormittag dauert...« Er gab Willy die Hand.

»Ich mache meine Einkäufe und komme dann noch einmal hier vorbei, um zu sehen, ob sich die Sache geklärt hat.«

»Aber nein, bemühen Sie sich nicht...«, protestierte Renard.

»Das macht gar keine Mühe. Bis später.«

Renard ging zum Telefon und rief bei der Werkstatt in

Belcaire an. Er erklärte, was geschehen war, und man sagte ihm, daß man ihn in einer halben Stunde in Camurac abholen würde. Renard legte auf, ging zurück an die Bar und bestellte sich noch einen Kaffee.

»Was ist denn mit Ihrem Auto los?«

»Ich habe keine Ahnung. Es springt einfach nicht mehr an. Ich verstehe nichts davon, aber zum Glück ist dieser junge Mann vorbeigekommen und hat mir geholfen. Er ist nicht von hier, oder?«

»Nein, er ist ein Tourist«, antwortete der andere und wischte mit einem Lappen über die Theke. »Ich glaube, er kommt aus Lyon und hat das Haus der Garniers in Comus gemietet...«

Renard nickte nachdenklich. »Wirklich ein freundlicher junger Mann, wie es heutzutage nicht mehr viele gibt. Nun ja, ich kann jetzt nur warten; geben Sie mir doch bitte eine Zeitung, dann setze ich mich draußen auf die Terrasse in die Sonne.«

Als der Automechaniker kam, war Willy noch nicht zurückgekehrt. Renard erklärte dem Mann, was mit seinem Auto los war, dann stiegen sie zusammen in den Lieferwagen, um nach Comus zu fahren. Auf der Straße kam ihnen der Mini entgegen. Renard lehnte sich aus dem Fenster und machte fuchtelnde Handbewegungen, bis Willy ihn sah, stoppte, wendete und hinter ihnen herfuhr. Er war also tatsächlich zurückgekommen, um sich zu vergewissern, daß das Problem gelöst war. Wirklich ein anständiger junger Mann.

In Comus angekommen, hielten sie mit dem Lieferwagen und dem Mini neben dem Rover. Der Mechaniker machte sich gleich an die Arbeit, während Willy und Renard am Straßenrand stehenblieben.

»Hoffen wir, daß es nichts Schlimmes ist«, sagte Renard und sah zu seinem Auto hinüber. »Das wäre wirklich ärgerlich...«

»Der Mechaniker soll ganz tüchtig sein, haben sie mir im Laden versichert«, erzählte Willy.

»Hören Sie, mir ist da eine Idee gekommen«, sagte Renard. »Wir haben fast Mittag, und ich möchte Sie zum Essen einladen; wir könnten in das Restaurant gehen, von wo aus ich angerufen habe. Man hat mir gesagt, daß man dort gut essen kann...«

Willy lächelte, schien aber unentschlossen. »Ich möchte nicht, daß Sie sich solche Umstände machen, es ist nicht nötig...«

»Doch, das ist es! Freundlichkeit ist bei jungen Leuten Ihres Alters selten, lassen Sie sich das von einem alten Professor sagen. Sie haben mir nicht nur geholfen, ein Problem zu lösen, sondern mich auch ein wenig mit Ihrer Generation versöhnt. Glauben Sie mir!« rief er so emphatisch aus, daß es Willy belustigte.

»Nun gut, ich nehme Ihre Einladung im Namen meiner Generation an.«

Der Mechaniker trat näher. »Professor, ihr Auto ist wieder in Ordnung. Eine Zündkerze war durchgebrannt. Ich habe sie ersetzt, jetzt ist der Wagen wieder wie neu.«

Als der Mechaniker abgefahren war, stiegen Renard und Willy in ihre jeweiligen Autos und machten sich erneut auf den Weg nach Camurac. Willy fuhr vor, und Renard folgte ihm, zufrieden damit, wie die Dinge gelaufen waren. Während ein ganzer Trupp von Superagenten Willy suchte, hatte er ihn allein und ohne Aufwand aufgespürt und – da er eine wohlerzogene Bestie war – zum Essen eingeladen.

49

Verena Mathis saß am Schreibtisch vor dem Fenster. Die Tage vergingen langsam in diesem *safe house* in Toulouse: Lesen, eine Partie Backgammon mit Blake und Cédric, Fernsehen. Verena konnte diesen Zwangsaufenthalt kaum mehr ertragen. Mit welchem Recht hielt man sie hier wie eine Gefangene fest, während ihr Neffe in Lebensgefahr schwebte? Sie fühlte sich furchtbar allein und fürchtete, daß sie es für immer sein würde, wenn Willy nicht zurückkäme.

Sie stand vom Schreibtisch auf und begann durchs Zimmer zu gehen. Ogden hatte nicht wieder angerufen, seit sie tags zuvor diese kleine Auseinandersetzung gehabt hatten. Das machte sie noch unruhiger.

Verena überlegte sich, wie sie fliehen könnte. Gewiß, sie war nicht in ihr Zimmer verbannt, sie konnte sich ohne Probleme im Haus bewegen. Doch Cédric, Blake und Peter waren immer da, diskret wachsam. Sie beschloß, nach unten in die Küche zu gehen und sich einen Kaffee zu machen, um die Lage besser auszukundschaften.

Sie verließ den Raum und ging langsam die Treppe hinunter. Im zweiten Stock sah sie, daß die Tür des Zimmers, das sie die Schaltzentrale nannte, halb offenstand. Sie zeigte sich an der Tür: Blake saß an einem Schreibtisch.

»Keine Neuigkeiten aus der Languedoc?« fragte sie den Agenten.

Blake drehte sich um. »Im Augenblick nicht.«

»Ich bitte Sie, Blake, sagen Sie mir Bescheid, sobald Sie irgendwelche Nachrichten haben.«

»Selbstverständlich, Frau Mathis. Brauchen Sie irgend etwas?«

»Nein, danke. Ich gehe mir einen Kaffee machen.«

»Sie können Peter rufen.«

»O nein, dann habe ich wenigstens etwas zu tun...«

Blake lächelte, wandte sich ab und nahm seine Arbeit wieder auf.

Peter war nicht in der Küche. Verena kochte sich ihren Kaffee und setzte sich dann an den Tisch, um zu warten, daß er abkühlte. Cédric kam mit zwei Papiertüten auf dem Arm herein.

»Ich habe Einkäufe erledigt«, sagte er fast triumphierend und stellte die Tüten auf den Tisch. »Ich habe Fisch gekauft. Peter sagt, das ist seine Spezialität. Hoffen wir's...«, fügte er wenig überzeugt hinzu.

Verena blickte hoch und sah in der Mitte der Decke etwas, was sie nicht kannte: ein kleines Ding, weiß und rund.

»Was ist das?« fragte sie und zeigte es Cédric.

»Der Feueralarmgeber. Wenn sich in einem Zimmer Rauch entwickelt, heult eine Sirene. Genauso bei Gas.«

»Ich dachte, es wäre eine Art Kamera«, sagte Verena.

»Die gibt es auch.«

»Und wo?« fragte sie gleichgültig.

»Draußen...«, war alles, was der Agent antwortete.

Sie ging zurück in ihr Zimmer und packte ein paar Kleider und das Necessaire in ihre Reisetasche. Sie hatte noch die Perücke, die sie für den Weg vom Hotel zur Basis benutzt hatte. Auch die legte sie in ihre Tasche.

Sie würde nach Montségur gehen. Sie sah auf die Uhr: Es war fast eins, bald gab es Essen. In diesem Moment läutete das Handy, doch sie drückte die Taste, mit der man die Verbindung blockierte. Nach wenigen Minuten läutete es wieder, und sie tat das gleiche. Dann klopfte es an der Tür.

Es war Cédric. Als sie öffnete, hielt er ihr ein schnurloses Telefon hin.

»Es ist für Sie«, sagte er. Dann ging er hinaus und schloß die Tür hinter sich.

»Ja?«

»Warum gehst du nicht ans Telefon?« Ogden war verärgert.

»Kann ich nicht wenigstens so tun, als wäre ich ausgegangen?«

»Wie du siehst, kannst du das nicht. Doch ich bin über dein Befinden schon auf dem laufenden, wenn du also nicht mit mir reden willst, kann ich damit leben.«

»Tut mir leid, entschuldige. Ich bin ein wenig nervös. Wenn man allein ist, denkt man viel nach, und das ist gar nicht gut für die Nerven.«

»Das tut mir leid.«

»Mach dir keine Sorgen, das geht vorbei. Wie sieht es bei euch aus?«

»Unverändert.«

»Ihr könntet ein bißchen Glück brauchen.«

»Vielleicht.«

Keiner von beiden wußte, wie man diese kümmerliche Unterhaltung retten konnte.

»Wenn du das Bedürfnis hast, mit mir zu reden«, sagte Ogden, »laß es mich über Cédric wissen. Ich von mir aus werde dich nicht stören. Oder nur, wenn ich etwas Neues über Willy weiß. Mach's gut. Ich hoffe, du kannst dich ein bißchen entspannen, im Rahmen des Möglichen.«

»Auf Wiedersehen«, sagte sie, ohne zu versuchen, das Gespräch zu retten. Dann legte sie auf.

Es stimmte, sie hatte keine Lust, mit ihm zu sprechen. Sie fühlte sich schlecht, spürte, wie die Angst sie beherrschte. Eine immer stärkere Unruhe trieb sie, ans Fenster zu gehen. Sie riß es sperrangelweit auf, holte tief Luft und blieb eine Weile so stehen, den Kopf an die Scheibe gepreßt, die Augen geschlossen. Sie spürte, wie die Sonne ihr den Nacken wärmte, und ihr fiel ein, daß sie in einem Artikel von der heilsamen Wirkung von Sonnenstrahlen bei depressiven Verstimmungen gelesen hatte. Verena machte die Augen wieder auf: Wenn sie würdevoll altern wollte, müßte sie in die Karibik ziehen.

Aber vorher mußte sie hier heraus, sonst würde sie verrückt. Sie hatte kein Beruhigungsmittel dabei und wollte Cédric auch nicht bitten, ihr eins zu besorgen. Sie hob den Blick und sah zur Decke: In der Mitte war die gleiche Feueralarmanlage, die sie in der Küche gesehen hatte. Sie holte den Abfallkorb und ihren Nagellackentferner aus dem Bad, stellt den Korb direkt unter den Alarmgeber, knüllte Papier zusammen, preßte es in den Abfallkorb und goß den Nagellackentferner bis zum letzten Tropfen darüber. Dann ging sie zum Bett, kniete sich hin und nahm die Reisetasche, die sie kurz zuvor versteckt hatte, ging ans Fenster und sah auf die Straße hinunter: Sie lag verlassen da. Verena ließ die Tasche fallen und hörte, wie sie mit einem dumpfen Schlag aufkam. Dann machte sie das Fenster wieder zu. Unentschlossen hielt sie einen Augenblick inne, als ihr bewußt wurde, wie gefährlich das alles war, doch jetzt hatte sie es schon zu weit getrieben. Sie ging näher an den Korb heran, entzündete ein Streichholz und warf es auf das Papier. Dann wartete sie ein paar Sekunden, um sicher zu sein, daß es richtig brannte, verließ danach eilig das Zimmer und zog die Tür hinter sich ins Schloß.

Sie ging hinunter in den zweiten Stock, kam am Technikraum vorbei und sah durch die halboffene Tür Cédric bei der Arbeit. Sie setzte ihren Weg nach unten fort, und als sie im Erdgeschoß war, heulte die Alarmsirene. Blake und Peter kamen aus dem Eßzimmer gerannt.

»Was ist los?« fragte sie mit gespieltem Erstaunen. »Wieso geht der Alarm?«

Blake und Peter wechselten einen Blick. »Irgendwo muß Feuer sein, ich kontrolliere oben, du gehst im Keller nachsehen«, sagte Blake und stieg die Treppe hoch. Als sie verschwunden waren, wandte sich Verena der Haustür zu. Am Morgen hatte sie, von Cédric unbemerkt, beobachtet, wie dieser eine Magnetkarte aus der Schublade des Möbels neben der Tür genommen und in einen Schlitz am Türpfosten gesteckt hatte. Daraufhin war die Tür mit einem Ruck aufgesprungen. Sie zog die Schublade auf und hielt den Atem an. Zum Glück war die Karte noch da. Verena nahm sie, schob sie in den Schlitz, und die Tür öffnete sich. Im Nu war sie auf der Straße, holte ihre Tasche und begann zu rennen.

Es war ein Eckhaus, und sie schaffte es, einen Augenblick, bevor Blake ans Fenster trat, um die Ecke zu verschwinden.

50

André Renard und Willy saßen an einem Tisch auf der Terrasse des Restaurants in Camurac. Sie waren gerade mit dem Essen fertig. Willy fühlte sich so wohl wie schon lange nicht mehr und hatte es nicht bereut, die Einladung angenommen zu haben.

»Simone Weil ist der Auffassung, daß die Zerstörung der provenzalischen Kultur zu Anfang des 13. Jahrhunderts die gewaltsame Eliminierung einer historischen Entwicklungsmöglichkeit darstellte – diese Zivilisation ist zu früh untergegangen, als daß man wissen könnte, was daraus geworden wäre«, sagte Renard gerade. »Um die Einheit der katholischen Lehre zu erhalten, hatte man keine Skrupel, eine Zivilisation zu zerschlagen: die letzte in unserer Geschichte, die auf streng transzendenten Werten beruhte. Und genau das ist der furchtbare Fehler gewesen!« schloß er und schlug mit einer Hand auf den Tisch.

»So ist es«, stimmte Willy zu. »Ich bin davon überzeugt, daß dieser Kreuzzug das geistige Klima in Europa geprägt hat, denn er ließ im christlichen Abendland die Staatsräson und damit das Recht des Stärkeren als grundlegend und akzeptabel erscheinen. Damit wurde ein Gesellschaftsmodell geboren, das sich vom provenzalischen vollkommen unterschied und das Zentralismus, Nationalismus und Totalitarismus Tür und Tor öffnete. Alles Dinge, die uns noch heute belasten. Dem Westen wurde eine Chance zur Rettung geboten, und der Westen wies sie durch die Hand der katholischen Kirche zurück und ertränkte sie in Blut«, führte Willy aus.

Renard hörte ihm zu und fragte sich, seit wie vielen Jahren er schon keinen so interessierten Schüler mehr gehabt hatte. Mit diesem Jungen zu reden war für ihn eine wahre Freude.

»Wenn man sich einmal die außerordentliche Chance bewußt gemacht hat, die wir im 13. Jahrhundert verspielt haben«, fuhr Willy fort, »ist das Unerträgliche daran die schmerzhafte Erkenntnis, was uns genommen worden ist und wie man diesen Verlust leugnet oder sublimiert. Das ist typisch für das bürgerliche Denken, das sich egalitär gibt, doch de facto alles vollkommen ablehnt, was die Machtverhältnisse in Frage stellt.«

Renard betrachtete ihn und fragte sich, wie ein Bankier und eine reiche Genferin einen solchen Sohn haben konnten, der eher vom Toulouser Hof Raymonds VI. zu stammen schien. Er war verwirrt: Nicht einmal mit seinen Kollegen von der Universität hatte er in den alten Zeiten mit solchem Vergnügen über diese Dinge gesprochen.

»Und da Sie Simone Weil erwähnt haben …«, sprach Willy weiter: »Vor kurzem habe ich ihre Essays aus dem Jahre 1942 gelesen. Sie weist darauf hin, daß in der *Chanson de la croisade albigeoise,* dem Epos dieses Religionskriegs in der Languedoc, fast niemals von Religion die Rede ist. Es sei sinnlos, nach Anspielungen auf religiöse Kontroversen zu suchen, weil es sie nicht gebe. Das ist doch wirklich seltsam, finden Sie nicht?«

»Gewiß!« stimmte Renard zu. »In Wirklichkeit gab es nämlich keinen religiösen Dissens in der Stadt und unter den Menschen. Die Katastrophen, die über die Languedoc hereinbrachen, hätten die Bevölkerung gegen die Katharer aufbringen können. Man hätte sie als Grund des Unglücks betrachten und verfolgen können oder aber im Haß gegen die Invasoren ihre Lehre übernehmen und die Katholiken als Verräter betrachten. Doch nichts davon ist eingetreten, und das ist absolut außergewöhnlich.«

Nach einer Pause fügte er hinzu: »Was diese Menschen retten wollten und wofür sie ihr Leben einsetzten, waren *joie* und *parage,* die Werte der ritterlichen Kultur. Dieses Land, das eine Lehre annahm, der man oft vorwirft, sie sei asozial, war ein unvergleichliches und nachher nie wieder erreichtes Beispiel für Ordnung, Freiheit und Eintracht der Klassen. Ein Denken, das den Diener mit dem Herrn gleichstellte, dank einer freiwilligen Treue, die es ihm erlaubte, niederzuknien und zu gehorchen, Strafen zu ertragen, ohne irgend etwas von seinem Stolz zu verlieren ...« Renard schwieg nachdenklich. Schließlich schüttelte er den Kopf. »Wieviel hat unsere Zivilisation doch dadurch verloren, daß sie ein solches Wunder zerstörte. Ich teile Simone Weils Analyse, vor allem wenn sie sagt, daß es nur dort Ordnung geben kann, wo die Anerkennung einer legitimen Autorität es erlaubt zu gehorchen, ohne sich zu erniedrigen. Und Simone Weil fragt sich, ob es vielleicht das ist, was die Okzitanier *parage* genannt haben. Ich glaube, ja.«

Willy und Renard schwiegen eine Weile. Dann lächelte der Professor. »Was meinen Sie, wollen wir uns noch ein Glas Blanquette bringen lassen?«

Renard gab der Kellnerin ein Zeichen und bestellte noch zwei Gläser Blanquette de Limoux. Dann wandte er sich erneut Willy zu.

»Erlauben Sie mir eine neugierige Frage: Wie sind Sie dazu gekommen, sich mit dem Katharismus zu beschäftigen? Sie sind mehr als interessiert daran, ja nahezu begeistert von dieser Lehre und ihrer Blütezeit. Das ist für einen jungen Mann in Ihrem Alter ungewöhnlich.«

»Ich habe eine Freundin, die Religionsgeschichte studiert«, erklärte Willy. »Sie hat mir von den Katharern und der Languedoc erzählt, und so habe ich begonnen, mich dafür zu interessieren. Dann, als ich mich ein wenig mehr damit befaßt habe, hat mich die Lehre von den zwei Prinzipien tief beeindruckt. Ich bin natürlich nicht nur Katharer, sondern auch ein bißchen Manichäer.« Willy lächelte und zuckte mit den Schultern, als wollte er verhindern, daß seine Worte allzu kategorisch klangen.

Renard gefiel diese liebenswerte Art, die eigenen Aussagen ein wenig herunterzuspielen. Offensichtlich fürchtete Willy, besserwisserisch zu erscheinen.

»Darf ich Ihnen einen Rat geben?« fragte er freundlich.

Willy nickte. »Ich bitte Sie darum, er kann mir nur nützlich sein.«

»Verstecken Sie niemals Ihre Intelligenz. Pfeifen Sie auf alle Dummköpfe! Wenn Sie das Gefühl haben, sprechen zu müssen, tun Sie es, ohne sich zu zensieren, andernfalls schweigen Sie. Im allgemeinen verdienen unsere Mitmenschen nicht einmal eine kurze Zusammenfassung der letzten Seifenoper. Und doch, es gibt immer noch Menschen, bei denen sich ein Austausch lohnt. Doch man muß sie erkennen können, um zu wissen, wann es angebracht ist und wann hingegen sinnlos oder sogar gefährlich. Früher sagte man: Was ein Esel spricht, das acht ich nicht – doch heute wird man taub davon. Trotzdem gibt es einen Teil der Menschheit, der seine eigene Intelligenz noch mit der gleichen Entschiedenheit pflegt, mit der die Katharer ihren Glauben verteidigten. Es ist natürlich eine Minderheit. Man muß sie erkennen und Kontakte herstellen, um einen neuen Widerstand zu bilden. Da sie von den Eseln bekämpft wird, tarnt sich diese Minderheit, und es ist nicht immer leicht, sie zu erkennen. Doch Sie müssen sich nicht verstecken, Sie werden sich immer gegen die Esel zu verteidigen wissen.«

Willy wurde rot, doch zum Schluß nickte er. »Ich danke Ihnen für die Komplimente, die ich nicht zu verdienen glaube. Doch daß ein Mann Ihrer Erfahrung immer noch Hoffnungen hat, tröstet mich sehr.«

Zu Beginn des Essens hatte Renard befürchtet, es mit einem Pennäler zu tun zu haben, der irgendwelche oberflächlichen Kenntnisse des Katharismus hatte. Doch Willy hatte sich als intelligenter und gebildeter junger Mann herausgestellt. Um seine Euphorie zu mäßigen, sagte er sich, daß er wie jeder alte Professor reagierte, der unerwartet die begeisternde Erfahrung machte, jemanden ohne Satzbrüche und sogar mit korrekt gebrauchten Konjunktiven reden zu hören. Der Gedanke, daß er bald seinen Kontaktmann anrufen müßte, machte ihn unruhig. Doch das hatte keine Eile, er könnte die Sache um vierundzwanzig Stunden verschieben. Schließlich wußte ja niemand, wo Willy war.

»Hören Sie, mir ist da eine Idee gekommen«, rief er aus. »Warum gehen wir nicht zusammen nach Montségur? Nicht auf der *route des bonshommes*, meine ich, sondern mit dem Auto. Ich würde die Burg gerne besuchen, es ist Jahre her, seit ich zum letzten Mal dort war…«

Willy sah ihn unentschlossen an, und Renard ahnte, was er dachte. Vielleicht, überlegte er sich, machte sich der Junge erst jetzt bewußt, daß er unvorsichtig gewesen war. Schließlich könnte er, Professor oder nicht, ein Feind sein; was er ja auch wirklich war.

»Ich weiß nicht recht… wann möchten Sie denn hin?« fragte Willy.

»Das können Sie entscheiden. Wann es Ihnen am besten paßt. Ab morgen ist mir jeder Tag recht.«

»Dann gehen wir gleich morgen«, sagte Willy.

»In Ordnung. Da es schon heiß ist, brechen wir am besten am späten Nachmittag auf. Es gibt da eine Sache, die Sie interessieren könnte. Übermorgen ist Sommersonnenwende, und in der Nacht davor versammeln sich auf der Burg Vertreter verschiedener esoterischer Gruppen, um bei der Sonnenwende dabeizusein; das ist ein bißchen folkloristisch. Sie haben sicher davon gehört…«

»Das hat etwas mit dem Heiligen Gral zu tun, oder?« fragte Willy.

Renard machte eine Handbewegung. »In den dreißiger Jahren glaubten viele, daß Montségur die Burg des Heiligen Gral sei. Etliche Besucher sind noch heute davon überzeugt, daß die Theorien jener Jahre fundiert waren.« Er zuckte mit den Achseln. »Es gibt wenigstens zwanzig verschiedene Orte, wo sich der Heilige Gral befinden soll… Wie dem auch sei, ich möchte nicht, daß Sie sich eine internationale Versammlung von Okkultisten ansehen, sondern ein recht interessantes Naturphänomen. Die Sonne durchdringt mit einem Strahl gegen Viertel nach vier Uhr morgens den Ort, von dem einige behaupten, dort sei die katharische Kapelle gewesen. Es ist ein eindrucksvolles, sehenswertes Schauspiel.«

»Dann muß man aber die Morgendämmerung in der Burg abwarten...«

»Ja. Wenn wir das Phänomen der Sonnenwende miterleben wollen, müssen wir die ganze Nacht dableiben. Doch wir werden nicht allein sein, wie ich Ihnen schon gesagt habe. Montségur ist in dieser Nacht so überfüllt wie während der Belagerung.« Renard lächelte. »Ich kann Ihnen nicht verhehlen, daß es eine gewisse Wirkung hat, inmitten der Ruinen unter freiem Himmel und umgeben von so vielen Menschen auf den Sonnenaufgang zu warten. Natürlich muß es wolkenlos sein...«, fügte er hinzu und warf einen Blick auf die weißen Haufenwolken über den Bergen.

Willy hatte von dem spektakulären Phänomen gelesen, das sich zur Sonnenwende im Morgengrauen zeigte, und war neugierig geworden. Außerdem war er inzwischen davon überzeugt, daß dieser Religionshistoriker nichts mit seinen Verfolgern zu tun hatte. Er beschloß, daß er nach dem Besuch in Montségur zur Tat schreiten würde: Nach der Sonnenwende würde er die notwendigen Schritte unternehmen, um die Wahrheit zu enthüllen. Vielleicht würde er sich mit Sinauer in Verbindung setzen und ihn um Hilfe bitten oder die israelische Botschaft in Paris anrufen. Doch die nächsten achtundvierzig Stunden waren Montségur gewidmet.

»Ich bin dabei. Wie wollen wir es machen?«

»Wir könnten uns morgen nachmittag treffen und uns die letzte Führung um halb sechs anhören. Sie kommen am besten nach Belcaire, von da fahren wir weiter nach Bélesta und Montségur. Sicher«, fügte er hinzu und sah ihn amüsiert an, »wenn wir durch die Gorges de la Frau gingen, müßte ich nach Comus kommen...«

Willy sah auf die Uhr. Es war schon halb vier vorbei. Er hatte sich schrecklich verspätet. Er war um exakt diese Uhrzeit mit Esclarmonde verabredet. Doch bevor er ging, wollte er noch den Treffpunkt mit Renard vereinbaren, denn er mochte nicht zum Hotel kommen. Er dachte rasch nach, und da kam ihm eine Idee.

»Hören Sie«, sagte er mit verschwörerischer Miene, »ich würde Sie lieber nicht abholen, weil ich einem Mädchen, und zwar Fouchés Tochter, versprochen hatte, morgen abend mit ihr nach Ax-les-Thermes zu fahren...«

Renard lachte. »Ah, die Jugend! Machen Sie sich keine Sorgen, wir treffen uns vor dem Laden in Belcaire. Ich lasse mein Auto auf dem Platz und steige zu Ihnen um. In Ordnung?«

»Perfekt!« meinte Willy und stand auf. »Sie müssen mich jetzt entschuldigen, ich habe gerade bemerkt, daß es schon halb vier ist, und ich muß leider gehen.«

»Schon so spät?« Renard sah seinerseits auf die Uhr. »Es stimmt wirklich, daß die Zeit nur so dahinfliegt, wenn man in guter Gesellschaft ist... Dann bis morgen, um vier vor dem Laden?«

»Abgemacht.«

Renard stand auf, sie gaben sich die Hand, und Willy ging auf sein Auto zu.

»Danke für das Essen«, sagte er und drehte sich noch einmal um, bevor er in den Mini stieg.

Renard verabschiedete sich mit einem Winken und sah ihm nach, als er wegfuhr.

51

Blakes Anruf erreichte Ogden, als er vor dem Hotel in Belcaire auf Franz wartete.

»Wie ist das passiert?« fragte er.

»Sie hat in ihrem Zimmer ein Papierfeuer gemacht und damit den Alarm ausgelöst. Cédric hielt sich im Technikraum auf, Peter und ich waren im Eßzimmer im Erdgeschoß. Sie ist nach unten gegangen, während die Sirene heulte, ich bin nach oben in die Zimmer gelaufen und Peter in den Keller; diese Zeit hat sie für die Flucht genutzt. Leider ist das Haus in Toulouse eine Katastrophe, was die Sicherheit angeht, wir haben nur eine Magnetkarte, und innen gibt es keine Kameras. Außerdem hat niemand von uns so etwas erwartet, Frau Mathis machte nicht den Eindruck, als fühlte sie sich wie eine Gefangene…«

»Sie hat euch hereingelegt wie Anfänger. Gibt es irgendwelche Spuren?«

»Zum Glück ja. Wir sind ziemlich sicher, daß sie nach Montségur unterwegs ist…«

»Wieso glaubt ihr das?«

»Sie erinnern sich sicher, daß in der Nähe des Hauses, gleich um die Ecke, eine Metrostation ist. Dort sind wir hingerannt und haben gerade noch gesehen, daß sie in einem

Zug Richtung Bahnhof saß. An der Gare Metabiau war natürlich keine Spur mehr von ihr, doch ein Taxifahrer hat uns gesagt, daß kurz zuvor eine Frau, auf die unsere Beschreibung paßte, mit einem Kollegen eine Fahrt nach Montségur ausgehandelt habe. Die beiden haben sich schließlich geeinigt, und die Frau ist ins Taxi gestiegen.«

Ogden sah auf die Uhr, es war halb drei. »Dann ist sie ungefähr um halb zwei losgefahren...«

»Ja«, bestätigte Blake. »Von der Metrostation braucht man nicht mehr als fünf Minuten zur Gare Metabiau. Am Bahnhof wird sie sich informiert und erfahren haben, daß eine Zugfahrt nach Montségur lang und kompliziert ist, und so hat sie sich für das Taxi entschieden. Wenn man die Zeit berücksichtigt, die sie bei der Information verbracht hat, muß sie schätzungsweise gegen halb zwei losgefahren sein. Das stimmt auch mit der Aussage des Taxifahrers überein.«

»Okay, für den Moment bleibt ihr beide, du und Cédric, in Toulouse, ich sage euch später, was zu tun ist.«

Ogden beendete die Verbindung und steckte das Handy in die Tasche. In diesem Augenblick trat Sinauer zu ihm.

»Guten Tag.«

»Guten Tag, Monsieur Sinauer. Geht es Ihnen gut?«

»So gut, wie es unter solchen Umständen gehen kann. Ich habe Sie gar nicht im Restaurant gesehen. Haben Sie nicht zu Mittag gegessen?«

»Ich esse mittags nie.«

»Eine gute Angewohnheit. Es gibt übrigens einen neuen Gast, einen Engländer...«

»Wirklich? Und was macht er für einen Eindruck auf Sie?«

»Einen unerfreulichen«, antwortete Sinauer. »Doch ich

bin nicht maßgebend, manchmal bin ich einer bestimmten Sorte Menschen gegenüber voreingenommen: Sie erinnern mich an die Vergangenheit.«

»In welcher Hinsicht?«

»Sehen Sie, ich bin in Auschwitz gewesen, also habe ich eine gewisse Erfahrung. Sagen wir ruhig, ich bilde mir ein, daß ich einen Mörder erkennen kann. Damit will ich nicht sagen, daß dieser Mann ein Mörder ist; ich sage nur, daß er einer sein könnte. Das ist alles«, schloß er mit einem Lächeln, wie um seine Worte zu entdramatisieren.

Ogden mußte an Monsieur Vavin denken. Im Salon des Montreux Palace hatte der alte Antiquar, als Stuart auftauchte, die ganze potentielle Gefährlichkeit des Geheimdienstchefs erkannt.

»Wo kann ich diesen Mann finden? Ist er noch im Speisesaal?«

»Nein, ich glaube, er ist auf sein Zimmer gegangen. Aber ich könnte eine kleine Nachforschung an der Rezeption anstellen und den zerstreuten alten Mann spielen. Was meinen Sie?«

»Ausgezeichnete Idee...«

»Warten Sie hier, ich bin gleich zurück.«

Sinauer entfernte sich und stieß im Eingang fast mit Franz zusammen.

»Schlechte Nachrichten?« fragte Franz, als er Ogdens Laune bemerkte.

»Verena Mathis ist aus dem Haus in Toulouse geflüchtet. Es sieht so aus, als käme sie nach Montségur.«

Ogden berichtete Franz kurz, was geschehen war. Franz schüttelte den Kopf.

»Das hatte uns gerade noch gefehlt. Und jetzt?«

»Jetzt warten wir, bis sie kommt, dann kümmern wir uns um sie. Sie ist nicht in Gefahr, niemand hat das *safe house* in Toulouse enttarnt. Sie wird wohlbehalten hier ankommen. Doch Sinauer hat mir eben erzählt, daß es einen neuen Hotelgast gibt, einen Engländer...«

»Nun ja, ein Engländer fällt hier natürlich auf«, gab Franz zu. »In dieser wunderschönen Gegend mit einer Bevölkerungsdichte wie in der sibirischen Steppe kann er nicht erwarten, unbemerkt zu bleiben...«

»Genau, also sprich möglichst wenig, deine französische Aussprache ist nicht die beste. Ich möchte nicht, daß er uns genauso erkennt wie wir ihn... Jetzt ruf Parker an und bereite ihn darauf vor, daß Verena Mathis im Taxi nach Montségur kommt.« Ogden unterbrach sich und sah auf die Uhr. »In ungefähr einer Stunde. Er soll sie in einem Zimmer neben uns unterbringen und nicht aus den Augen lassen. Und sag ihm, daß er mich informieren soll, sobald sie da ist.«

Sinauer kam zurück. Er machte ein besorgtes Gesicht. »Dieser Mann«, sagte er und trat näher zu Ogden, »ist ein Freund eines Hotelgastes, eines gewissen Renard aus Toulouse. Er ist heute morgen angekommen, doch Renard war unterwegs und ist noch nicht zurück. Es sieht so aus, als hätte der Engländer nicht reservieren lassen...«, fügte er hinzu.

Ogden lächelte. »Finden Sie, das spricht gegen ihn?«

»Natürlich! Wenn ich an einem Ort wie diesem einen Freund treffen wollte, würde ich mich um ein Zimmer im selben Hotel bemühen und es reservieren lassen. Es stimmt also irgend etwas nicht...«

»Haben Sie den Namen des Engländers herausbekommen?«

Sinauer konnte seine Befriedigung nicht verbergen. »Das ist das erste, was ich erfahren habe. Ich habe der Frau am Empfang gesagt, daß ich meinte, in diesem Mann den Sohn eines alten Schulkameraden wiederzuerkennen, der so und so heiße. Sie hat angebissen und gesagt: ›Aber nein, Monsieur Sinauer, das ist Mr. Osborne.‹« Sinauer imitierte die Frau so gut, daß Ogden lachen mußte.

»Ich sollte Stuart empfehlen, Sie für den Dienst anzuwerben«, meinte er und legte ihm eine Hand auf die Schulter.

»Dazu bin ich zu alt. Doch ich habe eine andere Idee, die uns vielleicht helfen kann. Morgen ist Sommersonnenwende, wissen Sie das?«

Ogden schüttelte den Kopf. »Wirklich?«

»Ja. Und in Montségur werden sich morgen nacht viele Menschen versammeln. Bei Tagesanbruch treffen die Strahlen der aufgehenden Sonne wohl auf höchst seltsame Weise auf die Mauern von Montségur. Verzeihen Sie, doch ich habe es heute morgen beim Frühstück gehört, ich weiß nicht genau, um was es sich handelt, doch wenn es so viele Leute anzieht, muß es etwas wirklich Spektakuläres sein. Kurz und gut – vielleicht ist ja auch Willy da, was meinen Sie?«

»Morgen nacht, haben Sie gesagt?«

»Übermorgen bei Tagesanbruch. Doch die Leute verbringen die morgige Nacht dort oben, auf der Burg, weil es nicht ratsam ist, im Dunkeln diesen Pfad hinaufzuklettern.«

»Das glaube ich gern«, stimmte Ogden nachdenklich zu. »Ja, es ist möglich, daß auch Willy sich dort einfindet. Und wir werden ebenfalls dasein.«

Sinauer packte ihn am Arm. »Ich möchte auch gerne dabeisein. Meinen Sie, daß ich den Aufstieg schaffe?«

»Verzichten Sie lieber darauf, Monsieur Sinauer. Wenn Willy auftaucht, sind wir da, Sie können ganz beruhigt sein.«

»Ich weiß, doch ich muß darüber nachdenken und Robert fragen, was er meint. Ich würde gern dortsein.«

Ogden schüttelte den Kopf. »Wenn Sie Willy wirklich helfen wollen, versuchen Sie, keine unnötigen Risiken einzugehen. Wenn Willy diese Geschichte hinter sich hat, braucht er jemanden, der ihn unterstützt. Halten Sie hier in Belcaire die Augen offen und helfen Sie mir dabei, etwas über diese beiden Männer, Renard und Osborne, herauszufinden. Ich bin mir sicher, daß Ihr sechster Sinn nicht umsonst wach geworden ist.«

»Dann glauben Sie an meinen Instinkt?«

»Warum sollte ich nicht? Sie hatten ja Gelegenheit, ihn zu verfeinern.«

Sinauer nickte ernst. »Ja. Ich werde mein Bestes tun und mich später wieder bei Ihnen melden, wenn ich weitere Neuigkeiten habe. Auf Wiedersehen.«

Franz sah Ogden an. »Welchen Instinkt hat er gemeint?«

»Einen Instinkt, den zum Glück nur wenige haben. Doch lassen wir das. Morgen kehren wir nach Montségur zurück. Wir werden hinauf zur Burg gehen und dort die ganze Nacht über bleiben, bis zum Morgengrauen, du, Parker, Best und ich.«

Franz schien von der Idee nicht begeistert. »Hübsches Plätzchen für die Nacht...«

»Was ist los mit dir, Franz? Hast du Angst vor dem Dunkeln?«

»Ach was!«

52

Willy hatte Esclarmonde einen Schlüssel des Hauses in Comus gegeben. Nachdem sie zehn Minuten auf ihn gewartet hatte, entschloß sie sich deshalb, hineinzugehen.

Sie setzte sich aufs Sofa und begann in einem Buch zu blättern. Die Zeit verging, und das Buch war nicht interessant, also beschloß sie, ein wenig Musik zu hören. Auf einem Stuhl beim Fenster lagen Kassetten; sie nahm irgendeine und schob sie in den Recorder. Da sie Lust auf einen Tee hatte, ging sie nach hinten ins Zimmer, wo der Herd war, stellte Wasser auf die Flamme und suchte den Tee, ohne ihn finden zu können.

Die Musik begann das Haus zu erfüllen. Es war ein angenehmer, synkopischer Rhythmus, eine einprägsame Melodie, die sie nicht kannte.

Schließlich fand sie die Schachtel mit Earl Grey, nahm zwei Beutel heraus, hängte sie in die Teekanne und drehte die Flamme unter dem kochenden Wasser aus. Genau in diesem Moment hörte die Musik auf. Esclarmonde lief schnell zum Recorder, weil sie fürchtete, der alte Apparat könnte die Kassette ruinieren. Sie wollte sie gerade herausnehmen, als sie bemerkte, daß das Band noch immer lief.

Plötzlich sagte eine Stimme Willys Namen. Esclarmonde ließ das Band zurücklaufen und drückte dann wieder auf Play. Ein paar Sekunden später war die Stimme erneut zu hören. Es war ein Mann, der französisch sprach.

»Lieber Willy, ich habe mich entschlossen, dieses Band aufzunehmen, weil ich es vielleicht nicht mehr schaffe, dir zu erzählen, was ich entdeckt habe. Es wird unser Leben vollkommen verändern. Die Söhne müssen die Schuld der Väter tragen, heißt es. Nichts ist wahrer als das. Und genau dies geschieht leider in unserer Familie. Du mußt mir glauben, Willy, daß ich mein Leben dafür geben würde, dich aus dieser Sache herauszuhalten, doch das, was ich erfahren habe, zwingt mich, einige Schritte zu unternehmen, die unerläßlich sind, um unsere Familie von der Schande zu befreien, in die dein Großvater sie vor vielen Jahren gestürzt hat, als weder du noch ich geboren waren. Auch wenn ich in keiner Weise für seine Taten verantwortlich bin, so bin ich doch ein Bankier, und die Bank Weber ist meine Bank; und da ich ein ehrlicher Bankier bin, werde ich tun, was richtig ist. Das kann sehr gefährlich sein, wie du verstehen wirst, wenn du dieses Band gehört und einige Dokumente zu Gesicht bekommen hast. Doch ich halte es für meine Pflicht, der Welt die Wahrheit zu offenbaren und so zu handeln, daß Gerechtigkeit geschieht. Nachdem ich dies gesagt habe, nehme ich mein Schicksal gelassen auf mich, weil ich davon überzeugt bin, richtig zu handeln, auch wenn mich dies meiner Familie entreißen sollte, und vor allem dir, mein Sohn.«

Wie gelähmt hörte Esclarmonde der besorgten Stimme von Willys Vater zu. Begriffe stürzten auf sie ein, die sie nicht verstand: Es ging um Geld, finanzielle Machenschaften, etwas Furchtbares, was jenem Mann, aber nicht nur ihm widerfahren war. Schließlich sagte die Stimme vom Band in einem liebevolleren Ton: »Auf jeden Fall, Willy, habe ich die Absicht, der Welt zu enthüllen, was damals geschehen ist. Denn wenn ich das nicht tue, hat die Welt das Recht, unser Land und unseren Beruf zu verurteilen. Ich weiß gut, daß mein Schritt eine große Veränderung für unser Leben bedeutet. Wahrscheinlich müssen wir ganz von vorne anfangen, und den Skandal zu ertragen wird nicht leicht. Aber es geht nicht anders, nur so kann ich mein Berufsethos wahren, und du mußt dich nicht für deinen Vater schämen, wie ich mich für meinen schäme. Ich kann dir jetzt nicht im einzelnen sagen, was ich unternehmen werde, weil es im Moment besser ist, dich nicht mit hineinzuziehen. Diese Kassette habe ich aufgenommen, um dir zu erklären, was geschehen ist, weil die Dokumente, die all das belegen, für einen, der sich mit solchen Dingen nicht auskennt, einigermaßen unverständlich sind. Ich werde dir diese Aufnahme sehr bald geben, wenn ich mit denen Kontakt aufgenommen habe, die mehr als alle anderen ein Recht darauf haben zu erfahren, wie die Dinge abgelaufen sind. Lieber Willy, ich weiß, daß ich ein vielbeschäftigter Vater gewesen bin und daß ich dir nicht die Zeit gewidmet habe, auf die ein Sohn, auch der Sohn eines Bankiers, ein Recht hat. Doch ich liebe dich sehr, wie ich auch deine Mutter liebe, und ich verspreche dir, daß wir, wenn diese schreckliche Geschichte erst vorbei ist, viel Zeit miteinander verbringen werden, wenn du dann noch Lust dazu hast. Wenn mir jedoch etwas zustoßen sollte...«

Die Stimme brach abrupt ab, und nach ein paar Sekunden blieb das Band stehen. Verwirrt nahm Esclarmonde die Kassette aus dem Gerät. Als sie sich umdrehte, sah sie Willy in der Tür stehen.

»Ich wollte Musik hören«, stammelte sie. »Und da habe ich die erste Kassette genommen, die mir in die Hände gefallen ist.«

Willy ging zu ihr und streckte eine Hand aus. Esclarmonde gab ihm die Kassette.

»Du mußt alles vergessen, was du gehört hast«, sagte er ruhig zu ihr und versuchte zu lächeln. »Hast du verstanden, Esclarmonde?« fragte er nach und sah ihr in die Augen. »Versprich es mir, es ist zu deinem Besten!«

Sie nickte. »Du kannst beruhigt sein, ich sage niemandem etwas. Aber was ist denn los, Willy? Bist auch du in Gefahr?«

Er streichelte ihr über den Kopf. »Nein, sei ganz ruhig, es ist alles in Ordnung. Doch sprich nie, mit niemandem, über meinen Vater und diese Aufnahme.«

»Ich habe fast nichts von dem begriffen, was er gesagt hat! Ich weiß nur, daß sie ihn in etwas hineingezogen haben, daß dein Großvater etwas Schreckliches getan hat und daß es mit den Juden und den Nazis und den Schweizer Banken zu tun hat. Aber er, wo ist er jetzt?«

»Sei still, Esclarmonde, bitte, wir wollen nicht mehr darüber sprechen. Laß uns jetzt nach oben gehen, ich bin müde und muß mich hinlegen.«

53

Nachdem Willy gegangen war, blieb Renard noch eine Weile, um die Sonne zu genießen und die Landschaft zu bewundern. Was für ein herrliches Fleckchen Erde! Und doch würde all diese Schönheit erneut als Szenerie für eine Ungerechtigkeit dienen. Wie sollte man den Häretikern nicht recht geben, wenn neben dieser Schönheit so viel Grausamkeit und Unrecht existieren konnten?

Die Truppe des Bösen würde einen Punkt erzielen, und er könnte nichts anderes tun als daran mitwirken, daß das geschah. Mit Sicherheit würde er viele Leben brauchen, um sich von der Schuld zu reinigen, diesen jungen Mann den Engländern ausgeliefert zu haben. Aber »such is life«, hätte sein Kontaktmann gesagt und ihn aus seinen Fischaugen angesehen. Es war nun einmal so, daß er alles tun würde, um seine Tage nicht im Gefängnis beschließen zu müssen; auch diesen erstaunlichen jungen Mann seinen mutmaßlichen Mördern ausliefern.

Es war fast vier. Er zahlte, stieg in seinen Rover und fuhr Richtung Belcaire. Am nächsten Tag würde er mit Willy Weber die Burg besuchen und nach seiner Rückkehr seinen Kontaktmann anrufen und ihm mitteilen, daß er dem Jungen in Montségur zufällig begegnet sei. Es paßte alles zusammen, sie würden keinen Verdacht schöpfen.

Als er ins Hotel kam, gab ihm die Frau an der Rezeption den Schlüssel und sagte: »Monsieur Renard, Ihr Freund Osborne ist heute morgen angekommen. Er läßt ausrichten, Sie sollten ihn gleich in seinem Zimmer aufsuchen, wenn Sie zurück sind. Er hat Zimmer 28.«

Renard versuchte, weiter zu lächeln. »Ach, wirklich? Sehr schön, danke.«

Er ging mit langsamen Schritten die Treppe hoch und fragte sich, warum sie zusätzlich zum Söldnerdienst noch einen Agenten geschickt hatten, ohne ihn auch nur anzukündigen. Er würde diese Frage nach dem Besuch bei Osborne beantworten können. Doch er ging zunächst in sein Zimmer und schloß sorgfältig die Tür hinter sich. Eine Weile starrte er vor sich hin, unsicher, wie er sich verhalten sollte. Schließlich beschloß er, seinen Kontakt in Toulouse anzurufen. Sie hielten sich nicht an die Regeln, er schon. Er nahm das Handy und tippte die Nummer ein. Sein Kontaktmann meldete sich nach dem dritten Läuten.

»Renard hier. Wer zum Teufel ist Osborne?« fragte er gereizt.

»Beruhigen Sie sich, Professor. Bei unserem letzten Gespräch hatte ich den Eindruck, daß es Ihnen nicht gefällt, ganz isoliert zu sein, vor allem weil sich ein unabhängiger Dienst mit dem Fall befaßt. Da haben wir uns gedacht, wir stellen Ihnen einen unserer Agenten zur Seite, dann haben Sie auch Ihre kleine Mannschaft. Wir dachten, das würde Ihnen Freude machen…«

»Und welche Aufgaben soll dieser Osborne in meiner ›kleinen Mannschaft‹ haben? Sie haben immer betont, daß Sie von mir eine bestimmte Art von Ermittlungen erwarten. Mich mit ihm zu zeigen wird mir mit Sicherheit nicht helfen; meine Tarnung ist gut, und Osborne könnte sie aufs Spiel setzen«, protestierte er und versuchte, ruhig zu bleiben.

»Seine Anwesenheit wird Sie nicht daran hindern, Ihre

Nachforschungen allein zu betreiben. Er wird die Szene erst betreten, wenn Sie den jungen Mann ausfindig gemacht haben. Dann übergeben Sie ihn Osborne.«

Mit einem Mal begriff Renard, was die wahren Absichten der Engländer waren: Sie hatten einen Killer geschickt.

»Sie trauen dem Söldnerdienst nicht?«

Der Engländer antwortete nicht gleich und bestätigte ihm damit, daß er ins Schwarze getroffen hatte.

»Professor«, sagte er schließlich, »stellen Sie nicht zu viele Fragen und beschränken Sie sich darauf, Ihre Arbeit zu tun. Um den Rest kümmert sich Osborne. Wir sind davon überzeugt, daß Sie so schnell wie möglich nach Toulouse zurückkehren möchten. Das Schicksal dieses Jungen geht Sie nichts an: Sie werden ihn Osborne übergeben und sofort vergessen, daß Sie ihn gekannt haben. Wenn die Dinge so ablaufen, können Sie ungehindert nach Hause zurückkehren. Andernfalls ... Aber ich muß doch nicht fortfahren, oder?«

»Nein, ich kenne Ihre Erpressungen auswendig.«

»Ausgezeichnet. Dann wünsche ich gutes Gelingen, Professor. Und machen Sie sich mit Osborne bekannt. Er ist ein wirklich außergewöhnlicher Mensch ...«

»Das war Jack the Ripper auch ...«, murmelte Renard.

Der Engländer lachte und legte auf. Renard verließ sein Zimmer, ging die Treppe hinunter und klopfte an Osbornes Tür.

54

Charles Sinauer sah den Engländer und Renard in der Halle. Die beiden unterhielten sich und steuerten auf die Bar zu. Sinauer ging zurück auf sein Zimmer, wo Lavoisier gerade damit beschäftigt war, einen Film in den Fotoapparat einzulegen.

»Dieser Engländer, der heute angekommen ist, ist ein Freund von Renard, dem Professor.«

»Ah ja?« Lavoisier sah von seinem Fotoapparat hoch und warf ihm einen fragenden Blick zu.

»Er gefällt mir nicht«, fuhr Sinauer fort. »Und Ogden ist der gleichen Meinung. Er hat mich gebeten, die Augen offenzuhalten. Und tatsächlich«, fuhr er mit verschwörerischer Miene fort, »gibt es eine Verbindung. Dieser Renard ist erst vor kurzem in Belcaire angekommen, ich habe mich bei Fouché erkundigt. Vielleicht ist er auch auf Willys Spur...«

»Um Himmels willen, Charles, jetzt werde bitte nicht paranoid...«

Sinauer schüttelte den Kopf. »Ich bin nicht paranoid. Dieser Kerl ist verdächtig. Und wenn Renard ihn kennt, dann ist auch er verdächtig. Das ist doch völlig klar...«

»Gut...«, gab Robert nach. »Was willst du tun?«

»Sie im Auge behalten und Ogden berichten. Morgen gehen wir auf jeden Fall nach Montségur...«

»Das ist doch Wahnsinn, Charles!« protestierte Lavoisier. »Du mit deinem Herz kannst doch nicht da hinauf. Das ist zu gefährlich!«

»Ich habe nicht gesagt, daß ich auf den Pog steigen will«,

stellte Sinauer klar. »Ich habe gesagt, daß wir nach Montségur gehen, weil ich dasein will, wenn irgend etwas geschieht. Wenn dir nicht danach ist, bleib einfach hier…«

Lavoisier schüttelte den Kopf. »Du weißt genau, daß ich dich nicht allein gehen lasse.«

»Danke, Robert.« Sinauer lächelte, dann sah er auf die Uhr. »Es ist fast fünf«, sagte er, »ich gehe wieder nach unten, um die beiden zu beobachten…«

»Warte, ich komme mit.«

Die Halle war voller Menschen, da gerade eine Touristengruppe angekommen war und sich an der Rezeption drängte.

»Laß uns in die Bar gehen, ich habe sie vorhin dort verschwinden sehen«, sagte Sinauer.

In der Bar setzten sie sich an einen Tisch in einiger Entfernung von den beiden Männern, die an der Theke ein Bier tranken.

»Sieh dir diesen Typ an und sag mir, ob ich nicht recht habe…«, murmelte Sinauer seinem Verwandten zu.

Robert warf einen Blick auf Osborne. Er war ein Mann um die Dreißig mit sportlicher Figur, einem eckigen Gesicht und strohblonden, soldatisch kurzen Haaren. Er trug ein Tweedjackett besten Schnitts, das ihm jedoch zu eng schien. Als hätte er gespürt, daß sie ihn ansahen, wandte Osborne sich um und warf ihnen einen raschen, doch aufmerksamen Blick zu. Robert schaute sofort weg, fast als fürchte er, der Mann könne seine Gedanken lesen.

»Ja, ich glaube, du hast recht: Er könnte sehr gut ein Mörder sein. Laß uns von hier weggehen«, murmelte er und machte Anstalten aufzustehen.

»Kommt nicht in Frage, ich will einen Kaffee trinken«, sagte Sinauer.

Lavoisier bestellte zwei Kaffee bei dem jungen Mann von der Bar, der inzwischen an ihren Tisch gekommen war.

»Wenn wir jetzt aufständen, würden wir Verdacht erregen«, flüsterte Sinauer mit einem starren Lächeln, den Blick nach vorn gerichtet.

»Du hast recht«, sagte Lavoisier widerwillig.

In diesem Augenblick betraten Ogden und Franz die Bar, sahen die beiden am Tisch sitzen und gingen zu ihnen.

»Guten Abend, meine Herren.« Ogden gab ihnen die Hand. »Alles in Ordnung?«

»Ja, danke. Kann ich Ihnen etwas anbieten?« fragte Sinauer, weil er wollte, daß sie blieben, und Ogden verstand die Botschaft.

»Gern, vielen Dank. Setzen wir uns, Franz.«

Als sie Platz genommen hatten, sah Ogden Sinauer mit fragender Miene an.

»Ja«, sagte Sinauer, »das sind sie. Der rechte ist Professor Renard aus Toulouse, und sein unangenehm wirkender Begleiter ist Osborne.«

Franz musterte die beiden mit einem raschen Blick, wandte sich dann Ogden zu und nickte.

»Der Typ ist unverkennbar. Sie könnten ihm gleich ein Schild um den Hals hängen...«, meinte er.

»Allerdings«, stimmte Ogden zu, »das ist ein Killertyp. Wenn sie ihn geschickt haben, gibt es keinen Zweifel an ihren Absichten...« Dann wandte er sich Sinauer zu. »Ich muß heute abend leider weg, doch Franz wird hierbleiben. Sie können sich mit allem an ihn wenden. Ich glaube, daß

Sie recht haben, Monsieur Sinauer, seien Sie deshalb auf der Hut.«

Sinauer nickte. »Ich habe mich entschlossen, morgen nach Montségur zu gehen. Ich glaube nicht, daß ich auf den Pog steige, das würde mein Herz nicht mitmachen. Doch ich möchte dortsein, für den Fall ...« Er beendete den Satz nicht, weil er den Namen Willy nicht aussprechen mochte.

»Ich rate Ihnen davon ab«, sagte Ogden. »Denken Sie heute abend noch einmal darüber nach. Wenn Sie sich bis morgen nicht anders entschieden haben, besprechen wir, wie wir es machen.«

»Sieh an, sieh an«, sagte Franz und berührte Ogdens Arm. »Man würde meinen, unsere Freunde streiten sich...«

Ogden wandte sich diskret um. Renard, das Gesicht gerötet, sagte mit leiser Stimme etwas zu Osborne und schüttelte den Kopf. Dann drehte er sich verärgert um und ging mit entschlossenen Schritten weg. Osborne verzog keine Miene, trank sein Bier aus, legte Geld auf die Theke und ging seinerseits, ohne Eile zu zeigen.

»Gut«, bemerkte Franz, »die beiden Kumpane sind sich nicht einig. Um so besser.«

Ogden erhob sich und sagte zu Franz: »Ich muß gehen, komme aber später zurück. Ruf mich an, wenn es etwas Neues gibt.« Dann wandte er sich an Sinauer. »Franz wird Ihnen die Nummern unserer Handys geben. Ich hoffe, das beruhigt Sie ein wenig...«

Sinauer sah ihn an. »Ich habe keine Angst, auch wenn ich spüre, daß etwas geschehen wird. Trotzdem vielen Dank.«

»Dann bis morgen«, sagte Ogden, und noch einmal an

Franz gewandt: »Halt die Augen offen, sprich so wenig wie möglich und bleib bei ihnen, bis sie auf ihr Zimmer gehen. Bis später.«

Es war halb sechs, als Ogden Belcaire verließ und sich Richtung Montségur aufmachte. Parker hatte ihn kurz zuvor angerufen und ihm mitgeteilt, daß Verena Mathis angekommen sei. Er war ärgerlich, denn er hätte gerne die beiden Verdächtigen in Belcaire weiter im Auge behalten, doch Verenas Ankunft zwang ihn dazu, wegzugehen. Er wollte keine Probleme, und sie sollte ihm keine machen, sonst würde er sie ins Zimmer einschließen. Ogden spürte genauso wie Sinauer, daß die Ruhe vor dem Sturm langsam vorbei war. Die Ankunft des Engländers bedeutete, daß Walton sich nicht darauf beschränkte, seinen Agenten vor Ort zu lassen, sondern daß er sich ohne ihr Wissen von Willy befreien würde, falls der Mann aus Toulouse ihn als erster fände.

Bevor er Belcaire verließ, hatte Ogden Stuart angerufen, um ihn über die neuen Entwicklungen einschließlich des überraschenden Auftauchens Sinauers zu informieren.

»Walton versucht also, die Angelegenheit allein zu lösen«, hatte Stuart wütend gesagt. »Dieser Hurensohn wird sich ganz schön wundern, wenn Willy in Sicherheit ist. Und du hast keinen Zweifel, daß die beiden wirklich Agenten sind? Könnten es nicht doch ein Professor und sein englischer Freund sein?«

»Nein, Sinauer hat es richtig gesehen: Die beiden sind Agenten. Außerdem ist es hier in der Languedoc nicht so einfach, sich zu tarnen...«

»Dann wird es auch für euch nicht einfach sein...«

»Stimmt, aber bis jetzt funktioniert es. Morgen machen wir uns nach Montségur auf, und wahrscheinlich werden wir Willy dort treffen...«

»Wegen dieser Geschichte mit der Sonnenwende?« hatte Stuart wenig überzeugt nachgefragt.

»Ja, jedenfalls ist Willy bisher noch nicht aufgetaucht. Best hätte ihn bestimmt erkannt.«

»Vielleicht sollte ich zu euch stoßen...«

»Vielleicht. Aber du könntest in die peinliche Lage geraten, deine Anwesenheit rechtfertigen zu müssen. Es ist keine übliche Praxis für den Chef des Dienstes...«

»Nun ja, das bin ich erst seit ein paar Monaten, und ich habe Gott sei Dank nicht das ehrwürdige Alter von Casparius. Doch ich habe mich noch nicht entschieden.«

»In Ordnung, aber entscheide dich schnell. Der Aufstieg zur Burg ist nachts nicht empfehlenswert. Du mußt noch bei Tageslicht hiersein.«

»Ist gut, ist gut«, hatte Stuart die Unterhaltung ungeduldig beendet. »Ich sage dir später Bescheid.« Dann hatte er aufgelegt.

Als Ogden in Montségur ankam, traf er Parker, der im Garten des Hotels auf ihn wartete.

»Frau Mathis ist in ihrem Zimmer. Es scheint ihr gutzugehen.«

»Immerhin etwas. Nachrichten von Best?«

»Er ist auf der Burg. Die letzte Führung ist bald zu Ende, und er kommt dann gleich zu uns.«

»Gut, ich gehe nach oben.«

Ogden klopfte an Verenas Tür, und sie öffnete. Sie sahen

sich an, ohne zu lächeln; dann trat Verena zur Seite und ließ ihn eintreten.

Ogden schaute sich um: Das Zimmer war identisch mit seinem, mit Ausnahme eines großen Spiegels, in dem sie jetzt zu sehen waren.

»Erklärst du mir, warum du hergekommen bist?« fragte er sie sehr ruhig.

»Ich glaube, daß es so richtig ist. Wenn ihr Willy findet, bin ich da. Das kann für ihn nur gut sein.«

»Du bist wie diese dickköpfigen Kinder, die Spaß daran haben, unerträglich zu sein. Ich hätte Cédric und Blake sagen können, daß sie dich nach Toulouse zurückholen sollten. Doch dann hättest du uns neue Schwierigkeiten gemacht. Jetzt ist es besser, du bleibst hier, aber zu meinen Bedingungen...«

»Kein Kind hat Spaß daran, unerträglich zu sein. Wenn es so ist, dann, weil jemand ihm gegenüber unerträglich war. Doch egal, wie sehen deine Bedingungen aus?«

»Du schließt dich ins Zimmer ein, bis ich den Weg freigebe. Ist das klar?«

Sie lächelte auf eine Art, die nichts Gutes verhieß. »Das scheinen mir akzeptable Bedingungen.«

»Du wirst die Mahlzeiten im Zimmer einnehmen, unter dem Vorwand, daß es dir nicht gutgeht«, fuhr Ogden fort. »Es ist besser, du läßt dich draußen nicht sehen. Vielleicht stehen wir kurz vor der Lösung des Falls. Aber tu bitte, was ich dir sage, und verlaß dieses Zimmer nicht.«

»Gibt es etwas Neues? Kommt Willy hierher?« Verenas Ton änderte sich, und ihr Gesichtsausdruck ebenso.

»Vielleicht, aber das wissen wir erst morgen.«

»Willst du damit sagen, du bist dir nicht sicher?«

»Sagen wir, es besteht eine hohe Wahrscheinlichkeit, daß Willy morgen nach Montségur kommt. Das ist alles.«

Verena rang die Hände, während sie in dem kleinen Zimmer auf und ab ging.

Ogden trat zu ihr. »Beruhige dich, Verena«, sagte er sanft. »Komm, setz dich aufs Bett. Du wirkst wie ein Tier in einem Käfig.«

Sie sah ihn an und runzelte die Stirn, unsicher, ob sie ihm trauen sollte oder nicht. Doch zum Schluß setzte sie sich neben ihn. Ogden ergriff ihre Hand.

»Es geht dir nicht gut, oder?« fragte er und schaute ihr in die Augen.

Sie wandte den Blick ab und schüttelte den Kopf. »Es ist so schwer zu warten...«

»Ich hätte dir alles gesagt, das hatte ich dir versprochen. Wir haben erst heute von diesem Hoffnungsschimmer erfahren, doch es kann auch sein, daß gar nichts geschieht.«

»Nun ja. Jedenfalls bin ich lieber hier als in Toulouse. Das verstehst du doch?« fragte sie und sah ihn traurig an.

»Natürlich verstehe ich das. Doch ich hätte es lieber gehabt, du wärst weit weg von hier geblieben, in Sicherheit.«

Ogden hatte auf Verständnis gesetzt und hatte gewonnen. Er spürte, wie Verena sich mit einem tiefen Seufzen an ihn schmiegte.

»Sag mir, was passieren wird.«

»Es ist wahrscheinlich, daß Willy zur Burg kommt. Morgen nacht ist Sommersonnenwende, und bei Tagesanbruch stellt sich ein ganz besonderes Phänomen ein. Möglicherweise will Willy sich das ansehen. Das ist alles.«

»Meinst du, er kommt?«

Er seufzte und streichelte ihr Haar. »Ja, ich glaube schon.«

»Also gehst du zur Burg und bleibst die ganze Nacht über dort?«

»Ja, zusammen mit Franz und Parker.«

»Gut.« Verena nickte, wandte sich ihm zu und sah ihm in die Augen. »Bist du wütend auf mich?«

»Nein.«

Sie lächelte und ließ sich zurück aufs Bett fallen. Ogden beugte sich über sie und küßte sie.

55

Esclarmonde kehrte spät ins Hotel zurück, als sich der Speisesaal schon leerte. Ihr Vater sah sie hereinkommen.

»Alles in Ordnung?« fragte er.

»Ja, alles in Ordnung. Ich bin ein bißchen spät dran, aber Willy fühlte sich nicht gut, und da habe ich ihm Gesellschaft geleistet«, log sie und versuchte zu lächeln.

»Oh, das tut mir leid. Was hat er denn?«

»Leichtes Fieber, nichts Schlimmes. Ich habe ihm etwas zu essen gemacht und ihm aus der Apotheke Aspirin geholt. Ist Jeanne zurechtgekommen?«

»Ja, sehr gut. Keine Sorge, deine Cousine macht Fortschritte. Wenn sie nach Quillan zurückkommt, wird ihr Vater sie nicht wiedererkennen.« Fouché lachte. »Sie bedient an den Tischen, als hätte sie in ihrem Leben nie etwas anderes getan.«

»Toll! Ich löse jetzt Pierre ab. Wir sehen uns nachher.«

»In Ordnung, aber laß es nicht so spät werden; du siehst müde aus.«

Esclarmonde ging in die Bar und übernahm die Bedienung an der Theke. An einem der Tischchen saß Professor Renard in Gesellschaft eines Mannes, den sie noch nie gesehen hatte. Als Renard sie bemerkte, stand er auf und kam zu ihr.

»Guten Abend, Mademoiselle Esclarmonde. Wie geht es Ihnen?«

»Sehr gut, Monsieur Renard. Und Ihnen?«

»Wie es alten Leuten eben so geht...«, antwortete er und zuckte die Schultern.

»Haben Sie heute eine Burg besichtigt?« fragte Esclarmonde.

»Ja, ich bin in Puivert gewesen, auf der Burg der Troubadours«, log er. »Ich hatte vergessen, daß sie so gut erhalten ist. Und der Führer hat die größte Taschenlampe, die ich je gesehen habe. Wirklich übertrieben!«

Esclarmonde lächelte. »Und welche Ausflüge planen Sie für die nächsten Tage?«

»Das muß ich mir noch überlegen. Aber bestimmt besuche ich Montségur...«

Osborne stand auf und gab ihm ein Zeichen. »Ich muß gehen«, sagte Renard, »mein Freund Osborne will eine Partie Schach spielen. Er ist auf der Durchreise hier.«

Esclarmonde sah zu dem Engländer hinüber. »Wann ist er angekommen?«

»Heute. Er ist ein Kollege von der Universität, er bleibt ein paar Tage hier. Auf Wiedersehen, und einen schönen Abend.«

Renard ging zu Osborne, und zusammen verließen sie die Bar. Das Telefon, das die Bar mit den Gästezimmern verband, läutete, und Esclarmonde nahm ab.

»Könnten wir bitte einen Kamillentee auf Zimmer 32 haben?«

»Ich bringe ihn gleich.« Esclarmonde legte auf, machte den Kamillentee und wandte sich der Treppe zu. Als sie nach dem Treppenabsatz im ersten Stock an Renards Zimmer vorbeikam, hörte sie die Stimme des Professors. Sie klang aufgeregt, und er sprach englisch, was Esclarmonde recht gut verstand. Neugierig geworden ging sie näher an die Tür heran und lauschte.

»Ich bin damit nicht einverstanden!« sagte Renard gerade. »Ich will nichts von dieser Geschichte wissen, ich soll ihn euch nur übergeben...«

»Okay, das ist doch kein Grund, sich aufzuregen ...«, antwortete der Engländer, doch Esclarmonde begriff nicht, worum es bei dem Gespräch ging. Im nächsten Moment hörte sie den Holzboden knarren und schaffte es gerade noch, die Treppe wieder zu erreichen, bevor der blonde Mann in der Tür erschien.

»Guten Abend«, grüßte Esclarmonde ihn mit einem Lächeln und stieg weiter die Treppe hoch. Der Mann erwiderte den Gruß, ging zurück ins Zimmer und schloß die Tür. Das Herz schlug ihr wie wahnsinnig. Vielleicht hatte der Mann bemerkt, daß sie gehorcht hatte, sagte sie sich und empfand eine Mischung aus Scham und Angst.

Im zweiten Stock angekommen, klopfte sie an der Zimmertür von Nummer 32, und Robert Lavoisier öffnete. »Kommen Sie bitte herein«, sagte er und ließ sie vorbei.

»Hier ist Ihr Kamillentee.« Esclarmonde trat ein. Sinauer lag auf dem Bett, einen Arm auf seinem Gesicht.

Esclarmonde stellte das Tablett auf den Tisch. »Fühlt Monsieur Sinauer sich nicht gut?«

»Er leidet nur ein wenig unter Völlegefühl«, antwortete Lavoisier.

Sinauer nahm den Arm vom Gesicht und sah sie an. »Mademoiselle Esclarmonde...«

Sie drehte sich zu ihm hin. »Ja?«

»Kennen Sie einen jungen Mann, der Willy heißt, Willy Weber?«

Esclarmonde spürte, wie ihr das Blut ins Gesicht schoß. Sie betrachtete Sinauer, der noch immer ausgestreckt auf dem Bett lag, und wandte sich dann mit fragender Miene Lavoisier zu.

»Entschuldigen Sie meine unverschämte Frage«, fuhr Sinauer fort und setzte sich auf, »doch es ist wirklich lebenswichtig.«

»Nein, ich kenne keinen Willy Weber. Warum fragen Sie mich das?«

Lavoisier trat neben sie. »Das macht nichts, Mademoiselle, Sie müssen ihn entschuldigen, er ist müde und sehr besorgt um unseren Neffen. Wir haben geglaubt, er wäre hier, doch es sieht so aus, als hätten wir uns getäuscht...«

»Ihren Neffen?« fragte Esclarmonde, die immer verwirrter wurde.

»Willy ist mein Neffe«, sagte Sinauer, »und er schwebt in Lebensgefahr, weil irgend jemand ihm Böses will. Wenn Sie uns helfen können, tun Sie es, ich bitte Sie!« flehte Sinauer sie an und sah ihr in die Augen.

Esclarmonde wußte nicht mehr, was sie glauben sollte. In ihrem Kopf ging alles durcheinander: der Bericht von Willys Vater, den sie am Nachmittag gehört hatte, die Unterhaltung zwischen Renard und diesem Engländer, von der sie zwar beinahe nichts verstanden hatte, die aber seltsamerweise doch jene Angst verstärkte, die sie seit Stunden quälte; und nun sagten diese beiden Männer, daß Willy in Gefahr schwebe, während er selbst noch am Nachmittag nichts anderes getan hatte, als sie zu beruhigen. Was war hier los? fragte sie sich erschrocken.

»Ich kenne keinen Willy Weber«, sagte sie entschlossen. »Brauchen Sie sonst noch etwas, Monsieur Sinauer?«

Sinauer schüttelte den Kopf, und Esclarmonde ging auf die Tür zu, gefolgt von Lavoisier. »Danke, Mademoiselle, und entschuldigen Sie bitte«, sagte er mit einem betrübten Lächeln. »Wir sind zwei verzweifelte alte Männer, ich bitte Sie um Nachsicht.«

Esclarmonde nickte und entfernte sich eilig.

Als er die Tür wieder geschlossen hatte, wandte Lavoisier sich an Sinauer.

»Du mußt verrückt geworden sein!« brach es aus ihm heraus. »Wenn ich gewußt hätte, daß der Kamillentee ein Vorwand war, um das Mädchen in die Enge zu treiben, hätte ich dich daran gehindert. Weißt du denn nicht mehr, was Ogden gesagt hat? Wir sollten uns mit ihr anfreunden und erst dann versuchen, etwas von ihr zu erfahren. Jetzt kann es sehr gut sein, daß sie Willy warnt. Und dann flieht er noch einmal!«

Sinauer schüttelte den Kopf. »Du hast nichts verstanden, Robert! Auch wenn Willy erfährt, daß wir hier sind, wird er nicht vor uns davonlaufen. Um so weniger, als ihn bis jetzt offenbar noch niemand aufgespürt hat. Willy hat keine Angst vor uns, und wenn er durch das Mädchen von unserer Anwesenheit erfahren sollte, wird er höchstens diesen Ort meiden, bis wir wieder weg sind. Ich wollte versuchen, ihn vor diesem Renard und dem Engländer zu warnen. Das ist der Punkt: Er kennt seine Verfolger nicht, wir aber schon!«

»Hast du nicht überlegt, daß wir so riskieren, auch das arme Mädchen in diese Angelegenheit hineinzuziehen? Weshalb, denkst du, hat Ogden sie nicht befragt? Um sie aus dieser schlimmen Sache herauszuhalten, natürlich! Wir sind noch nicht einmal achtundvierzig Stunden hier, doch du gehst einfach weiter deinen Weg, wie ein Bulldozer, und glaubst, daß du alles besser weißt als die Profis. Dieses Mädchen zu warnen war ein großer Fehler, Charles, hoffen wir, daß es keine Konsequenzen hat. Nach dem, was du ihr erzählt hast, wird Willy, wenn er vorhatte, morgen nach Montségur zu gehen, vielleicht seine Absicht ändern, weil er davon überzeugt ist, daß er uns dort trifft. Hast du daran nicht gedacht? Wahrscheinlich wäre Ogden nach dieser Geschichte mit der Sonnenwende, auf die alle so sehr hoffen, an das Mädchen herangetreten. Doch du mußtest wie üblich deinen Kopf durchsetzen.«

Sinauer antwortete nicht gleich. Dann sah er hoch und schüttelte den Kopf. »Dieses Mädchen hätte uns sehr nützlich sein können, doch sie hat mehr Angst als wir. Hast du das nicht gemerkt?«

André Renard ging in seinem Zimmer nervös auf und ab, hin und her auf dem alten, ein wenig abgetretenen Teppich. Osborne saß im Sessel und beobachtete ihn.

»Ich schmiede eine perfekte Intrige, und wen schicken die mir? Sie!« stieß Renard wütend aus. »Einen Killer, der bereit ist, den armen Jungen brutal niederzumachen!«

Osborne steckte sich in aller Ruhe eine Zigarette an.

»Morgen muß ich mit ihm nach Montségur; ich habe es ihm versprochen, und ich werde es tun ...«, sagte Renard kategorisch.

»Das scheint mir eine ausgezeichnete Idee ...«, bemerkte Osborne.

Renard blieb wie angewurzelt stehen und sah ihn verwundert an. Er verstand nicht, worauf der andere hinauswollte. Kurz zuvor hatte Osborne seine schlimmsten Vermutungen bestätigt: Er war nach Belcaire gekommen, um den Jungen zu eliminieren. Renard hatte nicht nur Angst bekommen, er hatte die Fassung verloren. Daß diese Schweine sich nicht im mindesten darum kümmerten, die Form zu wahren, und ihn direkt mit in ihre Verbrechen hineinzogen, machte ihn wütend. Sein Kontaktmann hatte ihn angelogen, als er ihm sagte, er müsse Willy nur an Osborne übergeben. Es war dumm von ihm gewesen zu glauben, daß sie ihm erlauben würden, nach Toulouse zurückzukehren, mit der Illusion, daß er nichts mit einem Mord zu tun hätte. Nein, sie wollten, daß er Augenzeuge ihrer Verbrechen würde. Schließlich war er es ja auch, der Willy seinen Mördern auf dem Silbertablett servierte.

»Sie werden morgen mit dem Jungen nach Montségur gehen, ich folge Ihnen und regle die Angelegenheit. Der Ort ist ideal: Vom Pog kann man leicht in die Tiefe stürzen, vor allem, wenn man ein verwirrter junger Mann ist. Ihren Ausflug nach Montségur schickt uns der Himmel, denn schließlich will ja niemand, daß der Tod des Jungen wie ein Mord aussieht; er ist immerhin der Sohn von Jacob Weber, und seine Ermordung würde Fragen aufwerfen, die wir vermeiden wollen. Ein Unfall dagegen ist genau das, was wir brauchen: vorausgesetzt, er ist anders als die üblichen Autounfälle, an die niemand mehr glaubt. Ich kenne den Pog, die Touristen klettern trotz der Verbote überall herum und riskieren es, dreihundert Meter in die Tiefe zu stürzen. Unser verstörter Junge wird in Erwartung der Sonnenwende unvorsichtig und stürzt ab. Das ist perfekt, London wird Sie ab jetzt für einen echten Strategen halten.«

Nachdem sie Sinauers Zimmer verlassen hatte, eilte Esclarmonde die Treppe hinunter und ging zu ihrem Vater.

»Ich möchte nach Hause, ich bin sehr müde.«

Fouché sah sie besorgt an. »Was ist los, fühlst du dich nicht gut?«

»Doch, ich fühle mich sehr gut. Aber ich würde mich gerne hinlegen. Wir sehen uns morgen früh.«

»In Ordnung, Schatz. Ruh dich aus.«

Die Wohnung der Fouchés war durch eine Tür in der Halle vom Hotel aus zu erreichen. Als sie die Halle durchquerte, bemerkte Esclarmonde Franz, der in einem Sessel saß und Zeitung las. Franz sah hoch und grüßte sie mit einem Kopfnicken. Sie lächelte zerstreut, ging eilig auf die Wohnungstür zu und dann im Laufschritt durchs Wohnzimmer, bis sie ihr Zimmer erreicht hatte. Dort setzte sie sich an den Schreibtisch, wo das Telefon stand. Sie wählte Willys Nummer.

»Hallo, ich bin's. Wie geht es dir?«

»Gut. Was ist los?« fragte Willy.

»Da sind zwei Männer im Hotel, ein gewisser Sinauer und ein gewisser Lavoisier«, sagte sie atemlos. »Sie haben mich gerade gefragt, ob ich dich kenne. Sie behaupten, sie sind deine Onkel. Stimmt das?«

Willy antwortete nicht gleich. Warum hatte Sinauer Esclarmonde eine derart direkte Frage gestellt? Ob Fouché irgend etwas herausgerutscht war?

»Nein, keiner der beiden ist mein Onkel«, antwortete er ruhig.

»Ah, ich wußte es!« rief Esclarmonde aus. Sie wurde immer nervöser.

»Beruhige dich, es gibt keinen Grund, sich aufzuregen. Die beiden sind harmlos. In Wirklichkeit sind sie die Onkel Alines, meiner Exfreundin. Das ist alles.«

»Hör doch auf mit dieser Geschichte! Dieser Sinauer hat etwas zu mir gesagt, was ich glaube...«

»Nämlich?«

»Daß du in Gefahr bist.«

»Ich bin ganz und gar nicht in Gefahr. Mach dir keine Sorgen, diese beiden Alten können wirklich nichts anrichten. Sie werden nach Hause zurückfahren und Aline sagen, daß sie mich nicht gefunden haben. Und fertig.«

»Laß den Blödsinn, Willy! Sie fahren bestimmt nicht nach Zürich zurück. Sie kommen aus Toulouse und haben nichts mit dieser Phantom-Aline zu tun. Hör wenigstens auf, so schamlos zu lügen!«

»In Ordnung, Esclarmonde. Es gibt keine Aline, das stimmt. Aber ich kann dir versichern, daß diese beiden nicht gefährlich sind. Es sind Freunde, doch ich will, wenigstens im Augenblick, nichts mit ihnen zu tun haben. Verstehst du?«

»Dann sollst du wenigstens wissen, daß diese Freunde sich große Sorgen um dich machen. Sie haben mir gesagt, daß du in höchster Gefahr schwebst...«

Schon seltsam. Sinauer war sicherlich nicht hergekommen, um ihn an etwas zu erinnern, was er nur allzugut wußte, dachte er erstaunt. Und wieso waren sie derart sicher, daß er Esclarmonde kannte? Es gab keine andere Erklärung: Fouché mußte etwas herausgerutscht sein. Oder seinem Schwager oder diesem Arzt aus Belcaire, den er am ersten Tag getroffen hatte.

»Hör zu, Esclarmonde, du brauchst keine Angst um mich haben. Es ist alles gut, und mir droht absolut keine Gefahr. Hast du verstanden?«

»Ich habe verstanden, daß du nicht die Wahrheit sagst«, beharrte sie. »Die Kassette von deinem Vater beweist, daß du in Gefahr bist. Doch du vertraust mir nicht. Und so kann ich dir nicht helfen. Es tut mir leid, Willy.«

»Es stimmt nicht, daß ich dir nicht vertraue!« protestierte Willy heftig. »Aber du kannst nichts tun, wenigstens im Augenblick. Ich verspreche dir, daß ich dich um deine Hilfe bitten werde, wenn ich sie brauche. In Ordnung?«

»Wie du willst, Willy«, sagte Esclarmonde resigniert. »Was machst du morgen?«

»Morgen fahre ich nach Barcelona und komme übermorgen zurück. Ich muß einen Freund besuchen...«

»Ich verstehe. Dann ruf mich an, wenn du zurück bist. Gute Nacht.«

Willy legte auf. Er hatte ein ungutes Gefühl. Es gefiel ihm nicht, zu lügen. Besonders nicht, Menschen anzulügen, die er liebte. Er fragte sich, ob er Esclarmonde nicht hätte sagen sollen, daß er mit Renard nach Montségur fuhr. Doch vielleicht hätte sie das nur beunruhigt, dachte er und ging zurück ins Bett. Übermorgen, nach seiner Rückkehr aus Montségur, würde er Esclarmonde erklären, was los war, und sich an Sinauer wenden, um ihn um Rat zu bitten, wie er Kontakt mit der israelischen Botschaft aufnehmen sollte.

Ogden kam erst nach Mitternacht ins Hotel zurück. Kaum daß er das Zimmer betreten hatte, läutete sein Handy. Es war Franz.

»Darf ich kurz zu dir hinüberkommen? Ich muß dir etwas sagen.«

»Ja sicher«, antwortete Ogden und öffnete gleich die Tür. Einen Augenblick später sah er Franz in den Korridor treten. Sie verschwanden beide in Ogdens Zimmer, und dieser schloß die Tür hinter ihnen.

»Neuigkeiten?«

»Heute abend gab es ein bißchen Bewegung. Fouchés Tochter schien ziemlich durcheinander zu sein. Ich habe gesehen, wie sie nach dem Essen ganz aufgelöst durch die Halle gelaufen ist. Sie sah gar nicht glücklich aus. Vielleicht sollten wir ein bißchen energischer vorgehen...«

Ogden nickte. »Genau das werden wir tun. Wenn wir Willy morgen nicht zu fassen bekommen, hast du die Erlaubnis, unseren Freund Fouché auszuquetschen. Wir haben schon zuviel Zeit verloren. Außerdem kommt morgen Cédric her, um diesen Renard und seinen Kumpan zu überwachen.«

»Endlich!« rief Franz aus.

Ogden lächelte. »Ein Minimum an Vorsicht war angebracht. Das hier sind keine Kollegen und keine Kriminellen; und wir können nicht herumlaufen und allen Leuten, die uns nicht die Wahrheit sagen, Pentothal verabreichen. Doch wenn Willy morgen nicht in Montségur auftaucht, darfst du dich um Fouché und wahrscheinlich auch um diesen Renard kümmern.«

56

Am Morgen des 21. Juni erhielt Willy einen Anruf von Renard. Es war ungefähr elf Uhr.

»Guten Tag, Willy. Wie geht es Ihnen?«

Willy, der nicht darauf gefaßt war, daß ihn außer Esclarmonde und Fouché jemand anrief, war im ersten Moment sprachlos.

»Danke, gut«, antwortete er schließlich. »Wie haben Sie meine Telefonnummer herausbekommen?«

»Aber Willy, Comus ist ein winziger Ort! Sie haben das Haus der Garniers gemietet, das hat mir gestern der junge Mann im Restaurant erzählt, und Garnier steht im Telefonbuch. Verzeihen Sie mir, wenn ich in Ihre Privatsphäre eingedrungen bin, doch es ist diskreter, als Ihnen ins Haus zu schneien. Macht es Ihnen etwas aus, wenn wir uns heute nachmittag erst um sechs statt um vier treffen? Es tut mir leid, doch ein Kollege von mir ist auf der Durchreise hier und hat mich angerufen, weil er mich sehen möchte... Aber es ist ja bis neun Uhr hell: Wir können gegen halb acht auf dem Pog sein, und ich kann als Führer fungieren. Ist Ihnen das recht?«

»Einverstanden. Dann sehen wir uns also um sechs vor dem Laden.«

»Sehr gut, sehr gut!« rief Renard aus. »Und entschuldigen Sie bitte!«

»Aber ich bitte Sie... Bis später.«

Verwundert legte Willy auf. Er hätte den Aufstieg zur Burg gerne gegen fünf Uhr begonnen, wenn die Sonne noch hoch am Himmel stand, doch es ging auch so, dachte er und sah aus dem Fenster nach draußen. Es war ein wundervoller Tag, die Sonne schien von einem wolkenlos blauen Himmel. Wahrscheinlich würde es heiß werden, dachte er; alles in allem war es keine schlechte Idee, später aufzubrechen.

An diesem Morgen hatte Charles Sinauer länger als üblich geschlafen, weil er am Abend zuvor erst spät Ruhe gefunden hatte. Robert war schon nach unten gegangen, um zu frühstücken, während er es vorgezogen hatte, sich das Frühstück aufs Zimmer bringen zu lassen. Als es an der Tür klopfte, bat er herein, ohne daß er aus dem Bett aufstand.

Esclarmonde erschien mit dem Tablett und stellte es auf den runden Tisch in der Mitte des Zimmers.

»Guten Morgen, Monsieur Sinauer. Wie geht es Ihnen?« sagte sie mit einem Lächeln, als wäre am Abend zuvor nichts geschehen.

Sinauer lächelte ebenfalls. »Ich habe schlecht geschlafen,

Mademoiselle, sehr schlecht. Und leider verlangsamt eine schlaflose Nacht in meinem Alter die Reflexe. Nach einem guten Frühstück wird es mir besser gehen.«

»Kann ich etwas für Sie tun?« fragte Esclarmonde und trat ans Bett.

»Ich glaube, ja. Ich weiß, daß ich Ihnen vertrauen kann und daß Sie Verständnis für einen wunderlichen alten Mann wie mich haben...«

Esclarmonde sah ihn ein wenig erschrocken an, weil sie fürchtete, Sinauer könnte das Thema vom Abend zuvor wiederaufnehmen.

»Sprechen Sie ruhig...«, murmelte sie.

»Hier im Hotel wohnt ein gewisser Professor Renard. Wissen Sie, wen ich meine?«

Esclarmonde nickte. »Natürlich.«

»Gut. Dieser Mann wird wahrscheinlich heute nachmittag nach Montségur aufbrechen. Ich möchte, daß Sie mich benachrichtigen, sobald er das Hotel verläßt...«

Esclarmonde hatte eine Bitte dieser Art nicht erwartet. Sie sah ihn erstaunt an.

»Aber Monsieur Sinauer, ich kann mich nicht ständig an seine Fersen heften, das wäre doch peinlich...«

»Ich weiß, ich weiß«, gab Sinauer zu und nickte mehrmals. »Doch es ist wichtig, glauben Sie mir. Versuchen Sie es. Ich habe bemerkt, daß dieser Mann einen Rover fährt, der immer vor dem Eingang des Hotels geparkt ist. Es wird nicht schwierig sein, darauf zu achten, wann das Auto verschwindet...«

»Das läßt sich leichter machen«, sagte Esclarmonde und lächelte. »Ich werde sehen, was ich tun kann.«

»Sehr nett von Ihnen, Mademoiselle. Ich bin Ihnen unendlich dankbar für diesen Gefallen.«

»Aber ich bitte Sie! Frühstücken Sie jetzt lieber und gehen Sie hinunter in den Garten. Es ist ein wunderschöner Tag.«

Robert betrat das Zimmer im gleichen Moment, als Esclarmonde hinausging. Die beiden grüßten sich, und nachdem die Tür wieder geschlossen war, gab Sinauer Lavoisier ein Zeichen, näher ans Bett zu treten.

»Ich habe das Mädchen gebeten, mich zu informieren, sobald Renard das Hotel verläßt. Das ist kein großartiges Spionieren, doch wenigstens erfahren wir es, wenn er aktiv wird.«

Robert schüttelte verwundert den Kopf. »Was gedenkst du denn heute zu tun? Du hast schlecht geschlafen, die ganze Nacht hast du dich hin- und hergeworfen.«

»Ich bleibe bis zum Mittagessen im Bett, dann gehe ich mit dir nach unten. Am Nachmittag müssen wir bereit sein, auch wenn ich glaube, daß Renard sich sehr spät in Bewegung setzt.«

»Und wieso das?«

»Weil es spät dunkel wird, und sie brauchen Dunkelheit, um das zu tun, was sie vorhaben.«

»Mein Gott, Charles, meinst du, sie wollen ihn dort töten, mitten unter all den Leuten?«

»Warum nicht? In dem Durcheinander können sie sich besser bewegen. Und außerdem ist Vollmond, ich habe im Kalender nachgesehen. Du hast gehört, was Ogden über diesen Osborne gesagt hat: Das ist ein Killer. Und ich bin der gleichen Meinung.«

Ein Klopfen an der Tür. Es war Ogden.

»Guten Tag, meine Herren«, grüßte er und trat ein.

»Guten Tag, ich bin noch im Bett, weil heute ein wichtiger Tag ist und ich in Form sein möchte«, sagte Sinauer.

»Er hat schlecht geschlafen«, erklärte Lavoisier. »Besser, er ruht sich aus.«

»Zu welchem Entschluß sind Sie gekommen?« fragte Ogden Sinauer.

»Mich am Nachmittag nach Montségur zu begeben. Keine Angst, ich klettere nicht hoch, ich bleibe am Hang des Pog; da gibt es einen Parkplatz.«

»Lieber Himmel, Sinauer!« rief Ogden aus. »Das ist doch absurd. Meine Männer werden überall am Berg sein. Sie bleiben hier im Hotel und warten.«

Sinauer schüttelte den Kopf. »In Wirklichkeit weiß ich noch nicht genau, was ich tue. Doch irgend etwas werde ich tun – und dabei nicht mein Leben aufs Spiel setzen, seien Sie ganz beruhigt.«

»Ich möchte nicht auch noch Sie beide beschützen...«

»Machen Sie sich keine Sorgen, in den Augen dieser beiden Verbrecher sind wir irgendwelche Touristen. Die werden uns gar nicht bemerken...«

»Da irren Sie sich«, widersprach ihm Ogden. »Das sind Profis. Wenn die Sie sehen, werden sie Sie wiedererkennen und sich fragen, was zum Teufel Sie auf diesem Parkplatz machen.«

»Ganz einfach«, antwortete Sinauer, »wir sehen uns Montségur von unten an. Wir sind alt, und das ist alles, was wir tun können. Robert wird eine Unmenge Fotos machen, wie die japanischen Touristen.«

Ogden schüttelte den Kopf. »Ich habe gesehen, daß Sie ein Handy haben. Speichern Sie die Nummern, die ich Ihnen gestern abend gegeben habe, dann können Sie anrufen, wenn Sie Hilfe brauchen.«

»Schon geschehen«, sagte Sinauer mit konspirativer Miene. »Doch es wäre besser, wenn auch Sie die Nummer meines Apparats hätten. Ich muß gestehen, daß es das erste Mal ist, daß ich froh darüber bin, eins von diesen Dingern zu besitzen...«

Ogden lächelte. »Einverstanden, geben Sie mir bitte Ihre Nummer...«

»Hier bitte«, sagte Sinauer und hielt ihm eine Visitenkarte hin. »Ich wußte, daß Sie herkommen würden, und habe mich vorbereitet.«

Ogden nahm die Karte und steckte sie in die Tasche. »Und tun Sie bitte nichts Leichtsinniges«, sagte er und wandte sich zur Tür.

Lavoisier folgte ihm. »Ich gehe auch nach unten und hole mir ein Päckchen Zigaretten. Seit diese Geschichte begonnen hat, habe ich wieder angefangen zu rauchen.«

»Bis später«, sagte Ogden und drehte sich noch einmal zu Sinauer um.

»Viel Glück, für Sie und Ihre Leute«, antwortete der Alte mit einem Handzeichen.

Um vier Uhr am Nachmittag stand der Rover noch immer an der gleichen Stelle. Esclarmonde trat vom Fenster zurück und ging wieder zur Rezeption, nahm den Telefonhörer ab und wählte die Nummer von Sinauers Zimmer.

»Noch nichts«, sagte sie.

»Danke, meine Liebe«, antwortete Sinauer und legte wieder auf.

»Wie ich dir gesagt habe: Der Bastard geht es gemütlich an. Ich hätte Ogden bitten sollen, das Auto bewachen zu lassen.«

»Schon geschehen«, sagte Robert. »Sie haben einen ihrer Männer hier, den ich vorher noch nie gesehen hatte. Ogden hat ihn mir gezeigt, als ich mit ihm nach unten gegangen bin. Er hat ihn hier postiert, um Renard zu überwachen.«

»Gut, dann sind wir also nicht allein«, nickte Sinauer zufrieden.

Um Viertel vor sechs klingelte das Telefon. Es war Esclarmonde, die ihnen mitteilte, daß Renards Auto immer noch an seinem Platz stehe. Sinauer und Lavoisier sahen sich an.

»Seltsam, jetzt müßte er das Hotel langsam verlassen«, wunderte sich Robert.

Beunruhigt stand Sinauer auf. »Und wenn er nun schon weg wäre? Wir haben sein Auto überwacht, aber er könnte auch mit einem anderen gefahren sein. Los, wir haben keine Zeit zu verlieren.«

Sie verließen das Hotel, stiegen in den Mercedes und fuhren Richtung Bélesta. Als sie an dem Laden vorbeikamen, entging ihnen der Mini, der davor geparkt stand.

Esclarmonde war besorgt. Sinauers Bitte, die sie zuerst fast belustigt hatte, kam ihr nach einigen Stunden nicht mehr wie die Schrulle eines verschrobenen alten Mannes vor. Sinauer fand Renard beunruhigend. Warum? Nun, sie selbst hatte es schließlich auch so eingerichtet, daß der Professor nichts über Willy erfuhr.

Esclarmonde hatte schon als Kind einen besonderen Instinkt für Gefahr gehabt, und sie war sich dessen bewußt. Sie hatte es oft erlebt, daß ihr schon vorher klar war, was geschehen würde; es ging so weit, daß ihre Schulkameradinnen sich bei ihr erkundigten, wer abgefragt würde. Daher war sie geneigt zu glauben, daß ihre Aversion gegen Renard etwas bedeutete.

Sie sah sich um: Die Halle war leer. Sie griff zum Telefon und rief in Sinauers Zimmer an, weil sie ihn fragen wollte, warum er sich für Renard interessiere; doch es nahm niemand ab. Sie sah auf das Schlüsselbrett: Der Schlüssel von Zimmer 32 hing dort, die beiden mußten das Hotel verlassen haben, als sie nicht in der Halle gewesen war.

Sie dachte an Willy und seine Reise nach Barcelona. Schließlich konnte er sie belogen haben. Normalerweise vertraute Esclarmonde ihren Mitmenschen, da es ihr im Leben vergönnt gewesen war, nicht betrogen zu werden, weder als Kind noch als Erwachsene; sie war also nicht auf so etwas vorbereitet. Doch Willy hatte sie schon mit der Geschichte über dieses Mädchen belogen, und praktisch über sein ganzes Leben. Warum also hätte diese Sache mit der Reise nach Barcelona stimmen sollen? Sie wählte Willys Nummer. Das Telefon läutete lange, ohne daß jemand abnahm.

Sinauer hatte gesagt, daß Renard nach Montségur fahren werde, doch dessen Auto stand noch immer vor dem Hotel. Fürchtete er vielleicht, daß Willy mit ihm zusammen unterwegs war? Die Vorstellung, daß es eine Verbindung zwischen Willy und Renard gab, begann ihr Angst zu machen. Sie sah auf die Uhr: Es war sechs. Sie rief ihre Cousine an die Rezeption, weil sie mit dem Auto herumfahren wollte, in der Hoffnung, Renard zu treffen – und vielleicht auch Willy.

Renard war an jenem Morgen ein neues Gesicht im Hotel aufgefallen. Ein Mann, den er nie zuvor gesehen hatte, und irgend etwas an ihm versetzte ihn in Alarm. Er war den ganzen Nachmittag in seinem Zimmer geblieben und hatte sich gefragt, ob sein Verdacht begründet sei; schließlich hatte er sich entschieden, nichts zu riskieren. Um sechs hatte er den Telefonhörer abgenommen und war aus dem Zimmer gegangen, hatte abgeschlossen und den Schlüssel in seine Tasche gesteckt. Durch den Lieferanteneingang hatte er das Hotel verlassen und war zum Glück von niemandem bemerkt worden. Dann war er über eine Wiese gegangen, die sich am Tannenwald langzog, und nach zweihundert Metern wieder auf die Straße gekommen. So hatte er den Laden erreicht, wo Willy Weber auf ihn wartete.

»Ich hoffe, ich bin nicht zu spät...«, sagte er, als er sich zum Fenster des Minis beugte.

Willy lächelte. »Nein, ganz und gar nicht. Wieso kommen Sie zu Fuß?«

»Mein Auto bockt schon wieder. Könnten wir mit Ihrem fahren?«

Willy nickte. »Ja natürlich.«

»Dann wollen wir mal«, sagte Renard und stieg ein. Willy startete, und sie fuhren los.

Renard war nervös. Osborne hatte eine Verzögerung inszeniert, um ihre Ankunft in Montségur möglichst lange hinauszuschieben, so daß sie erst bei Dunkelheit den Pog besteigen würden. Der alte Trick: ein Verkehrsunfall mit einem Verletzten, dem man helfen mußte. Am Abend zuvor hatte er in Toulouse angerufen und den Plan auf den Punkt gebracht. Zwei Agenten würden auf der Strecke einen Unfall vortäuschen. Nichts war dem Zufall überlassen worden, doch Renard war in höchstem Maße angespannt. Und diese Sache wäre erst der Anfang: Osborne, der Belcaire am Abend vorher verlassen hatte, um nach Montségur zu fahren, würde nach Einbruch der Dunkelheit auf den Pog steigen und sie erwarten.

Als sie durch den Wald von Bélesta fuhren, sahen sie gleich nach einer Kurve den weißen Volvo. Das Auto stand abseits der Straße, die Türen waren offen: Die Fahrt schien an den Kiefern geendet zu haben. All das machte die Inszenierung glaubwürdig. Willy fuhr näher heran und stieg aus, gefolgt von Renard. Es waren zwei Männer: Der eine saß auf der Erde, mit dem Rücken gegen die Tür gelehnt. Der andere beugte sich über ihn und stand auf, als er sie kommen hörte.

»Ist jemand verletzt?« fragte Renard.

Der Mann kam näher. »Mein Bruder hat sich den Kopf angeschlagen, er schafft es nicht aufzustehen.«

»Bei Ihnen ist alles in Ordnung?«

»Ja, mir geht es gut«, antwortete der Mann. »Er will nie den Sicherheitsgurt anlegen, das hat er jetzt davon...« Er sah zu seinem Bruder, der den Kopf hängen ließ.

Willy ging zu dem Mann, der auf der Erde saß, und beugte sich über ihn. »Wie fühlen Sie sich?«

»Ich habe schreckliche Kopfschmerzen, und mir ist übel«, antwortete dieser mit Mühe.

»Wir sind auf halber Strecke zwischen Belcaire und Bélesta. Hat jemand von Ihnen ein Handy?« fragte Renard und sah den Bruder des Verwundeten an.

»Nein, leider nicht«, antwortete dieser und schüttelte den Kopf.

»Dann bleibt uns nur, Ihren Bruder ins Auto zu laden und nach Belcaire zum Arzt zu bringen. Fährt Ihr Auto?«

»Nein, ich glaube, es ist etwas mit den Bremsen. Deshalb sind wir von der Straße abgekommen.«

»Gut, dann wollen wir keine Zeit verlieren. Willy, helfen wir diesem Herrn, seinen Bruder in den Mini zu tragen. In ein paar Minuten sind wir in Belcaire.«

Willy und der Mann packten den Verletzten an den Schultern und luden ihn auf den Rücksitz des Mini. Kurz darauf fuhren sie wieder Richtung Belcaire.

»Wir schaffen es trotzdem.« Renard wandte sich Willy zu. »Es wird spät dunkel. Und außerdem ist Vollmond; es wird nicht schwierig sein, den Pog hochzusteigen. Was meinen Sie, haben Sie noch Lust?«

Willy nickte. »Warum nicht? Das ist sicher noch eindrucksvoller.«

Esclarmonde war Richtung Bélesta unterwegs. An der Abzweigung begegnete sie dem Mini, der in die andere Richtung fuhr. Sie verlangsamte und sah Willy am Steuer, Renard auf dem Beifahrersitz. Sie hupte, und Willy bemerkte sie, lächelte und kurbelte das Fenster herunter.

»Wir bringen einen Mann zum Doktor, der einen Unfall gehabt hat...«

»Wißt ihr, wo Doktor Vidal wohnt?« fragte sie.

Willy schüttelte den Kopf. Renard dachte verärgert, daß Esclarmonde sich anbieten würde, sie zu begleiten. Und er hatte recht.

»Dann bringe ich euch hin«, sagte sie und legte den Rückwärtsgang ein. Renard sah auf die Uhr: Viertel vor sieben. Durch die Hilfe des Mädchens würden sie weniger Zeit verlieren, dachte er verdrossen.

Doktor Vidal empfing sie sofort. Nach seiner Diagnose bestand Verdacht auf eine Schädelverletzung, und er veranlaßte eine Einweisung ins Krankenhaus. Der Patient konnte in seiner Praxis bleiben, bis der Krankenwagen eintraf. Die Helfer wurden erst nach umständlichen Danksagungen entlassen.

»Nun können wir unsere Fahrt fortsetzen«, sagte Renard. »Danke, Mademoiselle Esclarmonde. Sie waren sehr freundlich, wie immer.«

Sie lächelte, ohne den Blick von Willy zu wenden. »Keine Ursache. Das war doch das mindeste, was ich tun konnte. Ich wußte nicht, daß du den Professor kennst...«, sagte sie.

Renard kam Willy zu Hilfe. »Dieser junge Mann hat die Begabung, immer dort zu sein, wo man ihn braucht. Gestern hatte ich eine Autopanne, und er hat mir geholfen. Wir haben Freundschaft geschlossen und entdeckt, daß wir viele gemeinsame Interessen haben, einschließlich Montségur.«

»Und wart ihr dorthin unterwegs?«

Willy kam Renard bei der Antwort zuvor. »Ja, wegen der Sonnenwende.«

»Wie schön!« rief sie aus. »Aber solltest du nicht in Barcelona sein?«

»Eigentlich schon...«, antwortete er unbefangen, »doch der Professor hat mich gebeten, ihn nach Montségur zu begleiten. Und die Vorstellung, dieses Phänomen zu sehen, von dem alle reden, kam mir verlockend vor, deshalb habe ich das Programm geändert...«

»Ich würde es mir auch gerne ansehen. Ich könnte ja mitkommen...« Esclarmonde sagte dies, ohne zu überlegen, und bereute es augenblicklich.

Die beiden Männer sahen sich verlegen an. Renard war wütend: Daß dieses Mädchen mit auf den Pog kam, war unmöglich. Osborne würde nicht zweimal darüber nachdenken und sie ebenfalls eliminieren.

Er hoffte, die jungen Leute wären uneins, und Willy würde Esclarmonde sagen, daß er sie nicht dabeihaben möchte. Doch es kam anders.

»In Ordnung«, sagte Willy, »aber es wird nicht bequem sein, die Nacht draußen zu verbringen. Außerdem ist dein Vater vielleicht nicht damit einverstanden...«

Esclarmonde sah ihn genervt an. »Glaubst du, ich bin noch ein Kind? Mein Vater mischt sich nicht in mein Leben ein, ich muß ihm nur Bescheid sagen. Besser noch«, sagte sie und machte auf dem Absatz kehrt, »ich frage Dr. Vidal, ob ich telefonieren darf, dann können wir gleich weiterfahren, ohne noch einmal ins Hotel zu müssen.«

Willy lächelte und zuckte mit den Schultern. Im Grunde freute er sich. Renard lächelte ebenfalls und versuchte, seine Sorge zu verbergen.

57

Nach einer halben Stunde Wegs kamen Ogden und seine Männer verschwitzt und schwer atmend auf dem Pfad gegenüber der Burgfassade heraus. Sie passierten das Portal und betraten das Gemäuer. Patrick Best, im Zentrum einer Gruppe von Touristen, hielt seinen Vortrag. Die Agenten gingen näher heran und setzten sich zu den anderen Zuhörern.

»Um den Katharismus zu verstehen, muß man sich an die Glaubensrichtungen erinnern, die ich vorhin erwähnt habe. Sie entstanden viele Jahrhunderte vor unserer Zeit an den Ufern des Indus, und aus ihnen entwickelten sich die sogenannten dualistischen Religionen«, sagte Best ins Mikrofon. »Der Katharismus, auch er eine dualistische Religion, verbreitete sich zu Beginn des elften Jahrhunderts rasch in ganz Westeuropa und wurde zu einer Gefahr für die römisch-katholische Kirche. Zu jener Zeit wurden die Anhänger dieser Religion noch nicht Albigenser oder Katharer genannt, sondern einfach ›Christen‹, während man zu ihren Klerikern *bonshommes* sagte. Es waren die Katholiken, die sie *parfaits* nannten, vermutlich um sie zu verspotten. Danach, im dreizehnten Jahrhundert, wurde der Name Albigenser üblich, um die Anhänger dieses Glaubens in Südfrankreich zu bezeichnen. Als Erbin der manichäischen und gnostischen Religionen, die sich parallel zum Christentum entwickelten, leugnete die katharische Lehre die christlichen Dogmen nicht in vollem Umfang. Die Katharer lehnten jedoch alle katholischen Sakramente, einschließlich der Ehe, ab und bezogen sich allein aufs Neue Testament. In ihrem Ritus scheint es nur ein einziges Sakrament gegeben zu haben, das *consolamentum*, durch das der Gläubige seinerseits ein *bonhomme* werden konnte, also ein Repräsentant der katharischen Kirche. Das *consolamentum* wurde jedoch auch jedem gespendet, der im Sterben lag. Die katharischen Kleriker wandten sich vollkommen vom materiellen Leben ab, das als eine Emanation des Bösen betrachtet wurde, und verschrieben sich einer strengen Askese. Sie glaubten an die Reinkarnation, die es dem Menschen erlauben sollte, sich im Laufe vieler Leben der Vollkommenheit anzunähern. Sie lebten abstinent und waren irdischen Gütern gegenüber vollkommen gleichgültig. Dies machte sie besonders verhaßt beim katholischen Klerus jener Zeit, der bekanntermaßen habsüchtig und korrupt war.«

Patrick Bests wohlklingende Stimme hallte von den alten Mauern wider. Ogden ließ seinen Blick über die Wände aus großen, moosbedeckten Quadern schweifen. Die Sonne stand nun schon tief, und er hoffte, daß der Junge bald hier oben erscheinen würde. Während Best die Geschichte dieses Orts erzählte, überraschte Ogden sich bei dem Gedanken, daß Montségur vielleicht Schauplatz eines Dramas werden könnte, das jenem ähnelte, das sich vor sieben Jahrhunderten ereignet hatte, als vier Männer den Katharerschatz in Sicherheit brachten. Ein Kampf würde stattfinden, das spürte er, und auch die Burg schien in Erwartung dieses Ereignisses. Willy und sie alle würden an diesem Ort ihr Leben aufs Spiel setzen, denn der Junge hütete nicht nur einen Schatz, sondern auch das schändliche Geheimnis der Banken. Gut und Böse würden sich in Montségur erneut gegenüberstehen, und er und seine Männer würden alles tun, um diesen Jungen zu retten. Die Wege des Herrn sind tatsächlich unerforschlich, murmelte er vor sich hin und lächelte. Er wandte sich seinen Männern zu. Parker und Franz, wenig interessiert an der Geschichte der Katharer, sahen sich um und versuchten Willy Weber unter den Leuten zu entdecken.

»Es sieht nicht so aus, als wäre der Junge hier«, sagte Franz.

»Im Augenblick nicht«, pflichtete Ogden ihm bei. »Falls er nicht gerade die Umgebung der Burg besichtigt«, fügte er hinzu und zeigte auf das kleinere Tor in der Nordwand. »Ich bleibe hier, du und Parker, ihr dreht bitte eine Runde um die Außenmauern, um zu kontrollieren, ob er nicht draußen ist.« Ogdens Handy läutete. Es war Cédric.

»Renard hat mich hereingelegt: Er hat sein Auto vorm Hotel stehenlassen und im Zimmer das Telefon abgehängt. Ich bin jetzt mit dem Hauptschlüssel hereingekommen, er muß durch eine Hintertür entwischt sein«, berichtete Cédric niedergeschlagen.

»Und von Osborne keine Spur?«

»Ich bin auch in seinem Zimmer gewesen: keinerlei persönliche Dinge. Vielleicht hat er letzte Nacht nicht im Hotel geschlafen.«

»Na wunderbar!« sagte Ogden. »Komm nach Montségur und warte auf weitere Anweisungen.«

Er sah auf die Uhr: Es war sechs, und die Burg füllte sich langsam. Viele Leute hörten Best zu, andere erforschten das Innere und Äußere der Festung, es herrschte ein immer lebhafteres Kommen und Gehen. Ogden fragte sich, ob ihre Hoffnung, Willy hier zu finden, nicht illusorisch sei. Er hatte geglaubt, der Junge würde um halb sechs zur Burg heraufkommen, um an der letzten Führung teilzunehmen und bis zur Sonnenwende dazubleiben. Daß er um diese Zeit noch nicht auf dem Pog war, kam ihm nicht gerade ermutigend vor. Genausowenig wie der Umstand, daß Renard sie ausgetrickst hatte.

»Im Laufe des elften Jahrhunderts hatte die Ketzerei der Katharer sich in der Languedoc verwurzelt«, fuhr Best fort. »Zunächst sehr verbreitet in den Zünften der Tuchmacher, zählte die Religion der *bonshommes* bald viele Anhänger in allen sozialen Klassen. Zu Beginn des dreizehnten Jahrhunderts, bevor der Albigenserkreuzzug über das Land hereinbrach und Tod und Verderben brachte, war die Languedoc eine reiche und blühende Landschaft, die mit allen großen Städten im Mittelmeerraum Handel trieb. Sie wurde von der Familie der Grafen von Toulouse regiert. Nach einem Versuch der Annäherung zwischen Katharern und Katholiken, der 1165 scheiterte, bestieg Papst Innozenz III. den Heiligen Stuhl, und der Kampf gegen die Häresie wurde erbittert mit einem geistigen Kreuzzug geführt...«

Parker und Franz kehrten auf den zentralen Platz der Festung zurück und sahen sich nach Ogden um. Inzwischen waren noch mehr Leute angekommen, viele mit Schlafsäcken, und hatten sich schon einen Platz für die Nacht gesucht: einige an den Mauern oder zwischen den Felsen, andere im Freien, auf den Grasflächen im Schutz des Turms.

Ogden ging zu Franz. »Nichts?« fragte er.

»Nichts, nur Touristen, die sich überall niedergelassen haben. Ich habe das Gefühl, daß der Junge uns sitzenläßt und wir unserem Fouché morgen ein bißchen auf die Sprünge helfen müssen…«

»Er könnte auch später kommen, es ist bis halb zehn hell…«, sagte Ogden ohne große Überzeugung. »Blake ist auf dem Parkplatz, doch bis nicht alle Touristen der letzten Führung gegangen sind, wird es auch da unten nicht leicht sein, Willy zu entdecken…«

Franz zuckte mit den Schultern. »Ich schaue mich noch mal ein bißchen um. Es gibt viel mehr Verstecke zwischen den Felsen, als man denkt. Hast du den Turm gesehen?« fragte er und zeigte auf den höchsten Teil der Festung. »Also in diesem Turm fehlt die Eingangstür. Wenn du in die Räume willst, und es gibt zwei davon, mußt du praktisch hineinspringen, sie sind unter freiem Himmel. Wozu mögen die wohl gedient haben?«

»Best hat gesagt, daß der kleinere wahrscheinlich die Zisterne war, der größere vielleicht die Kapelle der Katharer.« Ogden betrachtete seinerseits den Turm.

»Ach«, meinte Franz, »dann konnten sie entweder gut springen, oder es gibt einen Zugang über einen unterirdischen Gang…«

»Das ist wahrscheinlich«, pflichtete Ogden ihm bei, »doch niemand hat ihn je gefunden. Vor etwa fünfzig Jahren wollten zwei Männer aus dem Dorf Grabungen anstellen. Doch schon bei den ersten Schlägen mit der Spitzhacke waren furchtbare Echos aus dem Pog zu hören. Erschrocken ließen sie ihre Ausrüstung liegen und suchten das Weite.«

»So entstehen Legenden…«, sagte Franz amüsiert.

In diesem Augenblick läutete Ogdens Handy. Es war Blake, der vom Parkplatz aus anrief.

»Sinauer und Lavoisier sind angekommen. Sie haben ihr Auto geparkt und spielen Touristen. Was soll ich tun?«

Ogden seufzte. »Zeig dich ihnen. Lavoisier weiß, daß du einer von uns bist. Behalt sie im Auge, aber gehe nicht näher heran. Wenn Renard kommt, will ich nicht, daß er Verdacht schöpft.«

Parker kam zu ihnen zurück. »Ich habe einen doppelten Kontrollgang gemacht und bin dort oben hinaufgestiegen.« Er zeigte auf die Treppe zum Rundweg an der Nordwand. »Ein phantastischer Blick, falls man schwindelfrei ist.«

»Gut«, sagte Ogden. »Jetzt haben wir den Ort unter Kontrolle. Wir müssen nur warten, bis Willy auftaucht.«

Er tippte Sinauers Nummer in sein Handy. Nach kurzem Läuten meldete sich der Alte.

»Ogden hier. Was haben Sie vor?«

»Ah, gut, daß Sie anrufen! Ich wollte es schon tun, aber ich fürchtete, es käme ungelegen. Ist Willy dort oben?«

»Nein, er hat sich bisher nicht sehen lassen. Auf dem Parkplatz ist einer meiner Agenten. Tun Sie so, als würden Sie ihn nicht kennen, und wenden Sie sich nur im Notfall an ihn. Machen Sie nicht unnötig auf sich aufmerksam. Blake ist durchaus in der Lage, Renard und Willy zu erkennen.«

»Machen Sie sich keine Sorgen, wir rühren keinen Finger«, beruhigte ihn Sinauer.

Ogden beendete das Gespräch; er war nicht sehr davon überzeugt, daß Sinauer und Lavoisier sich ruhig verhalten würden.

Die Sonne ging unter. Wenn man nach Südosten blickte, sah man unten das Dorf Montségur mit seinen roten Dächern liegen. Auf dem Pfad am Col de Séguela erschienen die Touristen, die sich noch anschickten, den Berg zu besteigen, winzig klein, genauso die Autos auf dem Parkplatz. Von dem monumentalen Südwestportal ging der Blick auf das Massiv des Mont Tabe und die Pyrenäen. Der Himmel war wolkenlos, und das Licht der untergehenden Sonne hatte sogar den Kondensstreifen eines Flugzeugs golden gefärbt.

Best hatte seinen Vortrag beendet, doch viele Touristen umlagerten ihn noch, um ihm Fragen zu stellen. Ogden trat näher heran.

»Anfang des 13. Jahrhunderts«, erklärte Best gerade, »beschlossen die Katharer, aus Montségur ihren Zufluchtsort zu machen, und Raymond de Péreille, der Herr des Orts, begann mit der Restaurierung der Burg, die schon 1204 eine Ruine war.« Best wandte sich an ein Mädchen, das sich Notizen machte. »Während des Kreuzzugs bot die Burg, die nicht für militärische Zwecke gebaut worden war, den Katharern und ihren Sympathisanten Asyl.«

»Wie viele Katharer flüchteten nach Montségur?« fragte das Mädchen.

»Mindestens fünfhundert, und sie harrten tapfer aus. Dann, vielleicht durch Verrat, gelang es den Kreuzrittern, die Barbakane zu erobern, also das dem Festungstor vorgelagerte Außenwerk, und am 1. März 1244 waren Raymond de Péreille und der Kommandant Pierre Roger de Mirepoix zur Kapitulation gezwungen. Nach vierzehn Tagen wurden zweihundert Ketzer, die sich geweigert hatten, dem katharischen Glauben abzuschwören, am Fuße der Burg auf dem Scheiterhaufen verbrannt, vermutlich auf dem Prat des

Cramats, der Wiese, die rechts von dem Pfad liegt, der auf den Pog führt.«

»Doch warum vierzehn Tage später?« fragte das Mädchen. »Ich habe gelesen, daß die Katharer selbst bei der Verhandlung über die Kapitulation darum gebeten haben, so lange in der Burg bleiben zu können. Sonderbarerweise wurde ihrer Bitte entsprochen.«

»Dies ist tatsächlich einer der vielen mysteriösen Punkte«, pflichtete Best ihr bei. »Man vermutet, daß die Katharer um diese Frist gebeten haben, um sich spirituell auf den Tod vorzubereiten.«

»Doch es ist unglaublich, daß man es ihnen zugestanden hat!« wiederholte das Mädchen mit Überzeugung. »Außerdem retteten alle, die dem katharischen Glauben abschworen, ihr Leben, was erstaunlich ist, wenn man an die Grausamkeit der Kreuzritter denkt. Man muß sich nur an Béziers erinnern!«

»Warum, was ist denn in Béziers geschehen?« fragte eine Frau mittleren Alters, die gerade einen Film in ihren Fotoapparat einlegte.

»In Béziers«, antwortete Best, »fand eines der furchtbarsten Massaker des Mittelalters statt. Die Kreuzritter töteten siebentausend Menschen: Männer, Frauen und Kinder, Ketzer und Katholiken, die in der Église de la Madeleine Zuflucht gesucht hatten. Und als Arnaud-Amaury, Abt und Legat von Papst Innozenz III., von den Kreuzrittern darauf hingewiesen wurde, daß sich auch Katholiken in die Kirche geflüchtet hätten, lautete seine Antwort: ›Tötet alle, Gott wird die Seinen schon erkennen.‹ Danach schrieb der Legat an den Papst, daß zwanzigtausend Menschen ›über die

Klinge gesprungen‹ seien, und dankte Gott für einen solchen Erfolg. Es muß erwähnt werden, daß die Kreuzritter die Bürger über den Bischof der Stadt aufgefordert hatten, ihnen alle Ketzer auszuliefern. Doch die katholischen Einwohner weigerten sich zu gehorchen, und so vermerkte der Zisterziensermönch Pierre des Vaux-de-Cernay: ›Indem sie sich gegen Gott und die Kirche erhoben, schlossen sie einen Pakt mit dem Tod. Sie starben lieber als Häretiker, denn als Christen zu leben.‹«

»Wenn ich mich recht erinnere«, kommentierte Ogden, »sprach die Kirche später nicht die Märtyrer, sondern die Inquisitoren heilig...«

Best lächelte und breitete die Arme aus. »Das stimmt. Aber man muß zugeben, daß die Situation in der Languedoc für die katholische Kirche unerträglich war. Man muß nur an Toulouse denken: Als der Bischof und der päpstliche Legat ihre Predigten gegen die Häresie verstärkten, protestierte die Bevölkerung und forderte für jeden Bürger das Recht, sich zu dem Glauben seiner Wahl zu bekennen. Als der Legat dann anordnete, die der Ketzerei Verdächtigen anzuzeigen, tat dies niemand. In der Languedoc wurden einige Grundwerte des menschlichen Zusammenlebens hochgeachtet – wie später nirgendwo mehr. Als der Kreuzzug vor sieben Jahrhunderten diese Werte wegfegte, legte sich nicht nur über die okzitanische, sondern über unsere gesamte Zivilisation ein Dunkel, das uns noch heute umgibt.«

Es war Nacht geworden. Hin und wieder erhellten Stablampen einige Ecken der Burg, Schatten tanzten auf den Wänden der Festung.

Ogden und Best saßen in der Nähe des Südeingangs und ließen das Tor nicht aus den Augen. Immer noch erklommen mit Fackeln ausgerüstete Menschen den Pog; im matten Schein des Vollmonds leuchteten Lichter im dichten, dunklen Wald am Fuße des Berges auf, um gleich wieder zu verschwinden.

Parker und Franz, die am Tor in der Nordwand postiert waren, sahen sich jeden an, der kam oder ging.

»Ein eindrucksvoller und ein beunruhigender Ort ist das hier. Was denkst du?« fragte Parker Franz, der besorgt vor sich hin starrte.

»Es ist eine Falle. Wir erwarten ihn hier – aber wird er es überhaupt schaffen, in die Burg zu kommen?«

»Was meinst du damit?«

»Nehmen wir einmal an, Renard und der Killer halten ihn von hier fern und stoßen ihn einen Hang hinunter. Das würden wir erst bemerken, wenn wir seine Schreie hörten, darauf kannst du schwören!«

In diesem Augenblick zerriß das Trillern von Ogdens Handy die Stille. Es war Blake, der den Parkplatz überwachte. »Renard und Willy sind auf dem Weg nach oben; sie haben noch ein Mädchen dabei. Doch Osborne ist nirgendwo zu sehen.«

Ogden antwortete nicht gleich. Das Mädchen war sicherlich Fouchés Tochter, dachte er besorgt. Und wenn Osborne nicht aufgetaucht war, bedeutete dies, daß er eine andere Möglichkeit gefunden hatte, den Pog zu ersteigen. Wahrscheinlich war er schon irgendwo hier oben, außerhalb der Mauern, bereit zuzuschlagen. Ganz gewiß hatte er mit Renard einen genauen Treffpunkt vereinbart.

»Was ist mit Sinauer und Lavoisier?« fragte Ogden schließlich.

»Sitzen beide im Auto. Ich mußte ein bißchen grob werden, um den Alten zu beruhigen. Als er gesehen hat, wie die jungen Leute zusammen mit Renard den Pfad auf den Pog einschlugen, hat er angefangen zu schreien, daß Renard die beiden umbringen würde. Ich mußte ihm den Mund stopfen. Jetzt scheint er in Ordnung, Lavoisier kümmert sich um ihn.«

»Hör zu, Blake: Osborne ist irgendwie hier heraufgekommen und hat es geschafft, das erste Stück des Pfads zu umgehen. Vermutlich hat er das Auto irgendwo vor dem Parkplatz versteckt. Ruf Cédric im Hotel an und sag ihm, daß er sofort zu dir kommen soll. Wenn er da ist, läßt du ihn unten bei Sinauer und steigst hier hoch. Du mußt dich sehr vorsichtig bewegen, denn Osborne versteckt sich irgendwo, wahrscheinlich außerhalb der Burg. Wenn du oben bist, geh in die Burg hinein und tu vorerst nichts weiter. Du kennst das Gelände nicht, es wäre zu gefährlich. Schalte den Sender auf Empfang und warte auf Anweisungen.«

Ogden beendete das Gespräch, wandte sich Best zu und gab ihm ein Zeichen, ihm zu folgen. Als sie Franz und Parker erreicht hatten, ging er mit ihnen an einen Platz, wo niemand zuhören konnte.

»Renard und Willy sind hierher unterwegs. Sie haben Fouchés Tochter bei sich. Doch Osborne muß schon dasein, außerhalb der Mauern. Wir brauchen einen Plan, und zwar schnell«, murmelte er.

»Ich hab's doch geahnt!« sagte Franz zu Parker.

»Also«, faßte Ogden zusammen. »Osborne ist irgendwo

hier, und zwar draußen. Doch er hat es auf Willy abgesehen; daher wird er ihn abpassen, einen Unfall vortäuschen und ihn in die Tiefe stoßen. Das könnte weit oben auf dem Pfad, fast bei der Burg oder an den Mauern geschehen, wo der Steilhang tückischer ist. Doch wir wissen nicht, wo er sich mit Renard verabredet hat.«

»Einer von uns könnte Renard und den beiden entgegengehen«, sagte Franz, »während die anderen auf dem Gipfel warten, draußen vor dem Südtor. Osborne will Willy abpassen, und der kann nur vom Pfad her kommen und sicher nicht von irgendeinem schwierigeren Weg nach oben, denn den würde Renard nicht schaffen.«

»So ist es«, stimmte Ogden zu. »Du und Parker, ihr geht deshalb den beiden auf dem Pfad entgegen, während Best und ich die Südseite absuchen: Osborne muß sich dort versteckt haben. Von sofort an keine Telefonate mehr, wir verständigen uns über Funk. Der Befehl lautet, Osborne augenblicklich zu eliminieren. Was Renard angeht, müßt ihr es einschätzen, je nach Situation, doch ich möchte ihn lieber lebendig. All das darf natürlich nicht Willys und Esclarmondes Sicherheit gefährden. Wir haben weniger als eine halbe Stunde, bis Renard hier oben ankommt, vorausgesetzt, es geschieht nichts auf halber Strecke. Franz, Parker, haltet die Augen offen und bleibt mit den Füßen fest auf dem Boden. Seht zu, daß Ihr nicht abstürzt.«

Ogden und seine Männer verließen die Burg, Franz und Parker gingen auf den Pfad zu, während Best und Ogden sich an der Südwand trennten; der eine ging nach rechts, der andere nach links.

Aus seinem Versteck hinter dichtem Gesträuch aus Buchs beobachtete Osborne, wie Ogden und seine Männer sich unterhielten. Sie waren zu viert, einschließlich des Führers, und zwei von ihnen hatte er am Abend vorher im Hotel Fouché gesehen. Eines war ihm klar: daß es sich bei ihnen um die unabhängigen Agenten handelte, die von den Engländern hinters Licht geführt werden sollten. Doch bedeutete ihre Anwesenheit hier vielleicht, daß sie Renard und also auch ihn unter Verdacht hatten? Das war wahrscheinlich, und damit komplizierte sich der Fall. Jetzt ging die Gruppe auseinander. Aber wieso waren sie dem Gesuchten so nahe? Der Chef der Sektion hatte ihm doch gesagt, daß nur Renard ihm auf den Fersen sei. Diese Frage führte zu nichts, sagte sich Osborne und strich mit der Hand über seine schallgedämpfte Waffe in der Pistolentasche. Dieser Dummkopf von Renard mußte irgendeinen Fehler gemacht haben, oder die Sektion hatte sie in ein Selbstmordkommando geschickt. In diesem Fall würden sie dafür bezahlen müssen, wenn er hier überhaupt lebend herauskäme. Osborne sah, daß zwei der Männer den Pfad einschlugen, während der Führer und der andere Unabhängige sich trennten. Der eine kam auf ihn zu, der zweite ging zur anderen Seite der Südwand.

Osborne duckte sich. Er hatte dieses Versteck ausgesucht, weil es eine ausgezeichnete Sicht auf den Pfad und den Eingang der Burg bot, und vor allem, weil hier, wegen der Felsen und des dichten Gebüschs, keine Touristen lagerten. Beunruhigt sah er, wie der Führer sich direkt auf das Dickicht zubewegte, wo er sich versteckte. Osborne rührte sich nicht, während die Schritte das Mannes näher kamen.

Patrick Best ging auf den Felsen an der Mauer zu und sah einen kleinen freien Platz, gestampfte Erde, die sich ins Dickicht hinein fortsetzte. Als er dort war, ging er noch ein paar Schritte weiter, unsicher, ob er sich nach rechts oder nach links wenden sollte. Endlich beschloß er, nahe an der Mauer zu bleiben, weil ein Versteck an der anderen Seite, direkt am steilen Fels, zu gefährlich gewesen wäre und er vermutete, daß der Engländer dies ähnlich einschätzte.

Er drang in das Gebüsch ein, bückte sich, schob mit den Armen die Äste beiseite und näherte sich dem Weg, der entlang der Mauer führte. Genau in dem Moment, als er sich wieder aufrichten wollte, versetzte Osborne ihm mit der Pistole einen Schlag auf den Kopf: Er zog es vor, keine Kollegen umzubringen, wenn es nicht nötig war. Osborne packte Best unter den Achseln und zog ihn ins Dickicht, fesselte ihn mit einer Nylonschnur und stopfte ihm ein Taschentuch in den Mund. Dann machte er kehrt und warf einen Blick auf das Südportal: Niemand zu sehen. Er hatte freie Bahn. Mit einem Satz sprang er Richtung Pfad, erreichte ihn und mußte sich gleich im Laufen bremsen, weil der abschüssige und rutschige Weg ein solches Tempo nicht zuließ. Ein paar Meter ging er gebückt, doch als der Pfad eine Kurve machte, war er endlich außer Sichtweite. Er lehnte sich an die Felswand, nahm das Handy und tippte Renards Nummer ein. Der Professor antwortete.

»Osborne. Wir haben vier Unabhängige vor Ort. Sie wissen, daß der Junge hier ist...«

»Wie ist das möglich?« fragte Renard aufgeregt.

»Seien Sie jetzt still und hören Sie mir zu. Ich habe einen ausgeschaltet, aber zwei kommen Ihnen auf dem Pfad entgegen. Bleiben Sie unter einem Vorwand stehen. Sagen Sie, daß Sie sich schlecht fühlen. Ich bin unterwegs.«

Osborne wußte, daß der Unabhängige, sobald er bemerkt hätte, daß sein Partner verschwunden war, seinerseits den Pfad einschlagen würde. Zum Glück hatten die beiden Agenten vor ihm keinen großen Vorsprung: Er konnte das Geräusch ihrer Schritte hören. Osborne ging schneller, doch es gelang ihm noch nicht, sie zu sehen. Er beschloß, alles zu riskieren: Er machte seine Taschenlampe an, begann ein französisches Lied zu trällern und ließ den Lichtschein unruhig auf und ab tanzen.

»Wartet auf mich, ihr Hurensöhne«, schrie er und tat so, als sei er angetrunken. »Zuerst vergeßt ihr den Proviant im Auto, und dann rennt ihr auf diesem verdammten Weg um die Wette... Gebt acht, daß ich nicht kehrtmache, und dann tragt ihr alles, habt ihr verstanden?«

Osborne lallte weiter in Französisch, einer Sprache, die er perfekt und ohne Akzent beherrschte. »Seid nicht so gemein, wartet auf mich! Glaubt ihr, ich hab Angst vor dem Dunkeln, ihr Riesenarschlöcher?« schrie er und setzte dabei seinen Weg fort.

Jetzt konnte er die Silhouetten der beiden Männer vor sich sehen. Ohne langsamer zu gehen, nahm er die Pistole mit dem Schalldämpfer fest in die Hand.

Parker blieb stehen, als er das Gegröle hörte. »Wer zum Teufel ist das?«

»Ein betrunkener Tourist, der seine Freunde sucht«, sagte Franz.

Die Schritte kamen näher, und der Mann, der auf dem

Pfad hinter ihnen hertorkelte, erreichte sie. Parker trat zur Seite, um ihn vorbeizulassen. Franz, ein paar Meter von ihm entfernt, wandte sich ruckartig um.

»Achtung!« schrie er, als er die Falle erkannte.

Doch es war zu spät. Osborne schoß auf Parker und traf ihn an der Schulter. Mit einem Schmerzensschrei fiel Parker nach hinten und sank ins Gebüsch. Franz zielte auf Osborne, doch dieser warf sich zur Seite, beinahe auf Parker, und gab mehrere Schüsse ab. Franz, in einem Bein und einem Arm getroffen, fiel auf die andere Seite und rutschte meterweit den steilen Fels hinunter. Er spürte, wie die Zweige sein Gesicht zerkratzten und der Fels den Stoff seiner Hosen aufriß. Als er schon meinte, ins Leere zu stürzen, blieb er liegen. Voller Schrecken erkannte er im Mondlicht, wo er war: auf einem knapp zwei Meter breiten Felssporn über dem Abgrund. Er rührte sich nicht, bis er hörte, daß sich die Schritte des Killers entfernten.

Als sein Handy läutete, hatte Renard einen Stich im Magen gespürt. Er erinnerte sich, daß er bei dem Unfall behauptet hatte, kein Telefon dabeizuhaben, und fürchtete nun, daß Willy Verdacht schöpfte. Doch als er hörte, was Osborne ihm mitteilte, trat dieser Gedanke ganz in den Hintergrund. Sie waren verloren, sagte er zu sich selbst, schaltete das Handy aus und setzte sich auf einen Felsen.

»Irgend etwas nicht in Ordnung?« fragte Willy und sah ihn ernst an.

»Es ist nichts. Ich bin nur etwas außer Atem, und mein Herz spielt ein bißchen verrückt. Das ist nicht schlimm, ich muß mich nur kurz ausruhen.«

»Sie haben doch gesagt, Sie hätten kein Handy, wenn ich mich recht erinnere...«

»Das stimmt. Ich benutze es so wenig, und dann vergesse ich ganz, daß ich eins habe«, versuchte Renard die Sache ins Witzige zu ziehen.

»Aber Sie vergessen nicht, es einzuschalten...«, meinte Esclarmonde.

»Die einzige Möglichkeit, den beiden Hilfe zu leisten, bestand darin, sie zum nächsten Arzt zu bringen, oder? Aber was ist denn los?« fragte er und schlug einen beleidigten Ton an. »Wofür ist das wichtig?«

»Wer hat Sie denn eben angerufen?« hakte Willy nach. »Das war ja wirklich ein Gespräch im Telegrammstil...«

»Hören Sie einmal gut zu...«, wehrte sich Renard verärgert. In diesem Augenblick zeichnete sich im Mondlicht Osbornes Schatten ab.

»Professor Renard?« fragte der Engländer.

»Osborne? Was tun Sie hier?« fragte Renard mit schlecht gespielter Überraschung.

»Sie haben mir gesagt, Sie würden zur Burg hochsteigen. Ich warte schon den ganzen Nachmittag...«, unterstützte ihn Osborne.

»Sie haben recht. Es ist etwas Unvorhergesehenes dazwischengekommen...«

»Wer ist das?« fragte Willy mit leiser Stimme Esclarmonde.

»Ein Freund des Professors. Er wohnt auch im Hotel«, flüsterte Esclarmonde ihm zu. Sie begann sich zu fürchten.

In diesem Moment ließ ein Rascheln der Zweige Osborne

herumfahren. Doch er konnte hinter sich niemanden entdecken.

»Gut«, sagte er und zog die Pistole. »Der Spaziergang ist zu Ende. Geh weg von ihm, Mädchen!«

Esclarmonde sah zuerst Osborne an, eine Silhouette vor dem blauen Nachthimmel, dann Renard, der auf dem Felsen saß.

»Ich wußte, daß man Ihnen nicht trauen kann«, sagte sie voller Verachtung.

»Tu, was ich dir sage, wenn dir dein Leben lieb ist. Und du, Willy, gehst zum Professor«, befahl Osborne, der bemerkt hatte, daß es hinter Renard in die Tiefe ging.

Willy gehorchte. Renard war in der Zwischenzeit aufgestanden. Osborne näherte sich Willy und packte ihn am Arm. Mit gezogener Pistole zerrte er ihn an den Rand des Abgrunds.

»Sie behalten das Mädchen im Auge«, befahl er Renard, und der Professor näherte sich Esclarmonde.

Dann ging alles sehr schnell. Ein Stein fiel vor Osbornes Füße. Er fuhr herum, ließ dabei Willys Arm los. Zwei zischende Geräusche waren zu hören, und Osborne brach vor Willy zusammen. In diesem Augenblick tauchte Ogden aus dem Dunkel auf, die Pistole im Anschlag.

»Weg von dem Mädchen!« befahl er Renard.

Der Professor gehorchte. Ogden trat näher, schlug ihm mit dem Pistolenschaft ins Gesicht. Renard fiel hin. Dann ging Ogden zu Osborne, um sich zu vergewissern, daß er tot war. Renard jammerte: Ogden schlug ihn noch einmal. Er nahm einen winzigen Sender aus der Tasche und schaltete ihn ein.

»Ogden hier. Wo bist du?«

Blake, der inzwischen fast oben auf dem Pfad angekommen war, hörte die Stimme in Stereo.

»Ich komme, ich bin nur ein paar Meter von euch entfernt.«

»Feßle ihn«, befahl Ogden, als Blake da war, und zeigte auf Renard.

Willy und Esclarmonde hielten sich bei der Hand. Ogden ging zu ihnen.

»Jetzt bringen wir Sie in Sicherheit«, sagte er zu Willy.

»Danke. Sie haben mir das Leben gerettet. Wer sind die?« fragte er und zeigte auf Osborne und Renard.

»Die Bösen«, antwortete Ogden. »Doch von jetzt an weichen Sie nicht von meiner Seite, wenn Ihnen Ihr Leben lieb ist und Sie den Willen Ihres Vaters erfüllen wollen. Verstanden?«

»Und sie?« fragte Willy. »Esclarmonde hat nichts damit zu tun. Wir müssen sie zu ihrem Vater zurückbringen…«

»Dahin gehen wir alle, zu ihrem Vater. Aber es dauert noch ein Weilchen.«

Ogden wandte sich Blake zu. »Best ist verwundet, außerhalb vom Südtor der Burg. Wo Franz und Parker sind, weiß ich nicht. Dieser Hurensohn hat sie wahrscheinlich verletzt oder getötet, doch auf dem Pfad habe ich sie nicht gesehen. Wir müssen sie suchen. Aber erst schaffen wir die Leiche hier weg. Hilf mir, Blake«, sagte er.

Die beiden Männer hoben die Leiche hoch und brachten sie einige Meter vom Pfad weg.

»Hier«, sagte Ogden und blieb stehen, »das ist ein guter Platz.«

Sie ließen die Leiche in einen Felsspalt gleiten und bedeckten sie mit Steinen und Ästen.

»Der wird erst gefunden, wenn er anfängt zu riechen«, bemerkte Blake.

Sie kehrten zu Willy und Esclarmonde zurück, und Ogden schaltete das Handy ein, um Stuart anzurufen. Genau in diesem Augenblick läutete der Apparat. Es war Stuart.

»Wo seid ihr?« fragte der Chef des Geheimdienstes.

»Auf dem Pfad, der zur Burg führt. Wir haben den Jungen, doch Best ist verwundet. Parker und Franz müssen irgendwo in der Nähe des Pfads sein. Ich hoffe, sie leben noch.«

»Eine schlimme Bilanz. Und die anderen?«

»Der Killer ist tot. Den Professor haben wir.«

»Wie viele deiner Leute sind noch einsatzbereit?«

»Blake, der hier bei mir ist, und Cédric unten auf dem Parkplatz.«

»Gut, sag Cédric, er soll sich bereithalten. Und ihr steigt wieder hoch zur Burg. Wir sehen uns in ein paar Minuten.«

»Wo bist du denn?« fragte Ogden. Doch Stuart hatte die Verbindung schon beendet.

Ogden rief Cédric an. »Ogden hier, der Tanz ist vorbei. Sag Sinauer, daß der Junge in Sicherheit ist und daß er in unser Hotel in Montségur gehen und dort auf uns warten soll. Benachrichtige auch Frau Mathis. Hast du den Hubschrauber gesehen?«

»Ja sicher.«

»Das sind unsere Leute. Halt dich bereit, sie holen dich ab und bringen dich hier hoch. Bis später.«

Blake und die beiden jungen Leute sahen Ogden erwartungsvoll an, während Renard sich hingesetzt hatte.

»Stell ihn auf die Füße«, sagte Ogden zu Blake. »Wir gehen zurück zur Burg.«

Sie machten sich an den Wiederaufstieg. Nach vielleicht zwanzig Metern blieb Ogden plötzlich stehen und gab den anderen ein Zeichen, ruhig zu sein. Dann ging er näher ans Gebüsch, weil ihm schien, daß sich dort etwas bewegt hatte. Er schob sich durch das Gesträuch, leuchtete mit der Taschenlampe hinein und entdeckte Parker, der auf der Erde lag.

»Wie geht's dir?« fragte er und beugte sich über ihn.

»Mir würde es bessergehen, wenn dieser Hurensohn mir keine verpaßt hätte«, antwortete der Agent mühsam.

In diesem Augenblick war ein ohrenbetäubender Lärm zu hören. Ein Hubschrauber flog über ihnen und blendete sie mit hellem Scheinwerferlicht. Ogden signalisierte mehrmals Parkers Position, dann entfernte sich der Hubschrauber wieder.

»Unsere Leute sind da«, sagte er. »Zeig mal, hat es dich schlimm erwischt?«

»Ich glaube nicht«, antwortete Parker. »Aber es tut höllisch weh.«

Ogden richtete den Schein der Taschenlampe auf Parkers Schulter. »Das glaube ich. Bleib ganz ruhig. Wir kommen dich bald holen. Im Hubschrauber sitzt Stuart, direkt aus Berlin...«

»Ich kann's nicht glauben! Dann bewege ich mich nicht von hier weg. Wer will sich schon ein solches Schauspiel entgehen lassen?« sagte er und gab sich Mühe zu lächeln.

Ogden faßte ihn am Arm. »Nur Mut, du kommst bald hier raus«, meinte er und kletterte zurück auf den Pfad.

»Wer zum Teufel ist das denn da oben?« fragte Blake und sah hoch.

»Scheint so, als käme der Chef uns holen.«

»Was?«

»Du hast richtig gehört. Jetzt suchen wir Franz, er kann nicht weit von hier sein.«

Kaum hatte er diese Worte ausgesprochen, als er von unten Franz' Stimme hörte.

»Wo bist du?« Ogden beugte sich über den Rand des Weges und suchte mit der Taschenlampe den Felsvorsprung ab.

»Hier unten, geh mit dem Licht ein wenig nach links«, sagte Franz.

Alle traten vorsichtig an die Böschung. Franz war fast genau unter ihnen, er hing förmlich in der Luft.

»Beweg dich nicht!« sagte Ogden.

»Da kannst du ganz sicher sein …« Franz schien guter Dinge, und seine Stimme war klar.

»Bist du verletzt?«

»Ja, ich habe am Arm und am Bein einen Streifschuß abbekommen. Leider habe ich mich, als ich mich in Sicherheit bringen wollte, auf die falsche Seite geworfen. Was ist das denn für ein Idiot, der mit dem Hubschrauber über uns kreist?«

»Dein Chef, also mäßige deine Worte.«

»Gut, dann sag ihm, er soll schnell jemanden schicken, der mich holt, denn wenn es hell wird, werde ich schwindlig und stürze ab.«

»Halt durch, Franz. Wir ziehen dich bald hoch.«

Sie setzten den Aufstieg fort und erreichten nach wenigen Minuten die Burg. Der Hubschrauber flog immer engere Kreise, um im Inneren der Ruinen zu landen. Die Leute waren aus den Mauern herausgekommen und sahen wie hypnotisiert zu.

Als der Hubschrauber gelandet war, betraten sie den Burghof. Der große Agusta nahm nun die Mitte des Platzes ein, und einige Männer in Tarnuniform stiegen aus. Die Scheinwerfer tauchten die Ruinen in taghelles Licht. Ein paar Touristen versuchten erneut durch das Südtor zu kommen, doch Stuarts Männer hielten sie fern.

Ogden sah den Chef des Dienstes aus dem Hubschrauber klettern und ging ihm entgegen.

»Mein Kompliment«, sagte Stuart.

»Wie bist du auf diese Idee gekommen?« Ogden zeigte auf den Hubschrauber.

»Eine gute Idee, wie mir scheint. Ich war mir nicht sicher, ob sich die Engländer auf zwei Männer beschränken würden, und habe Verstärkung gebracht. Um so besser: Franz von diesem Felsen herunterzuholen wird nicht einfach sein.«

»Best ist da draußen, er ist übel zugerichtet. Und Parker ebenfalls.«

»Wir haben ihn gesehen. Die Männer klettern nach unten und holen ihn. Das ist kein Problem.«

Stuart gab ein Zeichen, und einer aus dem Kommando näherte sich ihnen.

»Ogden, erklär ihm, wo Best ist. Wir haben einen Arzt dabei, er wird ihm Erste Hilfe leisten.«

Als der Mann sich wieder entfernt hatte, fiel Stuarts Blick auf Willy und Esclarmonde, die in der Nähe standen.

»Ist das der Junge?« fragte er.

»Ich würde sagen, ja. Es ist ja sonst keiner da...«

»Er hat einen guten Geschmack. Wer ist das Mädchen?«

»Die Tochter des Hoteliers von Belcaire. Sie sind befreundet.«

»Das ist keine gute Nachricht...«

»Stimmt. Aber wir können die Sache leicht in Ordnung bringen.«

»Was ist mit dem Killer der Engländer?«

»Er liegt nicht weit von Parker und Franz, versteckt unter Zweigen.«

»Du warst es, der ihn getötet hat, oder?«

»Ja.«

»Dann stehe ich in deiner Schuld. Ach je, und ich habe gehofft, ich könnte billig davonkommen«, sagte Stuart und sah ihn mit einem ironischen Lächeln an.

»Ich glaube wirklich, du mußt deine Verpflichtungen erfüllen. Doch es gibt etwas, was mir jetzt mehr am Herzen liegt...«

»Das habe ich befürchtet.«

»Wie gedenkst du den Jungen zu überreden, dir die Dokumente zu geben?«

Stuart sah ihm ernst in die Augen. »Nicht ich werde ihn überreden, sondern du. Du wirst ihm sagen, daß wir die Dokumente Israel übergeben, und genau das werden wir auch tun. Was Israel dann damit macht, geht uns natürlich nichts an.«

»Diese Präzisierung klingt nicht sehr vielversprechend.

Doch lassen wir die Einzelheiten. Wie willst du vorgehen?«

Stuart sah ihn erstaunt an. »Was meinst du damit, wie ich vorgehen will? Ich bin hierher gekommen, um meine Männer zu holen, mehr nicht. Das ist deine Mission. Wenn der Junge Erklärungen will, muß er bei dir nachfragen. Was immer du ihm sagst, es ist für mich in Ordnung. Ich vertraue dir blind.«

»Warum willst nicht du ihm sagen, wo die Dokumente hingelangen?«

»Ich habe nicht die Absicht, ihm zu offenbaren, daß ich sein Vater bin. Deshalb glaube ich nicht, daß er mir mehr Vertrauen schenken würde als dir. Oder was meinst du?«

Stuart entfernte sich und schritt auf das Burgtor zu. Als er an Willy und Esclarmonde vorbeikam, deutete er mit der Hand einen Gruß an und ging weiter, ohne stehenzubleiben.

Ogden trat zu den beiden. »Wie fühlt ihr euch?«

»Danke, gut«, antwortete Esclarmonde sogleich. »Was für ein Spektakel! Wie aus einem Film von Spielberg. Wer sind die denn?«

»Das ist eine lange Geschichte, und ich erzähle sie Ihnen später. Willy und ich brauchen Ihre Hilfe und Ihre Diskretion...«

»Kann man sie nicht aus alldem raushalten?« protestierte Willy.

»Genau das werden wir versuchen. Doch wir sind auf ihre Unterstützung angewiesen.«

»Wenn es zu Willys Bestem ist, können Sie ganz beruhigt sein. Ich werde kein Sterbenswörtchen sagen. Wir erzählen meinem Vater, daß wir Montségur verlassen haben, bevor all dies geschah, dann gibt es keine Probleme.«

»Und Renard?« fragte Willy und schaute zum Professor hinüber, den Blake nicht weit von ihnen bewachte.

»Renard wird morgen das Hotel verlassen, und Sie werden nichts mehr von ihm hören. Doch das sind Details, die Sie nicht betreffen«, sagte Ogden. »Ich möchte jedoch, daß Sie einen Menschen anrufen, der Sie gern hat und sehr um Sie besorgt war, außer Ihrer Tante natürlich: Charles Sinauer…«, sagte Ogden und zog das Handy aus der Tasche. »Wollen Sie?«

Willy nickte. Ogden tippte die Nummer ein und hielt Willy das Telefon hin, als der alte Mann sich meldete.

58

Als Ogden Willys Anruf erhielt, war er erst seit kurzer Zeit wieder in seiner Berner Wohnung.

»Hier ist Willy Weber. Haben Sie ein paar Minuten Zeit für mich?«

»Wie haben Sie mich denn aufgespürt?«

»Bevor ich Montségur verlassen habe, hat der Chef Ihres Dienstes mir gesagt, ich könne mich im Notfall an Sie wenden. Ist Ihnen das lästig?«

»Überhaupt nicht«, antwortete Ogden nach kurzem Schweigen. »Wo sind Sie jetzt? In Zürich?«

»Nein, in dem Restaurant unter Ihrer Wohnung.«

»Okay, dann kommen Sie doch einfach hoch. Ich nehme an, Stuart hat Ihnen auch das Stockwerk verraten…«

Willy lachte. »Nein, aber nur deshalb nicht, weil er sich nicht daran erinnern konnte...«

»Ich wohne im obersten Stock«, sagte Ogden und legte auf.

Er öffnete die Tür und wartete. Willys Schritte waren schon auf der Treppe zu hören. Als er ihn sah, war er froh, feststellen zu können, daß es ihm offenbar gutging. Sie gaben sich die Hand.

»Bitte, kommen Sie doch herein...«

Im Wohnzimmer zeigte Ogden auf einen Sessel und setzte sich selbst auf die Couch gegenüber.

»Wie geht es Ihrer Tante?« fragte er.

»Gut, danke. Ich soll Sie von ihr grüßen. Sie ist gerade mit dem Verkauf der Villa im Seefeld beschäftigt.«

»Und was macht das Mädchen aus der Languedoc, Esclarmonde?«

»Oh, ihr geht es ausgezeichnet. Sie hat mich vorige Woche in Zürich besucht. Ihr Vater modernisiert gerade das Hotel, obwohl Hochsaison ist. Esclarmonde sagt, er sei davon überzeugt, daß er, wenn auch indirekt, dazu beigetragen habe, mich zu finden. Schließlich hat alles damit geendet, daß er für seine Hilfe eine schöne Belohnung von meiner Tante bekommen hat. Esclarmonde findet das Ganze sehr amüsant.«

»Da hat sie recht.« Ogden lächelte. »Aber nun sagen Sie mir bitte: Was kann ich für Sie tun?«

»Haben Sie die Dokumente an Israel weitergegeben?«

Ogden nickte. »Natürlich.«

»Und warum geschieht dann nichts?«

»Ich habe keine Ahnung«, antwortete Ogden, und das

war die Wahrheit. Auch er konnte sich das Schweigen nach der Übergabe des Beweismaterials nicht erklären.

»Glauben Sie, daß Israel versucht, aus alldem einen politischen Vorteil zu ziehen?« fragte Willy gelassen.

»Ich weiß es nicht, doch es würde mich nicht wundern...«

»Aber es ist ungerecht, gegenüber den Erben...«, brachte Willy es auf den Punkt.

»Das stimmt. Doch nicht immer setzt sich das durch, was gerecht ist. Ihre Freunde, die Katharer, wußten das sehr gut...«

»Gewiß«, murmelte Willy und sah vor sich hin. »Und wir können nicht viel tun, oder sehe ich das falsch?«

»Ich fürchte, nein...«, gab Ogden zu. Es tat ihm leid für diesen Jungen, dessen Vater vielleicht umsonst gestorben war.

»Da gibt es noch etwas, was ich Ihnen sagen möchte...«, sprach Willy langsam weiter.

»Bitte...«, ermutigte Ogden ihn.

»Erinnern Sie sich noch an die Kassette, auf der mein Vater erklärt, was geschehen ist?«

»Ja natürlich. Ich habe sie nie gehört, aber ich weiß von ihrer Existenz.«

»Gut. Als ich aus Zürich geflohen bin, habe ich, bevor ich in das Flugzeug nach Mailand stieg, eine Kopie dieser Kassette an meine eigene Adresse geschickt.«

»Was haben Sie getan?« rief Ogden besorgt aus.

»Ich habe die Kassette an mich selbst geschickt, postlagernd. Ich habe das damals nicht gesagt, weil ich das Gefühl hatte, es hätte Herrn Stuart nicht gefallen.«

»Darauf können Sie schwören, daß es ihm nicht gefallen hätte!« sagte Ogden, erhob sich und begann im Zimmer auf und ab zu gehen. »Was gedenken Sie jetzt zu tun?«

»Nichts. Wenn Israel beschlossen hat, von den Enthüllungen meines Vaters einen anderen Gebrauch zu machen, dann kann ich mich dem sicher nicht widersetzen. Wir haben getan, was richtig war, und die Beweise für die Verbrechen übergeben. Jetzt ist es an Israel, den Ausgeplünderten Gerechtigkeit widerfahren zu lassen, meinen Sie nicht?«

Ogden antwortete nicht. Er stand am Fenster, das aufs Rathaus hinausging, und beobachtete zwei turtelnde Tauben.

»Jedenfalls habe ich mich entschlossen, die Kopie dieser Kassette Ihnen zu übergeben. Die einzige Kopie, die es noch gibt, soviel ich weiß. Sie können damit machen, was Sie für richtig halten.«

»Warum?« fragte Ogden und wandte sich Willy erneut zu.

»Weil ich nichts mehr tun kann. Sie hingegen könnten beschließen, irgend etwas zu unternehmen.«

»Wie kommen Sie auf den Gedanken, daß ich diese Kassette gebrauchen könnte?«

»Ich habe das Gefühl, verstanden zu haben, was für ein Mensch Sie sind. Auf Wiedersehen, Ogden.« Willy stand aus dem Sessel auf und ging zur Tür. Ogden folgte ihm.

»Willy, machen Sie keine Dummheiten, sonst fängt die Geschichte von neuem an, und diesmal werden keine Katharer dasein, um Sie zu schützen...«

Willy lächelte. »Ich weiß. Machen Sie sich keine Sorgen, ich werde nichts tun, was mein Leben in Gefahr bringt. Was ich noch sagen wollte: Ich habe mich entschlossen, in Mailand zu studieren, und werde bei Charles Sinauer wohnen; er und ich, wir sind in vielen Dingen gleicher Meinung...«, sagte er und gab Ogden ein Päckchen, »... das ist eine Kleinigkeit für Sie. Ich möchte Ihnen noch einmal dafür danken, daß Sie mir das Leben gerettet haben. Auf Wiedersehen.«

Als Willy gegangen war, trat Ogden ans Fenster und sah ihm nach, wie er den Platz überquerte, bis er in dem Bogengang verschwunden war. Dann nahm er das abhörsichere Handy und tippte Stuarts Nummer ein.

»Ogden hier. Kannst du reden?«

»Sicher, schieß los...«

»Was tut sich mit Israel?«

»Was kümmert dich das? Oh, ich vergaß, daß du neuerdings so gefährlich engagiert bist...«

»Meinst du, du könntest mir antworten, ohne dummes Zeug zu reden?«

»Okay. Vielleicht hat unser Auftraggeber beschlossen, mit diesen Dokumenten nicht unbedingt einen Skandal auszulösen, sondern sie gewinnbringender einzusetzen.«

»Das hatte ich mir schon gedacht«, sagte Ogden. »Dann ist der arme Weber also umsonst gestorben.«

»Absolut nicht. Jacob Weber hat eine andere Form der Gerechtigkeit möglich gemacht, von der die Opfer seines Vaters, oder genauer gesagt, das Volk, dem sie angehörten, einen Nutzen haben werden. Er wäre stolz darauf, vielleicht nicht als Bankier, aber...«

»Das kommt darauf an, wie man es sieht«, bemerkte Ogden schroff.

»Ich weiß, daß du nie viel für Gentlemen's Agreements übrig gehabt hast...«, sagte Stuart.

»Was haben sie denn ausgehandelt? Du weißt es ja bestimmt.«

»Darauf kommst du auch selbst, du mußt nur ein wenig nachdenken. Der Westen ist nie so wehrlos gewesen wie in diesen chaotischen Zeiten. Aber er hat es ja herausgefordert, da wirst du mir zustimmen...«

»Und Willy? Hast du Nachrichten von ihm?«

»Warum? Sollte ich das?«

»Okay, Stuart. Viel Spaß bei der Arbeit.«

»Und du, hast du beschlossen, dich jetzt der Dolce vita hinzugeben?«

»Natürlich«, sagte Ogden mit müder Stimme.

»Besser so. Ich beneide dich ein bißchen, weißt du?«

»Das glaube ich nicht, Stuart. Das glaubst du ja nicht mal selbst. Mach's gut.«

Ogden beendete die Verbindung, goß sich einen Whisky ein und setzte sich in den Sessel. Auf dem Glastisch lag das Päckchen, das Willy ihm eben gegeben hatte. Ogden nahm es und riß es langsam auf. Als er die Schachtel öffnete, sah er, daß ein Amethyst und eine Kassette darin waren. Er hielt den Stein gegen das Licht: Er war purpurn, von der gleichen Farbe wie mancher Sonnenauf- und mancher Sonnenuntergang. Ogden wußte, daß der Amethyst als Stein der Seele und der Weisheit galt. Er legte ihn auf das Tischchen, nahm dann die Kassette aus der Hülle und schob sie in den Recorder. Nach den ersten Takten von *Mellow Yellow* begann eine besorgte Männerstimme eine Geschichte zu erzählen, die er gut kannte.

Danksagung

Ich möchte Aimé Sarda danken: Seine Schriften und Erzählungen haben mir geholfen, einen Zugang zur okzitanischen Welt zu finden. Dank auch meinem Freund Pam Motta, ohne dessen wertvollen Rat ich mich im Labyrinth der Banken sicherlich verirrt hätte.

Mein besonderer Dank gilt Nanni Cagnone für seine unentbehrlichen Ratschläge.

Liaty Pisani im Diogenes Verlag

Der Spion und der Analytiker

Roman. Aus dem Italienischen von Linde Birk

Gefährlich, wenn ein Psychoanalytiker die Standesregeln verletzt und zu sehr ins Leben seiner Patienten eindringt. Den Wiener Analytiker Guthrie läßt es jedenfalls nicht kalt, als die schöne Alma Lasko ihn versetzt und er erfährt, daß ihr plötzliches Verschwinden mit dem seltsamen Tod ihres Mannes zu tun haben muß. Fatal auch, wenn ein internationaler Spitzenagent unter einem Kindheitstrauma leidet, das im falschen Moment aufbricht. So geht es dem Agenten Ogden, der sich mit Guthrie zusammentut, um Alma Lasko ausfindig zu machen. 007 auf der Couch, und ein Psychoanalytiker, der zum Spion wird: die beiden geraten in eine aufregende Verfolgungsjagd, die Wien, Zürich, Genf und Mailand zum Schauplatz hat.

»›Der dritte Mann‹, erneuert und korrigiert an einer apokalyptisch gezeichneten Jahrhundertwende.«
Epoca, Mailand

Der Spion und der Dichter

Roman. Deutsch von Ulrich Hartmann

Juni 1980. Ein italienisches Zivilflugzeug mit 81 Insassen stürzt auf dem Weg von Bologna nach Palermo ins Meer. Offensichtlich abgeschossen. Wer steckt dahinter? Die NATO? Libyen? Liaty Pisanis Thriller basiert auf einem düsteren Kapitel der italienischen Nachkriegszeit, der bisher unaufgeklärten Affäre Ustica. Was Ogden dabei herausfindet, ist haarsträubend. Lediglich Fiktion oder brutalste politische Realität?

»Ein Volltreffer. Ein Roman, der einem die Haare zu Berge stehen läßt. Ich habe das Buch gefressen, mit al-

len Krimi-Symptomen wie Herzrasen und feuchten Händen.«
Christine Schaich / Süddeutscher Rundfunk, Stuttgart

»Mit erzählerischer Bravour und vergnüglicher Ironie verwandelt Liaty Pisani den traditionellen Kriminalroman in ein Schauermärchen – vor dem Hintergrund einer realen Tragödie.« *Der Spiegel, Hamburg*

Der Spion und der Bankier

Roman. Deutsch von Ulrich Hartmann

Der Schweizer Bankier, der zuviel wußte, wird ermordet. Es geht um viel Geld: um nachrichtenlose Vermögen. Agent Ogden soll den Sohn des Toten aufstöbern, der mit Beweismaterial von Zürich nach Südfrankreich, aber auch aus der Gegenwart in die Vergangenheit geflohen ist – ins Reich der Katharer. Dieses Volk von Häretikern wurde im Mittelalter bekämpft – wie auch damals schon die Juden – und in den Albigenser-Kriegen vernichtet. Mit der erforderlichen Sensibilität nähert sich Liaty Pisani dem Thema Völkermord, ohne dabei auf einen spannenden Plot zu verzichten.

»Die Italienerin Liaty Pisani räumt gleich mit zwei Vorurteilen auf: daß Spionage-Thriller eine Männerdomäne sind und daß nach dem Ende des kalten Krieges die guten Stoffe fehlen. Über Ogden, den sympathischen Grübler, dem die Moral mehr bedeutet als seine Mission, wollen wir mehr lesen!«
Brigitte, Hamburg

»Liaty Pisani hat ihr Metier offensichtlich bei Leuten wie Le Carré, Chandler oder Ambler gelernt – sie erzählt gekonnt, voller Spannung, mit Exkursen ins Sphärisch-Phantastische und mit einem Schuß Ironie.« *SonntagsZeitung, Zürich*

Schweigen ist Silber
Ogden und der Schauspieler
Roman. Deutsch von Ulrich Hartmann

Ogden wollte zwar aus dem Geheimdienst aussteigen, doch sein Freund, der Berliner Schauspieler Stephan Lange, kommt in Bedrängnis – seit Präsidentschaftskandidat George Kenneally vor der amerikanischen Ostküste abgestürzt ist, wird er verfolgt. Er soll dafür büßen, daß er das Gerücht des Mordes in Umlauf gesetzt hat. Was bleibt Gentleman Ogden anderes übrig, als ihm zu helfen? Die Flucht führt sie von den Kykladen über Bern und Monte Carlo nach Berlin, der heimlichen Hauptstadt aller Spionagedienste.

»Zart, aber hart: Liaty Pisani belebt mit ihren Büchern den Geheimagentenroman neu. Gestern war Bond, heute ist Ogden.«
Juliane Lutz/Focus, München

»Mit Ogden hat Liaty Pisani einen Helden geschaffen, der Gefühl und Verstand in eine zerbrechliche Balance bringt. Sie erweist sich als Meisterin des Agententhrillers.« *Volker Hage/Der Spiegel, Hamburg*

Magdalen Nabb im Diogenes Verlag

»Seit 1975 lebt Magdalen Nabb in Italien und verarbeitet ihre scharfen Beobachtungen zu fesselnden Kriminalromanen, die in der geschäftigen und von Touristen überfluteten Stadt spielen. Bereits ihr erstes Buch, das 1981 erschien, wurde vom großen Kriminalschriftsteller Georges Simenon als Meisterwerk bezeichnet.« *Juliane Lutz/Freie Presse, Chemnitz*

»Wie man Italophilie, Krimi und psychologisches Einfühlungsvermögen zwischen zwei Buchdeckel bekommt, ist bei der Engländerin Magdalen Nabb nachzulesen. Die Reihe um einen einfachen, klugen sizilianischen Wachtmeister, der seinen Dienst in Florenz versieht, ist ein Kleinod der Krimikultur.«
Alex Coutts/Ultimo, Bielefeld

Tod im Frühling
Roman. Aus dem Englischen von Matthias Müller. Mit einem Vorwort von Georges Simenon

Tod im Herbst
Roman. Deutsch von Matthias Fienbork

Tod eines Engländers
Roman. Deutsch von Matthias Fienbork

Tod eines Holländers
Roman. Deutsch von Matthias Fienbork

Tod in Florenz
Roman. Deutsch von Monika Elwenspoek

Tod einer Queen
Roman. Deutsch von Matthias Fienbork

Tod im Palazzo
Roman. Deutsch von Matthias Fienbork

Tod einer Verrückten
Roman. Deutsch von Irene Rumler

Das Ungeheuer von Florenz
Roman. Deutsch von Silvia Morawetz

Geburtstag in Florenz
Roman. Deutsch von Christa Seibicke

Alta moda
Roman. Deutsch von Christa Seibicke

Magdalen Nabb & Paolo Vagheggi:
Terror
Roman. Deutsch von Bernd Samland

Jugendbücher:

Ein neuer Anfang
Roman. Deutsch von Ursula Kösters-Roth

Kinderbücher:

Finchen im Winter
Mit Bildern von Karen Donnelly. Deutsch von Ursula Kösters-Roth

Finchen im Sommer
Mit Bildern von Karen Donnelly. Deutsch von Ursula Kösters-Roth

Patricia Highsmith im Diogenes Verlag

»Die Highsmithschen Helden, gewöhnt an die pflaumenweiche Perfidie und hämisch-sanfte Tücke des Mittelstandsbürgertums, trainiert aufs harmlose Lügen und Verstellen, begehen Morde so, als wollten sie mal wieder Ordnung in ihre unordentlich gewordene Wohnung bringen. Da gibt es keine moralischen Skrupel, die bremsend eingreifen, da herrscht nur die Logik des Faktischen. Meist sind es Paare, enttäuschte Liebhaber, Beziehungen, die in der Sprachlosigkeit gestrandet sind, sich nur noch mittels Mißverständnissen einigermaßen arrangieren, ehe das scheinbar funktionierende Getriebe einen irreparablen Defekt bekommt. Diese ganz normalen Konstellationen sind es, übertragbar auf alle Gesellschaften, die die Autoren und Filmer im deutschsprachigen Kulturraum so faszinieren. Denn Patricia Highsmith findet für ihre seelischen Offenbarungseide immer die schauerlichsten, alptraumhaftesten Rahmen, die ihren ›Beziehungskisten‹ den rechten Furor geben.
Die Highsmith-Thriller sind groteske, aber präzise Befunde unserer modernen bürgerlichen Gesellschaft, die an Seelenasthma leidet.«
Wolfram Knorr/Die Weltwoche, Zürich

Der talentierte Mr. Ripley
Roman. Aus dem Amerikanischen von Barbara Bortfeldt

Ripley Under Ground
Roman. Deutsch von Anne Uhde

Ripley's Game
oder Der amerikanische Freund
Roman. Deutsch von Anne Uhde

Der Junge, der Ripley folgte
Roman. Deutsch von Anne Uhde

Ripley Under Water
Roman. Deutsch von Otto Bayer

Venedig kann sehr kalt sein
Roman. Deutsch von Anne Uhde

Das Zittern des Fälschers
Roman. Deutsch von Anne Uhde

Lösegeld für einen Hund
Roman. Deutsch von Anne Uhde

Der Stümper
Roman. Deutsch von Barbara Bortfeldt

Zwei Fremde im Zug
Roman. Deutsch von Anne Uhde

Der Geschichtenerzähler
Roman. Deutsch von Anne Uhde

Der süße Wahn
Roman. Deutsch von Christian Spiel

Die zwei Gesichter des Januars
Roman. Deutsch von Anne Uhde

Kleine Geschichten für Weiberfeinde
Eine weibliche Typenlehre in siebzehn Beispielen. Deutsch von Walter E. Richartz. Zeichnungen von Roland Topor

Kleine Mordgeschichten für Tierfreunde
Deutsch von Anne Uhde

Der Schrei der Eule
Roman. Deutsch von Gisela Stege

Tiefe Wasser
Roman. Deutsch von Eva Gärtner und Anne Uhde

Die gläserne Zelle
Roman. Deutsch von Gisela Stege und Anne Uhde

Ediths Tagebuch
Roman. Deutsch von Anne Uhde

Der Schneckenforscher
Elf Geschichten. Deutsch von Anne Uhde. Mit einem Vorwort von Graham
Greene

Leise, leise im Wind
Zwölf Geschichten. Deutsch von Anne Uhde

Ein Spiel für die Lebenden
Roman. Deutsch von Anne Uhde

Keiner von uns
Elf Geschichten. Deutsch von Anne Uhde

Leute, die an die Tür klopfen
Roman. Deutsch von Anne Uhde

Nixen auf dem Golfplatz
Erzählungen. Deutsch von Anne Uhde

Suspense
oder Wie man einen Thriller schreibt. Deutsch von Anne Uhde

Elsie's Lebenslust
Roman. Deutsch von Otto Bayer

Geschichten von natürlichen und unnatürlichen Katastrophen
Deutsch von Otto Bayer

Meistererzählungen
Deutsch von Anne Uhde, Walter E. Richartz und Wulf Teichmann

Carol
Roman einer ungewöhnlichen Liebe. Deutsch von Kyra Stromberg

›Small g‹ – eine Sommeridylle
Roman. Deutsch von Christiane Buch- ner

Drei Katzengeschichten
Deutsch von Anne Uhde

Zeichnungen

Patricia Highsmith – Leben und Werk
Mit Bibliographie, Filmographie und zahlreichen Fotos. Herausgegeben von Franz Cavigelli, Fritz Senn und Anna von Planta

Außerdem erschienen:

Anthony Minghella
Der talentierte Mr. Ripley
Drehbuch mit zahlreichen Filmfotos sowie einem Vorwort. Nach dem Roman von Patricia Highsmith. Aus dem Englischen von Christa E. Seibicke und Sebastian Wohlfeil

Georges Simenon in der Diogenes Neuedition

Seit 1977 betreut der Diogenes Verlag das Gesamtwerk Georges Simenons in einer Werkausgabe. Im Laufe der Jahre erschienen über 200 Bände. Seit 1995 werden Simenons Werke im Rahmen einer Neuedition in zum Teil neuen oder überarbeiteten Übersetzungen wieder aufgelegt.

»Allmählich gibt es wieder Simenon zu kaufen, und gerade wer ihn noch nicht kennt, der hat jetzt die Möglichkeit, sich Zug um Zug und auf ganz übersichtliche Weise in Simenon einzulesen.«
Rolf Vollmann / Südwestfunk, Baden-Baden

»Georges Simenon hat es wie kein anderer verstanden, in Worte zu fassen, wozu der Mensch fähig ist, in seinem Leben, mit seinem Lieben, mit seinen Lastern. Er war der Mann, der den Nobelpreis hätte erhalten müssen.« *Johannes Mario Simmel*

Im Rahmen der Neuedition bisher erschienen:
(Stand Frühjahr/Sommer 2001)

Romane

Bellas Tod
Roman. Aus dem Französischen von Elisabeth Serelmann-Küchler

Der Schnee war schmutzig
Roman. Deutsch von Willi A. Koch

Drei Zimmer in Manhattan
Roman. Deutsch von Linde Birk

Der Mann mit dem kleinen Hund
Roman. Deutsch von Stefanie Weiss

Die Großmutter
Roman. Deutsch von Linde Birk

Der große Bob
Roman. Deutsch von Linde Birk

Die Wahrheit über Bébé Donge
Roman. Deutsch von Renate Nickel

Der kleine Heilige
Roman. Deutsch von Trude Fein

Die Glocken von Bicêtre
Roman. Deutsch von Magda Kurz

Tropenkoller
Roman. Deutsch von Annerose Melter

Der Mörder
Roman. Deutsch von Lothar Baier

Die Komplizen
Roman. Deutsch von Stefanie Weiss

Die Verlobung des Monsieur Hire
Roman. Deutsch von Linde Birk

Der Mann, der den Zügen nachsah
Roman. Deutsch von Walter Schürenberg

Die Fantome des Hutmachers
Roman. Deutsch von Eugen Helmlé

Der Tod des Auguste Mature
Roman. Deutsch von Anneliese Botond

Die Witwe Couderc
Roman. Deutsch von Hanns Grössel

Der Bürgermeister von Furnes
Roman. Deutsch von Hanns Grössel

Antoine und Julie
Roman. Deutsch von Eugen Helmlé

45 Grad im Schatten
Roman. Deutsch von Angela von Hagen

Der Zug aus Venedig
Roman. Deutsch von Liselotte Julius

Wellenschlag
Roman. Deutsch von Ulrich Hartmann

Schlußlichter
Roman. Deutsch von Stefanie Weiss

Das Testament Donadieu
Roman. Deutsch von Eugen Helmlé

Die Katze
Roman. Deutsch von Angela von Hagen

Die Marie vom Hafen
Roman. Deutsch von Ursula Vogel

Das Haus am Kanal
Roman. Deutsch von Ursula Vogel

Der Zug
Roman. Deutsch von Trude Fein

Der Mann aus London
Roman. Deutsch von Stefanie Weiss

Die Zeit mit Anaïs
Roman. Deutsch von Ursula Vogel

Das blaue Zimmer
Roman. Deutsch von Angela von Hagen

Der Bericht des Polizisten
Roman. Deutsch von Markus Jakob

Im Falle eines Unfalls
Roman. Deutsch von Hansjürgen Wille und Barbara Klau

Maigret-Romane und -Erzählungen

Maigret und die alte Dame
Roman. Deutsch von Renate Nickel

Maigret und der Mann auf der Bank
Roman. Deutsch von Annerose Melter

Maigret und Pietr der Lette
Roman. Deutsch von Wolfram Schäfer. Mit einer Nachbemerkung des Autors

Maigret und die junge Tote
Roman. Deutsch von Raymond Regh

Maigrets erste Untersuchung
Roman. Deutsch von Roswitha Plancherel

Maigret und der gelbe Hund
Roman. Deutsch von Raymond Regh

Maigret als möblierter Herr
Roman. Deutsch von Wolfram Schäfer

Maigret und die Bohnenstange
Roman. Deutsch von Guy Montag

Maigret bei den Flamen
Roman. Deutsch von Claus Sprick

Maigret und die widerspenstigen Zeugen
Roman. Deutsch von Wolfram Schäfer

Maigret und der Gehängte von Saint-Pholien
Roman. Deutsch von Sibylle Powell

Maigret und der verstorbene Monsieur Gallet
Roman. Deutsch von Roswitha Plancherel

Maigret und die Keller des ›Majestic‹
Roman. Deutsch von Linde Birk

Maigret zögert
Roman. Deutsch von Annerose Melter

Maigrets Nacht an der Kreuzung
Roman. Deutsch von Annerose Melter

Maigret und der Verrückte von Bergerac
Roman. Deutsch von Hainer Kober

Maigret und das Schattenspiel
Roman. Deutsch von Claus Sprick

Maigret und das Dienstmädchen
Roman. Deutsch von Hainer Kober

Maigret in der Liberty Bar
Roman. Deutsch von Angela von Hagen

Maigret regt sich auf
Roman. Deutsch von Wolfram Schäfer

Maigret und der einsame Mann
Roman. Deutsch von Ursula Vogel

Maigret und der Spitzel
Roman. Deutsch von Inge Giese

Maigret am Treffen der Neufundlandfahrer
Roman. Deutsch von Annerose Melter

Maigret und das Verbrechen in Holland
Roman. Deutsch von Renate Nickel

Maigret kämpft um den Kopf eines Mannes
Roman. Deutsch von Roswitha Plancherel

Maigret amüsiert sich
Roman. Deutsch von Renate Nickel

Maigret macht Ferien
Roman. Deutsch von Markus Jakob

Mein Freund Maigret
Roman. Deutsch von Annerose Melter

Weihnachten mit Maigret
Erzählung. Deutsch von Hans-Joachim Hartstein

Biographisches

Als ich alt war
Tagebücher 1960–1963. Deutsch von Linde Birk

Brief an meine Mutter
Deutsch von Trude Fein

Außerdem erschienen:

Meistererzählungen
Deutsch von Wolfram Schäfer, Angelika Hildebrandt-Essig, Gisela Stadelmann, Linde Birk und Lislott Pfaff

Über Simenon
Essays, Aufsätze und Zeugnisse von André Gide bis Alfred Andersch. Mit Lebensdaten, Bibliographie und Filmographie. Herausgegeben von Claudia Schmölders und Christian Strich. Zweite, erweiterte und verbesserte Auflage

Simenon auf der Couch
Fünf Ärzte verhören den Autor sieben Stunden lang. Deutsch von Irène Kuhn. Mit einer Vita in 43 Bildern, einer Bibliographie und Filmographie

Stanley G. Eskin
Simenon
Eine Biographie. Mit zahlreichen Fotos, Lebenschronik, Bibliographie, ausführlicher Filmographie, Anmerkungen, Namens- und Werkregister. Aus dem Amerikanischen von Michael Mosblech

Carissimo Simenon
Mon cher Fellini
Der Briefwechsel zwischen Federico Fellini und Georges Simenon. Mit einem Vorwort von Claude Gauteur und einem Gespräch von Georges Simenon mit Federico Fellini. Aus dem Italienischen und Französischen von Linde Birk. Herausgegeben von Claude Gauteur und Silvia Sager

Robert J. Courtine
Simenon und Maigret bitten zu Tisch
Die klassischen französischen Bistrorezepte der Madame Maigret. Aus dem Französischen von Pierre F. Sommer

Eric Ambler im Diogenes Verlag

Seit 1996 erscheint eine Neuedition der Werke Eric Amblers in neuen oder revidierten Übersetzungen.

»Die Neuübersetzungen, stilistisch viel näher am Original, offenbaren viel deutlicher die Meisterschaft von Eric Ambler, der nicht nur politisch denkt, klar analysiert, präzise schreibt, sondern bei alledem auch noch glänzend unterhält.«
Karin Oehmigen/SonntagsZeitung, Zürich

»Eric Amblers Romane sind außergewöhnlich, weil sie Spannung und literarische Qualität verbinden. Die neuen und überarbeiteten Übersetzungen im Taschenbuch sind vorbehaltlos zu begrüßen.«
Bayerisches Fernsehen, München

Im Rahmen der Neuedition bisher erschienen:
(Stand Frühjahr/Sommer 2001)

Der Levantiner
Roman. Aus dem Englischen von Tom Knoth

Die Maske des Dimitrios
Roman. Deutsch von Matthias Fienbork

Eine Art von Zorn
Roman. Deutsch von Malte Krutzsch

Topkapi
Roman. Deutsch von Elsbeth Herlin und Nikolaus Stingl

Der Fall Deltschev
Roman. Deutsch von Mary Brand und Walter Hertenstein

Die Angst reist mit
Roman. Deutsch von Matthias Fienbork

Schmutzige Geschichte
Roman. Deutsch von Günter Eichel

Der dunkle Grenzbezirk
Roman. Deutsch von Walter Hertenstein und Ute Haffmans

Bitte keine Rosen mehr
Roman. Deutsch von Tom Knoth

Anlaß zur Unruhe
Roman. Deutsch von Dirk van Gunsteren

Besuch bei Nacht
Roman. Deutsch von Wulf Teichmann

Waffenschmuggel
Roman. Deutsch von Tom Knoth

Ungewöhnliche Gefahr
Roman. Deutsch von Matthias Fienbork

Mit der Zeit
Roman. Deutsch von Matthias Fienbork

Das Intercom-Komplott
Roman. Deutsch von Dirk van Gunsteren

Doktor Frigo
Roman. Deutsch von Matthias Fienbork

Schirmers Erbschaft
Roman. Deutsch von Nikolaus Stingl

Außerdem lieferbar:

Nachruf auf einen Spion
Roman. Deutsch von Peter Fischer

Ambler by Ambler
Eric Amblers Autobiographie
Deutsch von Matthias Fienbork

Die Begabung zu töten
Deutsch von Matthias Fienbork

Wer hat Blagden Cole umgebracht?
Lebens- und Kriminalgeschichten.
Deutsch von Matthias Fienbork

Über Eric Ambler
Zeugnisse von Alfred Hitchcock bis Helmut Heißenbüttel. Herausgegeben von Gerd Haffmans unter Mitarbeit von Franz Cavigelli. Mit Chronik und Bibliographie. Erweiterte Neuausgabe